Karlsson vom Dach

Zeichnungen
von Ilon Wikland

Verlag Friedrich Oetinger
Hamburg

Von Karlsson, diesem schönen, grundgescheiten und gerade richtig dicken Mann in seinen besten Jahren, sind bei Oetinger auch ein Spielfilm auf DVD und zwei ganz besonders hörenswerte CDs erschienen: eine Lesung auf Deutsch von Astrid Lindgren und eine ungekürzte Lesung von Dirk Bach.

23. Auflage
© 1990 Verlag Friedrich Oetinger GmbH, Max-Brauer-Allee 34, 22765 Hamburg
Alle Rechte für die deutschsprachige Ausgabe vorbehalten
Lillebror och Karlsson på taket (Band I)
© The Astrid Lindgren Company AB / Astrid Lindgren 1955 (Text)
Karlsson på taket flyger igen (Band II)
© The Astrid Lindgren Company AB / Astrid Lindgren 1962 (Text)
Karlsson på taket smyger igen (Band III)
© The Astrid Lindgren Company AB / Astrid Lindgren 1968 (Text)
Die schwedische Originalausgabe dieser Gesamtausgabe erschien
bei Rabén & Sjögren Bokförlag, Stockholm, unter dem Titel
Allt om Karlsson på taket
In deutscher Übersetzung als Gesamtausgabe erstmalig erschienen
1975 im Verlag Friedrich Oetinger, Hamburg
Deutsch von Thyra Dohrenburg
Einband und Illustrationen von Ilon Wikland
Typografie und Satz: Farnschläder & Mahlstedt, Hamburg
Auslandsrechte vertreten durch
The Astrid Lindgren Company AB, Lidingö, Schweden.
Mehr Informationen unter info@astridlindgren.se
Druck und Bindung: GGP Media GmbH,
Karl-Marx-Straße 24, 07381 Pößneck
Printed 2020
ISBN 978-3-7891-4102-7

www.astridlindgren.com
www.astrid-lindgren.de
www.oetinger.de

Inhalt

Der beste Karlsson der Welt

Lillebror
und
Karlsson vom Dach

Karlsson vom Dach

In Stockholm, in einer ganz gewöhnlichen Straße, in einem ganz gewöhnlichen Haus, wohnt eine ganz gewöhnliche Familie und die heißt Svantesson. Dazu gehören ein ganz gewöhnlicher Papa und eine ganz gewöhnliche Mama und drei ganz gewöhnliche Kinder, Birger, Betty und Lillebror.

»Ich bin überhaupt kein gewöhnlicher Lillebror«, sagt Lillebror.

Aber das stimmt nicht. Er ist wirklich ein ganz gewöhnlicher Junge. Es gibt so viele Jungen, die sieben Jahre alt sind und blaue Augen haben und eine Stupsnase und ungewaschene Ohren und Hosen, die über den Knien ständig kaputt sind. Lillebror ist also ein ganz und gar gewöhnlicher Junge, das steht fest.

Birger ist fünfzehn Jahre alt und spielt Fußball und kommt in der Schule schlecht mit. Er ist also auch ein ganz gewöhnlicher Junge. Und Betty ist vierzehn und trägt ihr Haar in einem Pferdeschwanz, genau wie andere ganz gewöhnliche Mädchen.

Es gibt nur einen im ganzen Haus, der ungewöhnlich ist, und das ist Karlsson vom Dach. Er wohnt oben auf dem Dach, der Karlsson, und schon das ist ja etwas recht Außergewöhnliches. Es mag in anderen Gegenden der Welt anders sein, aber in Stockholm kommt es fast nie vor, dass jemand in einem besonderen kleinen Haus oben auf dem Dach wohnt. Das aber tut Karlsson.

Er ist ein sehr kleiner und sehr rundlicher und sehr selbstbewusster Herr und er kann fliegen. Mit Flugzeugen und Hubschraubern können alle Menschen fliegen, aber es gibt niemand, der ganz allein fliegen kann, außer Karlsson. Er dreht bloß an einem Knopf, der ungefähr mitten vor seinem Nabel sitzt, und wips!, springt ein winzig kleiner Motor an, den er auf dem Rücken hat. Während der Motor anläuft, steht Karlsson eine Weile still. Und dann – wenn der Motor genügend auf Touren gekommen ist – steigt Karlsson auf und schwebt so fein und würdevoll davon wie ein Bürovorsteher – falls man sich einen Bürovorsteher mit Motor auf dem Rücken vorstellen kann.

Karlsson fühlt sich in seinem kleinen Haus oben auf dem Dach riesig wohl. Abends sitzt er auf der Treppe vorm Haus und raucht seine Pfeife und guckt die Sterne an. Natürlich kann man die Sterne vom Dach aus viel besser sehen als von irgendeiner anderen Stelle im Haus. Es ist also eigentlich sonderbar, dass nicht mehr Menschen auf Dächern wohnen. Aber die Mieter im Haus wissen nichts davon, dass man auf einem Dach wohnen kann, sie wissen nicht einmal, dass Karlsson seine kleine Hütte dort oben hat, weil sie nämlich so gut hinter dem großen Schornstein versteckt ist, und die meisten Menschen bemerken solche kleinen Häuser wie das von Karlsson übrigens gar nicht, selbst wenn sie darüber stolpern.

Nur einmal sah ein Schornsteinfeger, als er gerade den Schornstein fegen wollte, Karlssons Haus und er war wirklich ziemlich verblüfft.

Sonderbar, sagte er zu sich selbst, hier steht ein Haus. Man sollte es nicht glauben, aber hier steht tatsächlich ein Haus oben auf dem Dach. Wie mag das nur hierhergekommen sein?

Aber dann machte er sich daran, den Schornstein zu fegen, und vergaß das Haus ganz und gar und dachte nie mehr daran.

Für Lillebror war es bestimmt eine Freude, Karlsson kennenzulernen, denn wo Karlsson angeflogen kam, wurde alles so abenteuerlich und aufregend. Für Karlsson war es vielleicht auch eine Freude,

dass er Lillebror kennenlernte, denn wie es auch sei, so lustig ist es doch wohl kaum, ganz allein in einem Haus zu wohnen, ohne dass jemand eine Ahnung davon hat. Man freut sich bestimmt, wenn jemand »Heißa hopsa, Karlsson« ruft, sobald man angeflogen kommt.

So ging es zu, als Karlsson und Lillebror sich kennenlernten:

Es war einer jener verdrehten Tage, wo es kein bisschen Spaß machte, Lillebror zu sein. Im Allgemeinen war es ganz schön, Lillebror zu sein, denn er war Liebling und Hätschelkind der ganzen Familie, den alle verwöhnten, sosehr sie konnten. Aber es gab Tage, da war alles verdreht. Da gab es Schelte von Mama, weil neue Löcher in die Hosen gekommen waren, und Betty sagte: »Putz dir die Nase, Bengel«, und Papa machte ein Theater, weil man nicht rechtzeitig von der Schule heimkam.

»Was hast du dich auf der Straße herumzutreiben?«, fragte Papa.

Auf der Straße herumtreiben – Papa wusste ja nicht, dass Lillebror einem Hund begegnet war. Einem netten, wunderhübschen Hund, der Lillebror beschnuppert und mit dem Schwanz gewedelt und so ausgesehen hatte, als wollte er gern Lillebrors Hund werden.

Wäre es nach Lillebror gegangen, dann hätte er es sofort werden können. Aber nun war es so, dass Papa und Mama auf keinen Fall einen Hund im Haus haben wollten. Und außerdem kam da plötzlich eine Dame an und die rief: »Ricki, komm her!«, und da sah Lillebror ein, dass dieser Hund niemals ihm gehören konnte.

»Sieht nicht so aus, als ob man je in seinem Leben einen eigenen Hund bekäme«, sagte Lillebror erbost an diesem Tag, als alles so schiefging. »Du, Mama, du hast Papa, und Birger und Betty halten immer zusammen, aber ich habe niemand.«

»Liebster Lillebror, du hast doch uns alle miteinander«, sagte Mama.

»Das hab ich doch überhaupt nicht«, sagte Lillebror noch erboster, denn ihm kam es plötzlich so vor, als habe er niemand auf der ganzen Welt.

Eins hatte er jedenfalls. Er hatte sein eigenes Zimmer und in das ging er.

Es war ein heller, schöner Frühlingsabend und das Fenster stand offen. Die weißen Gardinen wehten sacht hin und her, als ob sie den kleinen blassen Sternen dort oben am Frühlingshimmel zuwinkten. Lillebror stellte sich ans Fenster und guckte hinaus. Er dachte an den netten Hund und malte sich aus, was der wohl jetzt machte. Vielleicht lag er in einem Hundekorb irgendwo in einer Küche, vielleicht saß ein Junge – nicht Lillebror, sondern ein anderer Junge – auf dem Fußboden neben ihm und streichelte seinen struppigen Kopf und sagte: »Ricki, du bist ein feiner Hund.«

Lillebror seufzte tief. Da hörte er ein leises Brummen. Das Brummen wurde lauter und ehe er sichs versah, kam ein kleiner, dicker Mann langsam am Fenster vorbeigeflogen. Das war Karlsson vom Dach, aber das wusste Lillebror ja noch nicht.

Karlsson warf nur einen langen Blick auf Lillebror und dann segelte er weiter. Er machte eine kleine Runde über dem Hausdach gegenüber, umflog einmal den Schornstein und steuerte dann wieder auf Lillebrors Fenster zu. Jetzt hatte er die Geschwindigkeit erhöht und zischte an Lillebror vorbei fast wie ein kleiner Düsenjäger. Mehrmals zischte er vorbei und Lillebror stand nur stumm da und wartete und fühlte, wie es ihm im Magen kribbelte vor Aufregung, denn es kommt ja nicht alle Tage vor, dass kleine, dicke Männer am Fenster vorbeifliegen. Schließlich verlangsamte Karlsson dicht vorm Fenster die Fahrt.

»Heißa hopsa«, sagte er. »Darf man sich hier ein bisschen niederlassen?«

»Ja, bitte sehr«, sagte Lillebror. »Ist es nicht schwer, so zu fliegen?«, sagte er dann.

»Für mich nicht«, sagte Karlsson und warf sich in die Brust. »Für mich ist es überhaupt nicht schwer. Ich bin nämlich der beste Kunstflieger der Welt. Ich möchte aber nicht jedem x-beliebigen Strohkopf raten, es nachzumachen.«

Lillebror fühlte, dass er selbst »jeder x-beliebige Strohkopf« sei, und beschloss sofort, Karlssons Flugkünste bestimmt nicht nachzumachen.

»Wie heißt du?«, fragte Karlsson.

»Lillebror«, sagte Lillebror. »Aber eigentlich heiße ich Svante Svantesson.«

»Denk bloß, wie verschieden das sein kann – ich, ich heiße Karlsson«, sagte Karlsson. »Nur einfach Karlsson und weiter nichts. Heißa hopsa, Lillebror.«

»Heißa hopsa, Karlsson«, sagte Lillebror.

»Wie alt bist du?«, fragte Karlsson.

»Sieben«, sagte Lillebror.

»Gut. Mach so weiter«, sagte Karlsson.

Er stellte schnell eins seiner kurzen dicken Beine auf Lillebrors Fenstersims und kletterte ins Zimmer hinein.

»Wie alt bist du denn?«, fragte Lillebror, denn er fand, Karlsson sei eigentlich zu kindisch, um ein Mann zu sein.

»Wie alt *ich* bin?«, sagte Karlsson. »Ich bin ein Mann in meinen besten Jahren. Das ist das Einzige, was ich sagen kann.«

Lillebror wusste nicht so recht, was das heißen sollte – ein Mann in seinen besten Jahren zu sein. Er überlegte, ob er nicht am Ende selbst auch ein Mann in seinen besten Jahren war, ohne dass er es wusste, und fragte vorsichtig:

»Welche Jahre sind denn die besten?«

»Alle«, sagte Karlsson vergnügt. »Jedenfalls was mich betrifft. Ich bin ein schöner und grundgescheiter und gerade richtig dicker Mann in meinen besten Jahren.«

Dann zog er Lillebrors Dampfmaschine hervor, die auf dem Bücherbord stand. »Wollen wir die laufen lassen?«, schlug er vor.

»Das darf ich nicht, Papa will es nicht haben«, sagte Lillebror. »Papa oder Birger müssen immer dabei sein, wenn ich sie laufen lasse.«

»Papa oder Birger oder Karlsson vom Dach«, sagte Karlsson. »Der beste Dampfmaschinenaufpasser der Welt, das ist Karlsson vom Dach. Bestell das deinem Papa.«

Er griff rasch nach der Flasche mit Brennspiritus, die neben der Dampfmaschine stand, goss den kleinen Spiritusbehälter voll und zündete den Brenner an. Obwohl er der beste Dampfmaschinenaufpasser der Welt war, stellte er sich so ungeschickt an, dass er einen kleinen See von dem Spiritus auf das Bücherbord verschüttete, und muntere blaue Flämmchen tanzten um die Dampfmaschine herum, als dieser See Feuer fing. Lillebror schrie auf und stürzte herbei.

»Ruhig, ganz ruhig«, sagte Karlsson und streckte abwehrend eine kleine, dicke Hand aus.

Aber Lillebror konnte nicht ruhig sein, als er sah, wie es brannte. Er holte einen alten Lappen und erstickte die kleinen, munteren Flämmchen. Wo sie getanzt hatten, blieben jetzt große hässliche Flecke auf der Politur des Bücherbords zurück.

»Guck mal, wie das Bücherbord aussieht«, sagte Lillebror bekümmert. »Was wird Mama sagen?«

»Ach was, das stört keinen großen Geist«, sagte Karlsson vom Dach. »Ein paar unbedeutende Flecke auf einem Bücherbord – das stört keinen großen Geist. Bestell das deiner Mama.«

Er kniete sich neben die Dampfmaschine hin und seine Augen glänzten.

»Jetzt ist sie bald ordentlich im Gange«, sagte er.

Und das war sie. Es dauerte nicht lange, da begann die Dampfmaschine zu arbeiten. Pfutt-pfutt-pfutt machte sie. Oh, es war die prächtigste Dampfmaschine, die man sich vorstellen konnte, und Karlsson sah so stolz und glücklich aus, als ob er sie selbst gemacht hätte.

»Ich muss das Sicherheitsventil kontrollieren«, sagte Karlsson und drehte eifrig an einem kleinen Ding. »Es gibt immer ein Unglück, wenn man nicht das Sicherheitsventil kontrolliert.«

Pfutt-pfutt-pfutt machte die Dampfmaschine. Es ging schneller und schneller, pfutt-pfutt-pfutt. Schließlich hörte es sich an, als ob sie galoppierte, und Karlssons Augen funkelten. Lillebror kümmerte sich nicht mehr um die Flecke auf dem Bücherbord. Er freute sich mächtig über seine Dampfmaschine und über Karlsson, den besten Dampfmaschinenaufpasser der Welt, der das Sicherheitsventil so gut kontrolliert hatte.

»Ja, ja, Lillebror«, sagte Karlsson, »dieses Pfutt-pfutt-pfutt ist nicht ganz ohne. Der beste Dampfmaschinenaufpasser der We…«

Weiter kam er nicht, denn in diesem Augenblick hörte man einen fürchterlichen Knall – und es gab keine Dampfmaschine mehr, sondern nur noch Teile einer Dampfmaschine, über das ganze Zimmer verstreut.

»Die ist explodiert«, sagte Karlsson begeistert, fast so, als sei es das größte Kunststück, das man von einer Dampfmaschine erwarten kann. »Tatsächlich, sie ist explodiert. Was für ein Knall!«

Aber Lillebror konnte sich nicht so richtig freuen. Ihm traten die Tränen in die Augen.

»Meine Dampfmaschine«, sagte er. »Sie ist kaputt.«

»Stört keinen großen Geist«, sagte Karlsson und wedelte unbekümmert mit seiner kleinen dicken Hand. »Du kannst bald eine neue Dampfmaschine kriegen.«

»Woher denn?«, fragte Lillebror verwundert.

»Ich hab oben bei mir mehrere Tausend.«

»Wo oben bei dir?«, fragte Lillebror.

»Oben bei mir in meinem Haus auf dem Dach«, sagte Karlsson.

»Du hast ein Haus auf dem Dach?«, fragte Lillebror. »Mit mehreren Tausend Dampfmaschinen drin?«

»Ja. Jedenfalls sind es mindestens ein paar Hundert«, sagte Karlsson.

»Oh, dieses Haus möchte ich gern mal sehen«, sagte Lillebror. Es klang so wunderbar, dass oben auf dem Dach ein kleines Haus stehen sollte und dass Karlsson dort wohnte.

»Ein ganzes Haus voller Dampfmaschinen!«, sagte Lillebror. »Mehrere Hundert Dampfmaschinen!«

»Na ja, ich hab nicht so genau nachgezählt, wie viele noch übrig sind, aber einige Dutzend sind es bestimmt«, sagte Karlsson. »Von Zeit zu Zeit explodiert ja mal eine, aber 'n paar Dutzend werden doch immer übrig sein.«

»Dann könnte ich vielleicht eine kriegen?«, sagte Lillebror.

»Klar«, sagte Karlsson.

»Jetzt gleich?«, fragte Lillebror.

»Hm-ja, ich muss sie erst mal ein bisschen nachsehen«, sagte Karlsson. »Das Sicherheitsventil kontrollieren und so was. Ruhig, ganz ruhig, du kriegst sie ein andermal!«

Lillebror fing an, die Teile aufzusammeln, die vorher seine Dampfmaschine gewesen waren.

»Ich möchte wissen, was Papa sagt«, murmelte er besorgt.

Karlsson zog verwundert die Brauen hoch.

»Wegen der Dampfmaschine?«, sagte er. »Das stört keinen großen Geist. Deswegen braucht er sich durchaus nicht zu beunruhigen. Bestell ihm das von mir. Ich würde es ihm selbst sagen, wenn ich Zeit hätte und so lange bleiben könnte, bis er kommt. Aber ich muss jetzt rauf und nach meinem Haus sehen.«

»Es war nett, dass du gekommen bist«, sagte Lillebror, »wenn auch die Dampfmaschine … Kommst du mal wieder?«

»Ruhig, ganz ruhig«, sagte Karlsson und drehte an dem Knopf, der ungefähr mitten vor seinem Nabel saß. Der Motor fing an zu husten und Karlsson stand still und wartete auf die Startgeschwindigkeit. Dann stieg er auf und flog ein paar Runden durchs Zimmer.

»Der Motor stottert«, sagte er. »Ich muss wohl damit in die Werkstatt und ihn mal abschmieren lassen. Natürlich könnte ich es selbst machen, denn ich bin der beste Motorpfleger der Welt, aber ich hab keine Zeit – nein, ich glaube, ich liefere mich in eine Werkstatt ein.«

Lillebror meinte auch, es sei das Klügste.

Karlsson steuerte durch das offene Fenster nach draußen und sein kleiner rundlicher Körper hob sich klar von dem bestirnten Frühlingshimmel ab.

»Heißa hopsa, Lillebror«, sagte er und winkte mit seiner kleinen, dicken Hand.

Und dann war Karlsson weg.

Karlsson baut einen Turm

Ich hab ja *gesagt*, dass er Karlsson heißt und oben auf dem Dach wohnt«, sagte Lillebror. »Was ist denn da Komisches dran? Die Leute dürfen doch wohl wohnen, wo sie wollen!«

»Lillebror, sei jetzt nicht dumm«, sagte Mama. »Du hast uns fast zu Tode erschreckt. Du hättest dir sehr wehtun können, als die Dampfmaschine explodierte. Begreifst du das nicht?«

»Ja, aber Karlsson ist ganz bestimmt der beste Dampfmaschinen-aufpasser der Welt«, sagte Lillebror und sah seine Mama ernst an.

Sie musste doch verstehen, dass man nicht Nein sagen konnte, wenn der beste Dampfmaschinenaufpasser der Welt sich erbot, die Dampfmaschine in Gang zu bringen.

»Man muss für das, was man getan hat, einstehen, Lillebror«, sagte Papa, »und es nicht jemandem in die Schuhe schieben, der Karlsson vom Dach heißt und den es nicht gibt.«

»Wohl gibt's den«, sagte Lillebror.

»Und fliegen kann er auch«, sagte Birger höhnisch.

»Ja, denk mal, das kann er«, sagte Lillebror. »Hoffentlich kommt er wieder. Dann kannst du es selber sehen.«

»Wenn er doch bloß morgen käme«, sagte Betty. »Du kriegst eine Krone* von mir, Lillebror, falls ich Karlsson vom Dach sehen kann.«

---

* schwedisches Geld; 1 Krone = 100 Öre

»Morgen kommt er wahrscheinlich nicht«, sagte Lillebror, »denn er wollte in die Werkstatt und sich abschmieren lassen.«

»Ach, du scheinst mir wahrhaftig auch eine gründliche Abschmierung nötig zu haben«, sagte Mama. »Schau, wie das Bücherbord aussieht!«

»Das stört keinen großen Geist, sagt Karlsson!«

Lillebror wedelte überlegen mit der Hand, genau so, wie Karlsson es getan hatte, damit Mama begriff, dass die Sache mit dem Bücherbord wirklich nicht so schlimm war und man sich deswegen nicht so aufzuregen brauchte. Aber das verfing nicht bei Mama.

»Aha, das sagt Karlsson«, sagte sie. »Bestell Karlsson, dass er seine Nase nicht noch einmal hier hereinstecken soll, sonst werde *ich* ihn abschmieren, dass er es nie vergisst.«

Lillebror gab keine Antwort. Er fand es schrecklich, dass Mama so von dem besten Dampfmaschinenaufpasser der Welt sprach. Aber etwas anderes war ja nicht zu erwarten an so einem Tag, an dem sich alle miteinander offenbar entschlossen hatten, verdreht zu sein.

Lillebror hatte plötzlich Sehnsucht nach Karlsson. Karlsson, der munter und fröhlich war und mit der Hand wedelte und sagte, ein Unglück, das störe keinen großen Geist, um das brauche man sich nicht zu kümmern. Richtig große Sehnsucht hatte Lillebror nach Karlsson. Und gleichzeitig fühlte er sich etwas beunruhigt. Wenn Karlsson nun nie mehr wiederkam?

»Ruhig, ganz ruhig«, sagte Lillebror zu sich selbst, genau so, wie Karlsson gesagt hatte. Karlsson hatte es ja versprochen.

Und Karlsson war ein Mann, auf den man sich verlassen konnte, das war zu merken. Es dauerte nur ein paar Tage, da tauchte er wieder auf.

Lillebror lag in seinem Zimmer auf dem Fußboden und las, als er das Brummen wieder hörte, und da kam Karlsson durch das Fenster hereingebrummt wie eine riesengroße Hummel. Er summte eine fröhliche kleine Weise, während er an den Wänden entlang im Zimmer herumflog. Hin und wieder hielt er inne, um sich die Bilder anzusehen. Er legte den Kopf schief und kniff die Augen zusammen. »Schöne Bilder«, sagte er. »Furchtbar schöne Bilder! Wenn vielleicht auch nicht ganz so schön wie meine.«

Lillebror war aufgesprungen und stand nun da, wild vor Eifer. Er freute sich so, dass Karlsson wiedergekommen war.

»Hast du viele Bilder oben bei dir?«, fragte er.

»Mehrere Tausend«, sagte Karlsson. »Male sie selbst in meiner freien Zeit; lauter kleine Hähne und Vögel und andere schöne Sachen. Ich bin der beste Hähnemaler der Welt«, sagte Karlsson und landete mit einem eleganten Schwung neben Lillebror.

»Denk bloß mal an«, sagte Lillebror. »Übrigens – kann ich nicht mit raufkommen und dein Haus und deine Dampfmaschinen und deine Bilder ansehen?«

»Natürlich«, sagte Karlsson. »Selbstverständlich! Du bist herzlich willkommen. Ein andermal.«

»Bald«, bat Lillebror.

»Ruhig, ganz ruhig«, sagte Karlsson. »Ich muss erst ein bisschen aufräumen, aber das dauert nicht lange. Der beste Schnellaufräumer der Welt, rat mal, wer das ist«, fragte Karlsson schalkhaft.

»Du vielleicht?«, sagte Lillebror.

»Vielleicht«, schrie Karlsson, »vielleicht? Daran brauchst du keine Minute zu zweifeln! Der beste Schnellaufräumer der Welt, das ist Karlsson vom Dach. Das weiß doch jeder.«

Und Lillebror glaubte gern, dass Karlsson »der Beste der Welt« in allem war. Sicherlich war er auch der beste Spielkamerad der Welt, das Gefühl hatte er. Krister und Gunilla waren zwar nett, aber sie waren nicht so aufregend wie Karlsson vom Dach. Lillebror beschloss, Krister und Gunilla von Karlsson zu erzählen, wenn sie das nächste Mal von der Schule zusammen nach Hause gingen. Krister redete immer so viel von seinem Hund, der Joffa hieß. Lillebror war schon lange neidisch auf Krister wegen dieses Hundes.

Aber wenn er morgen mit seinem alten Joffa anfängt, dann erzähle ich ihm von Karlsson, dachte Lillebror. Was ist Joffa gegen Karlsson vom Dach, werde ich sagen.

Und dennoch gab es nichts auf der Welt, wonach Lillebror sich so sehr sehnte wie gerade nach einem eigenen Hund.

Karlsson unterbrach seine Grübeleien.

»Ich fühle mich zu einem Spaß aufgelegt«, sagte er und sah sich neugierig um. »Hast du nicht noch eine Dampfmaschine?«

Lillebror schüttelte den Kopf. Die Dampfmaschine! Jetzt hatte er Karlsson ja hier, jetzt konnten Mama und Papa sehen, dass es Karlsson gab. Und Birger und Betty auch, falls sie zu Hause waren.

»Willst du mitkommen und Mama und Papa Guten Tag sagen?«, fragte Lillebror.

»Mit tausend Freuden«, sagte Karlsson. »Es wird ihnen ein Vergnügen sein, mich kennenzulernen, so schön und grundgescheit, wie ich bin!«

Karlsson spazierte im Zimmer auf und ab und sah zufrieden aus.

»Auch gerade richtig dick«, fügte er hinzu. »Ein Mann in meinen besten Jahren. Wird deiner Mama ein Vergnügen sein, mich kennenzulernen.«

In diesem Augenblick roch Lillebror den ersten schwachen Duft von frisch gebratenen Fleischklößen aus der Küche und er wusste, dass es jetzt gleich Zeit zum Abendessen war. Lillebror beschloss, bis nach dem Abendessen zu warten und Karlsson erst dann zu Mama und Papa zu bringen.

Es ist nie gut, Mütter zu stören, wenn sie Fleischklöße braten. Außerdem konnte es ja sein, dass Mama oder Papa anfangen würden, mit Karlsson über die Dampfmaschine zu reden und über die Flecke auf dem Bücherbord. Und das musste verhindert werden. Das musste um jeden Preis verhindert werden. Beim Essen würde Lillebror seinen Eltern auf irgendeine Weise beibringen, wie man sich beim besten Dampfmaschinenaufpasser der Welt benimmt. Er brauchte nur etwas Zeit dazu. Nach dem Essen – das war gut. Dann wollte er die ganze Familie mit in sein Zimmer nehmen.

»Bitte sehr, hier habt ihr Karlsson vom Dach«, würde er sagen. Wie die staunen würden! Es würde wirklich Spaß machen, ihr Staunen zu sehen.

Karlsson hatte aufgehört herumzuspazieren. Er stand still und schnupperte wie ein Hühnerhund.

»Fleischklöße«, sagte er, »kleine gute Fleischklößchen ess ich *sehr* gerne!«

Lillebror wurde etwas verlegen. Darauf gab es eigentlich nur eine einzige Antwort: »Willst du dableiben und bei mir essen?« Das war es, was er eigentlich sagen musste. Aber er wagte nicht, Karlsson so ohne Weiteres zum Essen mitzubringen. Es war etwas ganz anderes, wenn Krister und Gunilla bei ihm waren. Da konnte er, wenn es sich so traf, im letzten Augenblick, wenn die ganze übrige Familie sich schon gesetzt hatte, kommen und sagen:

»Liebe Mama, Krister und Gunilla dürfen doch auch ein bisschen Erbsen und Pfannkuchen mitessen?«

Aber ein völlig unbekannter kleiner, dicker Mann, der eine Dampfmaschine kaputt gemacht und Flecken auf das Bücherbord gemacht hatte – nein, das ging wirklich nicht an. Andererseits hatte dieser kleine, dicke Mann gerade gesagt, er esse gute Fleischklöße so gern. Lillebror musste zusehen, dass er sie bekam, sonst wollte Karlsson vielleicht nicht mehr mit Lillebror zusammen sein. Oh, es hing so viel von Mamas Fleischklößen ab!

»Warte hier einen Augenblick«, sagte Lillebror. »Ich geh in die Küche und hol welche.«

Karlsson nickte zufrieden.

24

»Gut«, sagte er, »gut! Aber beeil dich! Man wird nicht satt davon, wenn man Bilder anschaut – ohne Hähne oder was!«

Lillebror rannte geschwind in die Küche. Da stand Mama am Herd mit einer karierten Schürze und in dem allerherrlichsten Bratendunst. Sie schüttelte die große Bratpfanne über der Gasflamme und in der Pfanne hüpften eine Unmenge feiner, brauner Fleischklöße herum.

»Hallo, Lillebror«, sagte Mama. »Jetzt essen wir bald.«

»Liebe Mama, kann ich nicht ein paar Fleischklöße bekommen und mit zu mir reinnehmen?«, fragte Lillebror mit seiner einschmeichelndsten Stimme.

»Liebling, wir essen doch in wenigen Minuten.«

»Ja, aber trotzdem«, sagte Lillebror. »Nach dem Essen erkläre ich dir, wieso.«

»Ja, ja«, sagte Mama. »Dann sollst du ein paar haben!«

Sie legte sechs Fleischklöße auf einen kleinen Teller. Oh, sie dufteten so herrlich und sie waren klein und braun, genau wie sie sein sollten. Lillebror trug den Teller behutsam mit beiden Händen vor sich her und machte, dass er in sein Zimmer zurückkam.

»Hier, Karlsson«, rief er, als er die Tür öffnete.

Aber Karlsson war verschwunden. Da stand Lillebror mit den Fleischklößen, aber kein Karlsson war da. Lillebror war furchtbar enttäuscht. Auf einmal war alles so langweilig.

»Er ist weggegangen«, sagte er laut vor sich hin.

Aber da …

»Piep«, hörte er plötzlich jemanden sagen. »Piep!«

Lillebror sah sich um. Ganz unten am Fußende seines Bettes – unter der Decke – sah er einen kleinen dicken Klumpen, der sich bewegte. Von dort kam das Piep. Und gleich darauf kam Karlssons rotes Gesicht unter dem Laken hervor.

»Hihi«, sagte Karlsson. »›Er ist weggegangen‹, hast du gesagt. ›Er

ist weggegangen‹ – hihi, das bin ich ja gar nicht. Ich hab ja bloß so getan.«

Da fiel sein Blick auf die Fleischklöße. Wips, drehte er an dem Knopf, den er auf dem Bauch hatte. Der Motor fing an zu brummen und Karlsson kam im Gleitflug vom Bett her und schnurstracks auf den Teller zu. Im Vorbeifliegen schnappte er sich einen Fleischkloß, stieg schnell zur Decke empor, kreiste um die Deckenlampe und kaute zufrieden an seinem Fleischkloß.

»Delikat«, sagte er. »Wunderbar – leckerer Fleischkloß! Man sollte fast meinen, der beste Fleischklößemacher der Welt hätte ihn gemacht, aber das hat er ja nachweisbar *nicht* getan«, sagte Karlsson.

Und dann schoss er im Sturzflug auf den Teller herunter und schnappte sich einen neuen.

In dem Augenblick rief Mama aus der Küche: »Lillebror, wir wollen essen, wasch dir schnell die Hände und komm!«

»Ich muss wieder eine Weile weggehen«, sagte Lillebror und stellte den Teller ab. »Aber ich komm bald zurück. Versprich mir, dass du auf mich wartest.«

»Ja, aber was soll ich denn so lange machen?«, sagte Karlsson und landete mit einem kleinen vorwurfsvollen Plumps neben Lillebror. »Ich muss inzwischen irgendwas Schönes haben. Hast du wirklich keine Dampfmaschinen mehr?«

»Nein«, sagte Lillebror, »aber du kannst meinen Baukasten leihen.«

»Her damit«, sagte Karlsson.

Lillebror holte seinen Baukasten aus dem Schrank, in dem er seine Spielsachen hatte. Es war wirklich ein schöner Baukasten mit vielen verschiedenen Teilen. Die konnte man zusammenschrauben und viele Sachen daraus bauen.

»Hier hast du ihn«, sagte er. »Man kann Autos bauen und Hebekräne und alles Mögliche …«

»Meinst du, der beste Baumeister der Welt wüsste nicht, was man bauen und was man nicht bauen kann?«, fragte Karlsson.

Dann stopfte er sich rasch noch einen Fleischkloß in den Mund und machte sich über den Baukasten her.

»Jetzt wollen wir mal sehen, jetzt wollen wir mal sehen«, sagte er und kippte den ganzen Inhalt des Kastens auf dem Fußboden aus.

Lillebror musste leider gehen, obwohl er viel lieber dageblieben wäre und zugesehen hätte, wenn der beste Baumeister der Welt ernstlich an die Arbeit ging.

Das Letzte, was er sah, als er sich in der Tür umwandte, war Karlsson, der auf der Erde saß und vergnügt vor sich hin sang:

»Hurra, wie kann ich gut –
hurra, wie bin ich klug –
und grade, grade dick genug – happ!«

Das Letzte sang er, nachdem er den vierten Fleischkloß verschlungen hatte. Mama und Papa und Birger und Betty saßen schon am Tisch. Lillebror setzte sich auf seinen Stuhl und band sich die Serviette um.

»Eins musst du mir versprechen, Mama, und du auch, Papa«, sagte er.

»Was sollen wir versprechen?«, fragte Mama.

»Erst versprechen«, sagte Lillebror.

Papa wollte nicht so ohne Weiteres etwas versprechen.

»Wer weiß, vielleicht möchtest du wieder, dass ich dir einen Hund verspreche«, sagte er.

»Nein, keinen Hund«, sagte Lillebror, »obwohl du das auch gern versprechen kannst, wenn du willst. Nein, es ist was anderes und es ist überhaupt nichts Gefährliches. Versprecht mir, dass ihr versprecht!«

»Nun gut, wir versprechen also«, sagte Mama.

»So, jetzt habt ihr versprochen, dass ihr nichts zu Karlsson vom Dach wegen der Dampfmaschine sagt«, meinte Lillebror zufrieden.

»Ha«, sagte Betty, »wie sollen sie denn etwas zu Karlsson sagen, wenn sie ihn nie treffen?«

»Sie *werden* ihn aber treffen«, sagte Lillebror triumphierend. »Nach dem Essen. Er ist jetzt drüben in meinem Zimmer.«

»Nein, jetzt glaub ich fast, ich hab einen Kloß in den falschen Hals bekommen«, sagte Birger. »Karlsson ist in deinem Zimmer?«

»Ja, denk mal an, das ist er!«

Dies war wirklich ein Augenblick des Triumphes für Lillebror. Ach, wenn sie sich bloß mit dem Essen beeilen wollten, dann würden sie ja sehen …

Mama lächelte. »Es wird uns ein Vergnügen sein, Karlsson kennenzulernen«, sagte sie.

»Ja, das hat Karlsson auch gesagt«, versicherte Lillebror.

Endlich waren sie mit der Obstsuppe fertig. Endlich stand Mama vom Tisch auf. Jetzt war der große Augenblick da.

»Kommt alle mit«, sagte Lillebror.

»Dazu brauchst du uns nicht aufzufordern«, sagte Betty. »Ich kann es kaum aushalten, bis ich diesen Karlsson zu sehen kriege.«

Lillebror ging voraus.

»Vergesst nicht, was ihr versprochen habt«, sagte er, ehe er die Tür zu seinem Zimmer öffnete. »Nicht ein Wort wegen der Dampfmaschine!«

Dann drückte er die Türklinke herunter und öffnete.

Karlsson war weg. *Er war weg.* Es lag kein kleiner dicker Klumpen unter der Decke in Lillebrors Bett.

Aber mitten im Zimmer erhob sich aus dem Durcheinander der Bausteine ein Turm. Ein sehr hoher und sehr schmaler Turm. Wenn Karlsson natürlich auch Hebekräne und anderes bauen konnte, so hatte er sich diesmal damit begnügt, Bausteine übereinanderzustapeln, sodass dieser sehr hohe und sehr schmale Turm daraus geworden war. Oben war der Turm mit etwas geschmückt, das offensichtlich eine Kuppel sein sollte. Es war ein kleiner runder Fleischkloß.

Karlsson spielt Zelt

Für Lillebror kamen ein paar schwierige Minuten. Mama war es nicht recht, dass man ihre Fleischklöße als Schmuck verwandte, und sie glaubte steif und fest, dass es Lillebror gewesen war, der den Turm so hübsch verziert hatte.

»Karlsson vom Dach …«, begann Lillebror, aber da sagte Papa streng:

»Jetzt ist aber Schluss mit den Karlsson-Fantasien, Lillebror!«

Birger und Betty lachten nur.

»So ein Karlsson«, sagte Birger, »musste er aber auch gerade rausgehen, als wir ihn begrüßen wollten!«

Lillebror aß traurig den Fleischkloß auf und packte seine Bausteine zusammen. Es hatte keinen Sinn, jetzt noch länger von Karlsson zu reden.

Aber es war leer ohne ihn, furchtbar leer.

»Jetzt trinken wir Kaffee und pfeifen auf Karlsson«, sagte Papa und strich Lillebror tröstend über die Wange.

Sie tranken den Kaffee immer im Wohnzimmer vor dem brennenden Kaminfeuer. Das taten sie heute Abend auch, obwohl draußen warmer, heller Frühling war und die Linden auf der Straße schon kleine, grüne Blättchen bekommen hatten. Lillebror mochte keinen Kaffee, aber er fand es schön, mit Mama und Papa und Birger und Betty vor dem Feuer zu sitzen.

»Mach einen Augenblick die Augen zu, Mama«, sagte Lillebror, nachdem Mama das Kaffeetablett auf den kleinen Tisch neben dem offenen Kamin gestellt hatte.

»Weshalb soll ich die Augen zumachen?«

»Ja, du hast doch gesagt, du möchtest nicht sehen, dass ich Zucker esse, und ich wollte mir gerade ein Stückchen nehmen«, sagte Lillebror.

Er brauchte etwas zum Trost, das fühlte er deutlich. Warum war Karlsson weggegangen? Das gehörte sich wirklich nicht – verschwinden und nur einen kleinen Fleischkloß hinterlassen.

Lillebror saß auf seinem Lieblingsplatz auf dem Kaminsockel, so dicht am Feuer, wie er nur konnte. Diese Kaffeestunde nach dem Essen war fast das Gemütlichste vom ganzen Tag. Man konnte mit Papa und Mama reden, und sie hörten zu, wenn man etwas sagte. Dazu hatten sie sonst nicht immer Zeit. Es machte auch Spaß, Birger und Betty zuzuhören, wie sie sich gegenseitig aufzogen und von der »Penne« redeten. Die »Penne« war ohne Zweifel eine ganz andere und feinere Art von Schule als die Kleinkinderschule, in die Lillebror ging. Lillebror hätte gern auch von seiner »Penne« erzählt, aber außer Mama und Papa interessierte sich niemand dafür, was dort passierte. Birger und Betty lachten nur darüber und Lillebror hütete sich, etwas zu sagen, worüber Birger und Betty so spöttisch lachen konnten. Es hatte übrigens gar keinen Zweck, dass sie versuchten, ihn zu ärgern – er war ein Meister darin, sie wiederzuärgern. Das *musste* man können, wenn man einen Bruder hatte wie Birger und eine Schwester wie Betty.

»Na, Lillebror, konntest du heute deine Aufgaben?«, fragte Mama.

Das war so eine Art Unterhaltung, die Lillebror nicht mochte. Aber da Mama eben nichts von dem Stück Zucker gesagt hatte, musste er sich wohl gefallen lassen, dass sie so fragte.

»Ja klar, *natürlich* konnte ich die Aufgaben«, sagte er mürrisch.

Er dachte die ganze Zeit an Karlsson. Wie konnte irgendein Mensch verlangen, dass er sich an die Aufgaben erinnern sollte, solange er nicht wusste, wo Karlsson vorhin geblieben war!

»Was hattet ihr zu heute auf?«, fragte Papa.

Lillebror wurde ärgerlich. Wollten sie die ganze Zeit so weitermachen? Deshalb saß man doch wohl nicht vor dem Feuer und hatte es gemütlich – damit die Leute von Schulaufgaben redeten.

»Wir hatten das Alphabet auf«, sagte Lillebror schnell. »Das ganze lange Alphabet und ich *kann* es – zuerst kommt A und dann kommen all die anderen Buchstaben!«

Er nahm sich noch ein Stück Zucker und dachte wieder an Karlsson. Die mochten um ihn herum reden und brummen, soviel sie wollten, Lillebror dachte an Karlsson und fragte sich, ob er ihn wohl wiedersehen würde.

Betty weckte ihn aus seinen Träumereien.

»Lillebror, hörst du nicht? Möchtest du dir fünfundzwanzig Öre verdienen?«

Allmählich begriff Lillebror, was sie gesagt hatte. Er hatte nichts dagegen, fünfundzwanzig Öre zu verdienen, aber es kam natürlich darauf an, was Betty von ihm verlangte.

»Fünfundzwanzig Öre, das ist zu wenig«, sagte er selbstsicher. »Wo heutzutage alles so teuer ist. Was denkst du denn, wie viel zum Beispiel ein Fünfziger-Eis kostet?«

»Ja, was soll ich da schätzen?«, sagte Betty und machte ein pfiffiges Gesicht. »Fünfzig Öre vielleicht?«

»Ja, siehst du, das stimmt genau«, sagte Lillebror. »Und da siehst du wohl ein, dass fünfundzwanzig Öre zu wenig sind.«

»Du weißt ja noch gar nicht, worum es sich handelt«, sagte Betty. »Es ist nichts, was du tun sollst – sondern etwas, was du *nicht* tun sollst.«

»Was soll ich denn nicht tun?«

»Du sollst dich heute Abend nicht hier im Wohnzimmer zeigen.«

»Pelle kommt, musst du wissen«, sagte Birger. »Bettys neuer Freund!«

Lillebror nickte. Aha, so hatten sie sich das also gedacht: Mama und Papa wollten ins Kino gehen und Birger zu einem Fußballspiel, und Betty wollte mit Pelle allein im Wohnzimmer sitzen und Lillebror sollte in sein Zimmer verwiesen werden – gegen eine lumpige Entschädigung von fünfundzwanzig Öre. Nette Familie, die man hatte.

»Was hat er für Ohren?«, fragte Lillebror. »Stehen die genauso weit ab wie bei deinem früheren Freund?«

So musste man es machen, wenn man Betty ärgern wollte.

»Da hörst du, Mama«, sagte sie. »Verstehst du jetzt, weshalb ich Lillebror aus dem Weg haben will? Er vertreibt jeden, der mich besuchen kommt.«

»Oh, das tut er doch gar nicht«, sagte Mama lahm. Sie mochte es nicht, wenn ihre Kinder sich zankten.

»Doch tut er das«, versicherte Betty. »Hat er Klas vielleicht nicht vertrieben? Vor den hat er sich hingestellt und ihn eine ganze Weile angeglotzt, und dann hat er gesagt: ›Solche Ohren kann Betty bestimmt nicht leiden.‹ Das müsst ihr doch verstehen, dass Klas dann nicht mehr wiedergekommen ist.«

»Ruhig, ganz ruhig«, sagte Lillebror in genau dem gleichen Tonfall wie Karlsson. »Ruhig, ganz ruhig! Ich *werde* in meinem Zimmer bleiben und ich mach's umsonst. Ich lass mir nichts bezahlen dafür, dass den Leuten mein Anblick erspart bleibt.«

»Gut«, sagte Betty. »Deine Hand darauf! Deine Hand darauf, dass du dich den ganzen Abend nicht zeigst.«

»Hier meine Hand«, sagte Lillebror. »Ich bin nicht so wild auf alle deine Pelles, das denk bloß nicht. Ich würde eher fünfundzwanzig Öre dazubezahlen, damit ich sie nicht zu sehen brauche!«

Ein Weilchen später saß Lillebror ganz richtig drinnen in seinem Zimmer – völlig unentgeltlich. Mama und Papa waren ins Kino gegangen, Birger war verschwunden und aus dem Wohnzimmer konnte Lillebror, wenn er seine Tür aufmachte, ein leises Gemurmel hören. Das war Betty, die mit ihrem Pelle murmelte. Lillebror machte die Tür ein paar Mal auf und versuchte zu verstehen, was sie sagten, aber es ging nicht. Da stellte er sich ans Fenster und schaute in die Dämmerung hinaus. Er guckte auf die Straße, um nachzusehen, ob Krister und Gunilla draußen waren. Da waren aber nur ein paar große Jungen, die sich balgten. Es war ganz interessant, er hatte Unterhaltung, solange die Balgerei dauerte, doch leider hörten die Jungen ziemlich bald auf, sich zu hauen, und dann war alles wieder genauso langweilig.

Da hörte er ein himmlisches Geräusch. Er hörte das Brummen des Motors und gleich darauf kam Karlsson zum Fenster hereingesegelt.

»Heißa hopsa, Lillebror«, sagte er übermütig.

»Heißa hopsa, Karlsson«, sagte Lillebror. »Wo warst du denn?«

»Wieso? Was meinst du?«, fragte Karlsson.

»Ja, du bist doch verschwunden«, sagte Lillebror, »als du Mama und Papa Guten Tag sagen solltest. Warum bist du abgehauen?«

Karlsson stemmte die Hände in die Seiten und sah richtig ärgerlich aus.

»Nein, hat man so was schon gehört«, sagte er. »Darf man sich denn nicht mal um sein Haus kümmern? Ein Hausbesitzer muss doch mal nach seinem Haus sehen – was wären das sonst für Zustände? Kann ich was dafür, dass deine Mama und dein Papa mir ihre Aufwartung machen wollen, ausgerechnet wenn ich weg bin und mich um mein Haus kümmern muss?«

Er sah sich im Zimmer um.

»Apropos Haus«, sagte er, »wo ist mein Turm? Wer hat meinen feinen Turm kaputt gemacht und wo ist mein Fleischkloß?«

Lillebror fing an zu stottern.

»Ich dachte, du kommst nicht mehr zurück«, sagte er ängstlich.

»Na klar, so ist das also«, sagte Karlsson. »Der beste Baumeister der Welt baut einen Turm und was passiert? Baut einer einen kleinen Zaun drum herum und passt auf, dass der Turm für immer stehen bleibt? Nein, denkt nicht dran! Abreißen und ihn kaputt machen, das tun sie und essen anderer Leute Fleischklöße auf!«

Karlsson setzte sich auf eine Fußbank und maulte.

»Ach, das stört doch keinen großen Geist«, sagte Lillebror und wedelte mit der Hand genau wie Karlsson. »Daraus braucht man sich doch nichts zu machen.«

»Das meinst du«, sagte Karlsson entrüstet. »Es ist leicht, alles abzureißen, und hinterher sagt man bloß, es stört keinen großen Geist, und damit ist der Fall erledigt. Wo ich doch den Turm mit diesen armen kleinen Händen hier gebaut habe!«

Er hielt Lillebror seine kleinen dicken Hände unter die Nase. Dann setzte er sich wieder auf den Schemel und maulte noch mehr.

»Ich mach nicht mit«, sagte er. »Ich mach nicht mit, wenn es so läuft.«

Lillebror war völlig verzweifelt. Er stand da und wusste nicht, was er tun sollte. Es war lange Zeit ganz still. Schließlich sagte Karlsson:

»Wenn ich ein kleines Geschenk kriege, vielleicht würde ich dann wieder fröhlich werden. Es ist nicht sicher, aber *vielleicht* würde ich vergnügt werden, wenn ich ein kleines Geschenk kriege.«

Lillebror rannte zum Tisch und begann eifrig in der Tischschublade zu kramen, denn hier hatte er eine ganze Menge schöner Sachen aufbewahrt. Hier lagen seine Briefmarken und seine Murmeln und seine Zinnsoldaten. Und hier lag auch eine kleine Taschenlampe, die er sehr gern hatte.

»Möchtest du die haben?«, fragte er und hielt die Taschenlampe hoch, damit Karlsson sie sehen konnte.

Karlsson griff blitzschnell zu.

»Grad so was muss es sein, wenn ich wieder vergnügt werden soll«, sagte er. »Sie ist nicht so fein wie mein Turm; aber wenn ich sie kriege, dann versuch ich, ob ich nicht wenigstens ein *bisschen* vergnügt sein kann.«

»Du kriegst sie«, sagte Lillebror.

»Sie geht hoffentlich anzuknipsen«, sagte Karlsson misstrauisch und drückte auf den Knopf. O ja, die Taschenlampe strahlte auf und Karlssons Augen begannen ebenfalls zu strahlen.

»Denk mal, wenn ich im Herbst abends oben auf dem Dach herumgehe und es ist so dunkel, dann kann ich damit leuchten und in mein kleines Haus zurückfinden und verlauf mich nicht zwischen all den Schornsteinen«, sagte er und streichelte die Taschenlampe.

Lillebror war sehr zufrieden, als er Karlsson so reden hörte. Er wünschte nur, er könnte Karlsson einmal auf einem seiner Dachspaziergänge begleiten und ihn im Dunkeln mit der Taschenlampe leuchten sehen.

»Heißa hopsa, Lillebror, jetzt bin ich wieder vergnügt«, sagte Karlsson. »Hol deine Mama und deinen Papa her, dann können sie mir Guten Tag sagen.«

»Die sind im Kino«, sagte Lillebror.

»Im Kino? Wenn sie *mich* kennenlernen können?«, sagte Karlsson erstaunt.

»Ja, nur Betty ist zu Hause – und dann ihr neuer Freund. Sie sitzen im Wohnzimmer und ich darf nicht rein.«

»Was hör ich da?«, schrie Karlsson. »Darfst du nicht hingehen, wohin du willst? Ich denk nicht daran, uns das auch nur eine Minute gefallen zu lassen. Komm nur mit.«

»Ja, aber ich hab's versprochen«, sagte Lillebror.

»Und *ich* verspreche dir, wenn irgendetwas ungerecht ist, wips, stößt Karlsson darauf nieder wie ein Habicht«, sagte Karlsson.

Er ging zu Lillebror und klopfte ihm auf die Schulter. »Was hast du eigentlich *genau* versprochen?«

»Ich hab versprochen, mich den ganzen Abend nicht im Wohnzimmer zu zeigen.«

»Na, dann sollst du dich auch nicht zeigen«, sagte Karlsson. »Aber du möchtest doch bestimmt Bettys neuen Freund gerne sehen?«

»Ja, siehst du, das möchte ich eigentlich«, sagte Lillebror lebhaft. »Sie hatte vorher einen, dem standen die Ohren so unverantwortlich weit vom Kopf ab. Ich möchte gern sehen, was für Ohren dieser Neue hat.«

»Ja, das möchte ich wahrhaftig auch«, sagte Karlsson. »Wart ein bisschen, dann denk ich mir irgendwas aus. Der beste Ausdenker der Welt – das ist Karlsson vom Dach.«

Er schaute sich im Zimmer um. »Da haben wir es«, sagte er und nickte. »Eine Decke – genau das brauchen wir. Ich wusste doch, dass ich mir irgendwas ausdenken würde.«

»Was hast du dir denn ausgedacht?«, fragte Lillebror.

»Du hast versprochen, dich den ganzen Abend nicht im Wohnzimmer zu zeigen – war es nicht so? Aber wenn du unter einer Decke bist, dann zeigst du dich nicht.«

»Nein – aber …«, begann Lillebror.

»Wenn du unter einer Decke bist, dann zeigst du dich nicht, kein ›nein, aber‹«, sagte Karlsson bestimmt. »Und wenn ich unter einer Decke bin, dann zeige ich mich auch nicht und das ist schlimm für Betty. Wenn sie so dumm ist, kriegt sie mich nicht zu sehen, die arme, arme kleine Betty.«

Er zerrte die Decke von Lillebrors Bett herunter und warf sie sich über den Kopf. »Komm herein, komm herein!«, rief er. »Komm in mein Zelt!«

Lillebror kroch unter die Decke und da drinnen stand Karlsson und kicherte zufrieden.

»Betty hat doch nichts davon gesagt, dass sie kein Zelt im Wohnzimmer sehen will? Jeder Mensch freut sich doch, wenn er ein Zelt zu sehen bekommt. Besonders ein Zelt, in dem es leuchtet«, sagte Karlsson und knipste die Taschenlampe an.

Lillebror war sich nicht sicher, ob Betty sich über das Zelt so freuen würde, aber er selber fand es spannend und geheimnisvoll, mit Karlsson unter der Decke zu stecken und mit der Taschenlampe zu leuchten. Lillebror meinte, sie könnten ebenso gut bleiben, wo sie waren, und Zelt spielen und auf Betty pfeifen. Aber davon wollte Karlsson nichts wissen.

»Ich dulde keine Ungerechtigkeit«, sagte er. »Ich muss ins Wohnzimmer rein, koste es, was es wolle.«

Und nun begann das Zelt zur Tür zu wandern. Lillebror brauchte nur mitzugehen. Eine kleine dicke Hand streckte sich heraus und packte den Türgriff und machte die Tür sehr leise und vorsichtig auf. Das Zelt kam in die Diele hinaus, die lediglich durch einen dicken Vorhang vom Wohnzimmer abgetrennt war.

»Ruhig, ganz ruhig«, flüsterte Karlsson.

Und völlig geräuschlos wanderte das Zelt durch die Diele und blieb hinter dem Vorhang stehen. Das Gemurmel war jetzt etwas deutlicher zu hören, aber noch immer nicht so deutlich, dass man irgendwelche Worte unterscheiden konnte. Das Licht im Wohnzimmer war ausgeschaltet, Betty und ihr Pelle begnügten sich offenbar mit dem schwachen Zwielicht von draußen.

»Das ist gut«, flüsterte Karlsson, »dann ist meine Taschenlampe umso besser zu sehen.«

In diesem Augenblick hatte er die Taschenlampe jedenfalls ausgeknipst.

»Wir müssen als eine freudige und liebe Überraschung kommen«, flüsterte Karlsson und schmunzelte unter der Decke.

Langsam, langsam wanderte das Zelt hinter dem Vorhang hervor und ins Zimmer. Betty und Pelle saßen auf dem kleinen Sofa an der gegenüberliegenden Wand. Langsam, langsam steuerte das Zelt darauf zu.

»Ich hab dich gern, Betty«, hörte Lillebror eine raue Jungenstimme sagen – wie war er bloß albern, dieser Pelle!

»Wirklich?«, sagte Betty und dann wurde es wieder still.

Wie eine dunkle Masse bewegte sich das Zelt vorwärts, langsam und unaufhaltsam steuerte es auf das Sofa zu, näher und näher kam es. Jetzt waren es nur noch wenige Schritte; aber die beiden, die dort saßen, weder hörten noch sahen sie etwas.

»Magst du mich, Betty?«, fragte Bettys Pelle sehr schüchtern.

Er bekam keine Antwort mehr. Denn in diesem Augenblick durchschnitt der Strahl einer Taschenlampe die grauen Schatten im Zimmer und fiel ihm voll ins Gesicht. Pelle fuhr hoch, Betty schrie auf und man hörte Kichern und Trappeln von Füßen, die hastig auf die Diele zurannten.

Man kann nichts sehen, wenn man gerade von einer Taschenlampe geblendet worden ist. Aber *hören* kann man. Und Betty und ihr Pelle hörten das Gelächter, ein wildes, begeistertes Gelächter, das von der anderen Seite des Vorhangs hervorblubberte.

»Das ist mein abscheulicher kleiner Bruder«, sagte Betty. »Aber der kriegt jetzt was …«

Lillebror kicherte und kicherte immerzu.

»Klar mag sie dich«, schrie er. »Warum sollte sie dich nicht mögen? Betty mag *alle* Jungens, dass du's weißt!«

Dann war nur noch ein Gepolter zu hören und noch mehr Gekicher.

»Ruhig, ganz ruhig«, flüsterte Karlsson, als das Zelt bei ihrer wilden Flucht zur Tür abrutschte.

Lillebror war so ruhig, wie er konnte, obwohl das Lachen noch immer in ihm blubberte und obwohl Karlsson direkt auf ihn gefallen war und er nicht mehr wusste, welche Beine seine eigenen und welche Karlssons waren, und obwohl ihm klar war, dass Betty sie jeden Augenblick eingeholt haben konnte.

Sie rappelten sich hoch, so schnell es nur ging, und stürzten aufgeregt auf Lillebrors Zimmer zu, denn Betty war dicht hinter ihnen.

»Ruhig, ganz ruhig«, flüsterte Karlsson und seine kurzen, dicken Beine bewegten sich unter der Decke wie Trommelstöcke. »Der beste Schnellläufer der Welt, das ist Karlsson vom Dach!«, flüsterte er, aber er schien ziemlich außer Atem zu sein.

Lillebror rannte auch ganz schön. Und es war höchste Zeit! In der allerletzten Sekunde retteten sie sich durch die Tür in Lillebrors Zimmer hinein. Karlsson drehte schnell den Schlüssel um und stand da und kicherte leise und befriedigt, als Betty an die Tür klopfte.

»Warte nur, Lillebror! Wenn ich dich zu fassen kriege!«, schrie sie wütend.

»Aber ich hab mich jedenfalls nicht gezeigt!«, schrie Lillebror zurück.

Und dann kicherte es wieder hinter der Tür.

Es waren *zwei*, die kicherten – das hätte Betty sehr gut hören können, wenn sie nicht so wütend gewesen wäre.

Karlsson wettet

Lillebror kam eines Tages von der Schule nach Hause. Er war erbost und hatte eine große Beule auf der Stirn. Mama war in der Küche und sie war genauso erschüttert über die Beule, wie Lillebror es gehofft hatte.

»Liebster Lillebror, was ist passiert?«, sagte sie und nahm ihn in die Arme.

»Krister hat mich mit Steinen geschmissen«, sagte Lillebror böse.

»Nein, nun hört doch aber alles auf«, sagte Mama, »so ein Lümmel! Warum kommst du denn nicht rauf und sagst es mir?«

Lillebror zuckte die Achseln.

»Wozu hätte das gut sein sollen? Du kannst doch nicht mit Steinen schmeißen. Du würdest nicht mal eine Scheunenwand richtig treffen.«

»Ach, du kleines Dummerchen«, sagte Mama. »Du denkst doch nicht etwa, dass ich Krister mit Steinen schmeißen will?«

»Womit willst du denn sonst schmeißen?«, fragte Lillebror. »Was anderes gibt es nicht, wenigstens nichts, was genauso gut ist.«

Mama seufzte. Es war kein Zweifel, dass nicht nur Krister zuschlug, wenn es nötig war. Ihr eigener Liebling war keine Spur besser. Aber wie war es möglich, dass ein kleiner Bengel, der so liebe blaue Augen hatte, ein solcher Raufbold war?

»Wenn ihr es euch nur abgewöhnen könntet, euch zu hauen«, sagte Mama. »Man kann doch stattdessen über die Dinge *reden*!

Weißt du, Lillebror, es gibt tatsächlich nichts, was man nicht ins Reine bringen kann, wenn man darüber ordentlich spricht.«

»Das gibt es aber doch«, sagte Lillebror. »Zum Beispiel gestern. Da hab ich mich auch mit Krister gehauen ...«

»Völlig unnötig«, sagte Mama. »Ihr hättet ebenso gut durch ein vernünftiges Gespräch klären können, wer recht hatte.«

Lillebror setzte sich an den Küchentisch und stützte seinen verletzten Kopf in die Hände.

»Denkst du, ja«, sagte er und sah seine Mama finster an. »Krister hat nämlich zu mir gesagt: ›Ich kann dir eins reinhauen‹, hat er gesagt und da hab ich gesagt: ›Das kannst du ja mal versuchen.‹ Wie hätten wir so was wohl durch ein vernünftiges Gespräch klären sollen? Kannst du mir das mal sagen?«

Das konnte Mama nicht und sie beendete unverzüglich ihre Friedenspredigt. Ihr Raufbold von einem Sohn sah ziemlich finster aus und sie stellte ihm eiligst heißen Kakao und frische Zimtwecken hin. Das war etwas, das Lillebror mochte. Er hatte den lieblichen Duft von frisch gebackenem Hefekuchen schon im Treppenhaus gerochen und Mamas herrliche Zimtwecken machten ihm das Leben wenigstens ein bisschen leichter.

Lillebror biss nachdenklich in einen Wecken, und während er aß, klebte Mama ihm ein Pflaster auf die Wunde an der Stirn. Dann gab sie ihm einen kleinen Kuss auf das Pflaster und fragte:

»Weswegen habt ihr euch denn heute gezankt, Krister und du?«

»Krister und Gunilla sagen, dass Karlsson vom Dach eine Einbildung ist. Sie haben gesagt, er wäre nur eine Erfindung«, sagte Lillebror.

»Ist er das denn nicht?«, fragte Mama ein bisschen vorsichtig.

Lillebror starrte sie über die Kakaotasse hinweg verdrießlich an.

»Kannst *du* nicht wenigstens glauben, was ich sage?«, sagte er. »Ich habe Karlsson gefragt, ob er eine Erfindung ist ...«

»Und was hat Karlsson gesagt?«, fragte Mama.

»Er sagte, wenn *er* eine Erfindung wäre, dann wäre er die beste Erfindung der Welt. Aber nun ist er zufällig keine«, sagte Lillebror und nahm sich einen neuen Wecken. »Karlsson meint, Krister und Gunilla sind Erfindungen. Ganz besonders dumme Erfindungen, sagt er, und das finde ich auch.«

Mama antwortete nicht. Sie sah ein, dass es zwecklos war, noch länger über Lillebrors Fantasien zu reden, und darum sagte sie nur:

»Ich finde, du solltest ein bisschen mehr mit Gunilla und Krister spielen und nicht so viel an Karlsson denken.«

»Karlsson schmeißt mich wenigstens nicht mit Steinen«, sagte Lillebror und befühlte die Beule auf der Stirn. Dann kam ihm ein Gedanke und er lächelte Mama sonnig an.

»Heute darf ich übrigens sehen, wo Karlsson wohnt«, sagte er, »das hätte ich ja fast vergessen.«

Er bereute es, kaum dass er es gesagt hatte. Wie konnte er so dumm sein und es Mama erzählen?

Aber in Mamas Ohren klang es nicht gefährlicher und beunruhigender als irgendetwas anderes, was er über Karlsson erzählte, und sie sagte gedankenlos: »So, so, wie schön für dich.«

Ganz so ruhig wäre sie wohl kaum gewesen, wenn ihr richtig aufgegangen wäre, was Lillebror gesagt hatte. Und wenn sie darüber nachgedacht hätte, wo dieser Karlsson wohnte!

Lillebror stand vom Tisch auf, satt und zufrieden und plötzlich sehr einverstanden mit seiner Welt. Die Beule an der Stirn tat nicht mehr weh, er hatte noch immer den herrlichen Zimtweckengeschmack im Mund, die Sonne schien durchs Küchenfenster und Mama sah so lieb aus mit ihren runden Armen und ihrer karierten Schürze. Er drückte sie einen Augenblick lang ganz fest und sagte:

»Ich mag dich gern, Mama.«

»Wie bin ich froh darüber«, sagte Mama.

»Ja … ich hab dich gern, weil du rundherum so lieb bist.«

Dann ging er in sein Zimmer und setzte sich hin, um auf Karlsson zu warten. Er durfte ihn aufs Dach hinaufbegleiten – was machte es da schon, wenn Krister sagte, dass Karlsson nur eine Erfindung war!

Lillebror musste lange warten.

»Ich komme ungefähr um drei Uhr oder um vier oder fünf, aber nicht eine Minute vor sechs«, hatte Karlsson gesagt.

Lillebror hatte trotzdem nicht so recht verstanden, wann Karlsson kommen wollte, und er hatte noch einmal nachgefragt.

»Auf alle Fälle nicht später als sieben«, hatte Karlsson gesagt. »Aber kaum vor acht. Und, pass auf, ungefähr so um neun Uhr ungefähr, da klappt es!«

Lillebror musste eine ganze Ewigkeit warten und zuletzt glaubte er fast, Karlsson sei eine Erfindung geworden. Aber da hörte er plötzlich das gewohnte Brummen und herein kam Karlsson, munter und vergnügt.

»Oh, ich hab so gewartet«, sagte Lillebror. »Was hast du gesagt, wann du kommen würdest?«

»Ungefähr«, sagte Karlsson. »Ich sagte, ich würde ungefähr kommen, und das hab ich ja auch getan.«

Er ging zu Lillebrors Aquarium, steckte das ganze Gesicht ins Wasser und trank in langen Zügen.

»Oh, pass auf, meine Fische«, sagte Lillebror ängstlich.

Er hatte Angst, dass Karlsson seine kleinen Guppys mit austrinken könnte, die so munter im Aquarium herumschwammen.

»Wenn man Fieber hat, dann muss man massenhaft trinken«, sagte Karlsson. »Und ob da der eine oder andere kleine Fisch mit durchrutscht, das stört keinen großen Geist.«

»Hast du Fieber?«, fragte Lillebror.

»Und ob! Fühl mal«, sagte Karlsson und legte Lillebrors Hand auf seine Stirn.

Aber Lillebror fand nicht, dass Karlsson sich besonders heiß anfühlte.

»Wie viel Fieber hast du?«, fragte er.

»Tja, so etwa dreißig, vierzig Grad«, sagte Karlsson. »Mindestens!«

Lillebror hatte kürzlich die Masern gehabt und wusste, was es hieß, Fieber zu haben. Er schüttelte den Kopf.

»Ich glaube nicht, dass du krank bist«, sagte er.

»Oh, wie bist du gemein«, sagte Karlsson und stampfte mit dem Fuß auf. »Darf ich denn *nie* krank sein wie andere Menschen?«

»Möchtest du denn krank sein?«, fragte Lillebror verwundert.

»Das möchten doch alle Menschen«, sagte Karlsson. »Ich möchte in meinem Bett liegen und viel, viel Fieber haben und du sollst fragen, wie ich mich fühle, und ich werde sagen, ich sei der Kränkste der Welt, und du sollst fragen, ob ich gern irgendwas haben möchte, und ich werde sagen, ich bin so krank, so krank, dass ich nicht das Geringste haben möchte ... außer einem Berg Torte und ziemlich viel Kuchen und einer Menge Schokolade und einem ganzen Haufen Bonbons.«

Karlsson schaute Lillebror erwartungsvoll an, der ganz hilflos dastand und nicht wusste, wo er plötzlich all das herbekommen sollte, was Karlsson haben wollte.

»Ich möchte, dass du wie eine Mutter zu mir bist«, fuhr Karlsson fort, »und du sollst sagen, dass ich irgend so 'ne grässliche Medizin einnehmen *muss* – aber dafür bekäme ich dann auch fünf Öre. Und dann musst du mir einen warmen Wollschal um den Hals wickeln, aber dann sage ich, der kratzt – wenn ich nicht noch fünf Öre dazukriege.«

Lillebror wollte gern wie eine Mutter zu Karlsson sein. Und das hieß, dass er sein Sparschwein ausleeren musste. Es stand auf dem Bücherregal, schwer und prächtig. Lillebror holte ein Messer aus der Küche und machte sich daran, Fünförestücke herauszustochern. Karlsson half ihm mit größtem Eifer und jubelte bei jeder Münze auf, die herausgepurzelt kam. Es rutschten auch eine ganze Menge Zehner und Fünfundzwanziger heraus, aber Karlsson mochte am liebsten die Fünfer, weil sie viel größer waren.

Dann lief Lillebror zum Laden hinunter und kaufte fast für das ganze Geld Bonbons und Schokolade. Als er sein Vermögen hinlegte, dachte er einen Augenblick daran, dass er all dies Geld gespart hatte, um sich einen Hund zu kaufen. Er seufzte ein bisschen bei dem Gedanken. Aber ihm war klar, dass derjenige, der wie eine Mutter zu Karlsson sein sollte, es sich nicht leisten konnte, einen Hund zu halten.

Auf dem Rückweg ging Lillebror wie von ungefähr durchs Wohnzimmer – die Süßigkeiten hatte er gut in den Hosentaschen versteckt. Alle saßen hier beisammen, Mama und Papa und Birger und Betty, und tranken Kaffee nach dem Essen. Aber heute hatte Lillebror keine Zeit, dabei zu sein. Einen Augenblick überlegte er, ob er sie bitten sollte, mitzukommen und Karlsson Guten Tag zu sagen, aber nach weiterem Nachdenken beschloss er, es zu lassen. Dann würden sie ihn ja doch nur daran hindern, Karlsson zum Dach hinaufzubegleiten. Es war bestimmt das Beste, wenn sie ihn ein andermal begrüßen durften. Lillebror nahm sich ein paar Mandelkekse vom Tablett – denn Karlsson hatte ja gesagt, dass er auch Kuchen haben wollte – und dann rannte er in sein Zimmer.

»Wie lange soll man hier sitzen und warten, so krank und elend, wie man ist?«, fragte Karlsson vorwurfsvoll. »Das Fieber steigt mehrere Grade in der Minute und jetzt kann man Eier auf mir kochen.«

»Ich hab mich beeilt, sosehr ich konnte«, sagte Lillebror. »Und ich hab so viel gekauft ...«

»Aber du hast doch noch Geld übrig, damit ich fünf Öre kriegen kann, falls der Wollschal kratzt?«, fragte Karlsson ängstlich.

Lillebror beruhigte ihn. Ein paar Fünfer hatte er zurückbehalten.

Karlssons Augen funkelten und er machte vor Begeisterung einen Luftsprung.

»Ach, ich bin der Kränkste der Welt«, sagte er. »Wir müssen mich so schnell wie möglich ins Bett bringen.«

Erst jetzt begann Lillebror darüber nachzugrübeln, wie er aufs Dach hinaufkommen sollte, da er doch nicht fliegen konnte.

»Ruhig, ganz ruhig«, sagte Karlsson. »Ich nehme dich auf den Rücken und heißa hopsa fliegen wir zu mir hinauf! Du musst dich nur in Acht nehmen, dass du die Finger nicht in den Propeller bekommst.«

»Glaubst du denn wirklich, dass du mich tragen kannst?«, fragte Lillebror.

»Das werden wir sehen«, sagte Karlsson. »Es ist ganz interessant, zu sehen, ob ich mehr als den halben Weg schaffe, so krank und elend, wie ich bin. Aber es gibt immer noch den Ausweg, dass ich dich abwerfen kann, wenn ich merke, dass es nicht geht.«

Lillebror fand diesen Ausweg, auf halbem Wege abgeworfen zu werden, nicht gut und er machte ein etwas bedenkliches Gesicht.

»Aber es wird schon gut gehen«, sagte Karlsson. »Wenn ich bloß keinen Motorschaden kriege.«

»Denk bloß, wenn du den kriegst, dann stürzen wir ja ab«, sagte Lillebror.

»Platsch, klar tun wir das«, sagte Karlsson vergnügt. »Aber das stört keinen großen Geist.« Und er wedelte mit der Hand.

Lillebror beschloss, auch ein großer Geist zu sein und sich nicht dadurch stören zu lassen. Er schrieb einen kleinen Zettel an Mama und Papa und legte ihn auf den Tisch:

Am besten wäre es, er könnte zurück sein, ehe sie den Zettel gelesen hätten. Sollten sie Lillebror aber zufällig vermissen, dann war es nötig, dass sie erfuhren, wo er steckte. Sonst würde es vielleicht genauso einen Aufruhr geben wie damals, als sie bei der Großmutter waren und Lillebror auf eigene Faust Eisenbahn gefahren war. Mama hatte hinterher geweint und gesagt:

»Aber Lillebror, wenn du durchaus Eisenbahn fahren wolltest, warum hast du es mir dann nicht gesagt?«

»Na, weil ich Eisenbahn fahren *wollte*«, sagte Lillebror.

Jetzt war es genauso. Er *wollte* mit Karlsson aufs Dach hinauf und daher war es am besten, keinen zu fragen. Wenn sie entdeckten, dass er fort war, konnte er sich immer damit verteidigen, dass er jedenfalls diesen Zettel da geschrieben hatte.

Nun war Karlsson startbereit. Er drehte am Knopf, den er auf dem Bauch hatte, und der Motor begann zu brummen.

»Spring auf«, schrie er, »jetzt geht's los!«

Und es ging los. Hinaus aus dem Fenster und hinauf in die Luft. Karlsson drehte eine kleine Extrakurve über die nächsten Hausdächer, um zu sehen, ob der Motor auch ordentlich lief. Der brummte gleichmäßig und schön und Lillebror hatte nicht ein bisschen Angst, sondern fand es bloß lustig.

Schließlich landete Karlsson auf ihrem Dach.

»Jetzt wollen wir mal sehen, ob du mein Haus findest«, sagte Karlsson. »Ich verrate nicht, dass es hinterm Schornstein steht. Das musst du selbst rauskriegen.«

Lillebror war noch nie auf einem Dach gewesen. Aber manchmal hatte er gesehen, wie Männer von oben Schnee herunterschaufelten und mit einem Seil um den Bauch auf dem Dach herumstiegen. Lillebror hatte immer gefunden, die hätten Glück, dass sie das durften.

Aber jetzt hatte er selbst das Glück – obwohl er natürlich kein Seil um den Bauch hatte. Und es kribbelte ihm so komisch im Magen, als er auf den Schornstein zubalancierte. Dahinter lag tatsächlich Karlssons kleines Haus. Oh, es war so süß und hatte grüne Fensterläden und eine gemütliche Treppe davor, auf der man sitzen konnte, wenn man Lust hatte. Aber im Augenblick wollte Lillebror nur so schnell wie möglich ins Haus hinein und all die Dampfmaschinen und Hähnebilder und alles andere sehen, was Karlsson hatte.

An der Tür war ein Schild, damit man wusste, wer hier wohnte.

KARLSSON VOM DACH
Der beste Karlsson der Welt

stand auf dem Schild.

Und Karlsson machte die Tür sperrangelweit auf und schrie: »Willkommen, lieber Karlsson – und du auch, Lillebror!«

Dann stürzte er vor Lillebror hinein.

»Ich muss ins Bett, denn ich bin der Kränkste der Welt!«, schrie er und warf sich kopfüber auf ein rot gestrichenes Holzsofa, das an der einen Wand stand.

Lillebror folgte ihm hinein. Er war so neugierig, dass er fast platzte.

Es war furchtbar gemütlich bei Karlsson, das sah Lillebror auf den ersten Blick. Außer dem Holzsofa gab es da eine Hobelbank, die Karlsson offenbar auch als Tisch benutzte, und dann standen da noch ein Schrank und ein paar Stühle, und ein offener Kamin mit einem eisernen Rost war auch da. Hier machte sich Karlsson wohl sein Essen.

Aber irgendwelche Dampfmaschinen waren nicht zu sehen. Lillebror schaute sich lange um, konnte aber nicht eine einzige entdecken und schließlich fragte er:

»Wo hast du deine Dampfmaschinen?«

»Hrrrhm«, machte Karlsson. »Meine Dampfmaschinen – die sind alle miteinander explodiert. Ein Fehler an den Sicherheitsventilen, weiter nichts! Aber das stört keinen großen Geist und darüber braucht man nicht zu trauern.«

Lillebror guckte sich noch einmal um.

»Aber deine Hähnebilder? Sind die auch explodiert?«, fragte er. Er war richtig ein bisschen spöttisch.

»Natürlich nicht«, sagte Karlsson. »Was ist wohl das da?«, fragte er und zeigte auf ein Stück Pappe, das neben dem Schrank an die Wand genagelt war.

Ganz unten in der einen Ecke der Pappe war tatsächlich ein Hahn, ein winzig kleiner roter Hahn. Sonst war die Pappe leer.

»*Sehr einsamer kleiner roter Hahn* heißt dieses Bild«, sagte Karlsson.

Lillebror sah sich den kleinen Hahn an. Karlssons tausend Hähnebilder – waren sie, wenn es darauf ankam, nichts weiter als dies kleine Hahnengerippe da?

»*Sehr einsamer kleiner roter Hahn*, vom besten Hähnemaler der Welt gemalt«, sagte Karlsson mit zittriger Stimme. »Ach, wie ist das Bild wunderschön und traurig! Aber jetzt darf ich nicht anfangen zu weinen, sonst steigt das Fieber.«

Er warf sich rücklings auf die Kissen und fasste sich an die Stirn.

»Du musst wie eine Mutter zu mir sein, fang an«, sagte er.

Lillebror wusste nicht so recht, wie er anfangen sollte.

»Hast du irgendeine Medizin?«, fragte er zögernd.

»Ja, aber keine, die ich einnehmen mag«, sagte Karlsson. »Hast du noch einen Fünfer?«

Lillebror holte ein Fünförestück aus der Hosentasche.

»Gib erst mal her«, sagte Karlsson.

Lillebror gab ihm den Fünfer. Karlsson hielt ihn ganz fest in der Hand und sah sehr pfiffig und zufrieden aus.

»Ich weiß, was für eine Medizin ich einnehmen kann«, sagte er.

»Was denn für eine?«, erkundigte sich Lillebror.

»Karlsson vom Dachs Kuckelimuck-Medizin. Die muss halb aus Bonbons und halb aus Schokolade sein und dann rührst du alles mit ein paar Kuchenkrümeln tüchtig zusammen. Tu das, dann kann ich jetzt sofort eine Dosis einnehmen«, sagte Karlsson. »Das ist gut gegen Fieber.«

»Das glaube ich nicht«, sagte Lillebror.

»Wollen wir wetten?«, fragte Karlsson. »Ich wette eine Tafel Schokolade, dass ich recht habe.«

Lillebror überlegte, dass Mama vielleicht so etwas meinte, wenn sie sagte, man könnte durch ein vernünftiges Gespräch feststellen, wer recht hätte.

»Wollen wir wetten?«, fragte Karlsson noch einmal.

»Na, dann los«, sagte Lillebror.

Er holte eine der beiden Tafeln Schokolade heraus, die er gekauft hatte, und legte sie auf die Hobelbank, damit man sehen konnte, was die Wette galt. Dann rührte er eine Medizin nach Karlssons Rezept zusammen. Er nahm saure Drops und Himbeerbonbons und gewöhnliche Bonbons und mischte sie in einer Tasse mit ebenso vielen Stückchen Schokolade, und dann zerbrach er die Mandelkekse in kleine Krümel und streute sie darüber. So eine Medizin hatte Lillebror in seinem ganzen Leben nicht gesehen, aber sie sah gut aus und er wünschte fast, er selbst hätte ein bisschen Fieber, damit er sie probieren könnte.

Aber Karlsson saß im Bett und sperrte den Mund weit auf wie ein junger Vogel und Lillebror holte schleunigst einen Löffel herbei.

»Tu mir eine große Dosis in den Mund«, sagte Karlsson.

Und das tat Lillebror.

Dann saßen die beiden still da und warteten darauf, dass Karlssons Fieber sank. Nach einer halben Minute sagte Karlsson:

»Du hattest recht. Es hat nicht geholfen gegen das Fieber. Gib mir eine Tafel Schokolade!«

»Bekommst *du* die Tafel Schokolade?«, fragte Lillebror verwundert. »Dabei hab *ich* doch gewonnen.«

»Wenn du gewonnen hast, dann ist es doch wohl nicht zu viel verlangt, wenn ich die Schokolade kriege«, sagte Karlsson. »Es muss doch eine Gerechtigkeit auf dieser Welt geben. Übrigens bist du ein garstiger kleiner Junge, sitzt da und willst Schokolade haben, bloß weil *ich* Fieber habe.«

Widerstrebend reichte Lillebror Karlsson die Schokolade. Karlsson schlug sogleich die Zähne hinein und sagte, während er kaute:

»Kein saures Gesicht, wenn ich bitten darf. Nächstes Mal gewinne *ich* und dann kriegst *du* die Tafel Schokolade.«

Er kaute eifrig weiter, und als er auch das allerletzte Stückchen Schokolade gegessen hatte, legte er sich in die Kissen zurück und seufzte schwer.

»All die armen Kranken!«, sagte er. »Und ich Armer! Es ist klar, man könnte es mit einer doppelten Dosis von der Kuckelimuck-Medizin versuchen, aber ich glaube nicht eine Sekunde, dass sie hilft.«

»Doch, eine doppelte Dosis, glaub ich, hilft«, sagte Lillebror schnell. »Wollen wir wetten?«

Lillebror konnte wahrhaftig auch schlau sein. Er glaubte überhaupt nicht, dass Karlssons Fieber selbst durch eine dreifache Dosis Kuckelimuck-Medizin geheilt werden könnte, aber er wollte so gern eine Wette verlieren. Denn er hatte nur noch eine Tafel Schokolade und die würde er ja bekommen, wenn Karlsson die Wette gewann.

»Meinetwegen können wir gern wetten«, sagte Karlsson. »Rühr eine doppelte Dosis an! Bei Fieber darf man nichts unversucht lassen. Das Einzige, was wir tun können, ist: versuchen und abwarten.«

Lillebror rührte eine doppelte Dosis der Medizin an und trich-

terte sie Karlsson ein, der bereitwillig den Mund aufsperrte und sich's gefallen ließ. Dann saßen sie still da und warteten.

Nach einer halben Minute hüpfte Karlsson freudestrahlend aus dem Bett.

»Ein Wunder ist geschehen«, rief er. »Ich bin fieberfrei! Du hast wieder gewonnen. Her mit der Schokolade!«

Lillebror seufzte und gab ihm die letzte Tafel Schokolade. Karlsson guckte ihn ungehalten an.

»Solche Trotzköpfe wie du sollten niemals wetten«, sagte er. »Das müssen so Leute sein wie ich, die immer wie Sonnenschein rumlaufen, ob wir nun gewinnen oder verlieren.«

Es war eine Weile still, abgesehen von Karlssons Schmatzen, während er die Schokolade aß. Dann sagte er:

»Da du nun aber so ein gefräßiger kleiner Bengel bist, ist es wohl das Beste, wir teilen den Rest brüderlich. Hast du noch Bonbons übrig?«

Lillebror kramte in der Hosentasche.

»Drei«, sagte er und holte zwei Bonbons und einen Himbeerdrops hervor.

»Drei«, sagte Karlsson, »die kann man nicht teilen, das weiß jedes Kind.« Er nahm den Himbeerdrops aus Lillebrors ausgestreckter Hand und verschlang ihn hastig.

»Aber *jetzt* geht es«, sagte er.

Dann sah er mit hungrigen Augen auf die beiden Bonbons. Der eine war ein bisschen größer als der andere.

»Gutmütig und bescheiden, wie ich bin, lasse ich dich zuerst wählen«, sagte Karlsson. »Aber du weißt ja wohl, wer zuerst wählen darf, muss den kleineren nehmen«, fuhr er fort und sah Lillebror streng an.

Lillebror überlegte einen Augenblick.

»Ich möchte, dass *du* zuerst wählst«, sagte er sehr erfinderisch.

»Na ja, wenn du so darauf bestehst«, sagte Karlsson und schnappte sich den größeren Bonbon, den er schnell in den Mund stopfte.

Lillebror guckte auf den kleinen Bonbon, der noch in seiner Hand lag.

»Na, nun hör mal, du hast doch gesagt, wer zuerst wählen darf, muss den kleineren nehmen ...«

»Pass mal auf, du kleine Naschkatze«, sagte Karlsson. »Wenn *du* hättest zuerst wählen dürfen, welchen hättest du dann genommen?«

»Ich hätte den kleineren genommen, bestimmt«, sagte Lillebror ernsthaft.

»Was beschwerst du dich dann«, sagte Karlsson. »Den hast du ja jetzt auch bekommen!«

Lillebror überlegte von Neuem, ob es so etwas war, was Mama mit einem »vernünftigen Gespräch« meinte.

Aber Lillebror hatte nie sehr lange schlechte Laune. Es war jedenfalls schön, dass Karlsson kein Fieber mehr hatte.

Das fand Karlsson auch.

»Ich werde an alle Doktoren schreiben und ihnen erzählen, was gegen Fieber hilft. Probiert die Kuckelimuck-Medizin von Karlsson vom Dach, werde ich schreiben. Die beste Medizin der Welt gegen Fieber!«

Lillebror hatte seinen Bonbon noch nicht aufgegessen. Der sah so lecker und gut und herrlich aus und er wollte ihn erst ein bisschen anschauen. Wenn man erst anfing, ihn zu essen, war er ja bald weg.

Karlsson sah auch auf Lillebrors Bonbon. Eine ganze Weile sah er auf Lillebrors Bonbon, dann legte er den Kopf schief und sagte: »Wollen wir wetten, dass ich deinen Bonbon wegzaubern kann, ohne dass du es siehst?«

»Das kannst du nicht«, sagte Lillebror. »Nicht, wenn ich hier stehe und ihn in der Hand halte und die ganze Zeit draufschaue.«

»Wollen wir wetten?«, fragte Karlsson.

»Nein«, sagte Lillebror. »Ich weiß, dass ich gewinne, und dann kriegst du bloß den Bonbon ...«

Lillebror hatte das Gefühl, dass diese Art des Wettens falsch war, denn so ging es nie zu, wenn er mit Birger oder Betty wettete.

»Aber wir können so wetten, wie es richtig ist, sodass der, der gewinnt, den Bonbon bekommt«, sagte Lillebror.

»Wie du willst, du gefräßiger kleiner Bengel«, sagte Karlsson. »Wir wetten, dass ich den Bonbon wegzaubern kann, ohne dass du es siehst.«

»Na los«, sagte Lillebror.

»Hokuspokus Fidibus«, sagte Karlsson und schnappte sich den Bonbon. »Hokuspokus Fidibus«, sagte er und stopfte ihn in den Mund.

»Halt!«, schrie Lillebror. »Ich hab doch gesehen, dass du ihn weggezaubert hast ...«

»Hast du?«, sagte Karlsson und schluckte heftig. »Dann hast du *wieder* gewonnen. So einen Jungen hab ich wirklich noch nie gesehen! Gewinnt jede Wette!«

»Ja ... aber ... der Bonbon«, sagte Lillebror völlig verwirrt. »Der, der gewinnt, sollte doch den Bonbon kriegen.«

»Richtig, das ist allerdings wahr«, sagte Karlsson. »Aber den Bonbon hab ich weggezaubert und ich wette, dass ich ihn nicht wieder hervorzaubern kann.«

Lillebror schwieg. Aber er dachte, sowie er Mama wieder sah, wollte er ihr sagen, dass vernünftige Gespräche kein bisschen halfen, wenn man feststellen wollte, wer recht hatte.

Er steckte die Hände in seine leeren Hosentaschen. Und – war es zu glauben – da lag noch ein Bonbon, den er nicht bemerkt hatte! Ein großer, herrlicher Bonbon. Lillebror lachte.

»Ich wette, dass ich noch einen Bonbon habe. Und ich wette, dass ich ihn auf der Stelle aufesse«, sagte er und stopfte den Bonbon schnell in den Mund.

Karlsson setzte sich aufs Bett und maulte.

»Du solltest wie eine Mutter zu mir sein«, sagte er. »Und dann tust du nichts weiter als in dich reinstopfen, so viel du reinkriegst. Ich hab noch nie so einen gefräßigen kleinen Bengel gesehen.«

Er saß einen Augenblick schweigend da und sah noch finsterer aus.

»Übrigens hab ich noch kein Fünförestück dafür bekommen, dass der Wollschal kratzt«, sagte er.

»Ja, aber du hast ja gar keinen Wollschal umbekommen«, sagte Lillebror.

»Es gibt im ganzen Haus keinen Wollschal«, sagte Karlsson brummig. »Aber wenn es einen gegeben hätte, dann hätte ich ihn umgebunden und dann hätte er gekratzt und dann hätte ich fünf Öre bekommen.«

Er schaute Lillebror flehend an und seine Augen waren voller Tränen.

»Muss *ich* darunter leiden, dass es keinen Wollschal im Haus gibt? Findest du das richtig?«

Das fand Lillebror nicht richtig. Und dann gab er Karlsson vom Dach seinen letzten Fünfer.

Karlsson macht Streiche

Jetzt fühle ich mich zu einem kleinen Schabernack aufgelegt«, sagte Karlsson nach einer Weile. »Wir machen einen Spaziergang über die Dächer hier herum. Dann fällt uns schon was ein.«

Das wollte Lillebror gern. Er nahm Karlsson bei der Hand und sie zogen zusammen zur Tür hinaus und aufs Dach. Es hatte jetzt angefangen zu dämmern und alles war wunderschön. Die Luft war so blau, wie sie immer im Frühling ist, alle Häuser sahen geheimnisvoll aus, wie Häuser in der Dämmerung aussehen, der Park, in dem Lillebror immer spielte, leuchtete seltsam grün da unten und von der großen Balsampappel auf Lillebrors Hof roch es so herrlich bis zum Dach hinauf.

Es war ein wunderbarer Abend für Dachspaziergänge. Alle Fenster standen offen und man konnte viele verschiedene Geräusche und Stimmen hören. Menschen, die sprachen, und Kinder, die lachten, und Kinder, die weinten. Und aus einer Küche in der Nähe hörte man Geschirr klappern, das gerade abgewaschen wurde, und ein Hund jaulte und irgendwo klimperte jemand auf einem Klavier. Von der Straße unten hörte man das Geknatter eines Motorrades, und als das verhallte, kam ein Ackergaul mit einem Wagen angetrappelt und jeder Tritt war bis zum Dach hinauf zu hören.

»Wenn die Leute wüssten, wie viel Spaß es macht, auf dem Dach herumzugehen, dann würde nicht einer unten auf der Straße bleiben«, sagte Lillebror. »Ujj, macht das einen Spaß!«

»Ja, und dann ist es auch noch aufregend«, sagte Karlsson. »Denn man kann so leicht abstürzen. Ich zeig dir ein paar Stellen, wo man jedes Mal *fast* abstürzt.«

Die Häuser waren so nah aneinander gebaut, dass man von einem Dach aufs andere gelangen konnte. Es gab hier eine Menge kleiner, sonderbarer Ausbauten und Dachstuben und Schornsteine und Winkel und Ecken, sodass es nie eintönig wurde. Und es war wirklich aufregend, genau wie Karlsson gesagt hatte, eben weil man hin und wieder *fast* abstürzte. An einer Stelle war ein ziemlich breiter Abstand zwischen zwei Häusern, das war genau so eine Stelle, wo Lillebror beinahe abstürzte. Aber Karlsson kriegte ihn in letzter Minute zu packen, als Lillebror schon mit dem einen Bein über die Dachrinne war.

»Toll, was?«, sagte Karlsson und zog Lillebror zurück. »Genau so was meinte ich. Mach's noch mal!«

Aber Lillebror wollte es nicht noch mal machen. Ihm war es ein bisschen zu viel »beinahe«. Es gab mehrere Stellen, wo man sich mit Armen und Beinen anklammern musste, um nicht hinunterzufallen, und Karlsson wollte, dass Lillebror so viel Spaß wie möglich hätte – daher nahm er nicht immer den leichtesten Weg.

»Ich finde, wir sollten ein bisschen Streiche machen«, sagte Karlsson. »Abends klettere ich immer auf dem Dach herum und spiele den Leuten, die hier in all diesen Dachstuben wohnen, kleine Streiche.«

»Wie machst du das?«, fragte Lillebror.

»Ich spiele den verschiedenen Leuten verschiedene Streiche, natürlich. Niemals denselben Streich zweimal. Der beste Streichemacher der Welt – rat mal, wer das ist!«

Da begann ein kleines Kind ganz in der Nähe zu schreien. Lillebror hatte dies Kindergeschrei schon vorher gehört, aber dann war es einen Augenblick still gewesen. Das Kind hatte sich wohl ein bisschen ausgeruht. Aber jetzt fing es wieder an und das Weinen kam aus der nächsten Dachstube. Es hörte sich so kläglich und verlassen an.

»Armes Kind«, sagte Lillebror. »Es hat vielleicht Bauchweh.«

»Das werden wir bald heraushaben«, sagte Karlsson. »Komm mit!«

Sie krochen die Regenrinne entlang, bis sie genau unter dem Dachfenster angekommen waren. Karlsson reckte vorsichtig den Kopf und sah hinein.

»Sehr einsames kleines Kind«, sagte er. »Mama und Papa sind wohl weg und treiben sich herum, kann ich mir denken.«

Das Kind schrie jetzt noch kläglicher.

»Ruhig, ganz ruhig«, sagte Karlsson und wälzte sich über das Fenstersims. »Hier kommt Karlsson vom Dach, der beste Kinderaufpasser der Welt.«

Lillebror wollte nicht allein draußen bleiben. Er robbte hinter Karlsson her über das Fenstersims, wenn er sich auch ängstlich fragte, was geschehen würde, wenn die Eltern des Kindes plötzlich nach Hause kamen.

Aber Karlsson hatte kein bisschen Angst. Er trat an das Bett, in dem das Kind lag, und kraulte es mit einem kleinen dicken Zeigefinger unterm Kinn.

»Buschi-buschi-buschi«, sagte er schelmisch. Dann wandte er sich zu Lillebror um. »So redet man mit kleinen Kindern! Das gefällt ihnen.«

Das Baby hörte vor lauter Verwunderung auf zu schreien, aber sobald es sich ein wenig gefasst hatte, fing es von Neuem an.

»Buschi-buschi-buschi – und dann macht man so«, sagte Karlsson.

Er riss das Kind aus dem Bett und schleuderte es mehrmals hintereinander in die Luft. Vielleicht gefiel das dem Baby, denn es lachte plötzlich ein kleines, zahnloses Lächeln.

Karlsson war stolz.

»Keine Kunst, Kindern eine Freude zu machen«, sagte er. »Der beste Kinderaufpasser der We…«

Weiter kam er nicht, denn das Kind begann von Neuem zu schreien.

»Buschi-buschi-buschi!«, brüllte Karlsson wütend und schleuderte das kleine Kind noch heftiger als vorher in die Höhe. »Buschi-buschi-buschi hab ich gesagt und das mein ich auch!«

Das Baby schrie aus vollem Halse und Lillebror streckte die Arme nach ihm aus.

»Komm, darf ich es mal nehmen?«, sagte er.

Er mochte kleine Kinder furchtbar gern und er hatte mit Mama und Papa ziemlich viel hin und her beraten, ob er nicht eine kleine Schwester bekommen konnte, wenn sie ihm nun durchaus keinen Hund schenken wollten. Er nahm Karlsson das kleine Bündel ab und hielt es zärtlich in seinen Armen.

»Sei lieb und hör auf zu schreien«, sagte er.

Das Kind verstummte und guckte ihn mit einem Paar ganz blanker, ernsthafter Augen an. Dann lachte es von Neuem sein zahnloses Lächeln und lallte leise.

»Das kommt von meinem Buschi-buschi-buschi«, sagte Karlsson. »So was schlägt nie fehl, das hab ich tausendmal ausprobiert.«

»Ich möchte wissen, wie das Kind heißt«, sagte Lillebror und strich mit dem Zeigefinger über die weiche kleine Wange.

»Goldsofie«, sagte Karlsson. »So heißen sie meistens.«

Lillebror hatte noch nie von einem Kind gehört, das Goldsofie hieß, aber er dachte, der beste Kinderaufpasser der Welt wisse wohl besser darüber Bescheid, wie Kinder im Allgemeinen heißen.

»Kleine Goldsofie«, sagte Lillebror, »ich glaube, du hast Hunger.«

Denn Goldsofie hatte seinen Zeigefinger gepackt und wollte daran lutschen.

»Hat Goldsofie Hunger? Nun, hier stehen Wurst und Kartoffeln«, sagte Karlsson mit einem Blick auf die Kochnische. »Kein Kind braucht zu verhungern, solange Karlsson Wurst und Kartoffeln ranschleppen kann.«

Lillebror glaubte nicht, dass Goldsofie Wurst und Kartoffeln essen konnte.

»So kleine Kinder bekommen sicher Milch«, sagte er.

»Denkst du, der beste Kinderaufpasser der Welt wüsste nicht, was Kinder bekommen und was nicht?«, fragte Karlsson. »Aber von mir aus – ich kann wegfliegen und eine Kuh holen.«

Er warf einen wütenden Blick auf das Fenster. »Wenn es auch schwer sein wird, das Kuhgestell durch dies kleine, schmale Fenster zu kriegen.«

Goldsofie suchte verzweifelt nach Lillebrors Zeigefinger und weinte kläglich. Es klang wirklich so, als habe sie Hunger.

Lillebror sah in der Kochnische nach, aber er fand keine Milch. Dort lagen nur drei kalte Wurstscheiben auf einem Teller.

»Ruhig, ganz ruhig«, sagte Karlsson. »Mir fällt eben ein, wo es Milch gibt. Ich selber trinke dort manchmal einen Schluck. Heißa hopsa, ich komm gleich wieder.«

Dann drehte Karlsson an dem Knopf, den er auf dem Bauch hatte, und brummte durch das Fenster davon, bevor Lillebror auch nur blinzeln konnte.

Lillebror bekam fürchterliche Angst. Wenn Karlsson nun stundenlang wegblieb, wie es seine Art war! Und wenn die Eltern des Kindes dann nach Hause kamen und Lillebror mit ihrer Goldsofie im Arm vorfanden!

Aber Lillebror brauchte nicht lange unruhig zu sein. Diesmal hatte Karlsson sich beeilt. Stolz wie ein Hahn brummte er durchs Fenster herein und in der Hand hielt er so eine Nuckelflasche, aus der kleine Kinder trinken.

»Wo hast du denn die her?«, fragte Lillebror verblüfft.

»Von meiner gewöhnlichen Milchstelle«, sagte Karlsson. »Einem Balkon drüben auf Östermalm.«

»Hast du sie *geklaut?*«, fragte Lillebror ganz erschrocken.

»Ich habe sie geliehen«, sagte Karlsson.

»Geliehen – wann willst du sie wieder zurückgeben?«, fragte Lillebror.

»Nie«, sagte Karlsson.

Lillebror sah ihn streng an, aber Karlsson wedelte mit der Hand und sagte:

»Eine kleine Flasche Milch – das stört keinen großen Geist! Die, von denen ich sie geliehen habe, die haben Drillinge und die stellen haufenweise Flaschen in Eiseimern auf den Balkon raus und die mögen es gern, wenn ich mir ihre Milch für Goldsofie von ihnen leihe.«

Goldsofie streckte ihre kleinen Hände nach der Flasche aus und wimmerte vor Hunger.

»Ich mache die Milch ein wenig warm«, sagte Lillebror schnell und überließ Karlsson das Kind und Karlsson schrie: »Buschi-buschi-buschi!«, und schleuderte Goldsofie zur Decke empor, während Lillebror in die Kochnische ging und die Milch wärmte.

Und eine Weile später lag Goldsofie in ihrem Bett und schlief wie ein kleiner Engel. Sie war satt und zufrieden und Lillebror hatte sie zugedeckt und Karlsson hatte sie mit seinem Zeigefinger gepikst und »buschi-buschi-buschi« geschrien, aber trotz allem schlief Goldsofie ein, weil sie satt und müde war.

»Jetzt machen wir einen kleinen Streich, bevor wir weggehen«, sagte Karlsson.

Er ging in die Kochnische und holte die kalten Wurstscheiben. Lillebror sah ihm mit großen Augen zu.

»Hier sollst du mal einen Spaß erleben«, sagte Karlsson und hängte eine Wurstscheibe auf den Griff der Küchentür.

»Nummer eins«, sagte er und nickte befriedigt.

Dann ging er mit raschen Schritten zum Schreibtisch. Hier stand eine hübsche weiße Taube aus Porzellan und ehe Lillebror es sich versah, hatte die weiße Taube eine Wurstscheibe im Schnabel.

»Nummer zwei«, sagte Karlsson. »Und Nummer drei bekommt Goldsofie.«

Er steckte die Wurstscheibe auf ein Hölzchen und gab es der schlafenden Goldsofie in die Hand. Es sah wirklich lustig aus. Man hätte fast meinen können, Goldsofie hätte sich die Wurstscheibe selbst geholt und wäre darüber eingeschlafen. Aber Lillebror sagte doch:

»Nein, bitte lass das.«

»Ruhig, ganz ruhig«, sagte Karlsson. »Da werden ihre Eltern es sich abgewöhnen, sich abends rumzutreiben.«

»Wieso denn?«, fragte Lillebror.

»Ein Kind, das selber aufstehen und sich eine Scheibe Wurst holen kann, das wagen sie nicht mehr allein zu lassen. Wer weiß, was es sich das nächste Mal holt – am Ende Papas Sonntagsbier?«

Er steckte das Hölzchen ein wenig fester in Goldsofies kleine Hand.

»Ruhig, ganz ruhig«, sagte er. »Ich weiß schon, was ich tue, denn ich bin der beste Kinderaufpasser der Welt.«

In diesem Augenblick hörte Lillebror Schritte auf der Treppe draußen und er zuckte ordentlich zusammen vor Schreck.

»Oh, jetzt kommen sie«, flüsterte er.

»Ruhig, ganz ruhig«, sagte Karlsson und dann stürzten sie beide zum Fenster.

Lillebror hörte, wie ein Schlüssel ins Schloss gesteckt wurde, und er glaubte, jetzt sei keine Hoffnung mehr, aber siehe da, es gelang ihm gerade noch, sich hinter Karlsson über das Fenstersims zu wälzen. Gleich danach hörte er, wie die Tür aufging und eine Stimme sagte:

»Mamas kleine Susanne – sie schläft und schläft.«

»Ja, sie schläft und schläft«, sagte eine andere Stimme.

Aber dann ertönte ein Schrei. Und Lillebror wusste, jetzt hatten Goldsofies Mama und Papa die Wurst entdeckt.

Er wartete nicht darauf, wie es weiterging, sondern rannte schleunigst hinter dem besten Kinderaufpasser der Welt her, der sich gerade hinter einem Schornstein verkroch.

»Willst du zwei Halunken sehen?«, fragte Karlsson, als sie sich etwas ausgeruht hatten. »Ich habe zwei prima Halunken in einer anderen Dachkammer hier drüben.«

Es hörte sich fast so an, als ob es Karlssons eigene Halunken seien. Das waren sie nun nicht, aber Lillebror wollte sie jedenfalls gern sehen.

Aus der Dachkammer der Halunken hörte man Reden und Gelächter und Gejohle.

»Jubel und Trubel«, sagte Karlsson. »Komm, wir sehen nach, was die da so Lustiges vorhaben.«

Sie schlichen an der Regenrinne entlang und Karlsson reckte den Kopf und spähte hinein. Vor dem Fenster hingen Gardinen, aber es war doch einen Spalt offen, durch den sie hindurchschauen konnten.

»Die Strolche haben Besuch«, flüsterte Karlsson.

Lillebror spähte auch. Drinnen saßen zwei, die wohl die Halunken sein mochten, und außerdem ein netter, kleiner, gutmütiger Mann, der aussah, als ob er vom Lande käme, wo die Großmutter wohnte.

»Weißt du, was ich glaube?«, flüsterte Karlsson. »Ich glaube, diese Halunken sind dabei, ganz allein ihre Streiche zu machen. Aber das sollen sie mal hübsch bleiben lassen.«

Er guckte noch einmal hinein.

»Ich möchte meinen Kopf wetten, dass sie dabei sind, diesem armen Schlucker mit dem roten Schlips einen Streich zu spielen«, flüsterte er Lillebror zu.

Die Halunken und der mit dem roten Schlips saßen dicht am Fenster um einen kleinen Tisch herum. Sie aßen und tranken und die Halunken klopften dem mit dem roten Schlips herzlich auf die Schultern und sagten: »Wie nett, dass wir dich kennengelernt haben, lieber Oskar.«

»Für mich ist es auch nett«, sagte Oskar. »Wenn man so in die Stadt kommt, dann ist es von Wert, dass man sich gute Freunde zulegt, bei denen man sicher ist. Sonst weiß man nicht, was einem alles so passieren kann. Man kann auch Betrügern in die Hände fallen.«

Die Halunken nickten.

»Ach ja, man kann Betrügern in die Hände fallen«, sagte der eine. »Was für ein Glück, dass du Fille und mich getroffen hast.«

»Ja, wenn du nicht Rulle und mich getroffen hättest, dann hätte es dir ganz schön schlimm ergehen können«, sagte der andere.

»Aber jetzt musst du essen und trinken und dir's wohl sein lassen«, sagte der mit dem Namen Fille und dann klopfte er Oskar wieder auf die Schulter.

Allerdings tat er danach etwas, was Lillebror ganz stutzig machte. Er steckte gleichsam zufällig seine Hand in die Hintertasche von Oskars Hose und zog eine Brieftasche heraus und die stopfte er in die Hintertasche seiner eigenen Hose. Und Oskar merkte nichts. Vielleicht kam es daher, weil Rulle ihn in dem Augenblick gerade umarmte und streichelte. Als Rulle aber genug gestreichelt hatte und seine Hand zurückzog, geschah es, dass Oskars Uhr mitging. Die stopfte Rulle in die Hintertasche seiner Hose. Und Oskar merkte nichts.

Aber nun steckte Karlsson vom Dach vorsichtig eine kleine dicke Hand durch den Gardinenspalt und zog die Brieftasche aus der Hintertasche von Filles Hose und Fille merkte nichts. Und dann steckte Karlsson eine kleine dicke Hand hindurch und holte die Uhr aus der Hintertasche von Rulles Hose und Rulle merkte nichts.

Aber nach einer kleinen Weile, als Rulle und Fille und Oskar noch mehr gegessen und getrunken hatten, steckte Fille die Hand in die Hintertasche und merkte, dass die Brieftasche weg war. Und da warf er Rulle einen bitterbösen Blick zu und sagte:

»Du, Rulle, komm mit raus auf den Flur, ich hab mit dir zu reden!«

In diesem Augenblick fühlte Rulle in seiner Hintertasche nach und merkte, dass die Uhr weg war. Und er warf Fille einen bitterbösen Blick zu und sagte:

»Das trifft sich gut, denn ich hab auch mit dir zu reden!«

Da gingen Fille und Rulle auf den Treppenflur hinaus und der arme Oskar blieb allein zurück. Das schien er ziemlich langweilig zu finden, denn nach einer Weile stand er auf und ging ebenfalls auf den Flur hinaus, um zu sehen, wo Fille und Rulle geblieben waren. Da kletterte Karlsson schnell über das Fenstersims und legte Oskars Brieftasche in die Suppenschüssel. Aber Fille und Rulle und Oskar hatten alle Suppe aufgegessen, sodass die Brieftasche nicht nass wurde. Und Oskars Uhr befestigte Karlsson an der Deckenlampe, und hier hing sie und baumelte und es war das Erste, was Oskar und Rulle und Fille sahen, als sie wieder vom Flur hereinkamen. Aber Karlsson sahen sie nicht, denn er war unter das Tischtuch gekrochen, das ganz bis auf die Erde herabhing. Und zu diesem Zeitpunkt saß auch Lillebror unter dem Tisch, denn er wollte da sein, wo Karlsson war, wenn es auch unheimlich war.

»Guckt mal, da hängt meine Uhr«, sagte Oskar. »Wie in aller Welt ist die da hingekommen?«

Und er holte die Uhr herunter und steckte sie in die Westentasche.

»Und hier liegt doch wahrhaftig meine Brieftasche«, sagte er, als er in die Suppenschüssel guckte. »Komisch!«

Rulle und Fille schauten Oskar bewundernd an, als er beides an sich nahm, und Fille sagte:

»Ihr seid gar nicht mal so auf den Kopf gefallen bei euch da auf dem Lande, scheint mir.«

Danach setzten sich Rulle und Fille und Oskar wieder an den Tisch.

»Lieber Oskar, du musst noch ein bisschen mehr essen und trinken«, sagte Fille.

Und Oskar und Rulle und Fille aßen und tranken und klopften sich gegenseitig auf die Schultern. Und nach einer Weile steckte Fille seine Hand unter das Tischtuch und legte Oskars Brieftasche vorsichtig auf den Fußboden. Er meinte sicher, sie wäre dort besser aufgehoben als in seiner Hosentasche. Aber das war sie nicht, denn Karlsson ergriff die Brieftasche sofort und reichte sie Rulle hinauf, und Rulle nahm sie und sagte:

»Fille, ich habe dir unrecht getan, du bist ein Ehrenmann.«

Nach einer Weile steckte Rulle seine Hand unter das Tischtuch und legte vorsichtig Oskars Uhr auf den Fußboden. Und Karlsson nahm die Uhr und kratzte Fille ein ganz klein bisschen am Bein und reichte ihm Oskars Uhr, und Fille sagte:

»Es gibt keinen besseren Kumpel als dich, Rulle.«

Aber nach einer Weile sagte Oskar:

»Wo ist meine Brieftasche? Und wo ist meine Uhr?«

Und da kamen blitzschnell die Brieftasche wie auch die Uhr unter das Tischtuch, denn Fille traute sich nicht, die Uhr, und Rulle traute sich nicht, die Brieftasche bei sich zu behalten, falls Oskar anfangen sollte, Krach zu machen. Und Oskar fing auch richtig an, Krach zu machen, mächtigen Krach, und er schrie, er wollte jetzt seine Uhr und seine Brieftasche wiederhaben. Aber da sagte Fille:

»Wir können doch nicht wissen, wo du deine alte Brieftasche hingeschmissen hast!«

Und Rulle sagte:

»Wir haben deine alte Uhr nicht gesehen. Pass doch auf deine Sachen auf!«

Aber da nahm Karlsson erst die Brieftasche und dann die Uhr und steckte sie Oskar zu, und Oskar stopfte beide in seine Taschen und sagte:

»Vielen Dank, lieber Fille, vielen Dank, Rulle. Aber ein andermal lasst solche Späße lieber bleiben.«

Darauf trat Karlsson Fille gegen das Bein, sosehr er konnte, und Fille schrie: »Das werd ich dir heimzahlen, Rulle!«

Jetzt trat Karlsson Rulle gegen das Bein, sosehr er konnte, und Rulle schrie: »Bist du nicht bei Verstand, Fille! Warum trittst du mich?«

Und nun gingen Rulle und Fille aufeinander los und fingen an, sich zu prügeln, sodass alle Teller vom Tisch flogen und kaputtgingen und Oskar Angst bekam und sich mit seiner Brieftasche und seiner Uhr aus dem Staub machte und nicht mehr wiederkam.

Lillebror bekam auch Angst, aber konnte sich nicht aus dem Staub machen, er musste still und stumm unter dem Tischtuch sitzen bleiben.

Fille war stärker als Rulle und er trieb Rulle in den Flur hinaus und folgte selber nach, um ihn noch ärger zu verprügeln. Da krochen Karlsson und Lillebror unter dem Tischtuch hervor und sahen alle Teller kaputt auf dem Fußboden liegen, und Karlsson sagte:

»Weshalb soll die Suppenschüssel heil bleiben, wenn alle Teller kaputt sind? Sie würde sich bloß einsam fühlen, die arme Suppenschüssel.«

Und so schmiss er die Suppenschüssel mit einem Knall auf den Fußboden und dann stürzten er und Lillebror zum Fenster und kletterten hinaus, so schnell sie konnten. Und dann hörte Lillebror, wie Fille und Rulle ins Zimmer zurückkamen, und Fille sagte:

»Warum in aller Welt hast du ihm die Uhr und die Brieftasche zurückgegeben, du Schafskopf?«

»Bist du nicht ganz bei Trost?«, sagte Rulle. »Das bist *du* doch gewesen.«

Da lachte Karlsson, dass sein Bauch wackelte, und dann sagte er: »Jetzt will ich heute keinen Streich mehr machen.«

Lillebror hatte auch das Gefühl, dass er genug vom Streiche machen habe.

Es war nun ziemlich dunkel und Lillebror und Karlsson nahmen sich bei der Hand und wanderten über das Dach zu Karlssons Haus zurück, das oben auf Lillebrors Haus stand. Als sie dort ankamen, hörten sie ein Feuerwehrauto, das mit lautem Getute näher kam.

»Pass auf, es brennt irgendwo«, sagte Lillebror. »Die Feuerwehr ist da.«

»Wenn es nun in diesem Haus ist?«, sagte Karlsson hoffnungsvoll. »Dann brauchen sie mir nur Bescheid zu sagen. Ich kann ihnen helfen, denn ich bin der beste Feuerlöscher der Welt.«

Sie sahen, dass das Feuerwehrauto auf der Straße direkt unter ihnen anhielt und eine Menge Menschen sich darum versammelten. Aber Feuer konnten sie nirgends entdecken. Dagegen sahen sie plötzlich, wie eine Leiter sich auf das Dach zubewegte, so eine lange Ausziehleiter, wie die Feuerwehr sie hat.

Da begann Lillebror zu überlegen.

»Ob die ... ob die ... etwa kommen, um mich zu holen?«, sagte er.

Denn ihm fiel plötzlich der Zettel ein, den er unten in seinem Zimmer hinterlassen hatte. Und es war schon ziemlich spät geworden.

»Wieso denn bloß, um Himmels willen?«, fragte Karlsson. »Kein Mensch kann etwas dagegen haben, dass du ein bisschen oben auf dem Dach bist!«

»Doch, meine Mama kann«, sagte Lillebror. »Sie hat so viel Nerven, dass sie sich immer aufregt.«

Mama tat ihm so leid, wenn er sich das vorstellte, und er hatte Sehnsucht nach ihr.

»Man könnte natürlich der Feuerwehr einen kleinen Streich spielen«, schlug Karlsson vor.

Aber Lillebror wollte keine Streiche mehr machen. Er stand still und wartete auf den Feuerwehrmann, der die Leiter heraufgeklettert kam.

»Na ja«, sagte Karlsson, »für mich ist es wohl auch Zeit, dass ich reingehe und ins Bett komme. Wir haben es zwar langsam angehen lassen und nicht so viele Streiche gemacht, aber ich hatte heute Morgen auch mindestens dreißig, vierzig Grad Fieber, das dürfen wir nicht vergessen!«

Und dann sprang er über das Dach davon.

»Heißa hopsa, Lillebror!«, schrie er.

»Heißa hopsa, Karlsson«, sagte Lillebror.

Aber er guckte die ganze Zeit zu dem Feuerwehrmann, der immer näher kam.

»Du, Lillebror«, rief Karlsson, bevor er hinter dem Schornstein verschwand. »Erzähl dem Feuerwehrmann nichts davon, dass ich hier bin. Denn ich bin der beste Feuerlöscher der Welt und dann würde man ewig nach mir schreien, sobald irgendwo Feuer ausgebrochen ist.«

Der Feuerwehrmann war jetzt fast oben.

»Bleib still stehen, wo du bist«, rief er Lillebror zu. »Rühr dich nicht vom Fleck, ich komme und hole dich.«

Das war nett von ihm, fand Lillebror, aber ziemlich unnötig. Lillebror war ja den ganzen Abend auf dem Dach herumgetrabt und -geklettert. Ein paar Schritte konnte er schon noch gehen.

»Hat dich meine Mama hier heraufgeschickt?«, fragte er, als er im Arm des Feuerwehrmannes auf dem Weg nach unten war.

»Ja, wer denn sonst?«, sagte der Feuerwehrmann. »Aber sag mal, mir kam es einen Augenblick fast so vor, als wären da oben auf dem Dach *zwei* kleine Jungen gewesen …?«

Lillebror erinnerte sich daran, was Karlsson gesagt hatte, und er antwortete ernsthaft:

»Nein, ein anderer *Junge* war außer mir nicht da oben.«

Mama hatte wirklich solche Nerven, dass sie sich immer aufregte. Sie und Papa und Birger und Betty und eine Menge anderer Menschen standen unten auf der Straße und nahmen Lillebror in Empfang. Und Mama warf sich über ihn und umarmte ihn und lachte und weinte abwechselnd. Und Papa trug ihn bis in die Wohnung hinauf und hielt ihn die ganze Zeit fest an sich gedrückt. Und Birger sagte:

»Du kannst einen wirklich zu Tode erschrecken, Lillebror.«

Und Betty weinte auch und sagte:

»So was darfst du nie wieder tun, merk dir das.«

Und als Lillebror etwas später in seinem Bett lag, versammelten sie sich alle um ihn, ganz so, als habe er Geburtstag. Aber Papa sagte sehr ernst:

»Konntest du dir nicht denken, dass wir uns Sorgen machen? Konntest du dir nicht denken, dass Mama weinen und traurig sein würde?«

Lillebror wand und drehte sich in seinem Bett.

»Aber doch nicht *solche* Sorgen«, murmelte er.

Mama umarmte ihn fest und sagte:

»Stell dir vor, wenn du heruntergefallen wärst! Stell dir vor, wenn wir dich verloren hätten!«

»Wärt ihr dann sehr traurig gewesen?«, fragte Lillebror hoffnungsvoll.

»Ja, was denkst du denn?«, sagte Mama. »Wir wollen dich um keinen Preis der Welt verlieren, das weißt du doch.«

»Auch nicht um hunderttausend Millionen Kronen?«, fragte Lillebror.

»Nein, nicht um hunderttausend Millionen Kronen.«

»Bin ich so viel wert?«, fragte Lillebror erstaunt.

»Aber gewiss doch«, sagte Mama und drückte ihn noch einmal.

Lillebror überlegte. Hunderttausend Millionen Kronen – was für eine unheimliche Menge Geld. Konnte es möglich sein, dass er so viel wert war? Wo man für fünfzig Kronen einen jungen Hund, einen richtig guten Hund bekommen konnte?

»Du, Papa«, sagte Lillebror, als er fertig überlegt hatte. »Wenn ich hunderttausend Millionen Kronen wert bin – dann könnte ich doch fünfzig Kronen in bar bekommen und mir einen kleinen Hund kaufen?«

Karlsson spielt Gespenst

E rst am nächsten Tag beim Abendessen fingen sie an, Lillebror auszufragen, wie er auf das Dach hatte hinaufkommen können.

»Bist du durch die Bodenluke hinausgestiegen?«, fragte Mama.

»Nein, ich bin mit Karlsson vom Dach hinauf*geflogen*«, sagte Lillebror.

Mama und Papa schauten sich an.

»Nein, das geht nun aber nicht so weiter«, sagte Mama. »Dieser Karlsson vom Dach macht mich noch verrückt.«

»Lillebror, es *gibt* keinen Karlsson vom Dach«, sagte Papa.

»Den gibt es nicht?«, sagte Lillebror. »Gestern gab es ihn aber noch.«

Mama schüttelte den Kopf.

»Es ist gut, dass die Schule bald zu Ende ist und du zu Großmutter fahren kannst«, sagte sie. »Dorthin kommt Karlsson hoffentlich nicht mit.«

Das war nun allerdings eine Sorge, die Lillebror vergessen hatte. Er sollte den Sommer über zur Großmutter fahren und Karlsson zwei Monate lang nicht sehen. Nicht, dass es ihm bei Großmutter nicht gefiel, da hatte er immer viel Spaß – aber ach, wie würde er Karlsson vermissen! Und wenn Karlsson nun nicht mehr auf dem Dach wohnte, wenn Lillebror zurückkam?

Die Ellbogen auf den Tisch und den Kopf in die Hände gestützt, saß er da und versuchte sich auszumalen, wie das Leben ohne Karlsson werden würde.

»Nicht die Ellbogen auf den Tisch stützen, das weißt du doch«, sagte Betty.

»Das geht dich gar nichts an«, sagte Lillebror.

»Nicht die Ellbogen auf den Tisch stützen, Lillebror«, sagte Mama. »Möchtest du noch ein bisschen Blumenkohl?«

»Nee, lieber tot sein«, sagte Lillebror.

»Pfui, so was sagt man nicht«, sagte Papa. »Man sagt ›nein, danke‹.«

War das nun eine Art, mit einem Hunderttausend-Millionen-Jungen herumzukommandieren?, dachte Lillebror. Aber das sagte er nicht. Stattdessen sagte er:

»Wenn ich sage ›lieber tot sein‹, dann müsst ihr doch verstehen, dass ich ›nein, danke‹ meine.«

»Aber so sagt ein Gentleman nicht«, sagte Papa beharrlich. »Und du möchtest doch sicher ein Gentleman sein, nicht wahr, Lillebror?«

»Nee, ich möchte lieber so sein wie du, Papa«, sagte Lillebror.

Mama und Birger und Betty lachten. Lillebror wusste zwar nicht, weshalb, aber es kam ihm so vor, als lachten sie über seinen Papa, und das gefiel ihm nicht.

»Ich will so sein wie du, Papa, genau so 'n netter wie du«, sagte er und sah seinen Vater zärtlich an.

»Danke, mein Junge«, sagte Papa. »Wie war das nun, möchtest du wirklich nicht noch mehr Blumenkohl haben?«

»Nee, lieber tot sein«, sagte Lillebror.

»Aber er ist gesund«, sagte Mama.

»Das dachte ich mir schon«, sagte Lillebror. »Je weniger man ein Essen mag, desto gesünder ist es. Warum stopfen sie alle diese Vitamine in Sachen, die schlecht schmecken? Das möchte ich wirklich mal wissen!«

»Ja, ist das nicht komisch?«, sagte Birger. »Du findest sicher, die sollten sie stattdessen lieber in Bonbons stecken oder in Kaugummi?«

»Das ist das Vernünftigste, was du seit langer Zeit gesagt hast«, sagte Lillebror.

Nach dem Essen ging er in sein Zimmer. Er hoffte von ganzem Herzen, dass Karlsson kommen möge. Bald musste Lillebror ja verreisen und er wollte Karlsson vorher so oft wie möglich treffen.

Das hatte Karlsson vielleicht gefühlt, denn er kam angeflogen, sobald Lillebror die Nase aus dem Fenster steckte.

»Hast du heute kein Fieber?«, fragte Lillebror.

»Fieber – ich?«, sagte Karlsson. »Ich hab nie Fieber gehabt. Das war nur Einbildung.«

»Hast du dir nur eingebildet, dass du Fieber hattest?«, sagte Lillebror verdutzt.

»Nee, nee, aber ich hab *dir* eingebildet, dass ich welches hätte«, sagte Karlsson und lachte zufrieden. »Der beste Streichemacher der Welt – rat mal, wer das ist!«

Karlsson verhielt sich nicht eine Sekunde still. Während er redete, wirbelte er die ganze Zeit im Zimmer herum und zupfte neugierig an allen Sachen, öffnete so viele Schränke und Schubfächer, wie er konnte, und untersuchte alles mit größtem Interesse.

»Nein, heute hab ich kein Fieber«, sagte er. »Heute bin ich kolossal obenauf und zu ein bisschen Spaß aufgelegt.«

Lillebror war auch zu ein bisschen Spaß aufgelegt. Aber vor allen Dingen wollte er, dass Mama und Papa und Birger und Betty Karlsson sehen sollten, damit endlich das Gemeckere aufhörte, dass es Karlsson nicht gäbe.

»Warte einen Augenblick«, sagte er schnell. »Ich komm sofort zurück.«

Und dann stürzte er davon, ins Wohnzimmer hinüber. Birger und

Betty waren gerade weggegangen, das war ärgerlich, aber Mama und Papa saßen jedenfalls da und Lillebror sagte eifrig:

»Mama und Papa, könnt ihr mal jetzt gleich mit in mein Zimmer rüberkommen?«

Er wagte nicht, Karlsson zu erwähnen, es war besser, sie sahen ihn ohne vorherige Ankündigung.

»Willst du nicht lieber hierbleiben und bei uns sitzen?«, fragte Mama. Aber Lillebror zerrte sie am Ärmel.

»Nein, ihr sollt zu mir rüberkommen und euch was ansehen.«

Nach ein bisschen Überredung gingen sie beide mit und Lillebror öffnete froh und glücklich die Tür zu seinem Zimmer. Jetzt endlich sollten sie ihn sehen!

Er hätte weinen können, so enttäuscht war er. Das Zimmer war leer – genau wie das erste Mal, als er Karlsson zeigen wollte.

»Was sollten wir uns denn ansehen?«, fragte Papa.

»Ach, nichts Besonderes«, murmelte Lillebror.

Zum Glück klingelte im selben Augenblick das Telefon, sodass Lillebror keine weiteren Erklärungen abzugeben brauchte. Papa ging hinaus, um abzunehmen. Und Mama hatte einen Topfkuchen im Ofen, nach dem sie sehen musste. Lillebror war allein. Er setzte sich ans Fenster, er war richtig wütend auf Karlsson und beschloss, ihm die Wahrheit ins Gesicht zu sagen, wenn er angeflogen käme.

Aber es kam niemand angeflogen. Stattdessen ging die Tür zum Wandschrank auf und Karlsson steckte sein vergnügtes Gesicht heraus.

Da war Lillebror sehr erstaunt.

»Was in aller Welt hast du in meinem Wandschrank gemacht?«, sagte er.

»Eier ausgebrütet – nein! Dagesessen und über meine Sünden nachgedacht – nein! Auf dem Bord gelegen und mich ausgeruht – ja«, sagte Karlsson.

Lillebror vergaß, dass er wütend war. Er freute sich nur, dass Karlsson doch wieder zum Vorschein gekommen war.

»In diesem Wandschrank kann man prima Versteck spielen«, sagte Karlsson. »Das tun wir, ja? Ich leg mich wieder auf das Bord und du rätst, wo ich bin.«

Bevor Lillebror noch antworten konnte, war Karlsson im Wandschrank verschwunden und Lillebror hörte, wie er auf das Bord kletterte.

»Jetzt such!«, schrie Karlsson.

Lillebror öffnete die Schranktür sperrangelweit und fand Karlsson ohne weitere Schwierigkeiten auf dem Bord.

»O pfui, bist du gemein!«, schrie Karlsson. »Du kannst ja wohl im Bett und unterm Tisch und woanders *zuerst* suchen. Ich mach nicht mit, wenn du's so machst. Pfui, wie bist du gemein!«

In dieser Sekunde läutete es an der Wohnungstür und kurz darauf rief Mama vom Korridor her: »Lillebror, Krister und Gunilla sind da.«

Mehr brauchte es nicht, dass Karlsson wieder guter Laune war.

»Denen wollen wir einen Streich spielen«, flüsterte er. »Mach die Tür hinter mir zu.«

Lillebror schloss die Schranktür, und kaum hatte er das getan, da kamen Gunilla und Krister. Sie wohnten in derselben Straße wie Lillebror und gingen in dieselbe Klasse wie er. Lillebror hatte Gunilla sehr gern, er redete immer wieder einmal mit seiner Mutter über sie und wie »phenominal goldig« sie sei. Krister mochte er auch und hatte ihm diese Beule an der Stirn schon verziehen. Es kam ziemlich häufig vor, dass er sich mit Krister prügelte, aber hinterher waren sie immer schnell wieder gute Freunde. Übrigens geriet Lillebror nicht nur mit Krister in Prügeleien; er hatte sich mit fast allen Kindern auf der Straße wilde Kämpfe geliefert.

Aber auf Gunilla ging er nie los.

»Wie kommt es eigentlich, dass du Gunilla nie verhaust?«, fragte ihn seine Mama einmal.

»Nee, sie ist so phenominal goldig, das brauche ich nicht«, sagte Lillebror.

Aber Gunilla konnte ihn selbstverständlich auch manchmal ärgern. Gestern, als sie von der Schule kamen, hatte Lillebror von Karlsson vom Dach erzählt und da hatte Gunilla gelacht und gesagt, Karlsson sei nur eine Einbildung, nur eine Erfindung. Und Krister hatte ihr recht gegeben, sodass Lillebror gezwungen war, ihn zu verhauen, und da also hatte Krister Lillebror diesen Stein an den Kopf geschmissen.

Aber jetzt kamen sie zu ihm und Krister hatte Joffa mitgebracht. Und wegen Joffa vergaß Lillebror sogar Karlsson, der auf dem Bord im Wandschrank lag.

Hunde waren das Süßeste, was es auf der Welt gab, fand Lillebror. Joffa sprang hoch und bellte, und Lillebror legte die Arme um seinen Hals und streichelte ihn. Krister stand daneben und sah ruhig zu. Er wusste ja, dass Joffa *sein* Hund war und niemand anderem gehörte, und darum durfte Lillebror ihn streicheln, so viel er wollte.

Als Lillebror gerade im besten Streicheln war, sagte Gunilla mit einem spöttischen Kichern:

»Wo hast du eigentlich deinen alten Karlsson vom Dach? Wir dachten, er wäre hier.«

Erst jetzt fiel es Lillebror ein, dass Karlsson auf dem Bord im Wandschrank lag. Da er aber nicht wusste, was für einen Streich Karlsson diesmal vorhatte, konnte er es Krister und Gunilla nicht erzählen. Darum sagte er nur:

»Pfff, du sagst ja, Karlsson vom Dach ist nur eine Einbildung. Gestern hast du gesagt, dass er nur eine Erfindung ist.«

»Das ist er ja wohl auch nur«, sagte Gunilla und lachte so, dass die beiden Grübchen zum Vorschein kamen, die sie in den Wangen hatte.

»Denk mal und das ist er *nicht*«, sagte Lillebror.

»Doch ist er es«, sagte Krister.

»Das ist er gerade gar nicht«, sagte Lillebror.

Er überlegte, ob es einen Sinn hätte, dies »vernünftige Gespräch« fortzusetzen, oder ob es nicht ebenso gut wäre, Krister gleich eine runterzuhauen. Aber ehe er sich noch hatte entscheiden können, hörte man aus dem Wandschrank ein lautes und vernehmliches »Kikeriki«.

»Was war denn *das?*«, fragte Gunilla und sperrte ihren Mund, der klein und rot wie eine Kirsche war, vor Verwunderung weit auf.

»Kikeriki«, machte es noch einmal und es hörte sich genau wie ein richtiger Hahn an.

»Hast du einen Hahn im Schrank?«, fragte Krister erstaunt.

Joffa knurrte. Aber Lillebror lachte. Er konnte kein Wort hervorbringen, so lachte er.

»Kikeriki«, kam es aus dem Wandschrank.

»Ich mach auf und seh nach«, sagte Gunilla.

Sie machte die Tür auf und guckte hinein. Und Krister lief zu ihr und guckte ebenfalls hinein. Zuerst sahen sie nichts weiter als eine Menge Kleidungsstücke, die dort hingen.

Aber dann hörten sie von oben ein Gekicher, und als sie hinaufschauten, entdeckten sie einen kleinen dicken Mann, der oben auf dem Bord lag. Er lag bequem da auf den einen Ellenbogen gestützt und baumelte ein bisschen mit einem kurzen dicken Bein und er hatte vergnügte blaue Augen, die hell leuchteten.

Weder Gunilla noch Krister sagten zunächst ein Wort, nur Joffa knurrte. Aber als Gunilla ihre Sprache wiedergefunden hatte, sagte sie:

»Wer ist das?«

»Nur eine kleine Einbildung«, sagte die wunderliche Gestalt da oben auf dem Bord und baumelte noch mehr mit dem Bein. »Eine kleine Einbildung, die hier liegt und sich ausruht. Kurz gesagt – eine Erfindung!«

»Ist das ... ist das ...«, stotterte Krister.

»'ne kleine Erfindung, die daliegt und kräht, schlicht und recht, genau das«, sagte der kleine Mann.

»Ist es Karlsson vom Dach?«, flüsterte Gunilla.

»Ja, was denkst du sonst?«, sagte Karlsson. »Denkst du, es sei die alte Frau Gustafsson aus Nummer zweiundneunzig, die sich hier hereingeschlichen hat und ein Nickerchen macht?«

Lillebror lachte nur, weil Gunilla und Krister dastanden, die Münder aufsperrten und so dumm aussahen.

»Ich glaube, jetzt hat's euch die Sprache verschlagen«, sagte Lillebror schließlich.

Karlsson hopste vom Bord herunter. Er ging zu Gunilla und kniff sie schelmisch in die Wange.

»Was ist denn das hier für eine kleine alberne Erfindung, was?«, sagte er.

»Wir ...«, begann Krister.

»Wie heißt du eigentlich sonst noch außer August?«, fragte Karlsson.

»Ich heiß nicht August«, sagte Krister.

»Gut, mach so weiter«, sagte Karlsson.

»Sie heißen Gunilla und Krister«, sagte Lillebror.

»Ja, es ist kaum zu glauben, was Leuten alles so passiert«, sagte Karlsson. »Aber seid nicht traurig deswegen – alle können ja leider nicht Karlsson heißen.«

Er sah sich neugierig um und fuhr fort, ohne Luft zu holen:

»Ich fühle mich zu einem kleinen Spaß aufgelegt. Können wir nicht die Stühle aus dem Fenster schmeißen oder so was Ähnliches?«

Lillebror glaubte, das sei nicht gerade gut, und er war sicher, dass Mama und Papa das auch nicht gut finden würden.

»Nein, wer altmodisch ist, der ist eben altmodisch«, sagte Karlsson, »da kann man nichts machen. Dann müssen wir uns eben etwas anderes ausdenken, denn Schabernack will ich treiben. Sonst mach ich nicht mehr mit«, sagte er und kniff bockig den Mund zusammen.

»Ja, wir können uns vielleicht was anderes ausdenken«, sagte Lillebror bittend.

Aber Karlsson war offenbar entschlossen zu maulen.

»Passt bloß auf, dass ich euch nicht davonfliege«, sagte er.

Lillebror und Krister und Gunilla waren sich darüber klar, was für ein Unglück das sein würde, und sie flehten und bettelten, Karlsson möge doch bei ihnen bleiben.

Karlsson saß eine Zeit lang da und sah noch immer ziemlich bockig aus.

»Es ist nicht sicher«, sagte er, »aber *vielleicht* bleibe ich da, wenn die da mich streichelt und ›lieber Karlsson‹ sagt«, sagte er und zeigte mit seinem kleinen dicken Zeigefinger auf Gunilla.

Und Gunilla streichelte ihn schleunigst.

»Lieber Karlsson, bleib hier, damit wir uns irgendeinen Spaß ausdenken können«, sagte sie.

»Na, meinetwegen, dann tu ich es«, sagte Karlsson und die Kinder seufzten erleichtert auf. Aber es war etwas zu früh.

Lillebrors Eltern machten hin und wieder einmal einen Abendspaziergang. Und gerade jetzt rief Mama von der Diele her:

»Auf Wiedersehen bis nachher! Krister und Gunilla dürfen bis acht bleiben. Dann gehst du aber marsch ins Bett, Lillebror. Ich komme noch und sag dir später Gute Nacht.«

Sie hörten die Wohnungstür zuklappen.

»Sie hat nicht gesagt, wie lange *ich* bleiben darf«, sagte Karlsson und schob die Unterlippe vor. »Ich mach nicht mit, wenn es so ungerecht zugeht.«

»Du kannst bleiben, solange du willst«, sagte Lillebror.

Karlsson ließ die Unterlippe noch mehr hängen.

»Warum kann *ich* nicht auch um acht an die Luft gesetzt werden wie alle anderen Menschen?«, sagte Karlsson. »Ich mach nicht mit …«

»Ich werde Mama bitten, dass sie dich um acht an die Luft setzt«, sagte Lillebror schnell. »Was für einen Spaß wollen wir uns denn ausdenken?«

Plötzlich war Karlssons schlechte Laune wie weggeblasen.

»Wir können Gespenster spielen und die Leute zu Tode erschrecken«, sagte er. »Ihr ahnt nicht, was ich allein mit einem weißen Laken machen kann. Wenn ich für jeden Einzelnen, den ich zu Tode erschreckt habe, fünf Öre hätte, dann könnte ich mir viele Bonbons kaufen. Ich bin das beste Gespenst der Welt«, sagte Karlsson und seine Augen funkelten lustig.

Lillebror und Krister und Gunilla wollten gern Gespenst spielen, aber Lillebror sagte: »Es muss ja nicht so ein *schrecklicher* Schrecken sein!«

»Ruhig, ganz ruhig«, sagte Karlsson. »Du brauchst dem besten Gespenst der Welt nichts über Gespensterei beizubringen. Ich werde sie nur *ein ganz klein bisschen* zu Tode erschrecken. Die merken das kaum.«

Karlsson ging zu Lillebrors Bett und riss das Überlaken heraus.

»Das hier wird ein hübsches kleines Gespensterkostüm«, sagte er.

In Lillebrors Schreibtischschublade fand er ein Stück Zeichenkohle und mit dieser malte er ein gruseliges Gespenstergesicht auf das Laken. Dann nahm er Lillebrors Schere und schnitt zwei Löcher für die Augen hinein, bevor Lillebror ihn daran hindern konnte.

»Das Laken – ach, das stört keinen großen Geist«, sagte Karlsson.

»Und ein Gespenst muss sehen können, sonst kann es auf und davon flattern und landet in Indien oder sonst wo.«

Dann warf er sich das Laken wie einen Umhang über den Kopf. Nur seine kleinen dicken Hände ragten an den Seiten heraus. Obwohl die Kinder wussten, dass es nur Karlsson war, der unter dem Laken steckte, grauste ihnen trotzdem ein bisschen und Joffa fing an, wie wild zu bellen. Es wurde auch nicht etwa besser, als das Gespenst seinen Motor anließ und um die Deckenlampe herumzufliegen begann, wobei das Laken durch die Geschwindigkeit bald hierhin, bald dorthin flatterte. Es sah richtig unheimlich aus.

»Ich bin ein kleines motorisiertes Gespenst, wild, aber schön«, sagte Karlsson.

Die Kinder standen still und starrten ihn erschrocken an. Joffa bellte.

»Eigentlich mag ich es gern, dass es um mich herum so knattert, wenn ich komme«, sagte Karlsson. »Aber wenn ich gespenstern will, dann ist es vielleicht besser, den Schalldämpfer aufzusetzen. Passt auf, so!«

Und dann schwebte er fast geräuschlos herum und wirkte noch gespenstischer als vorher. Nun galt es nur, jemanden zu finden, dem man etwas vorgespenstern konnte.

»Ich kann ja mal im Treppenflur mit dem Gespenstern anfangen, da kommt immer mal einer vorbei und der kriegt den Schock seines Lebens«, sagte Karlsson.

Das Telefon klingelte, aber Lillebror hatte keine Lust, hinzugehen und abzunehmen. Er ließ es klingeln.

Karlsson begann, einige gute Seufzer und Ächzer zu üben. Ein Gespenst, das nicht ächzen und seufzen konnte, war wertlos, behauptete Karlsson. Das sei das Erste, was ein kleines Gespenst in der Gespensterschule lernen musste.

All dies kostete Zeit. Als sie endlich im Korridor standen, bereit,

ins Treppenhaus hinauszugehen und mit dem Gespenstern anzu-
fangen, hörten sie ein eigentümliches Kratzen an der Wohnungstür.
Erst glaubte Lillebror, es seien die Eltern, die schon nach Hause kamen. Aber da bemerkte er einen langen Draht, der durch den Briefschlitz gesteckt wurde. Und da fiel Lillebror etwas ein, was sein Papa
der Mama kürzlich aus der Zeitung vorgelesen hatte. In der Zeitung
hatte gestanden, dass augenblicklich viele Wohnungsdiebe hier in
der Stadt am Werk waren. Die Diebe waren schlau: Erst riefen sie
an und prüften, ob jemand daheim war. Wenn sich niemand meldete,
machten sie sich schnell auf den Weg zu der Wohnung, in der sie angerufen hatten, und dann mussten sie nur noch mit einem bestimmten Trick das Türschloss aufkriegen, hineingehen und alles klauen,
was es an Werten gab.

Lillebror bekam fürchterliche Angst, als ihm klar wurde, dass es
Diebe waren, die sich Einlass verschaffen wollten, und Krister und
Gunilla hatten auch Angst. Krister hatte Joffa in Lillebrors Zimmer
eingesperrt, damit er bei der Gespensterei nicht bellen sollte, und
das bereute er jetzt.

Aber einer hatte keine Angst und das war Karlsson.

»Ruhig, ganz ruhig«, flüsterte er. »Bei solchen Gelegenheiten
ist ein Gespenst das Beste, was man haben kann. Komm, wir schlei-
chen jetzt ins Wohnzimmer, denn dort hat dein Vater sicher seine
Goldbarren und Diamanten aufbewahrt«, sagte er zu Lillebror.

Karlsson und Lillebror und Gunilla und Krister schlichen ins
Wohnzimmer hinüber, so leise und behutsam und schnell, wie sie
konnten. Sie krochen hinter die Möbel und versteckten sich. Karlsson stieg in den schönen alten Schrank, den Mama als Wäscheschrank benutzte, und zog die Tür hinter sich zu, so gut es ging. Er
hatte es kaum getan, als die Diebe auch schon angeschlichen kamen.
Lillebror, der hinter dem Sofa neben dem offenen Kamin lag, spähte
vorsichtig um die Ecke.

Mitten im Zimmer standen zwei Diebe, die sahen gräulich aus. Und – hat man so was schon erlebt? – es waren niemand anderes als Fille und Rulle.

»Tja, nun ist die Frage, wo die ihre Kronjuwelen haben«, sagte Fille mit leiser, heiserer Stimme.

»Da drin natürlich«, sagte Rulle und zeigte auf den antiken Sekretär, der so viele kleine Schubfächer hatte. Lillebror wusste, dass Mama das Haushaltsgeld in einem der Schubfächer aufbewahrte, und in einem anderen hatte sie den schönen, kostbaren Ring und die Brosche, die sie von Großmutter geschenkt bekommen hatte. Und Papas goldene Medaille, die er beim Preisschießen gewonnen hatte, lag auch hier.

Es wäre ganz schrecklich, wenn die Diebe das alles mitnähmen, dachte Lillebror und er konnte die Tränen fast nicht zurückhalten, wie er da so hinter dem Sofa lag.

»Nimm du dir dies Ding da vor«, sagte Fille. »Ich geh inzwischen in die Küche und seh nach, ob sie silberne Löffel haben.«

Fille verschwand und Rulle begann die Schubfächer herauszuziehen. Er stieß einen Pfiff vor Zufriedenheit aus. Jetzt hat er bestimmt das Haushaltsgeld gefunden, dachte Lillebror und er wurde immer trauriger.

Rulle zog das nächste Schubfach heraus und pfiff abermals. Denn jetzt hatte er sicher den Ring und die Brosche gefunden.

Aber dann pfiff Rulle nicht mehr. Denn aus dem Schrank kam ein Gespenst geschossen und ließ ein kleines, warnendes Stöhnen hören. Und als Rulle sich umwandte und das Gespenst erblickte, stieß er einen röchelnden Ton aus und er ließ das Haushaltsgeld und den Ring und die Brosche und alles miteinander fallen. Das Gespenst flatterte um ihn herum und ächzte und seufzte, und plötzlich sauste es in die Küche hinaus. Und eine Sekunde später kam Fille angerannt, schneeweiß im Gesicht, und er schrie:

»Spulle, ein Gerenst!«

Er meinte »Rulle, ein Gespenst«, aber er war so erschrocken, dass er stattdessen »Spulle, ein Gerenst« sagte. Es war auch kein Wunder, dass er so erschrocken war, denn das Gespenst folgte ihm dicht auf den Fersen und ächzte und seufzte ganz fürchterlich. Und Rulle und Fille rasten auf die Tür zu und die ganze Zeit flatterte ihnen das Gespenst um die Ohren, und sie rannten auf den Korridor hinaus und durch die Wohnungstür davon. Aber das Gespenst kam einfach hinterdrein und jagte sie die Treppe hinunter und schrie mit einer hohlen, schrecklichen Gespensterstimme hinter ihnen her:

»Ruhig, ganz ruhig! Ich hab euch gleich eingeholt und dann wird's lustig!«

Aber da wurde das Gespenst der Sache müde und kam ins Wohnzimmer zurück.

Lillebror hatte das Haushaltsgeld, den Ring und die Brosche aufgehoben und alles in den Sekretär zurückgelegt, und Gunilla und Krister hatten alle silbernen Löffel aufgesammelt, die Fille hatte fallen lassen, als er zwischen der Küche und dem Wohnzimmer hin- und hergerannt war.

»Das beste Gespenst der Welt, das ist Karlsson vom Dach«, sagte das Gespenst und legte das Gespensterkostüm ab.

Die Kinder lachten und freuten sich sehr und Karlsson sagte:

»Es geht doch nichts über ein Gespenst, wenn es darauf ankommt, Diebe zu verscheuchen. Wenn die Leute wüssten, wie gut das ist, dann würden sie an jedem Geldschrank in der ganzen Stadt ein kleines, bösartiges Gespenst anbinden.«

Lillebror freute sich so, dass er hüpfte, weil Mamas Haushaltsgeld und Ring und Brosche und Papas goldene Medaille und alle silbernen Löffel gerettet waren, und er sagte:

»Wenn man bedenkt, wie dumm die Leute sind, dass sie an Gespenster glauben! Es gibt nichts Übernatürliches, hat Papa gesagt.«

Er nickte nachdrücklich. »Wie dumm die Diebe waren, dass sie glaubten, es wäre ein Gespenst, was aus dem Schrank kam, und dabei war es überhaupt nichts Übernatürliches, sondern nur Karlsson vom Dach.«

Karlsson zaubert
mit dem Hund Ahlberg

Am nächsten Morgen kam eine kleine, verschlafene, strubbelige Gestalt im blau gestreiften Pyjama auf bloßen Füßen zu Mama in die Küche hinausgetappt. Birger und Betty waren in die Schule gegangen und Papa ins Büro. Aber Lillebror brauchte erst etwas später zu gehen und das war gut, denn er wollte gern ein bisschen mit Mama allein sein in dieser Morgenstunde. Obwohl er ein großer Junge war, der schon in die Schule ging, saß er doch zu gern auf Mamas Schoß, wenn es keiner sah. Man konnte dann so gut reden, und wenn sie noch viel Zeit hatten, sangen Mama und Lillebror und erzählten sich gegenseitig Geschichten.

Mama saß am Küchentisch und trank ihren Morgenkaffee und las die Zeitung. Lillebror kletterte schweigend auf ihren Schoß und kuschelte sich in ihre Arme und sie hielt ihn dort fest, bis er ganz wach geworden war.

Dieser Spaziergang gestern Abend hatte ein wenig länger gedauert, als beabsichtigt gewesen war, und als Mama und Papa nach Hause kamen, lag Lillebror schon in seinem Bett und schlief. Er hatte sich bloßgestrampelt, und als Mama ihn zudecken wollte, sah sie zwei hässliche Löcher in dem Laken und es war auch so schmutzig, irgendjemand hatte mit Kohle etwas draufgezeichnet. Kein Wunder, dass Lillebror so schnell eingeschlafen war, dachte Mama.

Aber jetzt hatte sie den Sünder auf ihrem Schoß und sie wollte ihn wahrlich nicht ohne eine Erklärung wieder loslassen.

95

»Hör mal, Lillebror«, sagte sie, »ich möchte wirklich gern wissen, wer die Löcher in dein Laken gemacht hat. Komm nun aber nicht und sag, es sei Karlsson vom Dach gewesen!«

Lillebror schwieg und dachte angestrengt nach. Es *war* ja Karlsson vom Dach gewesen, der die Löcher gemacht hatte, und nun durfte er es nicht sagen! Dann war es wohl das Beste, auch das mit den Dieben zu verschweigen, denn Mama würde auch das nicht glauben.

»Na?«, sagte Mama, als sie keine Antwort bekam.

»Frag doch lieber Gunilla«, sagte Lillebror listig.

Gunilla konnte Mama erzählen, wie alles zusammenhing. Ihr musste Mama ja glauben.

Aha, Gunilla ist es also gewesen, die das Laken zerschnitten hat, dachte Mama. Und sie fand es sehr anständig von Lillebror, dass er nicht petzte, sondern Gunilla selbst erzählen lassen wollte, was sie angestellt hatte. Mama drückte Lillebror schnell einmal an sich. Sie beschloss, jetzt nicht weiter nach dem Laken zu fragen, aber Gunilla wollte sie sich mal vorknöpfen, wenn es sich so ergab.

»Du hast Gunilla wohl furchtbar gern, was?«, fragte Mama.

»Ja, ziemlich …«, sagte Lillebror.

Mama schielte wieder ein bisschen in die Zeitung und Lillebror saß schweigend auf ihrem Schoß und überlegte. Wen hatte er eigentlich alles gern? Vor allen Dingen Mama – und dann Papa. Birger und Betty hatte er manchmal gern – besonders Birger –, aber manchmal war er so böse auf sie, dass er hätte platzen können! Karlsson vom Dach hatte er gern. Und Gunilla hatte er gern – ziemlich. Vielleicht heiratete er sie mal, wenn er groß war, denn eine Frau musste man ja wohl haben, ob man wollte oder nicht. Wenn er auch am liebsten Mama heiraten würde – aber das ging vielleicht nicht.

Als er so weit gekommen war, fiel ihm plötzlich etwas ein, was ihn unruhig machte. »Du, sag mal, Mama, wenn Birger groß ist und er stirbt, muss ich dann seine Frau heiraten?«

Mama stellte verwundert die Kaffeetasse hin.

»Wie um alles in der Welt kommst du denn darauf?«, fragte sie.

Es schien, als wollte sie anfangen zu lachen. Und da bekam Lillebror Angst, dass er etwas Dummes gesagt haben könnte, und er wollte nicht mehr über die Sache sprechen. Aber Mama fragte weiter:

»Warum glaubst du das?«

»Ich hab doch Birgers altes Fahrrad bekommen«, sagte Lillebror widerstrebend. »Und seine alten Skier ... und seine Schlittschuhe, die er hatte, als er so alt war wie ich ... und seine alten Schlafanzüge und Turnschuhe und alles.«

»Aber seine alte Frau brauchst du nicht zu nehmen, das verspreche ich dir«, sagte Mama. Und sie lachte nicht, was ein Glück war.

»Kann ich nicht dich stattdessen heiraten?«, schlug Lillebror vor.

»Ich weiß nicht, wie das gehen soll«, sagte Mama. »Ich bin ja schon mit Papa verheiratet.«

Ja, das stimmte allerdings ...

»Was für ein phenominales Pech, dass Papa und ich in dieselbe verliebt sind«, sagte Lillebror missmutig.

Aber jetzt lachte Mama und sagte:

»Nein, weißt du was, das finde ich gerade gut.«

»Das meinst *du*, ja«, sagte Lillebror. »Aber dann muss ich wohl Gunilla nehmen«, fügte er hinzu. »Denn irgendjemand muss man wohl haben.«

Er dachte von Neuem nach und er fand es überhaupt nicht lustig, mit Gunilla zusammenwohnen zu müssen. Sie konnte manchmal ziemlich lästig sein. Und im Übrigen wollte er mit Mama und Papa und Birger und Betty zusammenwohnen. Es war nicht gerade eine Frau, auf die er so besonders aus war.

»Ich möchte viel lieber einen Hund haben als eine Frau«, sagte er. »Mama, *kann* ich nicht einen Hund kriegen?«

Mama seufzte. Jetzt fing Lillebror schon wieder an, von seinem verflixten Hund zu sprechen! Das war fast genauso anstrengend wie das mit Karlsson vom Dach.

»Weißt du was, Lillebror, ich glaube, du musst jetzt gehen und dich anziehen«, sagte Mama. »Sonst kommst du nicht rechtzeitig in die Schule.«

»Typisch«, sagte Lillebror grimmig. »Wenn ich von meinem Hund rede, dann fängst du an, von der Schule zu reden!«

Es machte trotzdem Spaß, heute in die Schule zu gehen, denn er hatte sich so viel mit Krister und Gunilla zu erzählen. Sie gingen wie gewöhnlich zusammen nach Hause und Lillebror hatte es seit Langem nicht so schön gefunden wie heute, da Gunilla und Krister ja nun Karlsson vom Dach auch kannten.

»Der ist richtig toll, finde ich«, sagte Gunilla. »Glaubst du, er kommt heute auch?«

»Das weiß ich nicht«, sagte Lillebror. »Er sagt nur, er käme *ungefähr*, und das kann jederzeit sein.«

»Ich hoffe, er kommt ungefähr heute«, sagte Krister. »Gunilla und ich gehen mit dir nach Hause. Dürfen wir das?«

»Meinetwegen gern«, sagte Lillebror.

Da schien noch jemand zu sein, der mit ihnen gehen wollte. Als die Kinder eben die Straße überqueren wollten, kam ein schwarzer junger Pudel auf Lillebror zugelaufen. Er beschnupperte ihn an den Kniekehlen und kläffte zutraulich.

»Guck mal, was für 'n süßer kleiner Hund«, sagte Lillebror, ganz aus dem Häuschen vor Freude. »Guck mal, er hat sicher Angst vor dem Verkehr und möchte mit mir über die Straße gehen!«

Lillebror war so glücklich, dass er ihn über wer weiß wie viele Straßen hinübergelotst hätte. Vielleicht fühlte der junge Hund das, denn er trabte mit über die Straßenkreuzung und drückte sich dicht an Lillebrors Bein.

»Wie ist der süß«, sagte Gunilla. »Komm mal her, kleiner Wauwau!«

»Nee, der will bei mir sein«, sagte Lillebror und packte den Welpen mit festem Griff. »Er mag mich.«

»Mich mag er auch, genauso«, sagte Gunilla.

Der kleine Welpe sah aus, als möge er jeden auf der ganzen Welt, wenn er ihn nur mochte. Und Lillebror mochte ihn, oh, wie sehr er ihn mochte! Er bückte sich und streichelte den Hund und lockte ihn und gab eine Menge leiser, zärtlicher Töne von sich, die alle miteinander sagen wollten, dass dieser junge Pudel der liebste, liebste, liebste Hund sei, den es gab. Der Welpe wedelte mit dem Schwanz und sah aus, als ob er derselben Meinung sei. Er kläffte und lief fröhlich mit, als die Kinder in ihre Straße einbogen.

Lillebror war plötzlich von einer wahnsinnigen Hoffnung erfüllt.

»Vielleicht hat er kein Zuhause«, sagte er. »Er hat vielleicht keinen, dem er gehört.«

»Pfff, natürlich hat er jemand«, sagte Krister.

»Halt du deinen Mund«, sagte Lillebror böse. »Was weißt du denn davon?«

Krister, der Joffa hatte, was wusste der denn davon, wie es war, wenn man keinen Hund hatte, überhaupt keinen Hund?

»Komm her, mein Hundchen«, lockte Lillebror und war immer mehr überzeugt, dass der Pudel kein Zuhause hatte.

»Pass auf, dass der nicht mit dir nach Hause läuft«, sagte Krister.

»Das kann er aber ruhig«, sagte Lillebror. »Ich möchte, dass er mit mir nach Hause läuft.«

Und der Welpe lief mit. Ganz bis vor Lillebrors Haustür lief er mit.

Und dann nahm Lillebror ihn auf den Arm und trug ihn die Treppen hinauf.

»Ich frag Mama, ob ich ihn behalten darf«, sagte Lillebror aufgeregt.

Aber Mama war nicht da. Auf dem Küchentisch lag ein Zettel, dass sie unten in der Waschküche sei und dass Lillebror sie dort finde, wenn er irgendetwas wolle.

Aber der Hund schoss wie eine Rakete geradewegs in Lillebrors Zimmer, und Lillebror und Gunilla und Krister rannten hinterdrein. Lillebror war verrückt vor Freude.

»Er möchte sicher bei mir wohnen«, sagte er.

Im selben Augenblick kam Karlsson vom Dach zum Fenster hereingebrummt.

»Heißa hopsa«, schrie er. »Habt ihr euern Hund gewaschen, dass er so eingelaufen ist?«

»Das ist doch nicht Joffa, das siehst du doch«, sagte Lillebror. »Das hier ist mein Hund.«

»Das stimmt aber nicht«, sagte Krister.

»Du hast doch keinen Hund!«, sagte Gunilla.

»Aber ich, ich habe tausend Hunde bei mir oben«, sagte Karlsson. »Der beste Hundeaufpasser der We...«

»Ich hab keine Hunde gesehen, als ich bei dir oben war«, sagte Lillebror.

»Die waren unterwegs und flogen draußen herum«, versicherte Karlsson. »Ich hab fliegende Hunde.«

Lillebror hörte nicht auf Karlsson. Tausend fliegende Hunde waren nichts gegen diesen süßen kleinen Pudel.

»Ich glaube, er hat keinen, dem er gehört«, sagte er noch einmal.

Gunilla beugte sich über den Hund.

»Auf dem Halsband steht allerdings Ahlberg«, sagte sie.

»Und dann ist dir wohl klar, dass das die Leute sind, denen er gehört«, sagte Krister.

»Vielleicht ist Ahlberg tot«, sagte Lillebror.

Wer Ahlberg auch sein mochte, er konnte ihn nicht leiden. Aber da kam ihm ein guter Gedanke.

»Vielleicht ist es der Hund, der Ahlberg heißt«, sagte er und sah Krister und Gunilla flehend an.

Sie lachten spöttisch.

»Ich hab mehrere Hunde, die Ahlberg heißen«, sagte Karlsson. »Heißa hopsa, Ahlberg!«

Der junge Hund machte einen kleinen Satz auf Karlsson zu und bellte munter.

»Seht ihr«, schrie Lillebror, »er weiß selbst, dass er Ahlberg heißt. Komm her, kleiner Ahlberg!«

Gunilla fing den Welpen ein.

»Auf dem Halsband steht auch eine Telefonnummer«, stellte sie erbarmungslos fest.

»Der Hund hat ein eigenes Telefon«, sagte Karlsson. »Sagt ihm, er soll seine Haushälterin anrufen und sagen, er habe sich verlaufen. Das tun meine Hunde immer, wenn sie sich verlaufen haben.«

Er streichelte den kleinen Hund mit seiner kleinen dicken Hand.

»Einer meiner Hunde, der Ahlberg heißt, der war kürzlich weggelaufen«, sagte Karlsson. »Und da hat er dann zu Hause angerufen, um Bescheid zu sagen. Aber er hatte sich mit dem Drehdings vertan und da landete er stattdessen bei einer alten Majorin auf Kungsholmen, und als sie hörte, dass ein Hund am Telefon war, da sagte sie: ›Falsch verbunden.‹ – ›Warum melden Sie sich dann?‹, fragte Ahlberg, denn er ist so ein gescheiter Hund.«

Lillebror hörte nicht zu, was Karlsson sagte. Augenblicklich interessierte ihn nichts anderes als der kleine Hund und er kümmerte sich nicht einmal darum, als Karlsson sagte, er fühle sich zu einem kleinen Spaß aufgelegt. Aber da zog Karlsson einen Flunsch und sagte:

»Ich mach nicht mit, wenn du dich bloß immerzu mit dem Hund abgibst. Ich darf wohl auch noch ein bisschen Vergnügen haben!«

Darin gaben ihm Gunilla und Krister recht.

»Wir könnten eine Zaubereivorstellung geben«, sagte Karlsson, nachdem er aufgehört hatte zu maulen. »Der beste Zaubereimacher der Welt – ratet mal, wer das ist!«

Lillebror und Gunilla und Krister rieten auf der Stelle, dass das Karlsson sein müsse.

»Dann beschließen wir, dass wir eine Zaubereivorstellung geben«, sagte Karlsson.

»Ja«, sagten die Kinder.

»Und dann beschließen wir, dass es einen Bonbon Eintritt kostet«, sagte Karlsson.

»Ja«, sagten die Kinder.

»Und dann beschließen wir, dass alle Bonbons wohltätigen Zwecken zugeführt werden sollen«, sagte Karlsson.

»Hmmnja«, sagten die Kinder etwas zögernd.

»Und da gibt es nur *einen* wirklich wohltätigen Zweck und das ist Karlsson vom Dach«, sagte Karlsson.

Die Kinder sahen sich an.

»Ich weiß nicht … so recht …«, begann Krister.

»Das *beschließen* wir«, schrie Karlsson, »sonst mach ich nicht mit!«

Und so wurde beschlossen, dass alle Bonbons an Karlsson vom Dach gehen sollten.

Krister und Gunilla gingen auf die Straße hinunter und sagten allen Kindern Bescheid, oben bei Lillebror solle eine große Zaubereivorstellung veranstaltet werden. Und alle, die wenigstens noch fünf

Öre von ihrem Taschengeld übrig hatten, rannten zum Kaufmann und kauften Eintrittsbonbons.

Die Bonbons wurden dann an der Tür zu Lillebrors Zimmer abgegeben, wo Gunilla stand und sie in Empfang nahm und sie in eine Schachtel legte mit der Aufschrift: »Für wohltätige Zwecke«.

Krister hatte mitten im Zimmer Hocker in einer Reihe aufgestellt und hier durfte sich das Publikum hinsetzen. In einer Ecke des Raumes war eine Decke aufgehängt und von dort hörte man ein Gemuschel und Getuschel und einen Hund, der kläffte.

»Was kriegen wir denn zu sehen?«, fragte ein Junge, der Kirre hieß. »Ist natürlich alles nur Blödsinn, aber dann will ich meinen Bonbon wiederhaben.«

Weder Lillebror noch Gunilla noch Krister mochten Kirre leiden, denn er gab immer so an.

Lillebror, der hinter der Decke gesteckt hatte, trat jetzt hervor. Er hielt den kleinen Hund im Arm. »Ihr werdet den besten Zaubereimacher der Welt und den berühmten Zauberhund Ahlberg sehen«, sagte er.

»Wie gesagt – den besten Zaubereimacher der Welt«, ließ sich eine Stimme hinter der Decke vernehmen und hervor kam Karlsson. Auf dem Kopf hatte er den Zylinderhut von Lillebrors Papa und über seinen Schultern hing die karierte Schürze von Lillebrors Mama, mit einer kleinen, zierlichen Schleife unter Karlssons Kinn zusammengebunden. Die Schürze sollte der Ersatz für einen schwarzen Umhang sein, wie ihn Zauberer immer umhaben.

Alle klatschten in die Hände, alle außer Kirre. Karlsson verbeugte sich und sah sehr selbstgefällig aus. Dann nahm er den Zylinderhut ab und zeigte, dass er leer war, genau wie alle Zauberer es immer machen.

»Bitte, sehen Sie her, meine Herrschaften«, sagte er, »hier ist nichts drin, aber auch rein gar nichts!«

Jetzt zaubert er sicher ein Kaninchen aus dem Hut hervor, dachte Lillebror, denn das hatte er einmal von einem Zauberer gesehen. Es würde Spaß machen zu sehen, wie Karlsson ein Kaninchen hervorzaubert, dachte er.

»Wie gesagt … hier ist nichts drin«, sagte Karlsson düster. »Und hier wird auch nichts drin sein, wenn ihr nicht was reinlegt«, fuhr er fort. »Ich sehe, hier sitzen haufenweise gefräßige Kinder und essen Bonbons. Jetzt lassen wir den Hut herumgehen und dann legen alle einen Bonbon hinein. Es ist für einen sehr wohltätigen Zweck.«

Lillebror ging mit dem Hut herum und bald lag ein ganz hübscher Haufen Bonbons darin. Er gab Karlsson den Hut.

»Es klappert bedenklich«, sagte Karlsson und schüttelte den Hut. »Wenn er voll wäre, würde es kein bisschen klappern.«

Er stopfte einen der Bonbons in den Mund und fing an zu kauen.

»Es ist ein *wirklich* wohltätiges Gefühl«, sagte er und kaute zufrieden.

Kirre hatte keinen Bonbon in den Hut gelegt, obwohl er eine ganze Tüte voll hatte.

»Ja, meine lieben Freunde – und Kirre«, sagte Karlsson. »Hier seht ihr den Zauberhund Ahlberg, den Hund, der alles kann. Telefonieren, fliegen, Brötchen backen, sprechen, das Bein heben – alles!«

In dieser Sekunde hob der kleine Pudel wirklich das Bein an Kirres Stuhl und auf dem Fußboden entstand eine winzig kleine Pfütze.

»Ihr seht, ich übertreibe nicht«, sagte Karlsson, »dieser Hund kann wirklich alles.«

»Pfff«, machte Kirre und rückte mit seinem Stuhl etwas von der Pfütze ab, »das da kann jeder Köter. Aber lass ihn doch mal 'n bisschen sprechen. Das wird schon schwieriger sein, hahaha!«

Karlsson wandte sich an den Hund. »Findest du sprechen schwierig, Ahlberg?«

»Gar nicht«, antwortete Ahlberg. »Nur wenn ich Zigarre rauche.«

Lillebror und Gunilla und Krister zuckten richtig zusammen, denn es klang genauso, als ob es der Pudel sei, der sprach. Aber Lillebror dachte, es wird wohl Karlsson sein, der irgendeinen Trick anwandte. Und das war nur gut, denn Lillebror wollte einen gewöhnlichen Hund haben und nicht einen, der sprechen konnte.

»Guter Ahlberg«, sagte Karlsson, »kannst du nicht allen unsern Freunden – und Kirre – ein bisschen aus dem Leben eines Hundes erzählen?«

»Aber gern«, sagte Ahlberg.

Und dann begann er zu erzählen.

»Ich war neulich Abend im Kino«, sagte er und sprang spielerisch um Karlsson herum.

»Sieh mal einer an, du warst im Kino?«

»Ja, und neben mir in derselben Reihe saßen zwei Hundeflöhe«, sagte Ahlberg.

»Nein, wirklich?«, sagte Karlsson.

»Ja, und als wir hinterher auf die Straße hinauskamen, da hörte ich, wie der eine Floh zum andern sagte: ›Wollen wir zu Fuß nach Hause gehen oder wollen wir einen Hund nehmen?‹«

Alle Kinder fanden die Vorstellung gut, wenn auch vielleicht nicht gerade viel Zauberei dabei war. Nur Kirre saß da und machte ein hochmütiges Gesicht.

»Sag ihm, er soll jetzt auch mal Brötchen backen«, sagte er höhnisch.

»Willst du ein paar Brötchen backen, Ahlberg?«, fragte Karlsson.

Ahlberg gähnte und legte sich auf die Erde.

»Nee, das kann ich nicht«, sagte er.

»Haha, das hab ich mir gedacht!«, sagte Kirre.

»Nee, ich hab nämlich keine Hefe im Haus«, sagte Ahlberg.

Alle Kinder lachten. Sie mochten Ahlberg sehr gern. Nur Kirre fuhr fort, sich blöde zu benehmen.

»Lass ihn stattdessen fliegen«, sagte er. »Dazu braucht man keine Hefe.«

»Möchtest du fliegen, Ahlberg?«, fragte Karlsson.

Es sah beinah so aus, als ob Ahlberg schlafe, aber er antwortete jedenfalls, wenn Karlsson ihn anredete.

»Bitte schön, ich will gern fliegen«, sagte er. »Aber dann musst du mitfliegen, denn ich hab meiner Mama versprochen, nie allein aufzusteigen.«

»Dann komm her, Ahlbergchen«, sagte Karlsson und nahm den Hund auf den Arm.

Und eine Sekunde später flogen sie, Karlsson und Ahlberg. Erst stiegen sie bis zur Decke empor und machten ein paar Runden um die Deckenlampe und danach ging es geradewegs zum Fenster hinaus. Da wurde sogar Kirre blass vor Staunen.

Alle Kinder stürzten ans Fenster und standen da und sahen Karlsson und Ahlberg über die Hausdächer dahinschweben. Aber Lillebror schrie verzweifelt: »Karlsson, Karlsson, komm mit meinem Hund zurück!«

Das tat Karlsson. Er kam zurück und setzte Ahlberg auf den Fußboden. Ahlberg schüttelte sich und er sah so verwundert aus, dass man meinen konnte, es sei der erste Flug seines Lebens gewesen.

»Ja, und jetzt ist Schluss für heute, jetzt haben wir nichts mehr zu bieten«, sagte Karlsson. »Aber *du* hast noch was«, fuhr er fort und versetzte Kirre einen kleinen Knuff.

Kirre verstand nicht, was er meinte.

»Bonbons«, sagte Karlsson.

Und Kirre holte seine Tüte heraus und gab Karlsson die ganze Tüte. Allerdings nahm er sich zuerst einen Bonbon heraus.

»So 'n gefräßiger Bengel«, sagte Karlsson. Dann sah er sich eifrig um. »Wo ist die Schachtel für wohltätige Zwecke?«, fragte er.

Gunilla holte sie. Sie dachte, jetzt wird Karlsson uns doch einen Bonbon anbieten, wo er so viele hat. Aber das tat Karlsson nicht. Er nahm die Schachtel und zählte hungrig alle Bonbons nach.

»Fünfzehn«, sagte er. »Reicht zum Abendbrot! Heißa hopsa, ich muss nach Hause und Abendbrot essen!«

Und dann verschwand Karlsson durchs Fenster.

Alle Kinder mussten nach Hause gehen, auch Gunilla und Krister. Lillebror und Ahlberg blieben allein zurück und das fand Lillebror richtig schön. Er nahm den Hund in seine Arme und setzte sich hin und flüsterte mit ihm. Und der kleine Hund leckte ihm das Gesicht und dann schlief er ein. Er ließ ein leises Schnaufen hören, während er schlief.

Aber dann kam Mama aus der Waschküche herauf und nun wurde alles so schrecklich traurig. Mama glaubte einfach nicht, dass Ahlberg kein Zuhause habe. Sie wählte die Telefonnummer, die auf dem Halsband stand, und gab Bescheid, dass ihr Sohn einen kleinen schwarzen Pudelwelpen aufgegriffen habe.

Lillebror stand neben dem Telefon mit Ahlberg im Arm und er flüsterte die ganze Zeit: »Lieber Gott, mach, dass denen der Pudel nicht gehört!«

Aber er *gehörte* ihnen.

»Liebling«, sagte Mama, als sie den Hörer wieder aufgelegt hatte. »Es ist ein Junge, der heißt Staffan Ahlberg und dem gehört Bobby.«

»Bobby?«, fragte Lillebror.

»Ja, so heißt der Hund. Staffan hat den ganzen Nachmittag geweint. Und um sieben Uhr kommt er und holt Bobby ab.«

Lillebror sagte nichts, aber er wurde ein bisschen weißer im Gesicht und seine Augen sahen so blank aus. Er drückte den Pudel an sich und flüsterte ihm ins Ohr, als Mama nicht hinhörte:

»Kleiner Ahlberg, wenn du doch nur mein Hund wärst.«

Aber um sieben Uhr kam Staffan Ahlberg und holte seinen Bobby. Da lag Lillebror in seinem Bett und weinte, als sollte ihm das Herz brechen.

Karlsson geht
zur Geburtstagsfeier

Jetzt war es Sommer geworden, die Schule war zu Ende und Lillebror sollte zur Großmutter fahren. Aber vorher würde noch etwas sehr Wichtiges passieren: Lillebror wurde acht Jahre alt. Ach, er hatte auf diesen Geburtstag so lange gewartet – fast seit dem Tag, als er sieben wurde!

Es war komisch, wie lange Zeit zwischen den Geburtstagen war, fast genauso lange wie zwischen den Weihnachtsfesten.

Am Abend vor dem Geburtstag unterhielt Lillebror sich eine Weile mit Karlsson.

»Ich feiere morgen Geburtstag«, sagte Lillebror. »Gunilla und Krister kommen und hier drinnen in meinem Zimmer wird der Tisch gedeckt ...«

Lillebror verstummte und sah finster aus.

»Ich hätte dich auch gern eingeladen«, sagte er, »aber ...«

Mama war ja so böse auf Karlsson vom Dach. Es hatte sicher keinen Zweck, sie zu bitten, ob er ihn zum Geburtstag einladen dürfe.

Aber Karlsson schob die Unterlippe vor und maulte noch mehr als sonst.

»Ich mach nicht mit, wenn ich nicht mitmachen darf«, sagte er. »*Ich* darf wohl auch mal ein Vergnügen haben!«

»Ja, ja, du darfst kommen«, sagte Lillebror schnell. Er wollte mit Mama sprechen – dann mochte kommen, was wollte. Er konnte seinen Geburtstag nicht ohne Karlsson feiern.

»Was gibt's zu essen?«, fragte Karlsson, als er fertig gemault hatte.

»Torte natürlich«, sagte Lillebror. »Ich krieg eine Geburtstagstorte mit acht Lichtern drauf.«

»So, so«, sagte Karlsson. »Du, ich hab einen Vorschlag!«

»Was denn?«, fragte Lillebror.

»Kannst du nicht deine Mama bitten, ob du stattdessen *acht* Torten und *ein* Licht haben kannst?«

Lillebror glaubte nicht, dass sich Mama darauf einlassen würde.

»Kriegst du denn ein paar gute Geschenke?«, fragte Karlsson.

»Das weiß ich nicht«, sagte Lillebror. Er seufzte. Natürlich wusste er, was er sich wünschte – mehr als irgendetwas anderes auf der Welt. Aber das würde er nicht bekommen.

»Einen Hund krieg ich wohl in meinem ganzen Leben nicht«, sagte er. »Aber ich bekomme natürlich eine Menge anderer Geschenke. Ich muss also froh sein und darf nicht den ganzen Tag an einen Hund denken. Das hab ich mir vorgenommen.«

»Nee, und dann hast du ja mich«, sagte Karlsson. »Und ich sollte meinen, das haut 'n bisschen mehr hin als ein Hund!«

Er legte den Kopf schief und schaute Lillebror an.

»Ich möchte mal wissen, was für Geschenke du kriegst«, sagte er. »Ich möchte wissen, ob du Bonbons kriegst! In dem Fall, finde ich, sollten sie unmittelbar wohltätigen Zwecken zugeführt werden.«

»Ja, wenn ich eine Tüte Bonbons bekomme, dann sollst du sie haben«, sagte Lillebror.

Für Karlsson konnte er *alles* tun und jetzt mussten sie sich ja außerdem trennen.

»Karlsson, übermorgen fahre ich zu Großmutter und bleibe den ganzen Sommer dort«, sagte Lillebror.

Karlsson sah erst etwas verdrießlich aus, aber dann sagte er wichtigtuerisch:

»*Ich* fahre auch zu *meiner* Großmutter. Sie ist viel großmuttriger als deine.«

»Wo wohnt sie, deine Großmutter?«, fragte Lillebror.

»In einem Haus«, antwortete Karlsson. »Dachtest du, sie rennt die ganzen Nächte draußen rum?«

Danach wurde nicht mehr viel von Karlssons Großmutter oder von Lillebrors Geburtstagsgeschenken oder sonst was geredet, denn es war spät geworden und Lillebror musste ins Bett, damit er an seinem Geburtstag rechtzeitig wach sein konnte.

Diese Minuten am Geburtstagsmorgen, während man dalag und wartete, dass die Tür aufging und alle miteinander hereinkamen – mit dem Geburtstagstablett und Geschenken –, das war fast mehr, als man ertragen konnte. Lillebror fühlte, wie es ihm richtig im Bauch kribbelte vor Aufregung.

Aber jetzt kamen sie, jetzt stimmten sie da draußen »Hoch soll er leben!« an, jetzt ging die Tür auf und da waren sie alle, Mama und Papa und Birger und Betty.

Lillebror setzte sich kerzengerade im Bett hoch und seine Augen blitzten.

»Ich gratuliere, liebster Lillebror«, sagte Mama.

Alle sagten der Reihe nach zu ihm »Ich gratuliere«. Und da war die Torte mit den acht Lichtern und auf dem Tablett lagen die Geschenke.

Mehrere Geschenke. Wenn auch vielleicht nicht so viele, wie er es an seinem Geburtstag *gewohnt* war. Es waren nicht mehr als vier Pakete, wie oft Lillebror auch nachzählte. Aber Papa sagte:

»Im Laufe des Tages kann es ja noch mehr Geschenke geben. Man braucht ja nicht gleich alles morgens zu bekommen.«

Und Lillebror freute sich sehr über seine vier Pakete. Er hatte einen Tuschkasten bekommen und eine Spielzeugpistole und ein Buch und ein Paar neue Jeans und er fand alles sehr schön. Wie waren sie doch lieb, Mama und Papa und Birger und Betty! Keiner hatte so liebe Eltern oder so liebe Geschwister wie er.

Er schoss ein paar Mal mit seiner Pistole und es knallte ordentlich. Und die ganze Familie saß auf seiner Bettkante und hörte zu. Oh, wie lieb hatte er sie alle miteinander!

»Denkt bloß, jetzt ist es acht Jahre her, seit dieser kleine Knirps zur Welt kam«, sagte Papa.

»Ja«, sagte Mama, »wie die Zeit vergeht! Erinnerst du dich noch, wie es an dem Tag in Stockholm regnete?«

»Mama, ich bin ja hier in Stockholm geboren«, sagte Lillebror.

»Ja, natürlich bist du das«, sagte Mama.

»Aber Birger und Betty, die sind in Malmö geboren?«

»Ja, das sind sie.«

»Und du, Papa, du bist in Göteborg geboren, hast du gesagt.«

»Ja, ich bin ein Göteborger Kind«, sagte Papa.

»Und wo bist du geboren, Mama?«

»In Eskilstuna«, sagte Mama.

Lillebror schlang seine Arme heftig um ihren Hals.

»Da haben wir aber ein phenominales Glück gehabt, dass wir uns alle getroffen haben!«

Der Meinung waren sie alle. Und dann sangen sie zusammen noch einmal »Hoch soll er leben!« und Lillebror schoss mit seiner Pistole und es knallte kolossal.

Er hatte noch viele Male im Laufe des Tages Gelegenheit, mit seiner Pistole zu schießen, während er darauf wartete, dass die Geburtstagsfeier anfing. Und er hatte ziemlich viel Zeit, darüber nachzugrübeln, was Papa gesagt hatte – dass es im Laufe des Tages noch mehr Geschenke geben könnte. Einen kurzen glücklichen Augenblick lang dachte er, ob nicht vielleicht doch ein Wunder geschähe und er einen Hund bekäme. Aber er wusste ja, es war unmöglich.

Und er war böse auf sich selbst, dass er auf so dumme Gedanken kommen konnte – er hatte sich doch vorgenommen, den ganzen Geburtstag über nicht an einen Hund zu denken, sondern trotzdem vergnügt zu sein.

Und Lillebror *war* vergnügt. Gegen Nachmittag begann Mama, den Tisch in seinem Zimmer hübsch zu decken. Sie stellte eine ganze Menge Blumen auf den Tisch und die besten rosa Tassen – drei Stück.

»Mama, es müssen vier Tassen sein«, sagte Lillebror.

»Wieso denn?«, fragte Mama verwundert.

Lillebror schluckte. Er war gezwungen zu erzählen, dass er Karlsson vom Dach eingeladen hatte, obwohl Mama nicht einverstanden sein würde.

»Karlsson vom Dach kommt auch«, sagte Lillebror und sah seiner Mama fest in die Augen.

»Oooh«, sagte Mama. »Oooh! Aber – na schön, schließlich hast du Geburtstag.«

Sie strich Lillebror über das helle Haar.

»Was hast du nur für kindische Einfälle, Lillebror. Man sollte nicht glauben, dass du schon acht Jahre geworden bist. Wie alt bist du jetzt eigentlich?«

»Ich bin ein Mann in meinen besten Jahren«, sagte Lillebror würdevoll. »Genau wie Karlsson.«

Der Geburtstag schlich im Schneckentempo dahin. Jetzt war es schon ziemlich »im Laufe des Tages«, aber noch immer hatte er keine weiteren Geschenke bekommen.

Endlich bekam er jedenfalls eins. Birger und Betty, die noch keine Sommerferien hatten, kamen von der Schule nach Hause. Und sie schlossen sich in Birgers Zimmer ein. Lillebror durfte nicht mitkommen. Er hörte, wie sie da drinnen kicherten und mit Papier raschelten. Lillebror war so neugierig, dass er fast geplatzt wäre.

Nach einer ganzen Weile kamen sie heraus und Betty lachte und reichte ihm ein Paket. Lillebror freute sich mächtig und wollte das Papier gleich abreißen. Aber da sagte Birger:

»Du musst erst das Gedicht lesen, das draufsteht.«

Sie hatten es mit großen Blockbuchstaben geschrieben, damit Lillebror es selber lesen konnte, und er las:

Jeden Tag und jede Stund
redest du ja nur von Hund.
Betty, Birger eilten sich,
weil sie mächtig lieben dich,
kauften dir ein prima Tier,
um es heut zu schenken dir.
Dieser kleine Sammethund
ist gar artig, weich und rund,
hüpfet nicht herum und bellt,
ist das Sauberste der Welt.

Lillebror stand ganz still und ganz stumm da.

»Mach jetzt das Paket auf«, sagte Birger.

Aber Lillebror warf es auf den Boden und die Tränen schossen ihm aus den Augen.

»Aber Lillebror, was ist los?«, rief Betty.

»Was hast du denn?«, fragte Birger ganz unglücklich.

Betty schlang die Arme um Lillebror.

»Entschuldige, es war ja nur Spaß, verstehst du?«

Lillebror riss sich heftig los. Die Tränen strömten ihm über die Backen.

»Ihr habt ja gewusst«, schluchzte er, »ihr habt ja gewusst, dass ich einen *lebendigen* Hund haben wollte, und dann braucht ihr mich doch nicht zu ärgern.«

Er rannte weg in sein Zimmer und warf sich aufs Bett. Birger und Betty kamen hinterher und Mama kam angelaufen.

Aber Lillebror kümmerte sich nicht um sie. Er weinte so sehr, dass es ihn schüttelte. Jetzt war der ganze Geburtstag verdorben. Er hatte sich doch vorgenommen, vergnügt zu sein, auch wenn er keinen Hund bekam, aber wenn sie ihm einen *Plüschhund* schenkten … Das Weinen stieg zu einem richtigen Gejammer an, als er daran dachte, und er bohrte das Gesicht ins Kissen, so tief er konnte. Mama und Birger und Betty standen um das Bett herum und waren auch traurig.

»Ich muss Papa anrufen und ihn bitten, ob er nicht etwas früher vom Büro nach Hause kommen kann«, sagte Mama.

Lillebror weinte – was half es, wenn Papa nach Hause kam? Alles war jetzt so trostlos und der Geburtstag verdorben, nichts konnte mehr helfen.

Er hörte, wie Mama hinüberging und telefonierte – aber er weinte. Er hörte auch, wie Papa eine Weile später nach Hause kam – aber er weinte. Er konnte nie mehr fröhlich sein.

Es wäre besser, er dürfte sterben. Und da mochten Birger und Betty ihren Plüschhund nehmen und immer, immer daran denken, wie gemein sie zu ihrem kleinen Bruder gewesen waren, als er noch lebte und Geburtstag hatte.

Da standen sie plötzlich alle miteinander an seinem Bett – Papa und Mama und Birger und Betty. Er grub sein Gesicht noch tiefer ins Kissen.

»Lillebror, draußen auf dem Korridor ist jemand, der auf dich wartet«, sagte Papa.

Lillebror gab keine Antwort. Papa rüttelte ihn an der Schulter.

»Draußen auf dem Korridor wartet ein guter kleiner Freund von dir, hast du nicht gehört!«

»Ist es Gunilla oder Krister?«, murmelte Lillebror mürrisch.

»Nein, einer, der Bimbo heißt«, sagte Mama.

»Ich kenne keinen, der Bimbo heißt«, murmelte Lillebror noch mürrischer.

»Das mag wohl sein«, sagte Mama. »Aber er möchte dich gern kennenlernen.«

Da ertönte vom Korridor her ein kleines kurzes, kläffendes Hundegebell.

Lillebror spannte alle Muskeln an und krallte die Hände in das Kissen – nein, jetzt durfte er sich aber wirklich kein dummes Zeug einbilden!

Doch wieder hörte man dies leise Gekläff. Lillebror setzte sich heftig im Bett hoch.

»Ist das ein Hund?«, fragte er. »Ist das ein *lebendiger* Hund?«

»Ja, es ist *dein* Hund«, sagte Papa.

Und da stürzte Birger in den Flur hinaus, und eine Sekunde später war er wieder da und in seinen Armen trug er – oh, war das wirklich wahr? –, in seinen Armen trug er einen kleinen, jungen Rauhaardackel.

»Ist das *mein* lebendiger Hund?«, flüsterte Lillebror.

Er hatte noch immer Tränen in den Augen, als er die Arme nach Bimbo ausstreckte. Er sah aus, als glaubte er, der Dackel würde sich im nächsten Augenblick in Rauch auflösen und verschwinden.

Aber Bimbo verschwand nicht. Bimbo lag in seinem Arm und Bimbo leckte ihm das Gesicht und winselte und bellte und schnappte nach seinen Ohren. Bimbo war ganz kolossal lebendig.

»Freust du dich jetzt, Lillebror?«, fragte Papa.

Lillebror seufzte auf. Wie konnte Papa nur fragen? Er freute sich so, dass es irgendwo drinnen in der Seele wehtat oder im Bauch oder wo es nun saß, wenn man sich richtig freute.

»Dieser Plüschhund, weißt du, Lillebror, der sollte nur ein Spielzeug für Bimbo sein«, sagte Betty. »Wir wollten dich doch nicht ärgern – wenigstens nicht so sehr«, fügte sie hinzu.

Lillebror verzieh alles. Und übrigens hörte er kaum, was sie sagte. Denn er redete mit Bimbo.

»Bimbo, ach, Bimbo, du bist *mein* Hund!«

Dann sagte er zu Mama: »Ich finde Bimbo noch süßer als Ahlberg. Rauhaardackel sind jedenfalls am süßesten.«

Dann fiel ihm ein, dass Gunilla und Krister jede Minute kommen konnten. Oh, oh, er begriff gar nicht, dass man *so viel* Schönes an einem einzigen Tag erleben konnte! Denkt bloß, jetzt würden sie sehen, dass er einen Hund hatte, und einen, der *wirklich* seiner war und das Liebste, Liebste, Liebste auf der ganzen Welt.

Aber plötzlich wurde er unruhig.

»Mama, darf ich Bimbo mitnehmen, wenn ich zu Großmutter fahre?«

»Natürlich, du nimmst ihn in diesem kleinen Korb mit in den Zug«, sagte Mama und wies auf einen Hundekorb, den Birger auch vom Korridor hereingeholt hatte.

»Oh«, sagte Lillebror, »oh!«

In diesem Augenblick klingelte es an der Wohnungstür. Jetzt kamen Gunilla und Krister, und Lillebror rannte ihnen entgegen und schrie:

»Ich hab einen Hund gekriegt! Er gehört mir!«

»Ach, wie ist der süß«, sagte Gunilla. Aber dann besann sie sich und sagte: »Ich gratuliere! Dies ist von Krister und mir zusammen.«

Sie reichte ihm eine Tüte Bonbons. Und dann warf sie sich über Bimbo und rief wieder: »Oh, wie ist der süß!«

Das hörte Lillebror gern.

»Fast genauso süß wie Joffa«, sagte Krister.

»Fast noch süßer«, sagte Gunilla. »Sogar süßer als Ahlberg.«

»Ja, viel süßer als Ahlberg«, sagte Krister.

Lillebror fand, dass Gunilla und Krister riesig nett waren. Und er forderte sie auf, an der Geburtstagstafel Platz zu nehmen.

Mama hatte gerade eben viele, viele herrliche Butterbrote mit Schinken und Käse drauf und eine Menge Kekse aufgetragen. Und mitten auf dem Tisch stand die Geburtstagstorte mit acht Lichtern.

Und aus der Küche brachte Mama noch eine große Kanne Schokolade herein. Sie fing gleich an, in die Tassen einzuschenken.

»Wollen wir nicht auf Karlsson warten?«, fragte Lillebror vorsichtig.

Mama schüttelte den Kopf.

»Jetzt finde ich, wir kümmern uns nicht mehr um Karlsson. Denn weißt du, ich bin fast sicher, dass er nicht kommt. Von jetzt ab kümmern wir uns überhaupt nicht mehr um Karlsson. Denn jetzt hast du ja Bimbo.«

Ja, jetzt hatte er ja Bimbo – aber deshalb wollte Lillebror trotzdem, dass Karlsson bei seiner Geburtstagsfeier dabei war.

Gunilla und Krister setzten sich an den Tisch und Mama reichte Butterbrote herum. Lillebror legte Bimbo in den kleinen Hundekorb und setzte sich ebenfalls. Dann ging Mama hinaus und ließ die Kinder allein.

Birger steckte die Nase ins Zimmer und rief:

»Du hebst hoffentlich ein bisschen von der Torte auf – Betty und ich möchten auch gern ein Stück haben!«

»Ja, das muss ich wohl tun«, sagte Lillebror. »Aber eigentlich ist es ungerecht, denn ihr habt sieben, acht Jahre lang Torte gefuttert, als ich noch gar nicht auf der Welt war.«

»Komm mir nicht damit! Ein großes Stück Torte möchte ich haben«, sagte Birger und machte die Tür zu.

Kaum hatte er das getan, da hörte man das gewohnte Brummen und herein kam Karlsson.

»Habt ihr etwa schon angefangen?«, schrie er. »Wie viel habt ihr gegessen?«

Lillebror tröstete ihn, sie wären noch gar nicht zum Essen gekommen.

»Schön«, sagte Karlsson.

»Sagst du nicht ›Ich gratuliere‹ zu Lillebror?«, fragte Gunilla.

»Ach so, ja, gratuliere«, sagte Karlsson. »Wo sitze ich?«

Es gab ja keine Tasse für Karlsson, und als er das merkte, schob er die Unterlippe vor und maulte.

»Ich mach nicht mit, wenn es so ungerecht zugehen soll. Warum hab ich keine Tasse bekommen?«

Lillebror schob ihm schnell seine eigene hin. Und dann schlich er leise in die Küche hinaus und holte sich eine andere Tasse.

»Karlsson, ich habe einen Hund gekriegt«, sagte er, als er zurückkam. »Da liegt er, er heißt Bimbo.«

Lillebror zeigte auf Bimbo, der in seinem Korb eingeschlafen war.

»So, so, das ist ja nett«, sagte Karlsson. »Dies Butterbrot ist für mich, ich hab's schon angefasst – und dies und dies!«

»Ach ja, stimmt ja«, sagte er dann, »ich hab ein Geburtstagsgeschenk für dich mitgebracht. Ich bin der Netteste, den es gibt.«

Aus seiner Hosentasche zog er eine kleine Trillerpfeife und reichte sie Lillebror. »Die kannst du haben und damit nach deinem Bimbo pfeifen. Das mach ich auch so, ich pfeif immer nach meinen Hunden, obwohl meine Hunde Ahlberg heißen und fliegen können.«

»Heißen sie alle Ahlberg?«, fragte Krister.

»Ja, alle tausend«, sagte Karlsson. »Wann hauen wir in die Torte rein?«

»Vielen Dank, lieber, lieber Karlsson, für die Trillerpfeife«, sagte Lillebror. Oh, was für einen Spaß würde das machen, damit nach Bimbo zu pfeifen.

»Allerdings werde ich sie mir manchmal ausleihen«, sagte Karlsson. »Ziemlich oft vielleicht leihe ich sie mir aus«, sagte er und fuhr unruhig fort: »Hast du Bonbons gekriegt?«

»Ja, klar«, sagte Lillebror. »Von Gunilla und Krister.«

»Die werden gleich wohltätigen Zwecken zugeführt«, sagte Karlsson und schnappte sich die Tüte. Er stopfte sie in die Tasche und dann fiel er über die Butterbrote her.

Gunilla und Krister mussten sich sehr beeilen, um auch noch was abzubekommen. Aber zum Glück hatte Mama sehr viele gestrichen.

Im Wohnzimmer saßen Mama, Papa, Birger und Betty.

»Hört mal, wie lustig sie da drinnen sind«, sagte Mama. »Oh, wie bin ich froh, dass Lillebror seinen Hund bekommen hat. Er wird natürlich Mühe machen, aber das hilft eben nichts.«

»Ja, und nun wird er seine dummen Fantasien mit Karlsson vom Dach vergessen, davon bin ich überzeugt«, sagte Papa.

In Lillebrors Zimmer wurde gelacht und geredet und Mama sagte:

»Wollen wir nicht rübergehen und sehen, was die Kinder treiben? Sie sind so süß.«

»Ja, kommt, gehen wir mal rüber und schauen sie an«, sagte Betty.

Und sie gingen alle zusammen hinüber, Mama und Papa und Birger und Betty, um sich Lillebrors Geburtstagsgesellschaft anzusehen.

Es war Papa, der die Tür öffnete. Aber es war Mama, die als Erste aufschrie. Denn sie war es, die als Erste den kleinen dicken Mann entdeckte, der neben Lillebror saß.

Ein kleiner dicker Mann mit Sahnetorte bis weit über beide Ohren hinauf.

»Nein, jetzt werde ich ohnmächtig«, sagte Mama.

Papa und Birger und Betty standen still da und rissen nur die Augen auf.

»Siehst du, Mama, Karlsson ist doch noch gekommen«, sagte Lillebror vergnügt.

Ach, was war das für ein schöner Geburtstag!

Der kleine dicke Mann wischte die Sahnetorte, die er um den Mund geschmiert hatte, ein bisschen weg und dann winkte er Papa und Mama und Birger und Betty mit seiner kleinen dicken Hand zu, dass die Sahne nur so herumspritzte.

»Heißa hopsa«, schrie er. »Ihr habt sicher noch nicht die Ehre gehabt? Mein Name ist Karlsson vom Dach – halt, halt, Gunilla, tu dir nicht so viel auf! *Ich* darf wohl auch ein bisschen Torte haben!«

Er packte Gunillas Hand, die den Tortenheber hielt, und zwang sie, ihn loszulassen.

»Hat man je so ein gefräßiges kleines Mädchen gesehen?«, sagte er.

Dann nahm er sich selber ein großes Stück.

»Der beste Tortenesser der Welt, das ist Karlsson vom Dach«, sagte er und lächelte ein sonniges Lächeln.

»Kommt, wir gehen«, flüsterte Mama.

»Ja, ich hindere euch nicht«, sagte Karlsson.

»Versprich mir eins«, sagte Papa zu Mama, als sie die Tür hinter sich zugemacht hatten. »Versprecht mir alle eins, ihr auch, Birger und Betty! Erzählt *niemandem* hiervon, absolut *niemandem!*«

»Weshalb denn nicht?«, fragte Birger.

»Niemand würde es glauben«, sagte Papa. »Und *wenn* sie es glaubten, würden wir für den Rest unseres Lebens keine ruhige Minute mehr haben. Er würde ins Fernsehen kommen, versteht ihr. Wir würden im Treppenhaus über Fernsehdrähte und Filmkameras stolpern, und alle halbe Stunde würde ein Pressefotograf kommen und Karlsson und Lillebror fotografieren wollen. Der arme Lillebror, er würde ›der Junge, der Karlsson vom Dach entdeckt hat‹ werden – wir hätten in unserem ganzen Leben keine ruhige Stunde mehr.«

Papa, Mama, Birger und Betty gaben sich die Hand darauf, dass sie keinem einzigen Menschen von diesem sonderbaren Spielkameraden erzählen wollten, den Lillebror sich zugelegt hatte.

Und sie hielten Wort. Niemand hat sie jemals ein Wort von Karlsson sagen hören. Und deshalb darf Karlsson weiter in seinem kleinen Haus wohnen, von dem niemand etwas weiß, obwohl es auf einem gewöhnlichen Dach auf einem gewöhnlichen Haus an einer ganz gewöhnlichen Straße in Stockholm steht. In aller Ruhe kann Karlsson herumspazieren und seine Streiche machen, und genau das tut er. Denn er ist der beste Streichemacher der Welt.

Als die Butterbrote und die Kekse und die ganze Torte aufgegessen und Gunilla und Krister nach Hause gegangen waren und Bimbo schlief, da nahm Lillebror Abschied von Karlsson. Karlsson saß auf dem Fensterblech, im Begriff aufzubrechen. Die Gardinen wehten sacht hin und her, die Luft war so lau, es war ja Sommer.

»Lieber, lieber Karlsson, es ist doch ganz sicher, dass du noch auf dem Dach wohnst, wenn ich von Großmutter zurückkomme?«, fragte Lillebror.

»Ruhig, ganz ruhig«, sagte Karlsson. »Wenn mich meine Großmutter nur loslässt. Aber das ist nicht sicher. Denn sie findet, ich bin das beste Enkelkind der Welt.«

»Bist du das denn?«, fragte Lillebror.

»Ja, wer sollte es wohl sonst sein? Fällt *dir* ein anderer ein?«, fragte Karlsson. »Man kann daher nie wissen ... Sie wäre ja dumm, wenn sie den besten Enkel der Welt weglassen würde, nicht wahr?«

Dann drehte er an dem Knopf, der ungefähr mitten vor seinem Nabel saß. Der Motor begann zu brummen.

»Wenn ich zurückkomme, essen wir viel Torte«, schrie er. »Denn von der heute konnte man nicht fett werden. Heißa hopsa, Lillebror!«

»Heißa hopsa, Karlsson!«, schrie Lillebror.

Und dann war Karlsson weg.

Aber in dem kleinen Hundekorb neben Lillebrors Bett lag Bimbo und schlief. Lillebror beugte sich zu ihm hinunter. Er schnupperte an ihm. Er strich mit einer rauen kleinen Hand behutsam über den Kopf des jungen Hundes.

»Bimbo, morgen fahren wir zu Großmutter«, sagte er. »Gute Nacht, Bimbo! Schlaf gut, Bimbo!«

Karlsson fliegt wieder

Karlsson fliegt wieder

Am nächsten Tag fuhr er zu seiner Großmutter. Bimbo nahm er mit. Auf dem Lande war es schön. Lillebror spielte den ganzen Tag. An Karlsson dachte er nicht so oft. Aber als die Sommerferien zu Ende waren und er nach Stockholm zurückkehrte, da fragte er nach Karlsson, kaum dass er zur Tür hereingekommen war.

»Mama, hast du Karlsson mal gesehen?«

Mama schüttelte den Kopf. »Nein, ich habe ihn nicht gesehen. Er ist sicher weggezogen.«

»Red doch nicht so«, sagte Lillebror. »Ich *will*, dass er immer weiter auf dem Dach wohnt, er *muss* zurückkommen.«

»Aber du hast doch Bimbo«, versuchte Mama ihn zu trösten. Sie fand es ganz schön, Karlsson los zu sein.

Lillebror streichelte Bimbo. »Ja, natürlich. Und er ist so lieb. Aber er hat keinen Propeller und kann nicht fliegen, und mit Karlsson kann man besser spielen.«

Lillebror lief in sein Zimmer und machte das Fenster auf.

»Karlsson, bist du da oben?«, schrie er so laut, wie er konnte. Aber er bekam keine Antwort. Und am nächsten Tag musste Lillebror wieder in die Schule. Er ging jetzt in die zweite Klasse. Jeden Nachmittag saß er dann in seinem Zimmer und machte Schulaufgaben. Er hatte das Fenster geöffnet, damit er hören konnte, ob irgendein Motor brummte, der wie Karlssons klang. Aber das einzige Brummen, das er hörte, kam von den Autos unten auf der Straße und manchmal von einem Flugzeug, das über die Dächer geflogen kam, nie das Brummen von Karlssons Motor.

»Ja, er ist wohl weggezogen«, sagte Lillebror traurig vor sich hin. »Er kommt wohl nie mehr zurück.«

Wenn er abends ins Bett gegangen war, dachte er an Karlsson und manchmal weinte er leise ein bisschen unter der Bettdecke, weil Karlsson weg war. So vergingen die Tage mit der Schule und den Schularbeiten und keinem Karlsson.

Eines Nachmittags saß Lillebror in seinem Zimmer und beschäftigte sich mit seinen Briefmarken. Er hatte schon eine ganze Menge in seinem Briefmarkenalbum, aber ziemlich viele warteten noch darauf, eingeklebt zu werden. Lillebror machte sich an die Arbeit und war bald fertig mit dem Einkleben. Nur eine Briefmarke war noch übrig, die allerschönste, die hatte er sich bis zuletzt aufgehoben. Es war eine deutsche Marke mit Rotkäppchen und dem Wolf drauf, oh, Lillebror fand sie so hübsch. Er legte sie vor sich auf den Tisch.

Im selben Augenblick hörte er ein Brummen draußen vor dem Fenster. Ein Brummen, das so klang wie – ja, tatsächlich, es klang wie Karlsson. Und es *war* Karlsson. Er dröhnte geradewegs zum Fenster herein und schrie: »Heißa hopsa, Lillebror!«

»Heißa hopsa, Karlsson!«, rief Lillebror.

Er sprang auf und stand ganz glücklich da und sah zu, wie Karlsson ein paar Runden um die Deckenlampe machte, ehe er mit einem kleinen Plumps vor Lillebror landete. Sobald Karlsson den Motor abgestellt hatte, wollte Lillebror auf ihn zustürzen und ihn umarmen. Aber da stieß Karlsson ihn mit seiner kleinen dicken Hand zurück und sagte:

»Ruhig, ganz ruhig! Gibt's was zu essen? Ein paar Fleischklöße oder so was? Oder vielleicht ein bisschen Sahnetorte?«

Lillebror schüttelte den Kopf. »Nee, heute hat Mama keine

Fleischklöße gemacht. Und Sahnetorte haben wir nur, wenn Geburtstag ist.«

Karlsson schnaubte. »Was ist das eigentlich für eine Familie? ›Nur wenn Geburtstag ist‹? Wenn aber ein lieber alter Freund kommt, den man monatelang nicht gesehen hat? Man sollte doch meinen, dass deine Mama das ein bisschen in Schwung bringt.«

»Ja, aber wir wussten nicht …«, begann Lillebror.

»Wussten nicht«, sagte Karlsson. »Ihr hättet hoffen können. Ihr hättet hoffen können, dass ich eines Tages käme, und das hätte deiner Mama genügen müssen, um mit der einen Hand Klöße zu drehen und mit der anderen Sahne zu schlagen.«

»Wir hatten Bratwurst zu Mittag«, sagte Lillebror beschämt. »Vielleicht möchtest du …«

»Bratwurst! Wenn ein lieber alter Freund kommt, den man monatelang nicht gesehen hat!«

Karlsson schnaubte wieder. »Na ja, will man in diesem Haus verkehren, dann muss man lernen, alles Mögliche zu ertragen … Her mit der Bratwurst!«

Lillebror rannte, so schnell er konnte, in die Küche. Mama war nicht zu Hause, sie war beim Arzt, deswegen konnte er sie nicht fragen. Er wusste aber, dass er Karlsson zu Bratwurst einladen durfte. Auf einem Teller lagen fünf übrig gebliebene Stücke und die nahm er für Karlsson mit. Und Karlsson stürzte sich darauf wie ein Habicht. Er stopfte sich den Mund mit Bratwurst voll und sah ganz zufrieden aus.

»Na ja«, sagte er, »für Bratwurst schmeckt sie gar nicht so übel. Natürlich nicht so wie Fleischklöße, aber von manchen Leuten darf man nicht zu viel verlangen.«

Lillebror verstand, dass er »manche Leute« war, und daher beeilte er sich, von etwas anderem zu reden.

»Hattest du es schön bei deiner Großmutter?«, fragte er.

»Ich hatte es so schön, dass man es gar nicht erzählen kann«, sagte Karlsson. »Und darum habe ich mir auch vorgenommen, nichts davon zu erzählen.« Und er biss hungrig in seine Wurst.

»Ich hatte es auch schön«, sagte Lillebror. Er begann Karlsson zu erzählen, was er alles bei seiner Großmutter gemacht hatte.

»Sie ist so lieb, so lieb, meine Großmutter«, sagte Lillebror. »Und du kannst dir nicht vorstellen, wie sie sich gefreut hat, als ich kam. Sie hat mich gedrückt, sosehr sie konnte.«

»Warum denn?«, fragte Karlsson.

»Weil sie mich gern hat. Verstehst du das nicht?«, sagte Lillebror.

Karlsson hörte auf zu kauen.

»Und du denkst natürlich, meine Großmutter hat mich nicht besonders gern, was? Du glaubst natürlich nicht, dass sie sich auf mich geschmissen und mich gedrückt hat, bis ich blau im Gesicht wurde, nur weil sie mich so gern hat, das glaubst du nicht, was? Aber ich will dir mal was sagen: Meine Großmutter hat ein Paar kleine Fäuste, so hart wie Eisen, und wenn sie mich nur noch ein einziges Gramm mehr gemocht hätte, dann säße ich jetzt nicht hier, dann wär's mit mir aus gewesen.«

»Aha«, sagte Lillebror, »die Großmutter, die konnte aber mächtig drücken.«

So sehr hatte seine Großmutter ihn allerdings nicht gedrückt, aber sie hatte ihn doch gern und sie war auch immer gut zu ihm gewesen. Das machte er Karlsson klar.

»Sie kann aber auch so meckrig sein wie keine auf der Welt«, sagte Lillebror, nachdem er eine Weile überlegt hatte. »Sie meckert immerzu und immerzu, man soll die Strümpfe wechseln und man soll sich nicht mit Lasse Jansson hauen und so was alles.«

Karlsson schleuderte den Teller weg, der jetzt leer war.

»Und du glaubst natürlich, meine Großmutter wäre gar nicht meckrig, was? Du glaubst natürlich nicht, dass sie den Wecker gestellt hat und jeden Morgen um fünf Uhr hochgespritzt ist, nur um lange genug meckern zu können, ich solle die Strümpfe wechseln und mich nicht mit Lasse Jansson hauen?«

»Kennst du Lasse Jansson denn?«, fragte Lillebror erstaunt.

»Nein, Gott sei Dank nicht«, sagte Karlsson.

»Aber warum hat deine Großmutter denn gesagt …«, fragte Lillebror.

»Weil sie die meckrigste Großmutter der Welt ist«, sagte Karlsson. »Vielleicht kapierst du es jetzt endlich. Du kennst Lasse Jansson, wie kannst du dann behaupten, deine Großmutter wäre so meckrig wie keine auf der ganzen Welt? Aber meine Großmutter, die meckert den ganzen Tag, dass ich mich nicht mit Lasse Jansson hauen soll, obwohl ich den Kerl nie gesehen habe und von ganzem Herzen hoffe, ich brauche ihn auch nie zu sehen.«

Lillebror grübelte. Es war wirklich sonderbar: Ihm hatte es sehr wenig gefallen, wenn die Großmutter an ihm herummeckerte, aber jetzt hatte er plötzlich das Gefühl, er müsse Karlsson übertrumpfen und die Großmutter meckriger machen, als sie war.

»Sowie ich nur ein ganz, ganz bisschen nasse Füße hatte, fing sie an zu meckern, ich solle die Strümpfe wechseln«, versicherte Lillebror.

Karlsson nickte.

»Und du glaubst natürlich, meine Großmutter wollte nicht, dass ich die Strümpfe wechsle, was? Du glaubst natürlich nicht, dass sie durch das ganze Dorf angepprescht kam, sowie ich draußen war und in eine Wasserpfütze trat, und meckerte und meckerte: ›Wechsle die Strümpfe, Karlssonchen, wechsle die Strümpfe!‹ Das glaubst du wohl nicht, was?«

Lillebror drehte und wand sich. »Doch, das kann schon sein …«

Karlsson drückte ihn auf einen Stuhl und stellte sich vor ihn, die Hände in die Seiten gestemmt.

»Nee, das glaubst du nicht. Aber jetzt hör mal zu, ich werde dir erzählen, wie es war. Ich war draußen und trat in eine Wasserpfütze – kapierst du das? Und ich hatte mächtigen Spaß. Und mittendrin kommt Großmutter angeprescht und schreit, dass es im ganzen Dorf zu hören ist: ›Wechsle die Strümpfe, Karlssonchen, wechsle die Strümpfe!‹«

»Und was hast du gesagt?«, fragte Lillebror.

»›Das tu ich aber nicht‹, sagte ich, denn ich bin der Ungehorsamste der Welt«, versicherte Karlsson. »Und darum bin ich Großmutter weggerannt und auf einen Baum geklettert, um Ruhe zu haben.«

»Da war sie wohl baff«, sagte Lillebror.

»Man merkt, dass du meine Großmutter nicht kennst«, sagte Karlsson. »Großmutter ist hinterhergekommen.«

»Auf den Baum rauf?«, fragte Lillebror erstaunt.

Karlsson nickte. »Du glaubst natürlich, meine Großmutter könnte nicht auf Bäume klettern, was? O doch, du, wenn sie meckern will, dann klettert sie so hoch, wie man's nicht für möglich hält. ›Wechsle die Strümpfe, Karlssonchen, wechsle die Strümpfe‹, sagte sie und rutschte auf dem Ast entlang, auf dem ich saß.«

»Was hast du da gemacht?«, fragte Lillebror.

»Ja, was sollte ich machen«, sagte Karlsson. »Ich wechselte die Strümpfe, da war nichts zu wollen. Hoch oben auf dem Baum, auf einem kümmerlichen kleinen Ast, da saß ich und wechselte unter Lebensgefahr die Strümpfe.«

»Haha, jetzt hast du aber gelogen«, sagte Lillebror. »Oben auf dem Baum hattest du doch keine Strümpfe zum Wechseln bei dir.«

»Du bist aber schön dumm«, sagte Karlsson. »Ich hatte keine Strümpfe zum Wechseln?«

Er zog die Hosen hoch und zeigte auf seine kurzen dicken Beine in heruntergerutschten Ringelstrümpfen.

»Was ist das hier?«, sagte er. »Sind das vielleicht keine Strümpfe?

Zwei Stück, wenn ich mich nicht irre. Und saß ich etwa nicht da auf meinem Ast und wechselte die Strümpfe, sodass ich den linken Strumpf auf den rechten Fuß zog und den rechten auf den linken Fuß? Das soll ich etwa nicht getan haben? Bloß meiner alten Großmutter zu Gefallen?«

»Ja, aber dadurch hast du doch keine trockeneren Füße gekriegt«, sagte Lillebror.

»Habe ich das behauptet?«, fragte Karlsson. »Wie?«

»Ja, aber dann …«, stotterte Lillebror, »dann hast du ja ganz umsonst die Strümpfe gewechselt!«

Karlsson nickte. »Begreifst du jetzt, wer die meckrigste Großmutter der Welt hat? Deine Großmutter meckert, weil es nötig ist, wenn man einen so verstockten Enkel hat wie dich. Aber *meine* ist die meckrigste der Welt, die meckert nämlich ganz unnötig mit mir. Kannst du das endlich in deinen armen Schädel reinkriegen?«

Dann aber brach Karlsson in schallendes Gelächter aus und versetzte Lillebror einen kleinen Knuff.

»Heißa hopsa, Lillebror«, sagte er. »Jetzt pfeifen wir auf unsere Großmütter! Jetzt machen wir es uns gemütlich, finde ich.«

»Heißa hopsa, Karlsson, das finde ich auch«, sagte Lillebror.

»Hast du eine neue Dampfmaschine gekriegt?«, fragte Karlsson. »Weißt du noch, was wir für einen Spaß hatten, als wir die alte in die Luft gesprengt haben? Hast du keine neue bekommen? Dann könnten wir das noch mal machen.«

Lillebror hatte aber keine neue Dampfmaschine bekommen und Karlsson sah ziemlich unzufrieden aus. Aber zum Glück entdeckte er den Staubsauger, den Mama in Lillebrors Zimmer vergessen hatte, als sie hier vor einer Weile sauber gemacht hatte.

Mit einem kleinen Freudenschrei sprang Karlsson darauf zu und knipste den Schalter an.

»Der beste Staubsaugersauger der Welt, rat mal, wer das ist!«

Und er begann aus allen Kräften, Staub zu saugen.

»Wenn es um mich herum nicht ein bisschen sauber ist, dann mach ich nicht mit«, sagte er. »Was ihr für 'n Glück habt, dass ihr den besten Staubsaugersauger der Welt hier habt.«

Lillebror wusste, dass Mama das Zimmer überall ganz gründlich gesaugt hatte, und das sagte er zu Karlsson. Aber Karlsson lachte höhnisch.

»Frauenzimmer können mit solchen Apparaten nicht umgehen, das weiß doch jeder. Nein, so wird es gemacht«, sagte Karlsson und ging daran, die dünnen weißen Gardinen abzusaugen, sodass die eine mit einem kleinen Zischlaut halb in den Staubsauger hineinflutschte.

»Nein, lass das!«, schrie Lillebror. »Die Gardine ist zu dünn! Siehst du nicht, dass sie im Staubsauger hängen bleibt? Lass das!«

Karlsson zuckte mit den Schultern.

»Ja, wenn du in Schmutz und Dreck leben willst, dann meinetwegen«, sagte er.

Ohne den Staubsauger abzustellen, begann er an der Gardine zu zerren und zu ziehen. Die aber saß ganz fest und der Staubsauger wollte sie nicht loslassen.

»Da hast du dich aber geirrt«, sagte Karlsson zu dem Staubsauger. »Denn du hast Karlsson vom Dach vor dir, den besten Ziehkämpfer der Welt.«

Er riss nun gehörig an der Gardine und bekam sie heraus. Nur war sie ziemlich schwarz und außerdem etwas zerrissen.

»Oh, guck bloß, wie die Gardine aussieht«, sagte Lillebror unglücklich. »Guck, sie ist ganz schwarz!«

»Jaja, und du meinst, so eine Gardine brauche nicht abgesaugt zu werden, du kleiner Schmutzfink«, sagte Karlsson.

Er streichelte Lillebror den Kopf.

»Aber sei nicht traurig, deswegen kannst du doch ein anständiger Kerl werden, wenn du auch ziemlich dreckig bist. Ich werde dich übrigens mal ein bisschen staubsaugen. Oder hat deine Mama das schon getan?«

»Nein, das hat sie wirklich nicht getan«, sagte Lillebror.

Karlsson ging mit dem Staubsauger auf Lillebror los.

»Ja, da siehst du's mal, diese Frauenzimmer«, sagte er. »Saugen das ganze Zimmer und vergessen das allerschmutzigste Stück! Komm, wir fangen mit den Ohren an!«

Noch nie in seinem Leben war Lillebror abgesaugt worden, aber jetzt wurde er abgesaugt und es kitzelte so, dass er vor Lachen schrie. Karlsson machte es gründlich. Er saugte ihm die Ohren und die Haare und den Hals rundherum und saugte unter den Armen und auf dem Rücken und auf dem Bauch und bis ganz zu den Füßen hinunter.

»So was nennt man Herbstputz«, sagte Karlsson.

»Wenn du wüsstest, wie das kitzelt«, sagte Lillebror.

»Ja, dafür müsstest du eigentlich extra bezahlen«, sagte Karlsson.

Danach wollte Lillebror bei Karlsson Herbstputz machen.

»Jetzt bin ich dran. Komm, ich sauge dir deine Ohren!«

»Ist nicht nötig«, sagte Karlsson. »Die habe ich erst letztes Jahr im September gewaschen. Hier gibt es manches, was es viel nötiger hat.«

Er schaute sich im Zimmer um und entdeckte Lillebrors Briefmarke, die auf dem Tisch lag.

»Hier liegen überall schreckliche Papierchen herum«, sagte er. Und bevor Lillebror ihn daran hindern konnte, hatte er Rotkäppchen in den Staubsauger gesaugt.

Da war Lillebror ganz verzweifelt.

»Meine Briefmarke!«, schrie er. »Jetzt hast du Rotkäppchen aufgesaugt! Das verzeih ich dir nie.«

Karlsson stellte den Staubsauger ab und verschränkte die Arme über der Brust.

»Entschuldige«, sagte er, »entschuldige, dass man ein guter und hilfsbereiter und reinlicher kleiner Mensch ist, der in diesem Leben nur sein Bestes tun möchte. Entschuldige bitte!«

Es klang, als wollte er gleich anfangen zu weinen.

»Es hat gar keinen Zweck«, sagte er und seine Stimme zitterte. »Man bekommt doch nie einen Dank – nur Schelte und Schelte.«

»Oh«, sagte Lillebror, »oh, sei nicht traurig, aber du musst doch verstehen, das Rotkäppchen …«

»Was ist das für 'ne alte Rotkappe, um die du solch ein Geschrei machst?«, fragte Karlsson und nun weinte er nicht mehr.

»Sie ist auf der Briefmarke«, sagte Lillebror. »Meine schönste Briefmarke.«

Karlsson stand still und dachte nach. Auf einmal leuchteten seine Augen auf und er lachte verschmitzt.

»Der beste Spielausdenker der Welt, rat mal, wer das ist! Und rat mal, was wir spielen wollen: ›Rotkäppchen und der Wolf‹! Wir spielen, dass der Staubsauger der Wolf ist, und ich bin der Jäger, der ihm den Bauch aufschlitzt, und hui, kommt Rotkäppchen raus.«

Er sah sich eifrig um. »Hast du irgendwo ein Beil? Diese Staubsauger sind hart wie Eisen.«

Lillebror hatte kein Beil und darüber war er froh. »Man kann den Staubsauger ja aufmachen und so tun, als hätte man dem Wolf den Bauch aufgeschlitzt.«

»Ja, wenn man mogeln will«, sagte Karlsson. »Das ist aber nicht *meine* Art, wenn ich Wölfe aufschlitze. Da es aber in diesem elendigen Haus kein Handwerkszeug zu geben scheint, müssen wir eben so tun als ob!«

Er warf sich über den Staubsauger und biss in den Handgriff.

»Du dummer Kerl!«, schrie er. »Was fällt dir ein, Rotkäppchen aufzusaugen?«

Lillebror fand Karlsson reichlich albern, der solche kindischen Spiele spielte, aber es machte trotzdem Spaß, ihm zuzuschauen.

»Ruhig, ganz ruhig, kleines Rotkäppchen«, rief Karlsson. »Setz dir die Mütze auf und zieh die Gummischuhe an, denn jetzt kommst du raus!«

Und dann öffnete Karlsson den Staubsauger und kippte alles, was darin war, auf dem Teppich aus. Es war ein großer, grauer, grässlicher Haufen.

»O weh, du hättest das lieber in eine Papiertüte ausleeren sollen«, sagte Lillebror.

»Papiertüte – steht das so im Märchen, wie?«, fragte Karlsson. »Steht da, dass der Jäger dem Wolf den Bauch aufschlitzte und Rotkäppchen in eine Papiertüte ausleerte? Steht das da?«

»Nee«, sagte Lillebror, »das nicht gerade …«

»Na, dann sei doch still«, sagte Karlsson. »Versuch doch nicht, was zu erfinden, was nicht dasteht, sonst mach ich nämlich nicht mit!«

Dann konnte er nichts mehr sagen, denn vom Fenster kam ein Luftzug und nun flog ihm eine ganze Menge Staub um die Nase. Da musste er niesen. Er nieste mitten in den Staubhaufen hinein. Dadurch kam ein kleines Stückchen Papier in Bewegung, das durchs Zimmer flog und genau vor Lillebror liegen blieb.

»Guck mal, da ist Rotkäppchen!«, schrie Lillebror und hob die staubige kleine Briefmarke schnell auf.

Karlsson sah zufrieden aus.

»So mach ich das«, sagte er. »Ich niese nur ein einziges Mal und schon schaffe ich Sachen herbei. Vielleicht hörst du jetzt also auf, wegen Rotkäppchen zu zetern!«

Lillebror wischte seine Briefmarke ab und freute sich sehr.

Da nieste Karlsson noch einmal und eine Staubwolke wirbelte vom Fußboden auf.

»Der beste Nieser der Welt, rat mal, wer das ist!«, sagte Karlsson.

»Ich kann allen Staub auf den Platz zurückniesen, wo er hingehört. Warte, du sollst mal sehen.«

Lillebror hörte nicht zu. Jetzt wollte er nur noch seine Briefmarke einkleben.

Aber inmitten einer Staubwolke stand Karlsson und nieste. Er nieste und nieste, und als er fertig geniest hatte, war fast der ganze Staubhaufen vom Fußboden weggeniest.

»Da siehst du, eine Papiertüte ist gar nicht nötig«, sagte Karlsson. »Und jetzt liegt aller Staub da, wo er immer liegt. Ordnung muss sein, so gefällt es mir. Wenn ich es nicht ein bisschen sauber um mich habe, dann mach ich nicht mit!«

Aber Lillebror betrachtete nur seine Briefmarke. Jetzt war sie eingeklebt. Oh, wie schön sie war!

»Muss man dir noch einmal die Ohren aussaugen?«, fragte Karlsson. »Du hörst ja nicht zu.«

»Was hast du gesagt?«, fragte Lillebror.

»Ich hab gesagt: Es ist doch wohl nicht so gedacht, dass nur ich allein rackern und schuften soll, bis ich Blasen an den Händen kriege. Hier hab ich für dich geputzt und geputzt, da ist es nicht zu viel verlangt, dass du mit raufkommst und bei mir putzt.«

Lillebror warf das Briefmarkenalbum hin. Mit aufs Dach hinaufgehen – es gab nichts, was er lieber getan hätte! Nur ein einziges Mal war er in Karlssons kleinem Haus oben auf dem Dach gewesen. Damals hatte Mama gewaltigen Krach geschlagen und die Feuerwehr gerufen, damit die ihn wieder herunterhole.

Lillebror überlegte. Das war lange her, er war jetzt ein so großer Junge geworden, dass er auf jedes beliebige Dach klettern konnte. Aber ob Mama das einsah, das hätte er gern gewusst. Sie war ja nicht zu Hause, daher konnte er sie nicht fragen. Wahrscheinlich war es am besten, wenn man es ließ.

»Na, kommst du mit?«, fragte Karlsson.

Lillebror dachte noch einmal nach.

»Wenn du mich aber verlierst, während wir fliegen«, sagte er besorgt.

Karlsson sah gar nicht besorgt aus.

»Na, wennschon«, sagte er, »es gibt ja so viele Kinder. Ein Kind mehr oder weniger, das stört keinen großen Geist.«

Lillebror wurde richtig böse auf Karlsson. »Bei mir stört es aber wohl einen großen Geist, wenn ich nämlich runterfalle …«

»Ruhig, ganz ruhig«, sagte Karlsson und streichelte ihm den Kopf. »Du fällst nicht runter. Ich halte dich genauso fest, wie meine Großmutter mich festgehalten hat. Du bist zwar nur ein schmuddeliger kleiner Junge, aber irgendwie hab ich dich trotzdem gern. Besonders jetzt, wo du ordentlich geputzt worden bist und so.«

Er streichelte Lillebror noch einmal. »Ja, es ist komisch, aber ich mag dich trotzdem, wenn du auch 'n dummer kleiner Junge bist. Wart nur, bis wir auf dem Dach sind, dann drück ich dich, dass du blau im Gesicht wirst, genau wie Großmutter es mit mir gemacht hat.«

Er drehte an dem Knopf auf seinem Bauch, der Motor sprang an und Karlsson fasste Lillebror mit festem Griff. Und dann flogen sie zum Fenster hinaus und hinauf ins Blau. Die zerrissene Gardine bauschte sich leicht, so als wollte sie Auf Wiedersehen sagen.

Zu Hause bei Karlsson

K leine Häuser, die auf Dächern stehen, können richtig gemütlich sein, vor allem solche wie Karlssons. Karlssons Haus hat grüne Fensterläden und eine kleine Vortreppe oder einen Vorplatz, wo man großartig sitzen kann. Man kann dort abends sitzen und sich die Sterne ansehen und tagsüber dort Saft trinken und Kekse essen, das heißt, sofern man Kekse hat. Nachts kann man dort schlafen, falls es im Haus zu heiß ist, und morgens kann man dort aufwachen und die Sonne über den Dächern von Östermalm aufgehen sehen.

Ja, es ist wirklich ein gemütliches Haus und es steht zwischen einem Schornstein und einer Brandmauer so gut versteckt, dass man es kaum sieht. Es sei denn, man geht zufällig oben auf dem Dach herum und gerät ausgerechnet hinter den Schornstein. Aber das tut selten jemand.

»Hier oben ist alles so anders«, sagte Lillebror, als Karlsson mit ihm auf dem Treppenvorplatz seines Hauses gelandet war.

»Ja, Gott sei Dank«, sagte Karlsson.

Lillebror guckte sich um.

»Mehr Dach und so was«, sagte er.

»Mehrere Kilometer Dach«, sagte Karlsson, »auf denen man herumgehen und so viele Streiche machen kann, wie man will.«

»Wollen wir nicht ein bisschen Streiche machen?«, fragte Lillebror eifrig. Ihm fiel wieder ein, wie aufregend es das vorige Mal gewesen war, als er und Karlsson oben auf dem Dach zusammen Streiche gemacht hatten.

Aber Karlsson sah ihn streng an.

»Damit du nicht zu putzen brauchst, was? Ich soll mir zuerst die Seele aus dem Leibe schuften, damit es unten bei dir ein bisschen sauber aussieht, und dann läufst du den Rest des Tages herum und machst Streiche. So hast du dir das wohl gedacht, was?«

Lillebror hatte sich überhaupt nichts gedacht.

»Ich will dir gern beim Putzen helfen, wenn es nötig ist«, sagte er.

»Aha, na also«, sagte Karlsson.

Er machte die Tür zu seinem Haus auf und Lillebror trat ein beim besten Karlsson der Welt.

»Doch, auf jeden Fall«, sagte Lillebror, »wenn es nötig ist, dann ...«

Eine ganze Weile stand er stumm da und seine Augen wurden ganz groß.

»Es ist nötig«, sagte er schließlich.

In Karlssons Haus gab es nur einen Raum. In diesem Raum hatte Karlsson eine Hobelbank stehen, zum Hobeln und zum Essen und zum Ablegen von Sachen. Und dann ein Sofa zum Schlafen und Draufherumhüpfen und zum Aufbewahren von Sachen. Und dann zwei Stühle zum Sitzen und zum Draufstellen von Sachen und Draufsteigen, wenn er irgendwelche Sachen in seinen Schrank stopfen wollte. Das ging aber nicht, denn der Schrank war schon voll von anderen Sachen, von denen, die nicht auf dem Fußboden stehen und nicht an den Wänden hängen konnten, weil dort schon andere Sachen an Nägeln hingen – eine ganze Menge. Karlsson hatte einen Kamin mit Sachen drin und mit einem eisernen Rost, auf dem er kochen konnte. Oben auf dem Kaminsims standen viele Sachen. Nur an der Decke hingen fast gar keine Sachen. Bloß ein Drehbohrer und ein Beutel mit Nüssen und eine Knallkorkenpistole und eine Kneifzange und ein Paar Pantoffeln und eine Säge und Karlssons Nachthemd und der

Abwaschlappen und der Schürhaken und ein kleiner Rucksack und ein Beutel mit getrockneten Kirschen, sonst nichts.

Lillebror blieb lange still auf der Schwelle stehen und sah sich um.

»Da bleibt dir die Spucke weg, was?«, sagte Karlsson. »Hier sind Sachen! Nicht so wie bei dir unten, wo fast gar keine Sachen sind.«

»Ja wahrhaftig, hier sind Sachen«, sagte Lillebror. »Aber ich verstehe, dass du putzen willst.«

Karlsson warf sich aufs Sofa und legte sich bequem zurecht.

»Das könnte dir so passen«, sagte er. »*Ich* will nicht putzen. *Du* willst putzen – nachdem ich mich unten bei dir abgerackert habe. Oder etwa nicht?«

»Willst du denn überhaupt nicht helfen?«, fragte Lillebror zaghaft.

Karlsson rollte sich auf dem Kopfkissen zusammen und grunzte wie einer, dem so richtig wohl ist.

»Natürlich helfe ich«, sagte er, als er fertig gegrunzt hatte.

»Dann ist es ja gut«, sagte Lillebror. »Ich hatte schon Angst, du wolltest ...«

»Doch, klar helfe ich«, sagte Karlsson. »Ich werde dir die ganze Zeit was vorsingen und dich aufmuntern. Hui, hui, dann geht es wie der Wind.«

Lillebror war davon nicht ganz überzeugt. Er hatte noch nicht sehr oft sauber gemacht in seinem Leben. Zwar räumte er immer seine Spielsachen weg, Mama brauchte es ihm nur drei-, vier-, fünfmal zu sagen, dann tat er es, auch wenn es ihm lästig war und er es ziemlich überflüssig fand. Jedoch bei Karlsson zu putzen, das war etwas ganz anderes.

»Wo soll ich anfangen?«, fragte Lillebror.

»Du Dummerchen, du musst natürlich mit den Nussschalen anfangen«, sagte Karlsson. »Es ist nicht nötig, dass du so gründlich putzt, ich putze ja gewissermaßen ständig und lasse es nie ganz zuwachsen. Du brauchst nur noch so das Feinere zu machen.«

Die Nussschalen lagen auf dem Fußboden in einem Haufen von Apfelsinenschalen und Kirschkernen und Wurstpellen und Papierfetzen und abgebrannten Streichhölzern und lauter solchen Dingen. Vom Fußboden selbst war nichts zu sehen.

»Hast du einen Staubsauger?«, fragte Lillebror, nachdem er ein Weilchen überlegt hatte.

Diese Frage gefiel Karlsson nicht, das merkte man. Er sah Lillebror verdrießlich an.

»Manche Leute sind wirklich faul, das muss ich schon sagen! Ich hab den besten Besen der Welt und die beste Müllschaufel der Welt, das genügt aber gewissen Faultieren nicht, nee, nee, ein Staubsauger muss es sein, damit man nichts selbst zu machen braucht.«

Karlsson schnaubte. »Ich könnte tausend Staubsauger haben, wenn ich wollte. Aber ich bin nicht so träge von Natur wie gewisse andere Leute. Ich ziehe es vor, mich zu bewegen.«

»Ich auch«, sagte Lillebror zur Entschuldigung. »Nur – ach ja, du hast ja auch gar keinen elektrischen Strom für einen Staubsauger.«

Ihm fiel ein, dass Karlssons Haus ganz unmodern war. Hier gab es weder elektrischen Strom noch eine Wasserleitung. Karlsson hatte eine Petroleumlampe, die abends leuchtete, und Wasser bekam er aus der Regentonne, die draußen an der Hausecke stand.

»Einen Müllschlucker hast du auch nicht«, sagte Lillebror. »Obwohl du den wirklich brauchen könntest.«

»Ich und keinen Müllschlucker«, sagte Karlsson. »Was weißt du davon? Kehr du erst mal den Müll zusammen, dann zeige ich dir den besten Müllschlucker der Welt.«

Lillebror seufzte. Dann nahm er den Besen und machte sich an die Arbeit. Karlsson hatte die Arme hinter dem Nacken verschränkt

und schaute sehr zufrieden zu. Und er sang Lillebror etwas vor, wie er versprochen hatte:

>»Tages Müh'n sind bald zu Ende;
nur wer ohne Müßigsein
hat gerührt die fleiß'gen Hände,
darf der süßen Ruh sich freu'n.«

»Genau, so ist es«, sagte Karlsson und wühlte sich in das Kissen hinein, damit er noch besser lag. Dann sang er und Lillebror fegte und fegte. Als er jedoch beim besten Fegen war, sagte Karlsson:
»Wenn du schon mal dabei bist, kannst du mir gleich ein bisschen Kaffee kochen.«
»Ich?«, fragte Lillebror.
»Ja, bitte«, sagte Karlsson. »Aber ich möchte natürlich nicht, dass du meinetwegen besondere Mühe hast. Du brauchst nur Feuer im Kamin zu machen und ein bisschen Wasser zu holen und den Kaffeesatz aufzubrühen. Den Kaffee trink ich schon allein.«
Lillebror guckte missmutig auf den Fußboden, der noch lange nicht sauber war.
»Kannst du nicht den Kaffee kochen, während ich ausfege?«, schlug er vor.
Karlsson seufzte schwer.
»Wie um Himmels willen macht man es bloß, so faul zu werden wie du?«, fragte er. »Wenn du doch gerade dabei bist – ist es dann so schwierig, auch noch ein bisschen Kaffee zu kochen?«
»Nein, natürlich nicht«, sagte Lillebror. »Wenn ich aber sagen soll, was *ich* finde …«
»Das *sollst* du aber nicht«, sagte Karlsson. »Streng dich gar nicht erst an damit! Sei lieber ein bisschen dem gefällig, der sich deinetwegen abgerackert hat, dir die Ohren staubgesaugt hat und wer weiß was alles.«

Lillebror legte den Besen hin. Er nahm einen Eimer und lief hinaus, um Wasser zu holen. Er zerrte Holz aus dem Holzstapel und steckte es in den Kamin, und er tat sein Bestes, um das Feuer anzuzünden, aber es wollte nicht gelingen.

»Ich hab keine Übung«, sagte er, um sich zu entschuldigen. »Könntest du nicht ... ich meine, nur anzünden?«

»Das möchtest du wohl«, sagte Karlsson. »Ja, wenn ich auf den Beinen wäre, das wäre was anderes, dann könnte ich dir vielleicht zeigen, wie man es macht, aber jetzt liege ich nun zufällig hier, da kannst du nicht verlangen, dass ich auch noch alles für dich machen soll.«

Das verstand Lillebror. Er versuchte es noch einmal und nun begann es plötzlich im Kamin zu prasseln und zu zischen.

»Es kommt«, sagte Lillebror zufrieden.

»Na, siehst du! Man braucht nur ein bisschen Energie«, sagte Karlsson. »Setz jetzt ruhig den Kaffee auf und mach ein hübsches kleines Tablett zurecht und such ein paar Zimtwecken hervor. Dann kannst du fertig kehren, während das Kaffeewasser heiß wird.«

»Und der Kaffee – bist du sicher, dass du den allein trinken kannst?«, fragte Lillebror.

Er konnte wahrhaftig manchmal ganz schön spöttisch sein.

»Klar, den Kaffee trinke ich allein«, sagte Karlsson. »Du kannst aber auch ein bisschen haben, denn ich bin ja so unerhört gastfrei.«

Und als Lillebror fertig gefegt und alle Nussschalen und Kirschkerne und Papierschnitzel in Karlssons großen Mülleimer geschaufelt hatte, tranken sie auf Karlssons Bettkante Kaffee. Sie aßen viele Wecken dazu. Und Lillebror saß hier bei Karlsson und fühlte sich wohl, wenn es auch anstrengend war, gründlich bei ihm zu putzen.

»Wo ist denn nun dieser Müllschlucker?«, fragte Lillebror, nachdem er das letzte Stück runtergeschluckt hatte.

»Den werd ich dir zeigen«, sagte Karlsson. »Nimm den Mülleimer und komm mit!«

Er ging vor Lillebror auf den Vorplatz hinaus.

»Da«, sagte er und zeigte auf die Dachrinne.

»Wieso – was meinst du?«, fragte Lillebror.

»Da geh rüber«, sagte Karlsson. »Da hast du den besten Müllschlucker der Welt.«

»Soll ich den Müll auf die *Straße* werfen?«, fragte Lillebror. »Das kann man doch nicht tun.«

Karlsson riss den Mülleimer an sich. »Das wirst du ja sehen. Komm mit!«

Den Eimer in der Hand stürzte er aufs Dach hinaus. Lillebror erschrak – wenn Karlsson nun nicht rechtzeitig anhalten konnte, bevor er an die Dachrinne kam!

»Bremse!«, rief Lillebror. »Bremse!«

Und Karlsson bremste. Aber erst am äußersten Rand.

»Worauf wartest du noch?«, schrie Karlsson. »Komm her!«

Lillebror setzte sich auf den Po und rutschte vorsichtig zur Dachrinne hinunter.

»Der beste Müllschlucker der Welt – Fallhöhe zwanzig Meter«, sagte Karlsson und kippte schnell den Mülleimer aus. Durch den besten Müllschlucker der Welt ergossen sich Apfelsinenschalen, Kirschkerne, Nussschalen und Papierschnitzel in einem dicken Schwall auf die Straße hinunter und fielen einem feinen Herrn, der auf dem Bürgersteig daherkam und eine Zigarre rauchte, auf den Kopf.

»Ui«, sagte Lillebror, »ui, ui, ui, guck mal, er hat es auf den Kopf gekriegt.«

Karlsson zuckte mit den Schultern. »Wer hat ihn gebeten, genau unter meinem Müllschlucker vorbeizugehen? Mitten beim Herbstputz!«

Lillebror machte ein bedenkliches Gesicht. »Ja, aber jetzt hat er Nussschalen ins Hemd gekriegt und Kirschkerne ins Haar, das ist nicht gerade angenehm.«

»Das stört keinen großen Geist«, sagte Karlsson. »Hat man weiter keine Sorgen hier im Leben als ein paar Nussschalen im Hemd, dann kann man froh sein.«

Es machte jedoch nicht den Eindruck, als ob der Herr mit der Zigarre besonders froh wäre. Man konnte sehen, wie er sich schüttelte, und dann hörte man, wie er nach der Polizei rief.

»Wie manche Leute sich doch wegen Kleinigkeiten aufregen«, sagte Karlsson. »Er sollte lieber dankbar sein. Wenn nun die Kirschkerne in seinem Haar Wurzeln schlagen, dann wächst da vielleicht ein hübscher kleiner Kirschbaum und dann kann er den ganzen Tag Kirschen pflücken und Kerne spucken.«

Da unten auf der Straße kam kein Polizist. Der Herr mit der Zigarre musste mit seinen Nussschalen und seinen Kirschkernen nach Hause gehen.

Karlsson und Lillebror kletterten zurück über das Dach zu Karlssons Haus hinauf.

»Übrigens möchte ich auch Kirschkerne spucken«, sagte Karlsson. »Da du sowieso bei der Arbeit bist, kannst du den Beutel mit den Kirschen holen, der drinnen unter der Decke hängt.«

»Glaubst du, dass ich da herankomme?«, fragte Lillebror.

»Steig auf die Hobelbank«, sagte Karlsson.

Das tat Lillebror und hinterher saßen Karlsson und Lillebror auf der Treppe und aßen getrocknete Kirschen und spuckten die Kerne in alle Richtungen. Sie kullerten mit leisem Prasseln über das Dach nach unten. Es klang so lustig.

Jetzt fing es an zu dämmern. Eine weiche, warme Herbstdämmerung senkte sich auf alle Dächer und alle Häuser. Lillebror rückte näher an Karlsson heran. Es war gemütlich, dort auf der Treppe zu sitzen und Kirschkerne zu spucken, während es immer dunkler wurde. Die Häuser sahen plötzlich so anders aus, dunkel und geheimnisvoll und zuletzt ganz schwarz. Es war, als hätte jemand sie mit einer großen Schere aus schwarzem Papier ausgeschnitten und nur einige goldene Vierecke als Fenster darauf gesetzt. Mehr und mehr leuchtende Vierecke wurden es in all dem Schwarz, denn nun machten die Menschen in ihren Häusern das Licht an. Lillebror versuchte, die Vierecke zu zählen. Zuerst waren es nur drei, dann waren es zehn, schließlich waren es viele, viele. Durch die Fenster konnte man sehen, wie Menschen da drinnen herumgingen und dieses oder jenes taten, und man konnte sich fragen, was sie machten und wer sie waren und weshalb sie gerade dort wohnten und nicht woanders.

Aber nur Lillebror fragte sich das, Karlsson nicht.

»Irgendwo müssen sie ja wohnen, die armen Menschen«, sagte Karlsson. »Alle können ja nicht ein Haus auf dem Dach haben. Alle können ja nicht der beste Karlsson der Welt sein.«

Karlssons Wecken-Tirritierung

Während Lillebror oben bei Karlsson war, war Mama beim Arzt. Es dauerte länger, als sie gedacht hatte, und als sie endlich nach Hause kam, saß Lillebror schon ganz ruhig in seinem Zimmer und sah sich seine Briefmarken an.

»Hallo, Lillebror«, sagte Mama. »Sitzt du wieder über deinen Briefmarken?«

»Ja, das tue ich«, sagte Lillebror und das war ja richtig. Dass er erst vor einer kleinen Weile oben auf dem Dach gewesen war, das erzählte er nicht. Mama war zwar klug und hatte für fast alles Verständnis, dass er aber auf Dächern herumkletterte – ob sie das verstand, war keineswegs so sicher. Lillebror beschloss, nichts von Karlsson zu sagen. Nicht jetzt. Nicht eher, als bis die ganze Familie versammelt war. Das würde eine wunderbare Überraschung beim Abendessen geben. Mama sah übrigens nicht sehr froh aus. Sie hatte eine Falte zwischen den Augenbrauen, die sonst nicht da war. Lillebror fragte sich, warum.

Dann kam die übrige Familie nach Hause. Es war Zeit zum Essen und sie saßen alle miteinander um den Esstisch, Mama, Papa, Birger, Betty und Lillebror. Sie aßen Kohlrouladen und wie gewöhnlich pulte Lillebror den Kohl ab.

Er mochte keinen Kohl. Nur das, was innen war, mochte er. Aber unterm Tisch zu seinen Füßen lag Bimbo und der fraß so ziemlich alles. Lillebror wickelte den Kohl zu einem kleinen, schmierigen Paket zusammen, das er Bimbo hinhielt.

»Mama, sag ihm, dass er das nicht darf«, sagte Betty. »Bimbo wird immer unausstehlicher – genau wie Lillebror.«

»Jaja«, sagte Mama, »jaja!«

Es war aber, als hätte sie gar nicht zugehört.

»*Ich* musste jedenfalls alles essen, als ich klein war«, sagte Betty. Lillebror streckte ihr die Zunge heraus. »Was du nicht sagst! Man merkt dir aber nicht an, dass es viel genützt hätte.«

Da bekam Mama plötzlich Tränen in die Augen.

»Zankt euch bitte nicht«, sagte sie. »Ich kann es einfach nicht hören.«

Und nun kam es heraus, weshalb sie so bedrückt war.

»Der Arzt hat gesagt, ich sei blutarm. Total überanstrengt, hat er gesagt. Ich müsste verreisen und mich ausruhen. Wie ich das wohl machen soll!«

Es wurde ganz still am Tisch. Lange Zeit sagte keiner ein Wort. Was für traurige Nachrichten! Mama war krank, das war wirklich traurig, das fanden sie alle. Und dann sollte sie auch noch verreisen, das war noch schlimmer, fand Lillebror.

»Ich will, dass du jeden Tag in der Küche stehst, wenn ich von der Schule nach Hause komme, und deine Schürze anhast und Zimtwecken backst«, sagte Lillebror.

»Du denkst nur an dich«, sagte Birger streng.

Lillebror schmiegte sich an Mama.

»Ja, sonst kriegt man keine Wecken«, sagte er. Aber Mama hörte auch jetzt nicht hin. Sie unterhielt sich mit Papa.

»Wir müssen versuchen, eine Hausgehilfin zu kriegen, wenn ich auch nicht weiß, wie.«

Papa und Mama machten sorgenvolle Gesichter. Es war gar nicht so gemütlich am Esstisch wie sonst. Lillebror sagte sich, dass jemand etwas tun musste, damit es ein bisschen lustiger würde, und wer könnte das besser als er selbst?

»Ratet trotzdem mal was Lustiges«, sagte er. »Ratet, wer zurückgekommen ist!«

»Wer – oh, doch nicht etwa Karlsson«, sagte Mama. »Komm mir nicht und sag, dass wir uns nun auch noch deswegen Sorgen machen müssen!«

Lillebror guckte sie vorwurfsvoll an.

»Wieso Sorgen? Ich finde das mit Karlsson schön.«

Da lachte Birger. »Hier kommt wahrscheinlich Leben in die Bude. Keine Mama, nur Karlsson und eine Hausgehilfin, die wüten kann, wie sie will.«

»Macht mir doch nicht noch mehr Angst«, sagte Mama. »Stellt euch vor, wenn die Hausgehilfin Karlsson sieht – was passiert dann?«

Papa warf Lillebror einen strengen Blick zu. »Gar nichts ›passiert‹. Die Hausgehilfin wird von Karlsson weder etwas hören noch ihn sehen. Versprich mir das, Lillebror!«

»Karlsson fliegt, wohin er will«, sagte Lillebror. »Aber ich verspreche, dass ich nichts von ihm erzähle.«

»Keinem einzigen Menschen«, sagte Papa. »Vergiss nicht, was wir abgemacht haben.«

»Nöö, keinem *Menschen*«, sagte Lillebror. »Nur der Lehrerin in der Schule natürlich.«

Aber Papa schüttelte den Kopf. »Auf keinen Fall der Lehrerin! Unter gar keinen Umständen!«

»Tss«, machte Lillebror. »Dann erzähle ich aber auch nichts von der Hausgehilfin. Denn eine Hausgehilfin ist ja wohl schlimmer als Karlsson.«

Mama seufzte. »Wir wissen noch nicht einmal, ob wir eine Hausgehilfin finden«, sagte sie.

Aber schon am nächsten Tage setzte sie eine Anzeige in die Zeitung. Es meldete sich nur eine einzige. Sie hieß Fräulein Bock. Und ein paar Stunden später wollte sie kommen und sich vorstellen.

Lillebror hatte Ohrenreißen bekommen und wollte Mama so nah wie möglich sein, am liebsten auf ihrem Schoß sitzen, obgleich er eigentlich viel zu groß dafür war.

»Aber wenn man Ohrenschmerzen hat, dann muss man«, sagte Lillebror und kletterte auf Mamas Schoß.

Da klingelte es an der Tür. Es war Fräulein Bock. Lillebror durfte nicht länger auf Mamas Schoß sitzen. Aber die ganze Zeit, während Fräulein Bock bei Mama war, stand er neben Mamas Stuhl und legte das kranke Ohr gegen ihren Arm und manchmal, wenn es im Ohr stach, wimmerte er leise.

Lillebror hatte gehofft, Fräulein Bock wäre jung und hübsch und nett, so ungefähr wie die Lehrerin in der Schule. Aber sie war eine mürrische ältere Dame, die sehr energisch auftrat, und sie war groß und füllig, hatte mehrere Kinne und außerdem solche »bösen Augen«, vor denen Lillebror große Angst hatte. Er fühlte sofort, dass er sie nicht mochte. Das fühlte Bimbo offenbar auch, denn er bellte, so laut er konnte.

»Aha, hier ist ein Hund im Haus«, sagte Fräulein Bock.

Mama sah beunruhigt aus.

»Mögen Sie Hunde nicht, Fräulein Bock?«, fragte sie.

»O doch, wenn sie wohlerzogen sind«, sagte Fräulein Bock.

»Ob Bimbo nun gerade wohlerzogen ist, weiß ich allerdings nicht«, sagte Mama verlegen.

Fräulein Bock nickte energisch. »Das wird er aber, falls ich mich entschließe, diese Stellung anzunehmen. Ich habe schon öfter mit Hunden zu tun gehabt.«

Lillebror hoffte von ganzem Herzen, dass sie sich nicht entschließen möge. Da stach es gerade wieder in seinem Ohr und er konnte ein leises Jammern nicht unterdrücken.

»Jaja, Hunde, die jaulen, und Kinder, die maulen«, sagte Fräulein Bock und verzog den Mund. Es sollte wohl ein Scherz sein, Lillebror fand den Scherz aber nicht komisch und er sagte leise, so mehr vor sich hin:

»Und meine Schuhe knarren auch.«

Mama hörte es. Sie wurde rot und sagte schnell:

»Ich hoffe, Sie mögen Kinder gern, Fräulein Bock. Das ist doch so?«

»Ja, wenn sie wohlerzogen sind«, sagte Fräulein Bock und sah Lillebror fest an.

Wieder sah Mama so verlegen aus.

»Ob Lillebror nun gerade wohlerzogen ist, weiß ich nicht«, murmelte sie.

»Das wird er aber«, sagte Fräulein Bock. »Warten Sie nur ab, ich habe schon öfter mit Kindern zu tun gehabt.«

Lillebror bekam Angst. Ihm taten diese Kinder leid, mit denen Fräulein Bock schon öfter zu tun gehabt hatte. Jetzt würde er selbst so ein Kind werden, kein Wunder, dass er entsetzt aussah.

Mama schienen auch Bedenken zu kommen. Sie strich Lillebror über das Haar und sagte:

»Bei Lillebror kommt man mit Freundlichkeit am weitesten.«

»Das nützt aber nicht immer, habe ich festgestellt«, sagte Fräulein Bock. »Kinder brauchen auch eine feste Hand.«

Darauf sagte Fräulein Bock, wie viel Lohn sie haben wollte, und verlangte, dass man sie »Haushälterin« nennen solle und nicht »Hausgehilfin«, und dann war die Sache abgemacht.

In diesem Augenblick kam Papa vom Büro nach Hause und Mama stellte vor: »Unsere Haushälterin, Fräulein Bock!«

»Unser Hausbock«, sagte Lillebror. Dann schoss er zur Tür hinaus, so schnell er konnte. Bimbo sauste wild bellend hinterdrein.

Und am nächsten Tag fuhr Mama zur Großmutter. Alle weinten, als sie wegfuhr, am allermeisten Lillebror.

»Ich will nicht mit dem Hausbock allein sein«, schluchzte er.

So würde es aber kommen, das wusste er. Birger und Betty waren bis zum späten Nachmittag in der Schule und Papa kam auch nicht vor fünf Uhr vom Büro nach Hause. Viele, viele Stunden würde Lillebror jeden Tag allein gegen den Hausbock kämpfen müssen. Deswegen weinte er.

Mama gab ihm einen Kuss.

»Versuch nun tapfer zu sein – mir zuliebe! Und was du auch sonst anstellen magst – nenn sie nicht Hausbock!«

Schon am nächsten Tag, als Lillebror von der Schule heimkam, begann das Elend. Keine Mama stand in der Küche und hatte Kakao und Zimtwecken bereit, sondern nur Fräulein Bock und sie sah keineswegs erfreut aus, als sie Lillebror sah.

»Zwischen den Mahlzeiten zu essen verdirbt den Appetit«, sagte sie. »Wecken gibt's nicht!«

Und dabei hatte sie sogar Wecken *gebacken*. Am offenen Fenster stand ein ganzer Kuchenteller voll zum Abkühlen.

»Ja, aber …«, sagte Lillebror.

»Kein Aber«, sagte Fräulein Bock. »Übrigens will ich keine Kinder in der Küche haben. Marsch, geh in dein Zimmer und mach deine Schularbeiten, häng die Jacke auf und wasch dir die Hände!«

Lillebror ging in sein Zimmer, wütend und hungrig. Bimbo lag in seinem Korb und schlief, fuhr aber hoch wie eine Rakete, als Lillebror kam. Es war wenigstens einer da, der sich freute, ihn zu sehen. Lillebror schlang die Arme um Bimbo.

»Ist sie dir auch dumm gekommen? Oh, ich kann sie nicht ausstehen! ›Häng die Jacke auf und wasch dir die Hände‹ – soll ich nicht auch die Sachen lüften und mir die Füße waschen, was? *Ich* hänge immer die Jacke auf, ohne dass mir's einer sagt, verstanden!«

Er schmiss die Jacke in Bimbos Korb und Bimbo legte sich sofort darauf und knabberte ein bisschen an dem einen Ärmel.

Lillebror ging ans Fenster und schaute hinaus. Da stand er und fühlte so richtig, wie traurig er war und wie sehr er sich nach Mama sehnte. Plötzlich sah er etwas, was ihn aufmunterte. Über dem Hausdach jenseits der Straße machte Karlsson Flugübungen. Er kreiste zwischen den Schornsteinen hin und her und schlug ab und zu einen Purzelbaum in der Luft.

Lillebror winkte ihm eifrig zu und Karlsson kam mit solcher Geschwindigkeit durch das Fenster gebraust, dass Lillebror beiseitespringen musste, wenn er ihn nicht an den Kopf kriegen wollte.

»Heißa hopsa, Lillebror«, sagte Karlsson. »Hab ich dir etwa was getan oder weshalb machst du so ein saures Gesicht? Geht's dir nicht gut?«

»Nee, wahrhaftig nicht«, sagte Lillebror. Und dann erzählte er Karlsson von seinem Kummer. Dass Mama verreist sei und dass sie stattdessen einen Hausbock bekommen hätten, so einen, der schimpfte und meckerte und so geizig war, dass man nicht mal einen Wecken kriegte, wenn man von der Schule nach Hause kam, obgleich eine ganze Platte mit frisch gebackenen Wecken am Fenster stand.

Karlssons Augen begannen zu funkeln.

»Du hast Glück«, sagte er, »der beste Hausbockbändiger der Welt, rat mal, wer das ist!«

Lillebror erriet gleich, dass es Karlsson sein müsse. Aber wie Karlsson Fräulein Bock bändigen wollte, das konnte er sich nicht vorstellen.

»Ich fange damit an, dass ich sie tirritiere«, sagte Karlsson.

»›Irritiere‹ meinst du«, sagte Lillebror.

Solche dummen Bemerkungen mochte Karlsson nicht. »Hätte ich ›irritieren‹ gemeint, dann hätte ich es gesagt, ›tirritieren‹ ist ungefähr dasselbe, nur noch teuflischer, das hörst du doch schon am Wort.«

Lillebror probierte es und musste Karlsson recht geben. »Tirritieren« klang teuflischer.

»Ich glaube, ich fange mit einem bisschen Wecken-Tirritierung an«, sagte Karlsson. »Und du musst helfen.«

»Wie denn?«, fragte Lillebror.

»Geh einfach in die Küche und unterhalte dich mit dem Hausbock.«

»Ja, aber ...«, sagte Lillebror.

»Kein Aber«, sagte Karlsson. »Unterhalte dich mit ihr, sodass ihre Augen eine Weile von der Weckenplatte abgelenkt sind.«

Karlsson gluckste vor Lachen. Dann drehte er am Startknopf und der Motor begann zu brummen. Munter glucksend steuerte Karlsson zum Fenster hinaus.

Und Lillebror ging kühn in die Küche. Jetzt hatte er den besten Hausbockbändiger der Welt und nun fürchtete er nichts mehr.

Diesmal war Fräulein Bock noch weniger erfreut, ihn zu sehen. Sie war nämlich dabei, sich Kaffee zu kochen, und Lillebror merkte, sie wollte es sich jetzt ein Weilchen behaglich machen mit Kaffee und frischen Wecken. Es waren anscheinend nur Kinder, denen es schlecht bekam, wenn sie zwischen den Mahlzeiten etwas aßen.

Fräulein Bock sah Lillebror missbilligend an.

»Was willst du?«, fragte sie und ihre Stimme klang genauso sauer, wie sie selbst aussah.

Lillebror überlegte. Jetzt kam es darauf an, eine Unterhaltung in Gang zu bringen. Aber was um Himmels willen sollte er sagen?

»Raten Sie mal, was ich mache, wenn ich so groß bin wie Sie, Fräulein Bock«, sagte er schließlich.

Im selben Augenblick hörte er ein Brummen draußen vor dem Fenster und dieses Brummen kannte er. Sehen konnte er Karlsson aber nicht. Das Einzige, was er sah, war eine kleine dicke Hand, die hinter dem Fenstersims hervorkam und einen Zimtwecken von der Platte nahm. Lillebror kicherte. Fräulein Bock hatte nichts gemerkt.

»Was willst du denn machen, wenn du groß bist?«, fragte sie ungeduldig. Wirklich wissen wollte sie es keineswegs. Sie wollte Lillebror nur so schnell wie möglich loswerden.

»Ja, raten Sie mal«, sagte Lillebror.

Da sah er von Neuem die kleine dicke Hand vorbeihuschen und einen Wecken von der Platte nehmen. Und Lillebror kicherte von Neuem. Er versuchte es zu lassen, aber es ging nicht. Es kam so viel Gekicher in ihm hoch, dass es nur so aus ihm heraussprudelte. Fräulein Bock sah ihn empört an. Sie fand wohl, er sei tatsächlich der lästigste Junge der Welt. Wo sie doch gerade eine schöne Kaffeepause machen wollte!

»Raten Sie, was ich mache, wenn ich so groß bin wie Sie, Fräulein Bock«, sagte er und dann kicherte er wieder. Denn jetzt sah er, wie zwei kleine Hände den Rest der Zimtwecken von der Platte grapschten.

»Ich habe keine Zeit, hier herumzustehen und mir deine Dummheiten anzuhören«, sagte Fräulein Bock, »und es ist mir einerlei, was du machen willst, wenn du groß bist. Aber solange du klein bist, sollst du artig und gehorsam sein und deine Schulaufgaben machen und aus der Küche verschwinden.«

»Ja, natürlich«, sagte Lillebror und kicherte so sehr, dass er sich gegen die Tür lehnen musste. »Aber wenn ich so groß bin wie Sie, Fräulein Bock, dann mache ich eine Abmagerungskur, das ist mal sicher.«

Fräulein Bock sah aus, als wollte sie sich auf ihn stürzen, aber in dem Augenblick war vom Fenster ein Brüllen zu hören wie von einer Kuh. Fräulein Bock drehte sich schnell um und nun sah sie, dass die Zimtwecken nicht mehr da waren.

Fräulein Bock stieß einen Schrei aus. »Du guter Moses, wo sind meine Wecken?«

Sie stürzte ans Fenster. Vielleicht meinte sie, sie würde einen Dieb mit dem ganzen Arm voller Wecken davonrennen sehen. Aber Familie Svantesson wohnte ja im vierten Stock und so langbeinige Diebe gibt es nicht, das musste sie schließlich wissen.

Fräulein Bock sank völlig entsetzt auf einen Stuhl.

»Ob es Tauben gewesen sind?«, murmelte sie.

»Es klang eher wie eine Kuh«, sagte Lillebror. »Vielleicht fliegt heute draußen eine Kuh herum, eine, die gern Wecken frisst.«

»Red kein dummes Zeug«, sagte Fräulein Bock.

Da hörte Lillebror von Neuem, wie Karlsson draußen vor dem Fenster vorbeibrummte, und damit Fräulein Bock es nicht merkte, begann er zu singen, so laut er konnte:

»Eine Kuh schwebt vom Himmel,
fliegt am Fenster vorbei,
sieht die Wecken dort stehen,
und sie klaut ein', zwei, drei.«

Lillebror machte hin und wieder mit Mama zusammen Verse, und diesen hier von der Kuh fand er selber gut. Fräulein Bock fand das nicht.

»Schweig mit deinen Dummheiten!«, schrie sie.

In diesem Augenblick hörte man drüben vom Fenster einen leisen Knall, sodass sie beide vor Schreck zusammenzuckten. Und dann sahen sie, was da geknallt hatte. Auf dem leeren Kuchenteller lag ein Fünförestück.

Lillebror fing wieder an zu kichern.

»Was für eine tolle Kuh«, sagte er. »Die bezahlt ihre Wecken.«

Fräulein Bock wurde rot vor Zorn.

»Was sind das hier für dumme Scherze«, schrie sie und stürzte ans Fenster. »Es muss jemand von der Wohnung über uns sein, der sich einen Spaß daraus macht, Wecken zu stehlen und Fünföre-stücke herunterzuwerfen.«

»Über uns ist keine Wohnung mehr«, sagte Lillebror. »Wir wohnen ganz oben, dann kommt nur das Dach.«

Fräulein Bock geriet völlig außer sich.

»Ich begreife das nicht«, rief sie. »Ich begreife nichts.«

»Nee, das habe ich allerdings gemerkt«, sagte Lillebror. »Aber machen Sie sich nichts daraus, alle können nicht gescheit sein.«

Da klatschte eine Ohrfeige auf Lillebrors Wange.

»Dir werd ich's zeigen, unverschämt zu sein«, schrie Fräulein Bock.

»Nee, tun Sie das bloß nicht«, sagte Lillebror, »sonst erkennt Mama mich nicht wieder, wenn sie heimkommt.«

Lillebror hatte ganz feuchte Augen bekommen. Er war nahe daran, zu weinen. Noch nie in seinem Leben hatte er eine Ohrfeige gekriegt und es gefiel ihm gar nicht. Er musterte Fräulein Bock mit zornigem Blick. Da packte sie ihn am Arm und schob ihn in sein Zimmer hinüber.

»Jetzt setzt du dich hier hin und schämst dich«, sagte sie. »Ich schließe die Tür ab und ziehe den Schlüssel raus, dann kommst du vielleicht eine Weile nicht in die Küche gerannt.«

Dann guckte sie auf ihre Armbanduhr.

»Eine Stunde genügt wohl, damit du wieder artig wirst. Ich komme um drei Uhr und schließe wieder auf. Bis dahin kannst du darü-ber nachdenken, wie man sich entschuldigt.«

Und dann ging Fräulein Bock. Lillebror hörte, wie sie den Schlüssel umdrehte. Jetzt war er eingeschlossen und konnte nicht hinaus-kommen. Es war ein scheußliches Gefühl. Er sprühte vor Zorn. Aber gleichzeitig hatte er ein bisschen schlechtes Gewissen, denn er hatte sich auch nicht gerade fein betragen. Mama hätte bestimmt gesagt, er habe den Hausbock gereizt und sei frech gewesen.

Mama, ja – er überlegte, ob er nicht doch ein bisschen weinen sollte.

Aber da hörte er ein Brummen und zum Fenster herein kam Karlsson.

Karlsson lädt
zum Weckenschmaus ein

W ie wäre es denn mit einer kleinen Zwischenmahlzeit?«, fragte Karlsson. »Kakao und Wecken auf meinem Treppenvorplatz – ich lade ein!«

Lillebror sah ihn nur an. Oh, keiner war so wunderbar wie Karlsson! Lillebror hätte ihn am liebsten umarmt. Das versuchte er auch, aber Karlsson schubste ihn weg.

»Ruhig, ganz ruhig! Du bist jetzt nicht bei deiner Großmutter. Na, kommst du mit?«

»Und ob«, sagte Lillebror. »Aber eigentlich bin ich ja eingeschlossen. Eigentlich sitze ich sozusagen im Gefängnis.«

»Denkt der Hausbock, ja«, sagte Karlsson. »Und das kann sie ruhig noch ein Weilchen denken.«

Seine Augen begannen zu funkeln und er machte ein paar kleine, zufriedene Hüpfer vor Lillebror.

»Weißt du was? Wir spielen, dass du in einem Gefängnisloch sitzt, und es geht dir ganz furchtbar mit einem ekelhaften Hausbock als Gefangenenwärter und dann kommt ein riesig mutiger und starker und schöner und gerade richtig dicker Held und rettet dich.«

»Welcher Held denn?«, fragte Lillebror. Karlsson guckte ihn vorwurfsvoll an.

»Rat doch mal, wenn du kannst!«

»Ach so, du«, sagte Lillebror. »Aber dann könntest du mich jetzt gleich retten, finde ich.«

166

Dagegen hatte Karlsson nichts einzuwenden.

»Der Held, der ist ja so forsch«, versicherte Karlsson. »Schnell wie ein Habicht, ja wahrhaftig, und mutig und stark und schön und gerade richtig dick und er kommt angewetzt und rettet dich und ist der mutigste Mann der Welt. Hoho, hier kommt er!«

Karlsson packte Lillebror und stieg schnell und mutig in die Lüfte. Bimbo bellte, als er Lillebror zum Fenster hinaus entschwinden sah, aber Lillebror schrie: »Ruhig, ganz ruhig! Ich komme bald zurück.«

Oben auf Karlssons Treppenvorplatz lagen zehn Wecken in einer Reihe nebeneinander und sahen sehr lecker aus.

»Alle ehrlich bezahlt, jeder Einzelne«, sagte Karlsson. »Wir teilen gerecht. Du kriegst sieben und ich krieg sieben.«

»Das geht doch gar nicht«, sagte Lillebror. »Sieben und sieben sind vierzehn und hier sind doch nur zehn Wecken.«

Karlsson raffte eilig sieben Wecken zu einem kleinen Haufen zusammen.

»Das sind auf jeden Fall meine«, sagte er und legte eine kleine dicke Hand über den Weckenhaufen. »Ihr rechnet heutzutage in den Schulen so blödsinnig. Aber darunter brauche ich doch nicht zu leiden. Wir nehmen jeder sieben, habe ich gesagt, und das hier sind meine.«

Lillebror nickte. »Ich kann sowieso nicht mehr als drei essen. Aber den Kakao, wo hast du den?«

»Unten beim Hausbock«, sagte Karlsson. »Und da holen wir ihn jetzt.«

Lillebror sah ihn erschrocken an. Er hatte keine Lust, Fräulein Bock wiederzusehen und vielleicht neue Ohrfeigen zu bekommen. Er konnte sich auch nicht vorstellen, wie sie an die Kakaodose herankommen sollten. Die stand ja nicht im offenen Fenster, so wie vorhin die Wecken, sondern auf einem Wandbrett neben dem Herd, genau vor den Augen von Fräulein Bock.

»Wie kann man das denn nur machen?«, fragte Lillebror.

Karlsson gluckste vergnügt.

»Ja, das kannst du dir natürlich nicht vorstellen, dummer kleiner Junge, der du bist! Aber jetzt hat sich zufällig der beste Streichemacher der Welt der Sache angenommen, du kannst also ganz beruhigt sein.«

»Ja, aber wie …«, begann Lillebror.

»Du«, sagte Karlsson, »sag mal, hast du jemals die Klopfbalkons bemerkt, die hier überall im Hause sind?«

Die hatte Lillebror natürlich bemerkt. Mama pflegte ja die Küchenläufer auf dem Klopfbalkon auszuschütteln, der lag für sie so bequem, von ihrer Hintertür aus nur eine halbe Treppe weiter oben.

»Nur zehn Stufen von eurer Hintertür aus«, sagte Karlsson. »Selbst so eine kleine lahme Ente wie du könnte im Nu auf den Klopfbalkon rennen.«

Lillebror verstand nichts. »Weshalb sollte ich auf den Klopfbalkon rennen?«

Karlsson seufzte. »Muss man dir denn alles erklären, du dummer kleiner Junge! Na, sperr jetzt die Ohren auf und hör zu, wie ich es mir gedacht habe.«

»Ja, ich höre«, sagte Lillebror.

»Also«, sagte Karlsson. »Dummer kleiner Junge landet mit dem Karlsson-Flugzeug auf dem Balkon, rennt dann eine halbe Treppe nach unten und klingelt kräftig und lange an der Türglocke. Kapiert? Wütender Hausbock in der Küche hört das Klingeln und geht mit festen Schritten hin, um aufzumachen – also Küche so lange leer! Mutiger und gerade richtig dicker Held fliegt zum Fenster hinein und schnell wieder hinaus, jetzt mit der Kakaodose in der Hand. Dummer kleiner Junge läutet noch einmal, nur um zu ärgern, und rennt zum Balkon zurück. Wütender Hausbock macht die Tür auf und wird noch wütender, weil niemand draußen steht mit einem

Busch roter Rosen für sie. Sie brüllt auf und schmeißt die Tür zu. Kleiner dummer Junge kichert auf dem Balkon immer weiter, bis mutiger und gerade richtig dicker Held kommt und ihn zum Weckenschmaus aufs Dach holt. Heißa hopsa, Lillebror, rat mal, wer der beste Streichemacher der Welt ist! Jetzt geht's los!«

Und bevor Lillebror nur einen Mucks von sich geben konnte, war er vom Dach zum Klopfbalkon unterwegs. Karlsson machte einen Sturzflug mit ihm, sodass es ihm um die Ohren pfiff und im Bauch kribbelte, schlimmer als in der Berg-und-Tal-Bahn auf dem Jahrmarkt. Dann verlief alles genau so, wie es besprochen war. Karlsson schwirrte auf das Küchenfenster zu und Lillebror rannte hinunter und klingelte heftig und lange an der Türglocke. Bald hörte er Schritte, die drinnen auf dem Flur näher kamen. Da kicherte er sehr richtig und raste auf den Balkon zurück. Ein paar Sekunden später ging die Tür da unten auf und Fräulein Bock streckte den Kopf heraus. Er konnte sie sehen, wenn er vorsichtig durch die Glasscheibe des Balkons guckte. Und es war ganz deutlich, Karlsson hatte recht: Böser Hausbock wurde noch böser, als niemand draußen stand. Sie brummte laut vor sich hin und eine ganze Weile blieb sie in der offenen Tür stehen, als ob sie darauf wartete, dass der, der geklingelt hatte, plötzlich vor ihr auftauchen würde. Aber der, der geläutet hatte, stand leise kichernd auf dem Balkon, und das tat er so lange, bis der gerade richtig dicke Held kam und ihn zum Weckenschmaus auf seinem Treppenvorplatz abholte.

Es sollte der beste Weckenschmaus werden, den Lillebror je erlebt hatte.

»Jetzt geht's mir gut«, sagte er, als er dort neben Karlsson auf dem Vorplatz saß und seine Wecken kaute und seinen Kakao trank und über die Dächer und Türme von Stockholm blickte, die im Sonnenschein glänzten. Die Wecken waren lecker, der Kakao war ebenfalls vorzüglich. Er hatte ihn selber auf Karlssons Kamin drinnen gekocht.

Alles, was man brauchte, Milch und Kakao und Zucker, hatte Karlsson unten aus der Küche entführt.

»Und jedes kleinste Krümelchen ordnungsgemäß mit fünf Öre bezahlt, die auf dem Küchentisch liegen«, sagte Karlsson. »Ist man ehrlich, dann ist man es, da kann man nichts machen.«

»Wo hast du die vielen Fünförestücke her?«, wollte Lillebror wissen.

»Aus einem Portemonnaie, das ich neulich auf der Straße gefunden habe«, sagte Karlsson. »Voll von Fünförestücken und anderem Geld.«

»Der Arme, der das Portemonnaie verloren hat«, sagte Lillebror. »Der wird aber traurig sein.«

»Ach was«, sagte Karlsson, »ein Taxifahrer muss eben seine Sachen beisammenhalten!«

»Woher weißt du, dass es ein Taxifahrer war?«, fragte Lillebror erstaunt.

»Na, ich hab doch gesehen, wie er das Portemonnaie verloren hat«, sagte Karlsson. »Und dass er Taxifahrer war, das sah man an dem Schild auf der Mütze. Ich bin doch schließlich nicht blöd.«

Lillebror guckte Karlsson vorwurfsvoll an. So durfte man aber nicht mit Sachen umgehen, die man fand, das *musste* er Karlsson sagen. Aber er musste es ihm nicht gerade jetzt sagen – ein andermal! Jetzt wollte er nur hier auf dem Treppenvorplatz sitzen und den Sonnenschein genießen und die Wecken und den Kakao und Karlsson.

Karlsson hatte seine sämtlichen sieben Wecken bald verputzt. Bei Lillebror ging es nicht ganz so schnell. Er war bei seinem zweiten. Der dritte lag neben ihm auf dem Treppenabsatz.

»Oh, wie geht's mir gut«, sagte Lillebror.

Karlsson beugte sich vor und schaute ihm starr in die Augen.

»Nein, das stimmt nicht. Dir geht's durchaus nicht gut.«

Er legte Lillebror seine Hand auf die Stirn.

»Genau, was ich gedacht habe! Ein typischer Fall von Weckenfieber.«

Lillebror machte ein erstauntes Gesicht. »Was ist denn das –
Weckenfieber?«

»Das kriegt man, wenn man zu viele Wecken isst.«

»Dann hast du aber erst recht Weckenfieber«, sagte Lillebror.

»Denkst du, ja«, sagte Karlsson. »Aber siehst du, ich hatte Weckenfieber, als ich drei Jahre alt war, und man kann es nur einmal
kriegen, genau wie Masern und Keuchhusten.«

Lillebror fühlte sich ganz und gar nicht krank und das versuchte
er Karlsson klarzumachen. Karlsson zwang ihn jedoch, sich auf dem
Vorplatz hinzulegen und spritzte ihm eifrig Kakao ins Gesicht.

»Damit du nicht ohnmächtig wirst«, erklärte Karlsson. Dann
schnappte er sich Lillebrors letzten Wecken.

»Keine Wecken mehr für dich, es wäre dein Tod! Aber denk nur,
was für ein Glück dieser arme kleine Wecken hat, dass es mich gibt,
sonst hätte er hier ganz allein auf dem Vorplatz liegen müssen«,
sagte Karlsson und futterte den Wecken schnell auf.

»Aber jetzt ist er nicht mehr allein«, sagte Lillebror.

Karlsson streichelte sich zufrieden den Bauch.

»Nein, jetzt ist er bei seinen sieben Kumpels und da gefällt's
ihm!«

Lillebror gefiel es auch. Er blieb auf dem Vorplatz liegen und
merkte, wie gut es ihm ging trotz Weckenfieber. Er war satt und
gönnte Karlsson diesen Wecken von Herzen.

Da sah er zufällig auf die Uhr. Es war wenige Minuten vor drei.
Lillebror fing an zu lachen.

»Jetzt kommt Fräulein Bock bald und schließt meine Tür wieder
auf. Oh, ich wünschte, ich könnte sie sehen, wenn sie in mein Zimmer kommt und ich nicht da bin!«

Karlsson klopfte ihm freundlich auf die Schulter.

»Komm mit deinen kleinen Wünschen nur ruhig zu Karlsson, der regelt alles für dich. Lauf eben rein und hol mein Fernglas. Es hängt vom Sofa aus gerechnet an dem vierzehnten Nagel, ganz hoch oben. Steig auf die Hobelbank.«

Lillebror kicherte. »Ja, aber ich hab doch Weckenfieber! Muss man dann nicht still liegen?«

Karlsson schüttelte den Kopf.

»Still liegen und kichern – du denkst, das hilft bei Weckenfieber! Im Gegenteil, je mehr du an den Wänden und auf dem Dach herumkletterst, desto schneller wirst du gesund, das kannst du in jedem Ärztebuch nachlesen.«

Und da Lillebror sein Weckenfieber gern loswerden wollte, rannte er gehorsam ins Haus, kletterte auf die Hobelbank und holte das Fernglas herunter, das vom Sofa aus gerechnet am vierzehnten Nagel hing. An demselben Nagel hing auch ein Bild mit einem kleinen roten Hahn in der einen Ecke. Karlsson hatte es selbst gemalt. Lillebror fiel jetzt ein, dass Karlsson der beste Hähnemaler der Welt war. Hier hatte er ein »Porträt von einem sehr einsamen kleinen roten Hahn« gemacht – so hatte er es selber genannt. Und fürwahr, der Hahn war einsamer und kleiner und röter als irgendeiner, den Lillebror je in seinem Leben gesehen hatte. Er hatte jedoch keine Zeit mehr, ihn sich noch länger anzusehen, es war bald drei und er hatte es sehr eilig.

Karlsson stand flugbereit, als Lillebror mit dem Fernglas kam, und schon schwirrte er mit ihm los, bevor Lillebror sich mucksen konnte, quer über die Straße, und landete auf dem Hausdach gegenüber.

Jetzt begriff Lillebror. »Oh, das ist aber ein prima Aussichtsplatz, wenn man ein Fernglas hat und in mein Zimmer gucken möchte.«

»Das hat man und das möchte man«, sagte Karlsson und nahm das Fernglas an die Augen.

Dann durfte Lillebror es auch einmal haben. Und er sah sein Zimmer so deutlich, als wäre er drinnen. Bimbo lag in seinem Korb und schlief, dort stand Lillebrors Bett, da war der Tisch mit den Schulbüchern und dort die Uhr an der Wand. Die schlug jetzt drei. Fräulein Bock aber war nicht zu sehen.

»Ruhig, ganz ruhig«, sagte Karlsson. »Sie ist unterwegs, denn ich spüre ein Gruseln am Rückgrat und ich kriege eine Gänsehaut.«

Er entriss Lillebror das Fernglas und hielt es an die Augen.

»Was hab ich gesagt? Jetzt geht die Tür auf, da kommt sie, lieb und goldig wie ein Kannibalenhäuptling.«

Er gluckste vor Lachen. »O ja, jetzt sperrt sie die Augen auf! Wo ist Lillebror? Wenn er nun aus dem Fenster gefallen ist!«

Das dachte Fräulein Bock wahrscheinlich, denn sie kam ganz entsetzt ans Fenster gestürzt. Lillebror tat sie richtig leid. Sie lehnte sich hinaus und guckte auf die Straße hinunter, als erwartete sie, Lillebror dort unten zu sehen.

»Nein, da ist er nicht«, sagte Karlsson. »Pech, was?«

Fräulein Bock sah beunruhigt aus. Sie ging wieder ins Zimmer hinein.

»Jetzt sucht sie«, sagte Karlsson. »Sie sucht im Bett – und hinter dem Tisch – und *unter* dem Bett, haha, hihi. Pass auf, jetzt kriecht sie in den Wandschrank hinein! Sie denkt sicher, du liegst da drinnen wie ein kleines Häufchen und weinst.«

Karlsson gluckste von Neuem.

»Es wird Zeit, dass wir ihr einen Streich spielen«, sagte er.

»Wie denn?«, fragte Lillebror.

»Na, so«, sagte Karlsson. Und bevor Lillebror sich mucksen konnte, schwirrte Karlsson mit ihm los, quer über die Straße, und warf ihn in sein Zimmer.

»Heißa hopsa, Lillebror, sei nett zum Hausbock!«, sagte Karlsson. Und dann flog er seiner Wege.

Lillebror fand diese Art und Weise, ihr einen Streich zu spielen, nicht gerade nett. Aber er musste ja mitmachen, so gut er konnte. Deswegen schlich er leise durchs Zimmer und setzte sich an den Tisch und klappte das Rechenbuch auf. Er hörte Fräulein Bock im Wandschrank rumoren. Voller Spannung wartete er darauf, dass sie herauskäme.

Und sie kam. Das Erste, was sie sah, war Lillebror. Da zog sie sich rückwärts zur Schranktür zurück. Dort blieb sie völlig sprachlos stehen und starrte ihn an. Dann zwinkerte sie ein paar Mal mit den Augen, wie um sich zu vergewissern, dass sie sich nicht täusche.

»Wo in aller Welt hattest du dich versteckt?«, fragte sie schließlich.

Lillebror guckte unschuldig von seinem Rechenbuch auf.

»Ich hab mich nicht versteckt. Ich sitze nur hier und mache meine Rechenaufgaben. Ich konnte doch nicht wissen, dass Sie Versteck spielen, Fräulein Bock. Aber warum nicht ... Kriechen Sie ruhig wieder in den Schrank, ich will gerne suchen.«

Darauf antwortete Fräulein Bock nichts. Sie stand eine Weile stumm da und dachte nach.

»Ich werde doch hoffentlich nicht krank«, murmelte sie. »In diesem Haus geht so viel Merkwürdiges vor sich.«

Gerade da hörte Lillebror, wie jemand leise die Tür von außen abschloss. Lillebror kicherte. Der beste Hausbockbändiger der Welt war offenbar zum Küchenfenster hineingeflogen, um dem Hausbock zu zeigen, wie es ist, wenn man eingeschlossen wird.

Fräulein Bock hatte nichts gemerkt. Sie stand nur stumm da und sah nachdenklich aus. Schließlich sagte sie:

»Seltsam! Na ja, du kannst jetzt nach draußen gehen und spielen, während ich das Essen mache.«

»O ja, gern, vielen Dank«, sagte Lillebror. »Dann werde ich jetzt nicht mehr eingeschlossen?«

»Nein, du wirst nicht mehr eingeschlossen«, sagte Fräulein Bock und ging zur Tür. Sie legte die Hand auf den Türgriff und drückte ihn hinunter, einmal, dann noch einmal. Aber die Tür wollte sich nicht öffnen lassen. Da warf sie sich mit ihrem ganzen Gewicht dagegen. Es nützte nichts. Die Tür war und blieb verschlossen.

Fräulein Bock stieß einen Schrei aus.

»Wer hat die Tür abgeschlossen?«, schrie sie.

»Das haben Sie wohl selbst getan, Fräulein Bock«, sagte Lillebror. Fräulein Bock fauchte.

»Unsinn! Wie kann die Tür von außen abgeschlossen sein, wenn ich drinnen bin!«

»Weiß ich nicht«, sagte Lillebror.

»Ob Birger oder Betty es getan haben?«, fragte Fräulein Bock.

»Nee, die sind noch in der Schule«, versicherte Lillebror.

Da ließ Fräulein Bock sich schwer auf einen Stuhl fallen. »Weißt du, was ich glaube?«, sagte sie. »Ich glaube, es gibt ein Gespenst hier im Haus.«

Lillebror nickte. Ach, wie schön, wenn Fräulein Bock glaubte, Karlsson sei ein Gespenst! Dann würde sie vielleicht abhauen. Denn sie wollte doch sicher nicht in einem Haus bleiben, in dem es spukte.

»Haben Sie Angst vor Gespenstern?«, fragte Lillebror.

»Im Gegenteil«, sagte Fräulein Bock. »Ich hab sie gern! Denk mal, jetzt komm ich vielleicht auch ins Fernsehen! Du weißt, da machen sie eine Sendung mit Leuten, die von Spukerlebnissen erzählen, und was ich heute hier an einem einzigen Tag erlebt habe, das reicht für zehn Fernsehprogramme.«

Fräulein Bock sah ausgesprochen zufrieden aus.

»Da wird sich meine Schwester Frieda ärgern, das kannst du glauben. Frieda ist nämlich im Fernsehen gewesen und hat von allen Gespenstern erzählt, die sie gesehen hat, und von Geisterstimmen, die sie gehört hat, und was weiß ich alles. Jetzt werde ich sie aber gründlich ausstechen.«

»Haben Sie denn Geisterstimmen gehört?«, fragte Lillebror.

»Ja, weißt du nicht mehr, wie es vorhin vor dem Fenster gemuht hat, als die Wecken verschwanden? Ich werde versuchen, das im Fernsehen nachzumachen, damit die Leute hören, wie es klang.«

Und Fräulein Bock begann so zu muhen, dass Lillebror vom Stuhl hochsprang.

»So ungefähr«, sagte Fräulein Bock zufrieden. Da ertönte draußen vor dem Fenster ein noch lauteres Muhen und Fräulein Bock wurde bleich.

»Es antwortet mir«, sagte sie flüsternd. »Das Gespenst antwortet mir. Davon werde ich im Fernsehen berichten. Guter Moses, Frieda wird sich ärgern!«

Und sie erzählte Lillebror, wie Frieda im Fernsehen mit allen ihren Spukerlebnissen geprahlt hatte.

»Wenn man ihr glauben wollte, dann wimmelt es im ganzen Vasaviertel von Gespenstern und die meisten treiben sich offenbar bei uns zu Hause herum, allerdings nie in meinem Zimmer, nur immer in Friedas. Stell dir vor, eines Abends schrieb eine Geisterhand Frieda eine Warnung an die Wand! Und das tat ihr wahrhaftig ganz gut«, sagte Fräulein Bock.

»Was für eine Warnung?«, fragte Lillebror.

Fräulein Bock überlegte.

»Ja, wie war es doch gleich? Ach ja, da stand geschrieben: ›Nimm dich in Acht! In deinen grenzenlos kurzen Tagen müsste etwas mehr Ernst sein!‹«

Lillebror machte ein Gesicht, als verstünde er nicht das Geringste von dem allen, und das tat er auch nicht. Fräulein Bock musste es erklären.

»Es war eine Warnung an Frieda, dass sie sich ändern muss und anfangen, ein besseres Leben ohne so viel Blödsinn zu führen!«

»Hat sie das denn getan?«, fragte Lillebror.

Fräulein Bock schnaubte. »Nein, das finde ich ganz und gar nicht. Jedenfalls schneidet sie immer noch auf und denkt, sie sei ein Fernsehstar, und dabei ist sie nur ein einziges Mal dabei gewesen. Aber jetzt weiß ich jemanden, der sie übertrumpfen kann.«

Fräulein Bock rieb sich die Hände. Sie freute sich, Frieda endlich übertrumpfen zu können, und daher machte es ihr nichts aus, dass sie mit Lillebror zusammen eingeschlossen war. Sie saß ganz zufrieden da und verglich Friedas Spukerlebnisse mit ihren eigenen, bis Birger von der Schule nach Hause kam.

Da schrie Lillebror: »Komm her und mach auf! Ich bin mit dem Hausb ... mit Fräulein Bock eingeschlossen!«

Birger schloss auf und er war höchst erstaunt.

»Wer hat euch denn hier eingeschlossen?«, fragte er.

Fräulein Bock setzte eine geheimnisvolle Miene auf.

»Das kannst du demnächst im Fernsehen erfahren.«

Jetzt beeilte sie sich, das Essen fertig zu machen. Sie marschierte mit langen Schritten in die Küche.

Im nächsten Augenblick hörte man von draußen einen lauten Aufschrei. Lillebror rannte hin.

Fräulein Bock saß auf einem Stuhl, noch bleicher als vorher, und wies stumm auf die Wand.

Fürwahr, nicht nur Frieda erhielt Warnungen, von Geisterhand geschrieben. Fräulein Bock hatte ebenfalls eine bekommen. Dort an der Wand stand in riesigen Buchstaben eine Warnung und sie war weithin zu sehen:

NIMM DICH IN ACHT!
IN DEINEN
SCHAMLOS TEUREN
WECKEN MÜSSTE MEHR
ZIMT SEIN!

Karlsson und
die Fernsehbüchse

Papa kam mit einer neuen Sorge nach Hause zum Abendessen. »Ihr armen Kinder, es sieht so aus, als müsstet ihr ein paar Tage ganz allein zurechtkommen. Ich muss überraschend geschäftlich nach London fliegen. Meint ihr, dass es gehen wird?«

»Das wird schon gut gehen«, sagte Lillebror. »Wenn du nur nicht zu nah an den Propeller kommst.«

Da lachte Papa. »Ich dachte aber mehr daran, wie es euch hier zu Hause ergehen wird, ohne Mama und mich.«

Birger und Betty meinten, es werde glänzend gehen. Es wäre sogar fast ein Spaß, wenn man ausnahmsweise einmal elternfrei hätte, sagte Betty.

»Ja, aber denkt an Lillebror«, sagte Papa.

Betty streichelte ihrem Bruder zärtlich den blonden Scheitel.

»Ich werde wie eine Mutter zu ihm sein«, versicherte sie. Aber daran glaubte Papa nicht so recht und Lillebror auch nicht.

»Du bist ja immer mit Jungens unterwegs, wenn man dich gerade am nötigsten braucht«, brummte Lillebror.

Birger versuchte ihn zu trösten. »Dann hast du ja mich.«

»Ja, auf Östermalms Sportplatz«, sagte Lillebror.

Birger lachte. »Bleibt nur noch der Hausbock. Sie läuft nicht mit Jungens herum und Fußball spielen tut sie auch nicht.«

»Nee, leider«, sagte Lillebror.

Er versuchte, sich darüber klar zu werden, wie wenig er Fräulein

Bock mochte. Aber da stellte er etwas Merkwürdiges fest – er war nicht mehr böse auf sie. Kein bisschen böse. Lillebror war erstaunt. Wie war denn das gekommen? Brauchte man nur zwei Stunden lang mit einem Menschen zusammen eingeschlossen zu sein, um zu merken, dass man es mit ihm aushalten konnte? Es war nicht so, dass er Fräulein Bock plötzlich mochte – keineswegs –, sie kam ihm aber sozusagen ein bisschen menschlicher vor. Die Ärmste, sie musste ja mit dieser Frieda zusammenleben! Lillebror wusste nur zu gut, was es hieß, lästige Schwestern zu haben. Und dabei prahlte Betty nicht einmal mit Gespenstern im Fernsehen wie Frieda.

»Ich möchte nicht, dass ihr nachts allein bleibt«, sagte Papa. »Es wird das Beste sein, wenn ich Fräulein Bock frage, ob sie hier schlafen kann, solange ich fort bin.«

»Soll ich mich nun Tag und Nacht mit ihr herumschlagen«, sagte Lillebror. Aber im tiefsten Innern fand er es schön, dass jemand bei ihnen bleiben sollte, wenn es auch nur ein Hausbock war.

Und Fräulein Bock wollte nur zu gern nachts bei den Kindern bleiben. Als sie mit Lillebror allein war, erklärte sie ihm, weshalb.

»Es spukt ja immer gerade nachts am allermeisten. Und jetzt möchte ich Stoff für ein Fernsehprogramm sammeln, sodass Frieda vom Stuhl fällt, wenn sie mich auf dem Bildschirm sieht.«

Lillebror wurde unruhig. Wenn Fräulein Bock nun mal einen Haufen Fernsehleute ins Haus brächte, während Papa weg war, und die bekämen Karlsson zu Gesicht, oje, dann würde er ins Fernsehen kommen, das war so sicher wie nur was, obgleich er kein Gespenst war, sondern nur einfach Karlsson. Und dann wär es mit dem Hausfrieden vorbei, um den Mama und Papa so besorgt waren. Lillebror begriff, dass er Karlsson warnen und ihn bitten müsse, sich in Acht zu nehmen.

Das konnte er erst am Abend tun. Da war er allein zu Hause. Papa war schon nach London geflogen, Birger und Betty hatten etwas vor, und Fräulein Bock war schnell einmal zu Frieda nach Hause in die Frejgatan gefahren, um zu fragen, ob sie kürzlich irgendein Gespenst gesehen habe.

»Ich bin gleich wieder zurück«, sagte sie zu Lillebror, als sie ging. »Und sollte inzwischen ein Gespenst kommen, dann sag ihm, es soll so lange Platz nehmen, hahaha!«

Fräulein Bock machte selten einen Scherz und lachte fast nie. Wenn sie es trotzdem einmal tat, war man dankbar, dass es nicht öfter geschah. Aber in diesem Augenblick war sie so aufgedreht. Lillebror konnte hören, wie sie noch unten im Treppenhaus lachte. Es war ein Gelächter, das von den Wänden widerhallte.

Gleich darauf kam Karlsson zum Fenster hereingeflogen.

»Heißa hopsa, Lillebror, was wollen wir jetzt machen?«, fragte er. »Hast du nicht eine Dampfmaschine, mit der wir herumexplodieren können, oder einen Hausbock, den wir tirritieren können, ganz gleich, was, aber Spaß will ich haben, sonst mach ich nicht mit.«

»Wir können ja Fernsehen gucken«, schlug Lillebror vor.

Und da stellte es sich heraus, dass Karlsson keine Ahnung vom Fernsehen hatte! Er hatte in seinem ganzen Leben noch keinen Fernsehapparat gesehen. Lillebror nahm ihn mit ins Wohnzimmer und zeigte stolz auf ihren nagelneuen Apparat.

»Guck mal da!«

»Was ist das für 'ne Büchse?«, fragte Karlsson.

»Das ist keine Büchse, das ist der Fernsehapparat«, erklärte Lillebror.

»Was bewahrt man in solchen Büchsen auf?«, fragte Karlsson. »Zimtwecken etwa?«

Lillebror lachte. »Von wegen! Hier sollst du mal sehen, was das ist.«

Er schaltete am Apparat und plötzlich erschien ein Mann auf dem

Bildschirm und teilte mit, wie das Wetter im nördlichen Norrland würde.

Karlssons Augen wurden rund vor Staunen.

»Wie habt ihr den in die Büchse reingekriegt?«

Lillebror lachte hellauf. »Ja, wie meinst du wohl? Er ist da hineingekrochen, als er klein war, das ist doch klar.«

»Wofür habt ihr ihn denn?«, wollte Karlsson wissen.

»Ach was, merkst du nicht, dass ich Spaß mache?«, sagte Lillebror. »Natürlich ist er da nicht hineingekrochen, als er klein war, und wir *haben* ihn nicht für irgendetwas. Er ist nur einfach da, verstehst du, und sagt uns, wie morgen das Wetter wird. Er ist nämlich so ein Wettermann, weißt du.«

Karlsson kicherte. »Habt ihr extra einen Mann in eine Büchse gesteckt, nur damit er davon redet, was morgen für Wetter wird? Das werdet ihr doch sehen! Oder ihr könnt mich fragen. Wir kriegen Gewitter und Regen und Hagel und Sturm und Erdbeben. Bist du nun zufrieden?«

»An der Küste von Norrland ist für morgen Sturm und Regen zu erwarten«, sagte der Wettermann auf dem Fernsehschirm.

Karlsson lachte begeistert. »Was hab ich gesagt – Sturm und Regen!«

Er ging dicht an den Apparat heran und drückte seine Nase gegen die Nase des Wettermannes.

»Und dann auch Erdbeben, vergiss das nicht! Arme Norrländer, was für ein Wetter die kriegen! Aber sie können ja froh sein, dass sie überhaupt ein Wetter kriegen. Stell dir vor, wenn sie ganz ohne dasitzen müssten.«

Er versetzte dem Mann auf dem Bildschirm einen freundschaftlichen Klaps.

»So ein netter kleiner Mann«, sagte er. »Kleiner als ich. Das gefällt mir.«

183

Dann kniete er sich hin und besah sich den Apparat von unten. »Von wo ist er eigentlich da reingekrochen?«

Lillebror versuchte ihm zu erklären, dass das nur ein Bild und kein lebendiger Mensch sei, aber da wurde Karlsson beinahe böse. »Das kannst du einem anderen einreden, du Dummer. Er bewegt sich doch, soviel ich sehe. Und das Wetter im nördlichen Norrland – reden tote Menschen vielleicht davon, was?«

Lillebror wusste nicht allzu viel über das Fernsehen, er strengte sich aber aufs Äußerste an, um Karlsson die Sache klarzumachen. Und dann wollte er die Gelegenheit nutzen, gleich seine Warnung anzubringen.

»Weißt du, Fräulein Bock möchte gern ins Fernsehen kommen«, fing er an, aber da brach Karlsson in schallendes Gelächter aus.

»Der Hausbock in so einer kleinen Büchse! Der große Brocken – da muss sie sich aber vierfach zusammenfalten.«

Lillebror seufzte. Karlsson hatte offensichtlich nichts begriffen. Lillebror musste wieder von vorn anfangen. Es schien hoffnungslos, schließlich hatte er Karlsson aber doch so weit, dass er verstand, wie merkwürdig eine solche Einrichtung funktionierte. Fräulein Bock brauche nicht selbst in den Apparat zu kriechen, sie könne in aller Gemütsruhe meilenweit weg sitzen und trotzdem könne man sie leibhaftig auf dem Bildschirm sehen, versicherte Lillebror.

»Leibhaftiger Hausbock – uh, wie schauerlich«, sagte Karlsson. »Schmeißt die Büchse lieber raus oder tauscht sie gegen eine mit Wecken ein, davon habt ihr mehr.«

Im selben Augenblick erschien eine hübsche Ansagerin auf dem Bildschirm. Sie lächelte sehr freundlich und Karlsson machte große Augen.

»Allerdings«, meinte er, »müssten es schon sehr gute Wecken sein – unter diesen Umständen. Denn wie ich sehe, gibt es in dieser Büchse mehr, als man vorher ahnen konnte.«

Die Ansagerin lächelte Karlsson immerzu an und Karlsson lächelte zurück. Gleichzeitig knuffte er Lillebror in die Seite. »Guck dir bloß dieses Schnuckelchen an! Ich gefalle ihr! Ja, sie sieht ja auch, dass ich ein schöner und grundgescheiter und gerade richtig dicker Mann in meinen besten Jahren bin.«

Plötzlich verschwand die Ansagerin. An ihrer Stelle erschienen zwei ernste, hässliche Herren, die redeten und redeten. Das gefiel Karlsson nicht. Er begann an allen Rädchen und Knöpfen zu drehen, die es gab.

»Nee, lass das«, sagte Lillebror.

»Doch, ich möchte das Schnuckelchen wieder herdrehen«, sagte Karlsson.

Er drehte wie wild, aber die Ansagerin kam nicht wieder. Das Einzige, was geschah, war, dass die hässlichen Herren noch hässlicher wurden. Sie bekamen ganz, ganz kleine, kurze Beine und sehr hohe Stirnen. Darüber lachte Karlsson. Eine ganze Weile vergnügte er sich auch damit, den Apparat abwechselnd abzustellen und wieder anzuschalten.

»Diese Burschen kommen und gehen, ganz wie ich will«, sagte er zufrieden.

Die beiden Herren redeten und redeten, sobald Karlsson ihnen Gelegenheit dazu gab.

»Was mich betrifft, so meine ich nun …«, sagte der eine.

»Das ist mir ganz schnuppe«, sagte Karlsson. »Geh nach Hause, schlafen!«

Er stellte den Apparat ab und lachte begeistert.

»Denk nur, wie dieser Bursche sich ärgert, wenn er nicht mehr erzählen kann, was er so meint!«

Aber jetzt hatte Karlsson das Fernsehen satt und wollte etwas anderes haben, was Spaß machte.

»Wo ist der Hausbock? Hol sie her, damit ich sie figurieren kann.«

»Figurieren – wie machst du das denn?«, fragte Lillebror beunruhigt.

»Es gibt«, sagte Karlsson, »drei Arten, wie man Hausböcke bändigt. Man kann sie tirritieren oder sie schabernacken oder sie figurieren. Ja, eigentlich ist es alles dasselbe. Wenn man sie aber figuriert, dann ist es sozusagen mehr ein Nahkampf.«

Lillebror wurde noch unruhiger. Wenn Karlsson sich mit Fräulein Bock in einen Nahkampf einließ, dann bekam sie ihn ja zu sehen und genau das durfte nicht geschehen. Lillebror musste ihn bewachen, solange Mama und Papa weg waren, wie schwierig das auch sein mochte. Auf irgendeine Weise musste er versuchen, Karlsson einen Schrecken einzujagen, sodass Karlsson von selbst vernünftig genug war, sich vor Fräulein Bock zu verstecken. Lillebror überlegte, dann sagte er listig:

»Du, Karlsson, möchtest du vielleicht ins Fernsehen kommen?«

Karlsson schüttelte heftig den Kopf. »In die Büchse da? Nicht, solange ich bei Kräften bin und imstande, mich zu verteidigen.«

Aber dann wurde er nachdenklich. »Wenn allerdings ... wenn dieses Schnuckelchen gleichzeitig da wäre ...«

Lillebror sagte mit großer Bestimmtheit, das solle sich Karlsson nur nicht einbilden. O nein, wenn Karlsson ins Fernsehen komme, dann sicher mit dem Hausbock zusammen.

Karlsson fuhr zusammen. »Der Hausbock und ich in derselben Büchse – hoho, wenn bis dahin kein Erdbeben im nördlichen Norrland gewesen ist, dann kommt eins, das geb ich dir schriftlich. Wie kommst du nur auf so was Verrücktes?«

Da erzählte Lillebror alles über das Spukprogramm, das Fräulein Bock im Fernsehen machen wollte, damit Frieda vom Stuhl fallen sollte.

»Hat der Hausbock denn ein Gespenst gesehen?«, fragte Karlsson.

»Nein, nicht *gesehen*«, sagte Lillebror. »Aber sie hat eins *gehört*, das draußen vorm Fenster gemuht hat. Sie denkt, du bist ein Gespenst.«

Und Lillebror erklärte ganz genau den Zusammenhang zwischen Frieda und dem Hausbock und Karlsson und dem Fernsehen; wenn er aber geglaubt hatte, das würde Karlsson abschrecken, dann hatte er sich geirrt. Karlsson klatschte sich auf die Knie und wimmerte vor Begeisterung, und als er fertig gewimmert hatte, klopfte er Lillebror auf den Rücken.

»Pass gut auf den Hausbock auf! Er ist das beste Möbel, das ihr im Haus habt. Pass bloß gut auf ihn auf! Denn jetzt werden wir *wirklich* Spaß haben.«

»Wie denn?«, fragte Lillebror ängstlich.

»Hoho«, rief Karlsson, »jetzt wird nicht nur Frieda vom Stuhl fallen! Nee, haltet euch fest, alle Hausböcke und Fernsehmänner! Jetzt werdet ihr sehen, wer da angedampft kommt!«

Lillebror wurde immer unruhiger. »Wer kommt angedampft?«

»Das kleine Gespenst vom Vasaviertel!«, brüllte Karlsson. »Hoho!«

Da gab Lillebror es auf. Er hatte gewarnt und versucht zu tun, was Papa und Mama wollten. Jetzt mochte es so werden, wie Karlsson wollte. Denn so wurde es ja ohnehin immer. Karlsson sollte Streiche machen und spuken und figurieren, so viel er mochte, Lillebror würde ihn nicht mehr daran hindern. Und als er sich endlich dazu entschlossen hatte, merkte er, dass es lustig werden könnte. Er dachte daran, wie Karlsson einmal Gespenst gewesen war und Diebe verscheucht hatte, die Mamas Haushaltsgeld und das Silberbesteck klauen wollten. Karlsson hatte es auch nicht vergessen.

»Weißt du noch, was für einen Spaß wir hatten?«, sagte er. »Übrigens – wo ist das Gespenstergewand, das ich damals hatte?«

Lillebror musste gestehen, dass Mama es an sich genommen hatte.

187

Sie war damals ziemlich böse gewesen wegen des Lakens, das Karlsson kaputt geschnitten hatte. Aber später hatte sie die Löcher ausgebessert und das Gespenstergewand wieder in ein Laken verwandelt. Karlsson fauchte, als er das hörte. »Diese Grapscherei macht mich wütend. Nie kann man in diesem Haus etwas für sich allein haben.«

Er setzte sich auf einen Stuhl und maulte. »Wenn das so ist, dann mach ich nicht mit. Ihr könnt euch eure Gespenster selber besorgen, so viele, wie ihr wollt.«

Aber dann lief er zum Wäscheschrank und machte ihn auf.

»Zum Glück gibt es ja noch mehr Laken.«

Er zerrte eins von Mamas besten Leinenlaken heraus, aber da kam Lillebror angestürzt.

»O nein, das nicht! Lass das! Hier sind alte, abgelegte Laken, die sind ja wohl gut genug.«

Karlsson machte ein unzufriedenes Gesicht.

»Alte, abgelegte Laken! Ich dachte, das kleine Gespenst vom Vasaviertel bekäme ein bisschen hübsche Sonntagskleider. Allerdings, wieso auch? Es ist ja ohnehin kein besseres Haus ... Her mit den Lumpen!«

Und Lillebror zog ein paar zerrissene Laken heraus, die er Karlsson gab.

»Wenn du die zusammennähst, dann wird das sicher ein schönes Gespenstergewand«, sagte er.

Karlsson stand mit finsterer Miene da, die Laken im Arm.

»Wenn *ich* sie zusammennähe! Wenn *du* sie zusammennähst, meinst du. Komm, wir fliegen zu mir rauf, damit der Hausbock nicht mitten ins Gestichel reinplatzt.«

In der nächsten Stunde saß Lillebror oben bei Karlsson und nähte ein Gespenstergewand. In den Handarbeitsstunden in der Schule hatte er alle Stiche gelernt, Vorstich und Stielstich und Kreuzstich, aber wie man zwei zerrissene Laken zu einem Gespenstergewand

zusammennäht, das hatte ihm niemand beigebracht, das musste er selbst herausfinden. Er machte einen zaghaften Versuch, Karlsson um Hilfe zu bitten.

»Du könntest doch wenigstens zuschneiden«, sagte Lillebror. Karlsson schüttelte den Kopf. »Wenn ich etwas zuschneiden sollte, dann müsste es deine Mama sein, die würde ich gern zuschneiden. Musste sie denn unbedingt mein Gespenstergewand wegnehmen? Es ist nicht mehr als recht und billig, wenn du ein neues nähst. Fang jetzt an und jammere nicht.«

Außerdem, sagte Karlsson, habe er kein bisschen Zeit, er müsse ein Bild malen, und zwar auf der Stelle.

»So was muss man nämlich tun, wenn die Inspiration über einen kommt, verstehst du, und die ist gerade über mich gekommen. Plopp, machte es – das war die Inspiration, die kam.«

Lillebror wusste nicht, was Inspiration war. Aber Karlsson erklärte, dass es eine Art von Krankheit sei, die alle Bildermaler befalle, sodass sie nur malen und malen wollten, anstatt Gespenstergewänder zu nähen.

Und Lillebror hockte auf der Hobelbank mit den Beinen über Kreuz wie ein Schneider und heftete und nähte, während Karlsson in die Kaminecke gekuschelt saß und sein Bild malte. Vor dem Fenster stand schwarz das Dunkel, aber bei Karlsson drinnen war es hell und traulich, die Petroleumlampe brannte und im Kamin flackerte ein Feuer.

»Du bist hoffentlich fleißig und tüchtig in Handarbeiten gewesen«, sagte Karlsson. »Denn ich möchte unbedingt ein hübsches Gespenstergewand haben. So Langetten um den Hals würden mir gut gefallen oder auch eine Reihe Grätenstiche.«

Lillebror gab keine Antwort. Er nähte nur, das Feuer prasselte und Karlsson malte.

»Was malst du da?«, fragte Lillebror.

»Das wirst du sehen, wenn es fertig ist«, sagte Karlsson.

Endlich hatte Lillebror ein Gespenstergewand zusammengestoppelt, von dem er meinte, dass es zu brauchen sei. Karlsson probierte es an und war sehr zufrieden. Er flog ein paar Runden durch das Zimmer, um es vorzuführen.

Lillebror gruselte es. Er fand Karlsson ganz unheimlich und gespenstisch. Armes Fräulein Bock, aber sie wollte ja Spuk haben und hier kriegte sie wahrhaftig einen, der jedem Angst machen konnte.

»Jetzt kann der Hausbock die Männer vom Fernsehen bestellen«, sagte Karlsson. »Denn jetzt kommt bald das Gespenst vom Vasaviertel, motorisiert, wild und schön und ungeheuer gefährlich.«

Karlsson flog im Zimmer herum, zufrieden glucksend. Um sein Bild kümmerte er sich nicht mehr. Lillebror ging hin, um sich anzusehen, was Karlsson gemalt hatte.

»Porträt von meinen Kaninchen« stand ganz unten zu lesen. Aber zu sehen war nur ein kleines rotes Tier, das eher wie ein Fuchs aussah.

»Ist das nicht ein Fuchs?«, fragte Lillebror.

Karlsson schwebte herab und stellte sich neben ihn. Er legte den Kopf schief und betrachtete sein Bild.

»Ja, natürlich ist das ein Fuchs. Es ist zweifellos ein Fuchs, vom besten Fuchsmaler der Welt gemalt.«

»Ja, aber«, sagte Lillebror, »›Porträt von meinen Kaninchen‹ – wo sind denn die Kaninchen?«

»Die sind im Fuchs drin«, sagte Karlsson.

Karlssons Klingelleitung

Am nächsten Morgen erwachten Birger und Betty mit einem sonderbaren roten Ausschlag am Körper.

»Scharlach«, sagte Fräulein Bock, nachdem sie die beiden näher betrachtet hatte. Dasselbe sagte der Arzt, den sie hatte rufen lassen.

»Scharlach! Sofort ins Krankenhaus.« Dann zeigte er auf Lillebror.

»Und der da muss bis auf Weiteres isoliert gehalten werden.«

Da fing Lillebror an zu weinen. Er wollte nicht isoliert gehalten werden. Nicht, dass er gewusst hätte, was das war, aber es klang unheimlich.

»Ach was«, sagte Birger, als der Arzt gegangen war, »das bedeutet nur, dass du nicht in die Schule zu gehen brauchst und dass du nicht mit anderen Kindern zusammenkommen darfst. Wegen der Ansteckungsgefahr, weißt du.«

Betty lag da mit Tränen in den Augen.

»Armer Lillebror«, sagte sie, »du wirst dich sehr einsam fühlen! Wir sollten vielleicht Mama anrufen.«

Davon wollte Fräulein Bock jedoch nichts wissen.

»Auf keinen Fall! Frau Svantesson braucht jetzt Ruhe und Frieden. Bedenkt, sie ist auch krank. Auf den da werde ich schon aufpassen.«

Sie nickte zu Lillebror hinüber, der ganz verweint an Bettys Bett stand.

Danach blieb nicht mehr viel Zeit zum Reden, der Krankenwagen kam und holte Birger und Betty ab. Lillebror weinte. Natürlich war er manchmal wütend auf seine Geschwister, aber er hatte sie doch sehr gern und es war zu traurig, dass sie ins Krankenhaus mussten.

»Auf Wiedersehen, Lillebror«, sagte Birger, als die Krankenträger mit ihm hinausgingen.

»Auf Wiedersehen, geliebter kleiner Lillebror. Sei nicht traurig! Wir kommen sicher bald wieder nach Hause«, sagte Betty.

Lillebror schluchzte laut. »Denkst du, ja! Wenn ihr nun aber sterbt!«

Fräulein Bock schalt ihn hinterher aus. Wie konnte er so töricht sein und meinen, die Leute stürben am Scharlachfieber.

Da ging Lillebror in sein Zimmer. Hier war sein Bimbo, den nahm er auf den Arm.

»Jetzt habe ich nur noch dich«, sagte Lillebror und drückte Bimbo an sich. »Und dann natürlich Karlsson.«

Bimbo schien zu begreifen, dass Lillebror traurig war. Er leckte ihm das Gesicht. Es war ganz, als wenn er sagen wollte:

»Ja, aber du *hast* mich doch immerhin. Und Karlsson!«

Lillebror saß lange so da und dachte daran, wie herrlich es war, dass es Bimbo gab. Trotzdem hatte er gerade jetzt große Sehnsucht nach Mama. Ihm fiel ein, dass er versprochen hatte, ihr zu schreiben, und er beschloss, es sofort zu tun.

»Liebe Mama«, schrieb er, »es scheint so, als ob diese Famillie hier volstendig aufhört Birger und Betty haben Schalach und sind im Grankenhaus und ich bin iseliert Das tut nicht weh aber ich krieg den Schalach wohl auch noch und Papa ist in Londen wenn er noch am Leben ist wenn ich auch nicht gehört hab das ihm was felt aber sicher ist er grank weil alle andern grank sind Ich hab Sensucht nach dir wie gets dir übrigenz bist du sehr grank? Da ist was mit Karlsson wovon ich erzälen möchte aber ich tus nicht dann wirst du blos unruhig und

du brauchst Ruhe und Friden sagt der Hausbok sie ist nicht grank
und Karlsson auch nicht aber das werden sie sicher balt.
Aufwidersehen, Mamachen, Ruhe in Friden!«

»Mehr schreibe ich nicht«, sagte Lillebror zu Bimbo. »Ich will ihr
doch keinen Schreck einjagen.«

Dann trat er ans Fenster und klingelte nach Karlsson. Ja, er klingelte tatsächlich. Karlsson hatte nämlich gestern etwas ganz Pfiffiges gemacht. Er hatte eine Klingelleitung zwischen seinem Haus auf
dem Dach und Lillebrors Zimmer unten angelegt.

»Man kann nicht einfach so aufs Geratewohl spuken«, sagte
Karlsson. »Aber nun hat Karlsson die beste Klingelleitung der Welt
gemacht, du kannst jetzt also klingeln und Spuk bestellen, wenn der
Hausbock gerade an einem geeigneten Platz sitzt und in die Nacht
hinausspäht nach mir, dem kleinen schrecklichen Gespenst vom Vasaviertel.«

Die Klingelleitung bestand aus einer Kuhglocke, die unter Karlssons Dachfirst befestigt war, und einer Schnur, die von der Kuhglocke zu Karlssons Fenster führte.

»Du ziehst an der Schnur«, sagte Karlsson, »die Glocke klingelt
oben bei mir, wips!, kommt das kleine Gespenst vom Vasaviertel und
der Hausbock fällt ganz groß in Ohnmacht. Ist das nicht wunderbar?«

Natürlich war es wunderbar, das fand Lillebror auch, und nicht nur
wegen des Spukens. Früher hatte er dasitzen und warten und warten
müssen, bis es Karlsson gefiel, ihn zu besuchen. Jetzt konnte er ihn
herbeiklingeln, wenn er das Gefühl hatte, er müsse mit ihm reden.

Und gerade jetzt hatte Lillebror das Gefühl, er müsse mit Karlsson reden. Er zog und riss an der Schnur und hörte, wie die Kuhglocke oben auf dem Dach klingelte und klingelte.

Bald hörte er auch Karlssons Motor brummen, es war aber ein

schlaftrunkener und ziemlich missgelaunter Karlsson, der durchs Fenster geflogen kam.

»Meinst du, das wäre als eine Art Weckeruhr gedacht?«, sagte er unwirsch.

»Ach, entschuldige«, sagte Lillebror, »hast du gerade geschlafen?«

»Das hättest du fragen sollen, bevor du mich geweckt hast. Du schläfst ständig wie ein Murmeltier und weißt nicht, wie es uns Ärmsten geht, die so gut wie nie ein Auge zutun. Wenn wir dann endlich einmal eingeschlafen sind, oh, dann dürfte man doch erwarten, dass die Freunde schweigend dastehen und den Atem anhalten, anstatt mit Glocken zu bimmeln, als ob ein Feuer ausgebrochen wär.«

»Schläfst du so schlecht?«, fragte Lillebror.

Karlsson nickte griesgrämig. »Ja, denk mal, das tu ich nämlich.«

Das fand Lillebror sehr traurig. »Da kannst du einem aber leidtun. Hast du wirklich einen so schlechten Schlaf?«

»Kümmerlich«, sagte Karlsson. »Ja, das heißt, nachts schlafe ich allerdings wie ein Stein und vormittags auch, nee, nachmittags, da ist es am schlimmsten, da liege ich nur immer da und wälze mich von einer Seite auf die andere.«

Er schwieg eine Weile und sah aus, als gräme er sich über seine eigene Schlaflosigkeit, aber dann guckte er sich eifrig im Zimmer um.

»Wenn ich irgendeine Kleinigkeit geschenkt bekäme, dann würde ich mich wahrscheinlich nicht mehr so ärgern, dass du mich geweckt hast.«

Lillebror wollte nicht, dass Karlsson traurig war, und er begann, in seinen Sachen zu kramen. »Hier, meine Mundharmonika, möchtest du die haben?«

Karlsson riss die Mundharmonika an sich. »Ja, ein Musikinstrument hab ich mir schon immer gewünscht, o ja, danke, ich nehm dies hier – denn eine Bassgeige hast du wohl kaum?«

Er setzte die Mundharmonika an die Lippen und blies ein paar schauerliche Töne. Dann sah er Lillebror mit blitzenden Augen an.

»Hast du das gehört? Jetzt hab ich sofort eine Melodie gemacht. ›Gespensterklage‹ heißt sie.«

Da sagte Lillebror, Klagelieder seien in diesem Hause genau richtig, weil hier alle krank seien, und er erzählte Karlsson vom Scharlach.

»Birger und Betty können einem wirklich leidtun«, sagte Lillebror.

Aber Karlsson sagte, Scharlach, das störe keinen großen Geist, deswegen brauche man sich nicht zu sorgen. Im Übrigen sei es nur gut, wenn Birger und Betty im Krankenhaus lägen, da nun der große Spuk losgehen sollte.

Kaum hatte er das ausgesprochen, da zuckte Lillebror erschrocken zusammen. Er hörte Fräulein Bocks Schritte vor der Tür und wusste, sie konnte jeden Augenblick in sein Zimmer kommen. Karlsson begriff ebenfalls, dass jetzt Eile nötig war. Mit einem Plumps warf er sich auf den Fußboden und kullerte wie ein dickes Knäuel unter Lillebrors Bett. Lillebror setzte sich rasch auf den Bettrand und breitete seinen Bademantel über seine Knie und ließ ihn herunterhängen, um Karlsson so gut wie möglich damit zu verdecken.

Im selben Augenblick ging die Tür auf und Fräulein Bock kam mit Handfeger und Schaufel in der Hand herein.

»Ich will hier sauber machen«, sagte sie, »geh so lange in die Küche!«

Lillebror erschrak dermaßen, dass ihm der Schweiß ausbrach.

»Nee, das will ich nicht«, sagte er. »Ich muss hier sitzen und isoliert sein.«

Fräulein Bock guckte ihn ärgerlich an.

»Weißt du, was unter deinem Bett liegt?«, fragte sie.

Lillebror wurde rot. Hatte sie Karlsson wirklich schon entdeckt?

»Unter ... unter meinem Bett, da liegt nichts«, stammelte er.

»Denk mal an, da liegt wohl was«, sagte Fräulein Bock. »Da liegen lauter Staubflocken und die werde ich entfernen. Geh weg!«

Lillebror wurde ganz wild.

»Nein, ich muss hier sitzen und isoliert sein!«, schrie er.

Nun fing Fräulein Bock an, brummelnd am anderen Ende des Zimmers auszufegen.

»Dann bleib du meinetwegen da sitzen, bis ich hier drüben fertig bin. Aber nachher bist du vielleicht so freundlich und isolierst dich in einer anderen Ecke, du eigensinniger Bengel.«

Lillebror kaute an seinen Nägeln und überlegte. Oh, wie sollte das ausgehen?

Plötzlich fuhr er zusammen und fing an zu kichern. Karlsson hatte ihn in der Kniekehle gekitzelt und Lillebror war so kitzlig.

Fräulein Bock sah ihn streng an. »Jaja, du lachst, du, und dabei liegen deine Mutter und deine Geschwister krank und müssen leiden. Es gibt Leute, die sich schnell trösten, scheint mir.«

Wieder fühlte Lillebror, wie Karlsson ihn in der Kniekehle kitzelte, und jetzt kicherte er so heftig, dass er beinahe vom Bett gefallen wäre.

»Darf man vielleicht erfahren, was so lustig ist?«, fragte Fräulein Bock säuerlich.

»Hihi«, sagte Lillebror, »mir fiel eben eine witzige Geschichte ein ...« Er überlegte scharf, ob er nicht auf irgendeine Geschichte kommen könnte.

»Die von dem Stier, der ein Pferd jagte, und da kriegte das Pferd solche Angst, dass es auf einen Baum kletterte, haben Sie die schon gehört, Fräulein Bock?«

Diese Geschichte pflegte Birger zu erzählen, Lillebror hatte aber noch nie darüber gelacht, denn ihm tat das arme Pferd leid, das auf einen Baum klettern musste.

Fräulein Bock lachte auch nicht. »Komm mir nicht mit solchen alten albernen Geschichten. Du weißt genau, dass Pferde nicht auf Bäume klettern können.«

»Nee, das können sie nicht«, sagte Lillebror, genau wie Birger immer sagte. »Aber ein wütender Stier war hinter ihm her. Was zum Teufel sollte es da machen?«

Birger hatte gesagt, man *dürfe* »zum Teufel« sagen, wenn man eine Geschichte erzählte, in der »zum Teufel« vorkam. Das fand Fräulein Bock aber nicht. Sie starrte mit Abscheu auf Lillebror.

»Da sitzt du und lachst und fluchst, während deine Mutter und deine Geschwister krank liegen und leiden. Ich muss schon sagen, ich wundere mich ...«

Genau in diesem Augenblick wurde sie unterbrochen. Vom Bett her ertönte plötzlich die »Gespensterklage«, nur ein paar kurze, schneidende Töne, doch immerhin so viel, dass Fräulein Bock zusammenzuckte.

»Was war das, um Himmels willen?«

»Wie soll ich das wissen?«, sagte Lillebror.

Aber Fräulein Bock, die wusste es!

»Das waren Töne aus einer anderen Welt, das ist mal sicher.«

»Aus einer anderen Welt – was bedeutet das?«, fragte Lillebror.

»Aus der Welt der Geister«, sagte Fräulein Bock. »In diesem Zimmer befinden nur wir beide uns, du und ich, und keiner von uns kann solche Töne hervorbringen. Es war keine menschliche Stimme, es war eine Geisterstimme. Hast du das nicht gehört? Es klang genau wie eine Seele in Not.«

Sie sah Lillebror mit weit aufgerissenen Augen an.

»Guter Moses, jetzt *muss* ich ans Fernsehen schreiben.«

Sie warf Handfeger und Schaufel von sich und setzte sich an

Lillebrors Schreibtisch. Dort ergriff sie Papier und Federhalter. Sie schrieb lange und mit Ausdauer. Dann las sie Lillebror alles vor. »Hör mal zu!

An das Schwedische Fernsehen. Meine Schwester Frieda Bock hat in Ihrer Serie über Geister und Spuk mitgemacht. Ich fand das Programm nicht gut, da mag Frieda sagen, was sie will. Man muss etwas Besseres machen und das kann man auch. Denn jetzt bin ich selbst in einem richtigen Spukhaus gelandet und hier erhalten Sie eine Liste über meine Spukerlebnisse.

1. *Sonderbares Muhen draußen vor dem Fenster und eine Kuh war es nicht, denn wir wohnen vier Treppen hoch, es schien sozusagen nur ein Muhen zu sein.*
2. *Sachen verschwinden auf rätselhafte Weise, zum Beispiel Zimtwecken und eingeschlossene kleine Jungen.*
3. *Türen werden an der Außenseite abgeschlossen, während ich auf der Innenseite bin. Erklären Sie das, sofern Sie können!*
4. *Grausige Geisterschrift an der Küchenwand.*
5. *Plötzliche Trauermusik beim Saubermachen. Man möchte am liebsten weinen. Kommen Sie sofort her, denn es kann ein Programm daraus werden, das von sich reden machen dürfte.*

Hochachtungsvoll
Hildur Bock

PS: Wie sind Sie auf den Gedanken gekommen, ausgerechnet Frieda ins Fernsehen zu nehmen?«

Dann lief Fräulein Bock voller Eifer davon, um ihren Brief in den Kasten zu werfen. Lillebror schaute zu Karlsson hinunter. Der lag unterm Bett mit funkelnden Augen. Jetzt aber kroch er hervor, munter und vergnügt.

»Hoho«, rief er, »warte nur bis heute Abend, wenn es dunkel ist! Da kriegt der Hausbock was, worüber sie erst recht ans Fernsehen schreiben kann.«

Lillebror fing wieder an zu kichern und er schaute Karlsson zärtlich an. »Es macht Spaß, isoliert zu sein, wenn man nur mit dir isoliert ist«, sagte Lillebror.

Einen Augenblick dachte er flüchtig an Krister und Gunilla, mit denen er immer spielte. Eigentlich hätte er traurig sein müssen, dass er jetzt für eine Weile nicht mit ihnen zusammenkommen durfte. Aber das macht nichts, es ist lustiger, mit Karlsson zu spielen, dachte Lillebror.

Karlsson hatte nun allerdings keine Zeit mehr zum Spielen. Er müsse nach Hause und seinen Schalldämpfer heil machen, sagte er.

»Es hat keinen Sinn, dass das Gespenst vom Vasaviertel angedröhnt kommt wie eine fliegende Tonne, nicht wahr. Nein, leise und gespenstisch und schaurig muss es sein, sodass sich dem Hausbock die Haare sträuben.«

Dann verabredeten Karlsson und Lillebror besondere Zeichen für ihre Klingelleitung.

»Wenn du *einmal* klingelst«, sagte Karlsson, »dann heißt das: ›Komm sofort her‹, und wenn du zweimal klingelst, dann heißt das: ›Komm unter keinen Umständen her‹, und dreimal soll heißen: ›Denk nur, dass es einen auf der Welt gibt, der so schön und grundgescheit und gerade richtig dick und mutig und in jeder Weise in Ordnung ist wie du, Karlsson.‹«

»Weshalb soll ich deswegen klingeln?«, fragte Lillebror.

»Na, man muss seinen Freunden so etwa alle fünf Minuten freundliche und aufmunternde Sachen sagen und *so* oft kann ich hier nicht angerannt kommen, das musst du schließlich begreifen.«

Lillebror betrachtete Karlsson nachdenklich. »Ich bin doch dein Freund, nicht? Aber soviel ich weiß, sagst *du* so etwas nie zu mir.«

Da lachte Karlsson. »Da ist ja wohl ein Unterschied. Du, du bist doch nur ein dummer kleiner Junge.«

Lillebror nickte. Er wusste, Karlsson hatte recht. »Aber du magst mich jedenfalls trotzdem?«

»Ja, tatsächlich, das tue ich«, versicherte Karlsson ihm. »Ich weiß selbst nicht, wieso, aber ich grübele immer darüber nach, wenn ich nachmittags schlaflos liege.«

Er klopfte Lillebror auf die Wange. »Klar mag ich dich und an irgendwas muss das ja liegen – wahrscheinlich, weil du so ganz anders bist als ich, armes kleines Kind.«

Er flog zum Fenster hinaus und winkte zum Abschied.

»Und wenn du klingelst, als ob Feuer ausgebrochen wäre«, sagte er, »dann bedeutet es, dass entweder Feuer ausgebrochen ist oder aber: ›Jetzt hab ich dich wieder geweckt, lieber Karlsson, bring eine große Tasche mit und komm her und hol dir alle meine Spielsachen – du kriegst sie ohne Weiteres.‹«

Dann war Karlsson weg.

Aber Bimbo warf sich vor Lillebror auf den Fußboden und klopfte mit dem Schwanz auf den Teppich, dass es leise klatschte. Das war seine Art zu zeigen, wenn er einen richtig gern hatte und wollte, dass man sich um ihn kümmere. Lillebror legte sich neben ihn auf den Fußboden. Da sprang Bimbo auf und bellte vor Freude. Dann kuschelte er sich in Lillebrors Arm zusammen und schloss die Augen.

»Du findest es wohl schön, dass ich nicht in die Schule gehe und isoliert bin«, sagte Lillebror. »Du, Bimbo, du findest sicher, dass ich der Beste der Welt bin.«

Das kleine Gespenst
vom Vasaviertel

L illebror hatte einen langen, einsamen Tag und er sehnte von ganzem Herzen den Abend herbei. Ihm kam es beinahe vor wie eine Art Heiligabend. Er spielte mit Bimbo und guckte sich seine Briefmarken an und machte ein paar Rechenaufgaben, um nicht zu sehr hinter seinen Schulkameraden in der Klasse zurückzubleiben. Und als er meinte, Krister müsse nun aus der Schule gekommen sein, rief er ihn an und erzählte von dem Scharlach.

»Ich kann nicht in die Schule gehen, ich bin nämlich isoliert, verstehst du!«

Er fand, das klang ganz fein, und das fand Krister offenbar auch, denn er verstummte völlig.

»Du kannst es ruhig Gunilla erzählen«, sagte Lillebror.

»Langweilst du dich nicht?«, fragte Krister, als er seine Sprache wiedergefunden hatte.

»Überhaupt nicht«, sagte Lillebror, »ich hab ja ...«

Dann stockte er. Er wollte eigentlich »Karlsson« sagen und das durfte er wegen Papa nicht. Im Frühjahr waren Krister und Gunilla allerdings mehrmals mit Karlsson zusammen gewesen, aber das war, *bevor* Papa gesagt hatte, man dürfe keinem einzigen Menschen von ihm erzählen. Nun hatten Krister und Gunilla ihn bestimmt allmählich vergessen und das fand Lillebror nur gut.

Denn jetzt ist er mein geheimer Karlsson geworden, dachte er. Er sagte schnell Auf Wiedersehen zu Krister.

»Auf Wiedersehen, ich hab jetzt keine Zeit mehr.«

Es war trübselig, allein mit Fräulein Bock zu essen, aber sie hatte richtig gute Fleischklöße gebraten. Lillebror aß viele. Als Nachtisch bekam er Apfelauflauf mit Vanillesoße. Da fing er allmählich an zu glauben, dass Fräulein Bock vielleicht doch nicht so übel sei.

Das Beste am Hausbock ist der Apfelauflauf, dachte Lillebror, und das Beste am Apfelauflauf ist die Vanillesoße und das Beste an der Vanillesoße ist, dass gerade ich sie esse.

Trotzdem machte es keinen Spaß zu essen, weil so viele Plätze am Tisch leer waren. Lillebror sehnte sich nach Mama und Papa und Birger und Betty, genau in dieser Reihenfolge. Nein, es machte wirklich keinen Spaß. Außerdem redete Fräulein Bock die ganze Zeit von Frieda und die hatte Lillebror schon ziemlich satt.

Aber dann wurde es Abend. Es war jetzt Herbst und es wurde früh dunkel. Lillebror stand am Fenster, blass vor Spannung, und sah die Sterne über den Hausdächern funkeln. Er wartete. Dies war *schlimmer* als Heiligabend. Da wartete man nur auf den Weihnachtsmann und was war der gegen das kleine Gespenst vom Vasaviertel ... nichts! Lillebror knabberte nervös an den Nägeln. Er wusste, jetzt wartete Karlsson irgendwo dort oben. Fräulein Bock saß in der Küche mit den Füßen in einer Waschwanne. Sie nahm ihr tägliches Fußbad, aber danach wollte sie kommen und Lillebror Gute Nacht sagen, das hatte sie versprochen. Dann war es Zeit, mit der Glocke zu klingeln. Und dann – du guter Moses, wie Fräulein Bock zu sagen pflegte –, guter Moses, wie war das spannend!

»Wenn sie nicht bald kommt, platze ich«, murmelte Lillebror.

Da kam sie. Zur Tür herein schritt Fräulein Bock auf großen, sauber gewaschenen bloßen Füßen und Lillebror zuckte wie ein kleiner Fisch, so erschrocken war er, obwohl er sie erwartet hatte und wusste, dass sie kommen würde.

Fräulein Bock guckte ihn missbilligend an. »Was stehst du da am offenen Fenster im Schlafanzug? Mach, dass du ins Bett kommst!«

»Ich … ich sehe mir nur die Sterne an«, stotterte Lillebror. »Wollen Sie sie nicht auch einmal anschauen, Fräulein Bock?«

Er sagte das ganz listig, um sie ans Fenster zu locken. Gleichzeitig steckte er die Hand unauffällig hinter die Gardine, wo die Schnur hing, und zog kräftig daran. Er hörte, wie es oben auf dem Dach klingelte. Fräulein Bock hörte es auch.

»Ich höre Glockenklang im Weltenraum«, sagte sie. »Wie komisch!«

»Ja, das ist komisch«, sagte Lillebror.

Dann hielt er den Atem an. Denn jetzt kam vom Dach herab ein weißes und ziemlich rundliches kleines Gespenst im Gleitflug angeflogen. Es kam mit Musik. Sehr leise und sehr traurig hörte es sich an, aber es war die »Gespensterklage«, die durch den Herbstabend erklang, darüber konnte kein Zweifel bestehen.

»Da – oh, sieh dort – o du guter Moses«, sagte Fräulein Bock. Sie war kreideweiß im Gesicht und musste sich auf einen Stuhl setzen. Und dabei hatte sie doch gesagt, sie habe keine Angst vor Geistern!

Lillebror versuchte, sie zu beruhigen. »Ja, nun glaub ich allmählich auch, dass es spukt«, sagte er. »Aber das ist doch so ein kleines Gespenst, das ist bestimmt nicht gefährlich.«

Fräulein Bock hörte nicht auf ihn. Sie starrte mit wildem Blick aus dem Fenster, vor dem das Gespenst gerade fantastische Flüge vorführte.

»Nimm es weg! Nimm es weg!«, keuchte sie.

Aber das kleine Gespenst vom Vasaviertel konnte man nicht wegnehmen. Es schwebte hin und her, es stieg und es sank und ab und zu schoss es einen Purzelbaum in der Luft. Nicht einmal bei den Purzelbäumen verstummte die klagende Musik.

Lillebror fand es wirklich schön und stimmungsvoll, das weiße

kleine Gespenst, den dunklen Sternenhimmel und die klagende Musik. Aber das fand Fräulein Bock nicht. Sie riss Lillebror zurück.

»Schnell, wir laufen ins Schlafzimmer und verstecken uns dort!«

Die Wohnung der Familie Svantesson hatte fünf Zimmer, Küche, Diele, Badezimmer. Birger, Betty und Lillebror hatten jeder ihr kleines Zimmer, Mama und Papa hatten ihr Schlafzimmer und dann war da noch ein großes Wohnzimmer. Während Mamas und Papas Abwesenheit wohnte Fräulein Bock im Schlafzimmer. Das lag zum Hof, Lillebrors Zimmer zur Straße.

»Komm«, keuchte Fräulein Bock, »komm, wir verstecken uns im Schlafzimmer.«

Lillebror sträubte sich. Sie wollten doch nicht etwa vor dem Spuk ausrücken, wo es gerade erst angefangen hatte! Aber Fräulein Bock gab nicht nach.

»Beeil dich, bevor ich in Ohnmacht falle!«

Und obwohl Lillebror nicht wollte, ließ er sich zum Schlafzimmer ziehen. Hier stand das Fenster ebenfalls offen, Fräulein Bock stürzte jedoch hin und schloss es mit einem Knall. Sie ließ die Jalousien herab und zog die Vorhänge ordentlich zu. Dann begann sie Möbel vor der Tür aufzustapeln, so viele, wie sie nur konnte. Es war eindeutig, dass sie um keinen Preis mehr Gespenster sehen wollte.

Lillebror begriff das nicht, vorher war sie doch ganz versessen auf Spuk gewesen. Er saß auf Papas Bett und sah zu, wie sie sich abrackerte, und er schüttelte den Kopf.

»Solche Angst würde Frieda bestimmt nicht haben«, sagte er.

Aber gerade jetzt wollte Fräulein Bock nichts von Frieda hören. Sie schleppte weiter Möbel herbei, die Kommode und den Tisch und sämtliche Stühle und ein kleines Bücherregal. Es wurde eine ganz prächtige Barrikade vor der Tür.

»So, ja«, sagte Fräulein Bock zufrieden. »Ich glaube, jetzt können wir beruhigt sein.«

Da hörte man unter Papas Bett eine dumpfe Stimme, die noch zufriedener sagte: »So ja! Ich glaube, jetzt können wir beruhigt sein. Jetzt sind wir für die Nacht eingesperrt!«

Und hervor flog das kleine Gespenst, dass es nur so brauste.

»Hilfe!«, schrie Fräulein Bock. »Hilfe!«

»Wobei denn?«, fragte das Gespenst. »Beim Möbelschleppen, was? Man ist doch schließlich kein Umzugsmann.«

Darüber lachte das Gespenst selbst lange und hohl. Fräulein Bock dagegen nicht. Sie stürzte zur Tür und begann, die Möbel beiseitezuschmeißen, dass die Stühle nur so durcheinanderwirbelten. Im Nu hatte sie die Barrikade umgekippt und stürzte mit lautem Geschrei in die Diele hinaus. Das Gespenst hinterdrein. Lillebror ebenfalls. Als Letzter kam Bimbo laut bellend. Er erkannte das Gespenst am Geruch und fand dieses Spiel höchst vergnüglich. Das Gespenst offenbar auch.

»Hoho!«, schrie es und flatterte Fräulein Bock um die Ohren. Aber manchmal ließ es ihr einen kleinen Vorsprung, damit es spannender war. Es ging durch die ganze Wohnung, Fräulein Bock voran

und das kleine Gespenst hinterher, rein in die Küche und raus aus der Küche, rein ins Wohnzimmer und raus aus dem Wohnzimmer, rein in Lillebrors Zimmer und raus aus Lillebrors Zimmer, rundherum und rundherum.

Fräulein Bock kreischte und schrie ununterbrochen und schließlich musste das Gespenst versuchen, sie zu beruhigen:

»Na, na, heul nicht! Es macht doch gerade solchen Spaß!«

Aber es nützte nichts. Fräulein Bock hörte nicht auf zu kreischen und rannte wieder in die Küche. Hier stand noch die Waschwanne von ihrem Fußbad auf dem Boden. Das Gespenst war ihr dicht auf den Fersen.

»Hoho!«, schrie es ihr ins Ohr und Fräulein Bock fiel mit Gepolter über die Wanne. Da stieß sie ein Geheul aus wie ein Nebelhorn und das Gespenst sagte:

»Schsch! Du erschreckst uns ja zu Tode, mich und die Nachbarn. Wenn du dich nicht zusammennimmst, kommt gleich die Polizei!«

Der ganze Fußboden stand unter Wasser und mittendrin lag Fräulein Bock. Aber sie rappelte sich erstaunlich schnell wieder hoch und rannte aus der Küche, während ihr der nasse Rock um die Beine klatschte.

Das Gespenst konnte es nicht unterlassen, ein paar Mal ordentlich in die Wanne hineinzuplatschen, in der noch ein bisschen Wasser übrig war.

»Spritzt ja ganz schön gegen die Wände«, sagte das Gespenst zu Lillebror. »Und jeder Mensch stolpert ja wohl gern über Waschwannen. Also warum tobt sie eigentlich so?«

Das Gespenst platschte noch ein letztes Mal in die Wanne und wollte dann wieder Fräulein Bock nachsetzen. Sie war nirgendwo zu sehen, aber auf dem Parkett in der Diele waren Spuren von ihren nassen Füßen zu erkennen.

»Trabender Hausbock«, sagte das Gespenst. »Hier sind frische

Spuren. Und wohin sie führen, haben wir bald raus. Denn rat mal, wer der beste Spurenleser der Welt ist!«

Sie führten ins Badezimmer. Fräulein Bock hatte sich hier eingeschlossen und man konnte ihr triumphierendes Gelächter schon von Weitem hören.

Das kleine Gespenst bummerte gegen die Tür.

»Aufmachen, sag ich!«

Abermals kam ein übermütiges Gelächter aus dem Badezimmer.

»Aufmachen – sonst mach ich nicht mit!«, schrie das Gespenst.

Fräulein Bock war verstummt da drinnen, aber sie machte nicht auf. Da wandte sich das Gespenst zu Lillebror um, der von dem Gerenne ganz außer Atem war.

»Sag du es ihr! Es macht doch keinen Spaß, wenn sie so ein Spielverderber ist!«

Lillebror klopfte vorsichtig an die Tür.

»Ich bin es bloß«, sagte er. »Wie lange wollen Sie noch im Badezimmer bleiben, Fräulein Bock?«

»Die ganze Nacht, darauf kannst du dich verlassen«, sagte Fräulein Bock.

»Ich mach mir gerade aus allen Handtüchern ein Lager in der Badewanne zurecht.«

Da geriet das Gespenst aber in Zorn. »Ja, tun Sie das ruhig! Verderben Sie ruhig alles, sodass wir *kein bisschen* Spaß haben. Aber raten Sie mal, wer dann zu Frieda fliegt und ihr was vorspukt!«

Im Badezimmer blieb es eine ganze Weile still. Fräulein Bock saß jetzt bestimmt da und dachte über das Entsetzliche nach, was sie gehört hatte. Aber schließlich sagte sie mit einer dünnen, kläglichen, flehenden Stimme:

»Ach nein, tu's nicht, bitte. Das ... das möchte ich nun doch nicht.«

»Na, dann komm raus«, sagte das Gespenst. »Sonst geht's schnurstracks in die Frejgatan*. Und dann haben wir Frieda bestimmt wieder in der Fernsehbüchse.«

Man hörte Fräulein Bock mehrmals seufzen. Zuletzt rief sie: »Du, Lillebror, leg das Ohr ans Schlüsselloch, ich möchte dir was sagen.«

Lillebror tat, um was sie gebeten hatte. Er legte das Ohr ans Schlüsselloch und Fräulein Bock flüsterte ihm zu:

»Ich hab geglaubt, ich hätte keine Angst vor Geistern, aber ich hab doch welche. Du bist doch so mutig. Kannst du dieses schauerliche Gespenst nicht bitten, es möge verschwinden und ein andermal wiederkommen, wenn ich mich ein wenig daran gewöhnt habe? Aber *nicht* zu Frieda fliegen, das muss es auf jeden Fall versprechen!«

»Ich will sehen, was ich tun kann«, sagte Lillebror.

Er wandte sich um und wollte mit dem Gespenst reden. Aber es war kein Gespenst mehr da.

»Es ist weg!«, schrie Lillebror. »Es ist wohl zu sich nach Hause geflogen. Kommen Sie ruhig heraus!«

Aber Fräulein Bock traute sich nicht eher herauszukommen, als bis Lillebror die ganze Wohnung durchsucht und nachgesehen hatte, dass kein Gespenst mehr da war.

Danach saß Fräulein Bock lange in Lillebrors Zimmer und zitterte am ganzen Leibe. Aber allmählich erholte sie sich wieder, und zwar gründlich.

»Ach je, das war schaurig«, sagte sie. »Aber stell dir vor, stell dir vor, was das für ein Fernsehprogramm gibt! Frieda hat noch nie was Ähnliches mitgemacht!«

Sie saß da und freute sich wie ein Kind. Nur hin und wieder schauderte sie, wenn sie an die Gespensterjagd von vorhin dachte.

»Offen gestanden hat es jetzt genug gespukt«, sagte sie. »Ich

* gatan = (schwedisch) die Straße

wäre froh, wenn ich dieses Scheusal nicht noch einmal zu Gesicht bekäme.«

Kaum hatte sie das ausgesprochen, da ertönte aus Lillebrors Wandschrank ein dumpfes Muhen und mehr war nicht nötig, damit Fräulein Bock von Neuem laut schrie.

»Hast du gehört? Wahrhaftig, jetzt haben wir das Gespenst im Wandschrank! Oh, ich glaub, ich sterbe!«

Sie tat Lillebror leid, aber er wusste nicht, wie er sie trösten sollte.

»Ach wo«, sagte er schließlich. »Das ist bestimmt kein Gespenst – wer weiß, vielleicht ist es eine kleine Kuh – ja, wir wollen hoffen, dass es eine kleine Kuh ist.«

Aber da kam eine Stimme aus dem Wandschrank:

»Kleine Kuh! Denkt mal, ist es aber nicht!«

Die Tür des Wandschranks ging auf und heraus kam das kleine Gespenst vom Vasaviertel in dem weißen Gewand, das Lillebror genäht hatte. Mit dumpfen Gespensterseufzern erhob es sich in die Lüfte und begann kleine Kreise um die Deckenlampe zu drehen.

»Hoho, das gefährlichste Gespenst der Welt und keine kleine Kuh!«

Fräulein Bock kreischte. Rundherum flog das Gespenst, rascher und rascher ging es, ärger und ärger schrie Fräulein Bock, wilder und wilder wurde das Gespenst.

Aber da passierte etwas. Das Gespenst machte seine Runden ein wenig zu knapp und plötzlich blieb das Gespenstergewand an einem herausragenden Zapfen an der Lampe hängen.

Ratsch machte es in den alten, mürben Laken, das Gewand rutschte herunter und blieb an der Lampe hängen und um die Lampe herum flog Karlsson in seiner gewöhnlichen blauen Hose, seinem karierten Hemd und seinen rot geringelten Strümpfen. Er war so sehr beschäftigt, dass er selbst nicht merkte, was geschehen war. Er flog immer nur weiter und flog und seufzte und stöhnte gespensterhafter als je zuvor. Aber bei der vierten Runde entdeckte er plötzlich, dass von der Lampe etwas herunterhing und sich im Luftzug bauschte, wenn er vorbeiflog.

»Was habt ihr denn da für ein Stück Stoff an die Lampe gehängt?«, fragte er. »Ist das ein Fliegennetz oder so was?«

Lillebror konnte nur noch wimmern.

»Nein, Karlsson, das ist kein Fliegennetz.«

Da guckte Karlsson an seinem rundlichen Körper herunter und sah das Unglück, sah seine blaue Hose, sah, dass er nicht mehr das kleine Gespenst vom Vasaviertel war, sondern nur Karlsson.

Mit einem kleinen, verlegenen Plumps landete er vor Lillebror.

»Na ja«, sagte er, »der Beste kann mal Pech haben, dafür haben wir jetzt ein Beispiel. Na ja, es stört jedenfalls keinen großen Geist!«

Fräulein Bock, weiß im Gesicht, saß da und starrte ihn an. Sie schnappte nach Luft wie ein Fisch auf dem Trockenen. Aber endlich gelang es ihr, ein paar Worte hervorzustoßen.

»Wer – wer – du guter Moses, wer ist das?«

Lillebror war dem Weinen nahe und sagte:

»Es ist Karlsson vom Dach.«

»Und wer«, keuchte Fräulein Bock, »wer ist Karlsson vom Dach?«

Karlsson verbeugte sich.

»Ein schöner und grund-
gescheiter und gerade richtig
dicker Mann in meinen besten Jahren. Denk mal, das bin
ich nämlich!«

Karlsson ist kein Gespenst,
sondern nur Karlsson

Diesen Abend würde Lillebror nie vergessen. Fräulein Bock saß auf dem Stuhl und weinte und Karlsson stand ein Stück entfernt und sah fast aus, als schäme er sich. Niemand sagte etwas. Es war das reinste Elend.

Von so was kriegt man Falten auf der Stirn, dachte Lillebror, denn das sagte Mama manchmal. Wenn zum Beispiel Birger drei schlechte Noten auf einmal nach Hause brachte oder wenn Betty eine kleine, kurze Schaffelljacke haben wollte und Papa musste gerade den Fernsehapparat bezahlen oder wenn Lillebror auf dem Schulhof mit Steinen geworfen und dabei eine Fensterscheibe zertrümmert hatte, dann seufzte Mama und sagte: »Von so was kriegt man Falten auf der Stirn.«

Genauso war es Lillebror im Augenblick zumute. Uh, wie war doch alles unbehaglich! Fräulein Bock weinte, dass die Tränen spritzten. Und weshalb? Nur, weil Karlsson kein Gespenst war.

»Jetzt ist mein Spukprogramm in die Binsen gegangen«, sagte sie und starrte Karlsson böse an. »Und dabei hatte ich Frieda schon erzählt ...«

Sie schlug die Hände vors Gesicht und weinte so sehr, dass niemand verstehen konnte, was sie Frieda erzählt hatte.

»Aber ich bin doch ein schöner und grundgescheiter und gerade richtig dicker Mann in meinen besten Jahren«, versuchte Karlsson sie zu trösten. »Ich könnte doch ohne Weiteres in diese Büchse kommen – vielleicht mit dem einen oder anderen kleinen Schnuckelchen zusammen oder so!«

Fräulein Bock nahm die Hände vom Gesicht und sah Karlsson an. Sie schnaubte.

»Ein schöner und grundgescheiter und gerade richtig dicker Mann, gerade das Richtige fürs Fernsehen! Davon haben sie selber haufenweise genug.«

Sie guckte Karlsson böse und misstrauisch an, diesen kleinen Dicksack. Er war bestimmt ein Junge, wenn er auch aussah wie ein kleiner Mann. Sie fragte Lillebror:

»Was ist das eigentlich für ein Kerl?«

Und Lillebror sagte, wie es der Wahrheit entsprach:

»Er ist mein Spielkamerad.«

»Das konnte ich mir ja denken«, sagte Fräulein Bock.

Dann weinte sie wieder. Lillebror war erstaunt. Da hatten Mama und Papa sich nun eingebildet, es würde ein fürchterlicher Aufruhr entstehen, wenn jemand Karlsson sähe, und alle würden angestürzt kommen und ihn im Fernsehen zeigen wollen. Die Einzige aber, die ihn wirklich gesehen hatte, die weinte und fand, Karlsson sei wertlos, weil er kein Gespenst war. Dass er einen Propeller hatte und fliegen konnte, das imponierte ihr nicht. Karlsson stieg gerade in die Luft, um sein Gespenstergewand von der Lampe herunterzuholen, aber Fräulein Bock starrte ihn nur noch böser an und sagte:

»Heutzutage müssen die Kinder ja Propeller und mechanisches Zeugs und was weiß ich alles haben! Bald fliegen sie wohl auch zum Mond, bevor sie noch in die Schule kommen.«

Sie redete sich immer mehr in Zorn, denn jetzt begriff sie, wer die Wecken geklaut und vor dem Fenster gemuht und den Geisterspruch an die Wand in der Küche geschrieben hatte. Nicht zu fassen, dass man den Kindern Apparate schenkte, mit denen sie herumfliegen und auf diese Weise alte Leute zum Narren halten konnten! Der ganze Spuk, über den sie an das Schwedische Fernsehen geschrieben hatte, war nichts weiter als ein Jungenstreich und sie konnte es nicht mehr ertragen, den kleinen Nichtsnutz noch länger vor Augen zu haben.

»Raus mit dir, du … wie heißt du doch gleich?«

»Karlsson«, sagte Karlsson.

»Das weiß ich«, sagte Fräulein Bock wütend, »aber du hast ja wohl auch einen Vornamen?«

»Ich heiße Karlsson mit Vornamen und Karlsson mit Nachnamen«, sagte Karlsson.

»Reiz mich nicht, damit ich nicht böse werde, das bin ich nämlich schon«, sagte Fräulein Bock. »Der Vorname, das ist der, mit dem man *gerufen* wird – weißt du das nicht? Wie nennt dein Papa dich, wenn er dich ruft?«

»Strolch«, sagte Karlsson zufrieden.

Fräulein Bock nickte zustimmend. »Da hat dein Papa ein wahres Wort gesprochen.«

Und Karlsson gab ihr recht. »Ja, ja, als man klein war, da war man ein richtiger Strolch! Aber das ist lange her, denn jetzt ist man ja der Bravste der Welt!«

Aber Fräulein Bock hörte nicht mehr hin. Sie saß stumm da und grübelte und schien ein wenig ruhiger zu werden.

»Na ja«, sagte sie schließlich, »ich weiß jedenfalls eine, die sich über diese Geschichte freut.«

»Wer denn?«, fragte Lillebror.

»Frieda«, sagte Fräulein Bock grimmig. Dann verschwand sie mit einem Seufzer in die Küche hinaus, um den Fußboden trocken zu wischen und die Wanne wegzustellen.

Karlsson und Lillebror fanden es schön, dass sie wieder allein waren.

»Über was für Kleinigkeiten sich Leute aufregen«, sagte Karlsson und zuckte die Schultern. »Ich hab ihr doch nichts getan!«

»Nö«, sagte Lillebror, »bloß sie vielleicht ein bisschen tirritiert. Aber nun wollen wir ganz brav sein.«

Das fand Karlsson auch. »Natürlich sind wir jetzt brav. Ich bin immer der Bravste der Welt. Aber Spaß muss ich haben, sonst mach ich nicht mit.«

Lillebror überlegte, welchen Spaß er für Karlsson ausdenken könne. Aber das war überflüssig, denn das besorgte Karlsson schon selbst. Er sauste in Lillebrors Wandschrank hinein.

»Warte mal, als ich Gespenst war, hab ich hier drinnen ein komisches Ding gesehen.«

Er kam mit einer Mausefalle in der Hand zurück. Die hatte Lillebror bei der Großmutter auf dem Lande gefunden und mit in die Stadt genommen.

»Ich möchte nämlich gern eine Maus fangen und sie zähmen, und die soll mir gehören«, hatte Lillebror Mama erklärt. Aber Mama hatte gesagt, in Stadtwohnungen gäbe es Gott sei Dank keine Mäuse, jedenfalls nicht in ihrer. Lillebror erzählte das Karlsson, aber Karlsson sagte:

»Eine Maus kann kommen, ohne dass man es merkt. Eine kleine Überraschungsmaus, die hierher trippelt, nur damit sich deine Mama freut.«

Er erklärte Lillebror, wie schön es wäre, wenn sie diese Überraschungsmaus fangen könnten. Dann würde Karlsson sie mit in sein Haus auf dem Dach hinaufnehmen, und wenn sie Junge bekäme, könnte mit der Zeit eine ganze Mäusefarm daraus werden.

»Und dann setze ich eine Anzeige in die Zeitung«, sagte Karlsson. »Brauchen Sie Mäuse, rufen Sie sofort Karlssons Mäusefarm an!«

»Ja, und dann gibt es auch in Stadtwohnungen Mäuse«, sagte Lillebror zufrieden. Er zeigte Karlsson, wie man die Falle aufstellte.

»Aber es muss natürlich ein Stückchen Käse oder eine Speckschwarte drin sein, sonst kommt keine Maus.«

Karlsson steckte die Hand in die Hosentasche und holte eine kleine Speckschwarte heraus.

»Da war es ja nur gut, dass ich die hier vom Mittagessen aufgehoben habe. Zuerst wollte ich sie eigentlich in den Müllschlucker werfen.«

Er befestigte die Speckschwarte und stellte die Mausefalle dann unter Lillebrors Bett auf.

»So! Jetzt kann die Maus kommen, wann sie will.«

Fräulein Bock hatten sie fast vergessen. Da hörten sie Klappern in der Küche.

»Es hört sich an, als ob sie Essen macht«, sagte Karlsson. »Sie klappert mit Bratpfannen.«

Und in der Tat. Aus der Küche drang bald ein schwacher, aber sehr guter Duft nach Fleischklößen zu ihnen.

»Sie brät die Fleischklöße auf, die vom Mittagessen übrig geblieben sind«, sagte Lillebror. »Oh, habe ich einen Hunger!«

Karlsson stürzte zur Tür.

»Auf, marsch in die Küche!«, schrie er.

Lillebror fand Karlsson wirklich mutig, dass er sich dorthin traute, aber er wollte ihm nicht nachstehen. Vorsichtig folgte er ihm.

Karlsson war schon in der Küche.

»Hoho, ich glaube, wir kommen gerade richtig zu einem kleinen Nachtessen, glaub ich.«

Fräulein Bock stand am Herd und schüttelte die Bratpfanne mit den Fleischklößen. Aber jetzt stellte sie sie hin und ging auf Karlsson los. Sie sah böse und gefährlich aus.

»Verschwinde!«, rief sie. »Raus hier, raus!«

Da zog Karlsson die Mundwinkel herunter und maulte.

»Ich mach nicht mit, wenn du so eklig bist. Ich darf doch wohl auch 'n paar Fleischklöße haben. Kannst du dir nicht denken, dass man Hunger bekommt, wenn man einen ganzen Abend so herumsaust und spukt?«

Er machte einen Satz auf den Herd zu und schnappte sich einen Fleischkloß aus der Bratpfanne. Das hätte er aber lieber nicht tun sollen. Fräulein Bock brüllte los und stürzte sich auf ihn. Sie packte ihn beim Kragen und warf ihn zur Hintertür hinaus.

»Verschwinde!«, schrie sie. »Geh nach Hause und steck deine Nase hier nicht noch einmal herein!«

Lillebror wurde fuchsteufelswild und verzweifelt. Wie konnte jemand so etwas mit seinem geliebten Karlsson machen?

»Pfui, wie sind Sie abscheulich, Fräulein Bock«, sagte er. »Karlsson ist mein Spielkamerad, er darf *wohl* hier sein.« Er war dem Weinen nahe.

Weiter kam er nicht, da ging die Hintertür wieder auf. Hereingestapft kam Karlsson, jetzt ebenfalls wütend wie eine Wespe.

»Ich mach nicht mit«, rief er. »Ich mach nicht mit, wenn es so gedacht ist! Mich zur Hintertür rauswerfen – da mach ich einfach nicht mit!«

Er rannte auf Fräulein Bock zu und stampfte mit dem Fuß auf.

»Hintertür, pfui! Durch die Vordertür will ich rausgeworfen werden wie alle feinen Leute!«

Fräulein Bock packte Karlsson von Neuem beim Kragen.

»Meinetwegen gern«, sagte sie, und obgleich Lillebror hinterherrannte und weinte und protestierte, schleppte sie Karlsson durch die ganze Wohnung und stieß ihn zur Vordertür hinaus, damit er bekam, was er wollte. »So«, sagte sie, »ist das nun fein genug?«

»Ja, jetzt ist es fein«, sagte Karlsson und dann schlug Fräulein Bock die Tür hinter ihm zu, dass es im ganzen Haus dröhnte.

»Endlich«, sagte sie und ging in die Küche zurück. Lillebror lief hinter ihr her und schimpfte.

»Pfui, wie sind Sie abscheulich und ungerecht! Karlsson darf *doch* in der Küche sein!«

Und das war er auch! Als Fräulein Bock und Lillebror hinkamen, stand Karlsson am Herd und aß Fleischklöße.

»Ich wollte nämlich durch die Vordertür rausgeworfen werden«, erklärte er, »damit ich durch die Hintertür wieder reinkomme und mir ein paar leckere Fleischklöße holen kann.«

Da packte Fräulein Bock ihn beim Genick und warf ihn zum dritten Mal hinaus, diesmal durch die Hintertür.

»Es ist doch nicht zu fassen«, sagte sie, »so eine Schmeißfliege! Aber wenn ich die Tür abschließe, dann schaffe ich es vielleicht, dich loszuwerden.«

»Das werden wir ja sehen«, sagte Karlsson sanft.

Die Tür klappte hinter ihm zu und Fräulein Bock vergewisserte sich, dass sie auch wirklich ordentlich abgeschlossen war.

»Pfui, wie sind Sie abscheulich, Fräulein Bock«, sagte Lillebror. Aber sie hörte nicht auf ihn. Sie ging geradewegs zum Herd, wo die Fleischklöße herrlich in der Pfanne brutzelten.

»Vielleicht kriegt man endlich selbst einen Fleischkloß, nach allem, was man heute Abend durchgemacht hat«, sagte sie.

Da kam eine Stimme vom offenen Fenster. »Guten Abend allerseits. Ist jemand zu Hause? Und sind noch ein paar Fleischklöße übrig?«

Karlsson saß zufrieden schmunzelnd auf dem Fenstersims. Lillebror lachte laut auf. »Bist du vom Klopfbalkon abgeflogen?«

Karlsson nickte. »Genau. Und hier habt ihr mich wieder. Da freut ihr euch sicher – vor allem du da hinten am Herd!«

Fräulein Bock stand da mit einem Fleischkloß in der Hand. Den wollte sie in den Mund stecken, aber als sie Karlsson sah, blieb sie regungslos stehen und starrte ihn nur an.

»So 'n verfressenes Mädchen ist mir noch nie vorgekommen«,

sagte Karlsson und machte einen Sturzflug über sie hinweg. Im Vorbeifliegen mopste er ihren Fleischkloß, verschlang ihn und stieg
schnell zur Decke hoch.

Jetzt aber kam Leben in Fräulein Bock. Sie stieß einen leisen
Schrei aus, dann ergriff sie einen Teppichklopfer und lief hinter
Karlsson her.

»Du Ungeheuer, das wäre ja noch schöner, wenn ich dich hier
nicht rauskriege!«

Karlsson umkreiste juchzend die Deckenlampe.

»Hoho, wollen wir uns wieder raufen?«, rief er. »So 'n Spaß habe

ich seit meiner Kindheit nicht gehabt, als Papachen mich mit der Fliegenklatsche rund um den Mälarsee jagte, hoho, haben wir damals einen Spaß gehabt!«

Karlsson schwebte in die Diele hinaus und dann begann eine wilde Jagd durch die ganze Wohnung. Voran flog Karlsson, der vor Wonne gluckste und juchzte, hinterdrein kam Fräulein Bock mit dem Teppichklopfer, dann kam Lillebror und als Letzter Bimbo mit wildem Gebell.

»Hoho«, schrie Karlsson.

Fräulein Bock war ihm dicht auf den Fersen, aber sobald sie zu nahe herankam, beschleunigte Karlsson die Geschwindigkeit und stieg zur Decke hoch. Und wie sehr Fräulein Bock auch mit dem Teppichklopfer fuchtelte, es gelang ihr nicht, mehr als nur seine Schuhsohlen zu streifen.

»Hihi, hihi«, sagte Karlsson, »nicht unter den Füßen kitzeln, das gilt nicht, dann mach ich nicht mit!«

Fräulein Bock keuchte und rannte und ihre großen, breiten Füße klatschten über das Parkett – die Ärmste, sie hatte ja nicht einmal Zeit gehabt, sich Schuhe und Strümpfe anzuziehen bei all dem Gespuke und Gejage den ganzen Abend. Sie wurde allmählich müde, aber nachgeben wollte sie nicht.

»Warte du nur«, rief sie und lief weiter hinter Karlsson her. Ab und zu machte sie einen kleinen Hüpfer, um ihm mit dem Teppichklopfer eins überzuziehen, aber Karlsson lachte aus vollem Halse und flog ihr davon. Lillebror lachte ebenfalls, er konnte nicht anders. Er lachte so sehr, dass ihm der Bauch wehtat, und als die Jagd zum dritten Mal durch sein Zimmer tobte, warf er sich auf sein Bett, um sich ein wenig auszuruhen. Da lag er nun völlig erschöpft und trotzdem konnte er das Kichern nicht unterdrücken, als er sah, wie Fräulein Bock Karlsson die Wände entlangjagte.

»Hoho«, schrie Karlsson.

»Ich werde dir gleich von wegen hoho«, keuchte Fräulein Bock. Sie fuchtelte wild mit dem Teppichklopfer und schaffte es tatsächlich, Karlsson in eine Ecke neben Lillebrors Bett zu drängen.

»So, du«, sagte Fräulein Bock, »jetzt hab ich dich!«

Plötzlich stieß sie ein ohrenbetäubendes Geheul aus. Da hörte Lillebror auf zu kichern.

Oje, dachte er, jetzt ist Karlsson gefangen!

Es war aber nicht Karlsson, der gefangen war. Es war Fräulein Bock. Sie war mit ihrem großen Zeh in die Mausefalle geraten.

»Auuuu«, jammerte Fräulein Bock, »auuuu!«

Sie zog den Fuß hervor und starrte stumm auf das absonderliche Ding, das an ihrem großen Zeh baumelte.

»Ach, ach, ach«, sagte Lillebror, »warten Sie, ich mach sie ab – oh, entschuldigen Sie, es war nicht so gemeint.«

»Auuuu«, machte Fräulein Bock, als Lillebror sie befreit hatte und sie endlich ihre Sprache wiedergefunden hatte. »*Warum* hast du eine Mausefalle unter deinem Bett?«

Lillebror hatte wirklich Mitleid mit ihr und er stammelte verzweifelt:

»Weil wir ... weil wir ... wir wollten eine Überraschungsmaus damit fangen.«

»Aber keine so große«, sagte Karlsson, »nur eine kleine, niedliche mit einem langen Schwanz.«

Fräulein Bock warf Karlsson einen Blick zu und stöhnte. »Du – du – jetzt sollst du hier aber raus!«

Und wieder lief sie mit dem Teppichklopfer hinter ihm her.

»Hoho«, schrie Karlsson.

Er flog in die Diele hinaus und dann tobte die Jagd weiter ins Wohnzimmer rein und aus dem Wohnzimmer raus, in die Küche rein und aus der Küche raus und ins Schlafzimmer rein ...

»Hoho«, schrie Karlsson.

»Ich werde dir was von wegen hoho«, keuchte Fräulein Bock und machte einen besonders hohen Satz, um ihm mit dem Teppichklopfer eins überzuziehen. Aber sie hatte all diese Möbel vergessen, die sie selbst vor der Schlafzimmertür umgeworfen hatte, und als sie nun so hoch sprang, fiel sie mit dem Kopf voran über das kleine Bücherregal und landete mit Getöse auf dem Fußboden.

»Ho, jetzt gibt's wieder Erdbeben im nördlichen Norrland«, sagte Karlsson.

Aber Lillebror lief ängstlich zu Fräulein Bock hin.

»Oh, ist Ihnen was passiert?«, fragte er. »Oh, armes Fräulein Bock!«

»Ich möchte mich aufs Bett legen, hilf mir bitte«, sagte Fräulein Bock.

Und das tat Lillebror, er versuchte es wenigstens. Fräulein Bock war jedoch groß und schwer und Lillebror war klein. Er schaffte es nicht. Da kam Karlsson herabgeflogen.

»Das könnte dir so passen«, sagte er zu Lillebror. »Ich will auch mit schleppen. Denn ich bin der Bravste der Welt, das bist du nicht!«

Sie packten mit aller Kraft an, Karlsson und Lillebror, und zuletzt gelang es ihnen wirklich, Fräulein Bock aufs Bett zu helfen.

»Armes Fräulein Bock«, sagte Lillebror. »Wie fühlen Sie sich? Tut es Ihnen irgendwo weh?«

Fräulein Bock lag eine Weile schweigend da und schien nachzufühlen.

»Ich habe sicher keinen heilen Knochen mehr im Leibe«, sagte sie schließlich. »Aber es tut nicht eigentlich weh – außer wenn ich lache.«

Und dann fing sie an zu lachen, dass das Bett wackelte.

Lillebror schaute sie erschrocken an. Was war in sie gefahren?

»Man kann sagen, was man will«, sagte Fräulein Bock. »Ein paar tüchtige Dauerläufe habe ich heute Abend machen müssen und, du guter Moses, wie einen das aufmöbelt!«

Sie nickte nachdrücklich. »Wartet nur ab! Frieda und ich machen bei der Hausfrauengymnastik mit. Und wartet nur bis zum nächsten Mal, dann wird Frieda sehen, wie unsereins rennen kann.«

»Ho«, sagte Karlsson, »nimm den Teppichklopfer mit, dann kannst du Frieda durch den ganzen Turnsaal jagen und sie auch aufmöbeln.«

Fräulein Bock sah ihn streng an.

»Du hast den Mund zu halten, wenn du mit mir redest! Schweig und geh raus und hol ein paar Fleischklöße für mich!«

Lillebror lachte erfreut.

»Ja, man kriegt nämlich Appetit vom Rennen«, sagte er.

»Und ratet mal, wer der beste Fleischklößeholer der Welt ist.« Karlsson war schon unterwegs in die Küche. Dann nahmen Karlsson und Lillebror und Fräulein Bock ein gutes, kleines Mahl auf der Bettkante ein. Karlsson kam mit einem voll beladenen Tablett aus der Küche zurück.

»Ich hab gesehen, dass es Apfelauflauf und Vanillesoße gibt, den hab ich auch mitgebracht, und dann ein bisschen gekochten Schinken und Käse und Mettwurst und eingelegte Gurken und ein paar Sardinen und ein bisschen Leberpastete. Aber wo in aller Welt hast du die Sahnetorte versteckt?«

»Sahnetorte ist nicht da«, sagte Fräulein Bock.

Karlsson zog die Mundwinkel herunter. »Da soll man also tatsächlich von ein paar Fleischklößen und Apfelauflauf und Vanillesoße und gekochtem Schinken und Käse und Mettwurst und eingelegter Gurke und ein paar kleinen, kümmerlichen Sardinen satt werden?«

Fräulein Bock sah ihn streng an.

»Nein«, sagte sie mit Nachdruck. »Leberpastete ist ja auch da.«

Lillebror konnte sich nicht erinnern, dass es ihm jemals so gut geschmeckt hätte. Und sie hatten es so gemütlich, er und Karlsson und Fräulein Bock, wie sie da alle drei beisammensaßen und futterten und kauten. Da rief Fräulein Bock mit einem Mal aus:

»Guter Moses, Lillebror ist ja isoliert und nun haben wir den da hereingelassen!« Sie zeigte auf Karlsson.

»Nee, wir haben ihn nicht hereingelassen. Der ist von selbst gekommen«, sagte Lillebror. Aber er war trotzdem besorgt. »O weh, Karlsson, wenn du jetzt Scharlachfieber bekommst!«

»Umm, umm«, sagte Karlsson, denn er hatte den Mund voller Apfelauflauf und es dauerte eine Weile, bis er sprechen konnte. »Scharlachfieber – ho! Wer einmal das schlimmste Weckenfieber der Welt gehabt hat, ohne dabei draufzugehen, dem kann nichts was anhaben.«

»Das hat also auch nichts genützt«, sagte Fräulein Bock und seufzte.

Karlsson stopfte sich den letzten Fleischkloß in den Mund, dann leckte er sich die Finger ab und sagte:

»Die Essvorräte in diesem Hause sind zwar etwas mickrig, aber sonst fühl ich mich hier wohl. Ich werde mich daher wahrscheinlich auch hier isolieren.«

»Guter Moses«, sagte Fräulein Bock. Sie warf einen zornigen Blick auf Karlsson und auf das Tablett, das jetzt ganz leer war.

»Wo du gewütet hast, da bleibt nicht viel übrig«, sagte sie.

Karlsson erhob sich vom Bettrand. Er strich sich über den Bauch.

»Ich lass nie was stehen«, sagte er. »Außer dem Tisch. Der ist das Einzige, was ich stehen lasse.«

Darauf drehte er am Startknopf, der Motor begann zu brummen und Karlsson flog schwerfällig auf das offen stehende Fenster zu.

»Heißa hopsa«, schrie er, »nun müsst ihr euch eine Weile ohne mich behelfen, denn jetzt hab ich's eilig!«

»Heißa hopsa, Karlsson«, sagte Lillebror. »Musst du wirklich schon gehen?«

»Schon?«, sagte Fräulein Bock grimmig.

»Ja, ich muss mich jetzt beeilen«, schrie Karlsson, »sonst komme ich zu spät zum Abendbrot nach Hause! Hoho!«

Und weg war er.

Stolze Jungfrau,
sie fliegt und sie schwebt

Am nächsten Morgen schlief Lillebror lange. Er wachte auf, weil das Telefon klingelte, und er sauste in die Diele und nahm den Hörer ab. Es war Mama.

»Geliebtes Kind – ach, wie schrecklich!«

»Was denn?«, fragte Lillebror verschlafen.

»Was du alles in deinem Brief geschrieben hast. Ich bin wirklich sehr beunruhigt.«

»Weshalb denn?«, fragte Lillebror.

»Das kannst du dir doch denken«, sagte Mama. »Mein armes Kind! Aber ich komme morgen nach Hause.«

Lillebror wurde fröhlich und gleichzeitig hellwach. Wenn er auch nicht begriff, weshalb Mama ihn »ihr armes Kind« nannte.

Kaum hatte Lillebror den Hörer aufgelegt, da klingelte das Telefon von Neuem. Es war Papa, der aus London anrief.

»Wie geht es dir?«, fragte Papa. »Sind Birger und Betty auch brav?«

»Das glaub ich nicht«, sagte Lillebror. »Aber ich weiß es gar nicht. Sie sind ja im Krankenhaus.«

Papa wurde unruhig, das merkte man. »Krankenhaus – was meinst du damit?«

Als Lillebror erklärte, was er meinte, sagte Papa genau das Gleiche wie Mama. »Armes Kind – ich komme morgen nach Hause.«

Dann war das Gespräch zu Ende. Aber gleich darauf klingelte es schon wieder. Diesmal war es Birger.

»Du kannst dem Hausbock und ihrem alten Onkel Doktor bestellen, dass sie von allem anderen was verstehen, aber vom Scharlachfieber bestimmt nichts. Betty und ich kommen morgen nach Hause.«

»Habt ihr denn kein Scharlachfieber?«, fragte Lillebror.

»Denk bloß, haben wir nämlich nicht. Wir haben zu viel Kakao getrunken und Zimtwecken gegessen, sagt der Arzt hier. Von so etwas kann man Ausschlag kriegen, wenn man überempfindlich ist.«

»Also ein typischer Fall von Weckenfieber«, sagte Lillebror.

Aber Birger hatte schon aufgelegt.

Als Lillebror sich angezogen hatte, ging er in die Küche, um Fräulein Bock mitzuteilen, dass mit der Isolierung jetzt Schluss sei.

Sie hatte schon angefangen, das Mittagessen zu kochen. Die ganze Küche roch stark nach Gewürzen.

»Von mir aus gern«, sagte Fräulein Bock, nachdem Lillebror ihr erzählt hatte, dass die ganze Familie nach Hause käme. »Es ist gut, dass ich hier aufhöre, bevor meine Nerven ganz kaputt sind.«

Sie rührte wild in einem Kochtopf, der auf dem Herd stand. Sie schmorte etwas darin in einer dicken Soße und die würzte sie kräftig mit Salz und Pfeffer und Curry.

»So«, sagte sie. »Sie muss tüchtig gesalzen und gepfeffert und gecurryt werden, dann wird sie gut.«

Dann warf sie einen unruhigen Blick auf Lillebror. »Du meinst doch hoffentlich nicht, dass dieser entsetzliche Karlsson heute wieder kommt? Es wäre zu schön, wenn meine letzten Stunden hier etwas friedlich verliefen.«

Bevor Lillebror noch antworten konnte, hörte man draußen vorm Fenster eine fröhliche Stimme, die aus vollem Halse sang:

»Du schaust, o lieber Sonnenschein,
durchs Fenster in mein Stübchen fein ...«

Karlsson war am Fenstersims. »Heißa hopsa, hier kommt euer lieber Sonnenschein! Jetzt wollen wir's uns lustig machen.«

Aber Fräulein Bock streckte ihm flehentlich die Hände entgegen. »Nein, nein, nein! Alles, was ihr wollt, wenn wir's nur nicht lustig haben müssen.«

»Na ja, zuerst essen wir natürlich«, sagte Karlsson und flitzte zum Küchentisch. Dort hatte Fräulein Bock für sich und Lillebror gedeckt. Karlsson setzte sich auf den einen Platz und ergriff Messer und Gabel.

»Fang an! Her mit dem Essen!« Er nickte Fräulein Bock freundlich zu. »Du kannst gerne mit am Tisch sitzen. Nimm dir einen Teller und komm!«

Dann blähte er die Nasenflügel und schnupperte. »Was gibt's denn?«

»Eine gehörige Portion Prügel«, sagte Fräulein Bock und rührte noch wilder in ihrer Soße. »Die *müsstest* du jedenfalls haben, aber ich bin im ganzen Körper so mürbe, ich fürchte, ich bin heute nicht imstande herumzurennen.«

Sie füllte das Schmorgericht in eine Schüssel und stellte sie auf den Tisch.

»Esst«, sagte sie. »Ich möchte warten bis nachher. Der Arzt hat nämlich gesagt, ich müsste Ruhe haben, wenn ich esse.«

Karlsson nickte.

»Na ja, in irgendeiner Dose werden wohl noch ein paar kleine Zwiebäcke sein, die kannst du ja knabbern, wenn wir das hier aufgegessen haben. Iss du nur in aller Ruhe einen kleinen Brotkanten. Nur zu!«

Er häufte sich eine große Portion auf seinen Teller. Lillebror nahm dagegen nur einen Löffel voll. Er fürchtete sich immer vor einem Gericht, das er nicht kannte. Und so etwas Geschmortes hatte er nie zuvor gesehen.

Karlsson fing an, aus seinem Essen einen kleinen Turm zu machen mit einem Wallgraben drum herum. Während er damit beschäftigt war, aß Lillebror vorsichtig seinen ersten Bissen. Uuh! Er schnappte nach Luft und bekam Tränen in die Augen. Sein ganzer Mund brannte wie Feuer. Aber Fräulein Bock hatte sich neben ihn gestellt und sah ihn erwartungsvoll an, darum schluckte er den Bissen hinunter und schwieg.

Da schaute Karlsson von seinem Turmbau auf.

»Was ist dir? Weshalb weinst du?«

»Ich ... ich musste gerade an etwas Trauriges denken«, stammelte Lillebror.

»Ach so«, sagte Karlsson und haute mit gesundem Appetit in seinen Turm rein. Kaum aber hatte er den ersten Bissen hintergeschluckt, da stieß er ein Geheul aus und seine Augen füllten sich mit Tränen.

»Was ist denn?«, fragte Fräulein Bock.

»Wahrscheinlich Fuchsgift! Aber du wirst ja selbst am besten wissen, was du zusammengemixt hast«, sagte Karlsson. »Schnell, hol die große Feuerspritze, in meinem Hals ist Feuer ausgebrochen!«

Er wischte sich die Tränen aus den Augen.

»Weshalb weinst du?«, fragte Lillebror.

»Ich musste auch an was Trauriges denken«, sagte Karlsson.

»Was war das denn?«, fragte Lillebror.

»Dies Essen hier«, sagte Karlsson.

Aber das gefiel Fräulein Bock nicht. »Dass ihr euch nicht schämt, ihr beiden! Es gibt Tausende von Kindern auf der ganzen Welt, die würden wer weiß was darum geben, wenn sie so ein Essen hätten.«

Karlsson steckte die Hand in die Tasche und holte Notizbuch und

Bleistift heraus. »Kann ich bitte Namen und Adressen von zweien von ihnen haben«, sagte er.

Aber Fräulein Bock brummte nur und wollte keine Adressen angeben.

»Es werden kleine Feuerfresserkinder sein, denke ich mir«, sagte Karlsson, »die nie was anderes als Feuer und Schwefel gefuttert haben.«

In diesem Augenblick klingelte es an der Wohnungstür und Fräulein Bock ging hin, um zu öffnen.

»Wir gehen mit und sehen nach, wer da ist«, sagte Karlsson. »Vielleicht ist es eins von diesen tausend Feuerfresserkindern, die wer weiß was geben würden für die Feuergrütze vom Hausbock, und da müssen wir aufpassen, dass sie sie nicht zu billig verkauft – wo sie so viel teures Fuchsgift reingeschüttet hat.«

Er ging hinter Fräulein Bock her und das tat Lillebror ebenfalls. Sie standen dicht hinter ihr auf dem Flur, als sie öffnete, und sie hörten, wie eine Stimme draußen sagte:

»Mein Name ist Peck. Ich komme vom Schwedischen Rundfunk und Fernsehen.«

Lillebror merkte, wie es ihn eiskalt überlief. Er guckte vorsichtig hinter Fräulein Bocks Rock hervor. Dort stand ein Herr vor der Tür, offenbar so ein schöner und grundgescheiter und gerade richtig dicker Mann in den besten Jahren, von denen es so viele im Fernsehen geben sollte, wie Fräulein Bock gesagt hatte.

»Ist Fräulein Hildur Bock zufällig anwesend?«, sagte Herr Peck.

»Das bin ich«, sagte Fräulein Bock. »Ich habe aber meine Rundfunkgebühren bezahlt und mein Fernsehen auch.«

Herr Peck lächelte verbindlich. »Ich komme nicht wegen der Gebühren. Nein, es handelt sich um diese Spukgeschichten, von denen Sie geschrieben haben. Wir möchten gern eine Sendung davon machen.«

Fräulein Bock wurde blutrot. Sie sagte kein Wort.

»Was ist, fühlen Sie sich nicht wohl?«, fragte Herr Peck schließlich.

»Nein«, sagte Fräulein Bock, »ich fühle mich nicht wohl. Dies ist der schrecklichste Augenblick meines Lebens.«

Lillebror stand dicht hinter ihr und hatte ungefähr das gleiche Gefühl wie sie. Du guter Moses, jetzt war es so weit! Dieser Peck würde in der nächsten Sekunde Karlsson entdecken, und wenn Mama und Papa morgen nach Hause kämen, würde das Haus voller Kabel und Fernsehkameras und gerade richtig dicker Männer sein und mit dem Hausfrieden wäre es vorbei. Guter Moses, *wie* sollte er Karlsson bloß wegschaffen!

Da fiel sein Blick auf die alte Holztruhe, die auf dem Flur stand und in der Betty all ihren Theaterkram aufbewahrte. Sie und ihre Klassenkameraden hatten irgendeinen albernen Klub, und der kam manchmal bei Betty zusammen und dann verkleideten sie sich und schwirrten herum und taten so, als wären sie ganz jemand anders, als sie in Wirklichkeit waren – das nannten sie Theaterspielen und Lillebror fand es ziemlich dumm. Aber, oh, wie gut war es, dass ausgerechnet jetzt die Theatertruhe da stand!

Lillebror machte den Deckel auf und flüsterte Karlsson nervös zu:

»Beeil dich – versteck dich hier in der Truhe!«

Und obgleich Karlsson nicht verstand, *weshalb* er sich verstecken sollte, so war er der Letzte, der sich weigerte, bei einem Streich mitzumachen, wenn es erforderlich war. Er zwinkerte Lillebror verschmitzt zu und machte einen Satz in die Truhe. Lillebror klappte schnell den Deckel wieder zu. Dann beobachtete er ängstlich die beiden an der Tür. Hatten sie etwas gemerkt?

Das hatten sie nicht, denn Herr Peck und Fräulein Bock unterhielten sich darüber, weshalb Fräulein Bock sich nicht wohlfühlte.

»Es *war* kein Spuk«, sagte Fräulein Bock mit tränenerstickter Stimme. »Es waren alles nur niederträchtige Jungenstreiche.«

»So, so, ein Spuk war es also nicht«, sagte Herr Peck.

Fräulein Bock begann nun wirklich zu weinen. »Nein, es war kein Spuk – und ich komme nie ins Fernsehen – bloß Frieda!«

Herr Peck klopfte ihr tröstend auf den Arm.

»Nehmen Sie es sich nicht so zu Herzen, liebes Fräulein Bock. Vielleicht wird noch einmal etwas daraus in einem anderen Zusammenhang.«

»Nein, das ist ausgeschlossen«, sagte Fräulein Bock. Sie sank auf die Truhe und schlug die Hände vors Gesicht. Dort saß sie und weinte und weinte. Lillebror hatte großes Mitleid mit ihr und er schämte sich und hatte das Gefühl, als ob er an allem schuld wäre.

Da kam ein sanftes Knurren aus der Truhe.

»Ach, Verzeihung«, sagte Fräulein Bock, »es kommt nur daher, weil ich solchen Hunger habe.«

»Dann knurrt der Magen leicht mal«, sagte Herr Peck freundlich. »Aber das Mittagessen scheint schon fertig zu sein. Ich finde, es riecht so gut. Was ist es denn, was Sie da gekocht haben?«

»Nur ein scharf gewürztes Schmorgericht«, sagte Fräulein Bock schluchzend. »Es ist meine eigene Erfindung – ›Hildur Bocks gutes Kuddelmuddel‹ habe ich es getauft.«

»Es riecht unwahrscheinlich gut«, sagte Herr Peck. »Man bekommt geradezu Hunger.«

Fräulein Bock erhob sich von der Truhe.

»Vielleicht wollen Sie mal kosten, Herr Peck? Die Kinder essen es sowieso nicht.«

Herr Peck zierte sich ein wenig und sagte, das gehe doch wirklich nicht, aber es endete damit, dass er und Fräulein Bock doch zusammen in die Küche gingen.

Lillebror hob den Deckel der Truhe hoch und schaute zu Karlsson hinein, der sanft knurrend da drinnen lag.

»Bleib um Himmels willen liegen, bis er gegangen ist«, sagte Lillebror, »sonst kommst du in die Fernsehbüchse.«

»Na und«, sagte Karlsson, »meinst du, in dieser Büchse hier wäre es nicht auch ziemlich eng, was?«

Lillebror ließ den Deckel einen kleinen Spalt weit offen, damit Karlsson Luft bekäme, und dann lief er in die Küche. Er wollte sehen, was Herr Peck für ein Gesicht machte, wenn er von Fräulein Bocks gutem Kuddelmuddel aß.

Und es war kaum zu glauben, aber da saß Herr Peck und aß und stopfte sich voll und sagte, es sei das Beste, was er in seinem ganzen Leben gegessen habe. Er hatte überhaupt keine Tränen in den Augen. Wohl aber Fräulein Bock. Nicht von ihrem Essen natürlich, nein, sie konnte nur nicht aufhören, über ihre Spuksendung zu weinen, die ins Wasser gefallen war. Es nützte nichts, dass Herr Peck ihre Feuergrütze so gern mochte. Sie war trotzdem traurig.

Aber da geschah das Unglaubliche. Herr Peck blickte plötzlich geradeaus ins Leere. »Jetzt hab ich's! Sie machen morgen Abend mit.«

Fräulein Bock schaute ihn mit verweinten Augen an.

»Wo soll ich morgen Abend mitmachen?«, fragte sie düster.

»Im Fernsehen natürlich«, sagte Herr Peck. »In unserer Sendung ›Mein bestes Rezept‹. Sie werden dem ganzen schwedischen Volk zeigen, wie man ›Hildur Bocks gutes Kuddelmuddel‹ macht.«

Da hörte man einen Plumps. Fräulein Bock war ohnmächtig geworden.

Sie kam aber schnell wieder zu sich und erhob sich vom Fußboden. Ihre Augen glänzten.

»Morgen Abend – und im Fernsehen? Mein Kuddelmuddel – soll ich das im Fernsehen vor dem ganzen schwedischen Volk zusammenmixen? Guter Moses! Und man stelle sich vor, Frieda versteht nicht das kleinste bisschen vom Kochen und nennt mein Kuddelmuddel Hühnerfutter.«

Lillebror lauschte mit beiden Ohren. Das war interessant. Karlsson in der Truhe hatte er fast vergessen. Jetzt hörte er aber zu seinem Schrecken, wie jemand draußen in die Diele kam. Genau, es war Karlsson! Die Tür von der Küche zur Diele stand offen und Lillebror sah ihn schon von Weitem, bevor Fräulein Bock oder Herr Peck etwas bemerkt hatten.

O ja, es war Karlsson! Und dennoch nicht Karlsson. Du guter Moses, wie sah er aus, in einem von Bettys alten Theaterkostümen mit einem langen Samtrock, der ihm um die Beine schlappte, und Tüllschleiern auf dem Kopf und vorn und hinten! Er glich eher einem munteren und vergnügten alten Weiblein. Und das muntere Weiblein kam unaufhaltsam näher. Lillebror winkte ihm verzweifelt, damit Karlsson begriff, dass er nicht herkommen durfte! Aber Karlsson schien es nicht zu verstehen, er winkte nur zurück – und kam.

»Stolze Jungfrau, sie tritt in den Thronsaal ein«, sagte Karlsson.

Und da stand er in der offenen Tür in seinem Schleierkostüm. Es war ein Anblick, dass Herr Peck die Augen aufriss.

»Wer in aller Welt – was ist denn das für ein drolliges kleines Mädchen?«, fragte er.

Aber da kam Leben in Fräulein Bock. »Drolliges Mädchen! Nein, es ist der ungezogenste kleine Lümmel, der mir in meinem Leben vorgekommen ist. Verschwinde, du widerwärtiger Bengel!«

Aber Karlsson hörte nicht auf sie.

»Stolze Jungfrau, sie tanzt und ist heiter und froh«, sagte er.

Und dann begann er zu tanzen, wie Lillebror dergleichen nie zuvor gesehen hatte und Herr Peck wahrscheinlich auch nicht.

Karlsson wogte mit eingeknickten Knien in der Küche herum. Hin und wieder machte er kleine Hopser und wedelte mit den Schleiern.

Das sieht verrückt aus, dachte Lillebror. Aber wenn auch, nur fliegen darf er jetzt nicht, oh, wenn er es nur nicht tut!

Karlsson hatte so viele Schleier übereinander, dass man seinen Propeller nicht sehen konnte. Darüber war Lillebror froh. Aber wenn Karlsson jetzt plötzlich in die Lüfte stiege, würde Herr Peck bestimmt auf der Stelle ohnmächtig umsinken und dann mit seinen Fernsehkameras angerast kommen, sobald er wieder zum Leben erwacht wäre.

Herr Peck sah dem seltsamen Tanz zu und lachte. Er lachte immer mehr.

Da kicherte Karlsson ebenfalls und zwinkerte Herrn Peck zu, während er vorüberwogte, und wedelte mit den Schleiern.

»Ein wirklich drolliges Kind«, sagte Herr Peck. »Man sollte ihn in einer Kindersendung mitmachen lassen.«

Er hätte nichts sagen können, was Fräulein Bock noch mehr reizte.

»*Der* und im Fernsehen mitmachen? Dann bitte ich, dass man von mir absieht! Aber eins ist sicher: Wollen Sie einen haben, der das ganze Fernsehen auf den Kopf stellt, dann können Sie keinen Besseren kriegen.«

Lillebror nickte. »Ja, genau. Und wenn er das Fernsehen auf den Kopf gestellt hat, dann sagt er nur, es störe keinen großen Geist. Vor dem müssen Sie sich hüten.«

Herr Peck bestand nicht darauf.

»Nein, nein, es war nur ein Vorschlag! Es gibt ja so viele andere Kinder.«

Herr Peck hatte es jetzt übrigens eilig. Er hatte Probe und musste gleich gehen. Da sah Lillebror, wie Karlsson nach dem Startknopf tastete, und Lillebror bekam einen Riesenschreck. Sollte denn im letzten Augenblick noch alles schiefgehen?

»Nein, Karlsson! Karlsson, nicht«, flüsterte Lillebror nervös.

Karlsson aber tastete immer weiter nach dem Startknopf. Er konnte nicht so leicht herankommen, weil all die Schleier im Weg waren.

Herr Peck stand schon an der Tür, da fing Karlssons Motor an zu brummen.

»Ich wusste nicht, dass der Stockholmer Flugverkehr über das Vasaviertel geht«, sagte Herr Peck. »Das ist aber nicht gut, finde ich. Also, auf Wiedersehen, Fräulein Bock, wir sehen uns morgen.«

Und dann ging er. Karlsson aber stieg zur Decke empor. Er kreiste vergnügt um die Deckenlampe und wedelte Fräulein Bock mit den Schleiern zu.

»Stolze Jungfrau, sie fliegt und sie schwebt, hoho«, sagte er.

Schön und grundgescheit
und gerade richtig dick ...

Den ganzen Nachmittag war Lillebror bei Karlsson in seinem Haus auf dem Dach. Er hatte Karlsson klargemacht, weshalb sie Fräulein Bock jetzt in Frieden lassen müssten.

»Sie backt eine Sahnetorte, weißt du, weil Mama und Papa und Birger und Betty morgen nach Hause kommen.«

Das war etwas, was Karlsson verstand.

»Wenn sie eine Sahnetorte backt, ja, dann muss man sie in Frieden lassen. Es ist gefährlich, Hausböcke zu tirritieren, wenn sie gerade dabei sind, Sahnetorte zu backen, dann wird die Schlagsahne nämlich sauer – und die Hausböcke übrigens auch!«

Auf diese Weise waren die letzten Stunden, die Fräulein Bock bei der Familie Svantesson zubrachte, recht friedlich, genauso, wie sie es sich gewünscht hatte.

Lillebror und Karlsson hatten es oben in Karlssons Haus vor dem Feuer ebenfalls friedlich und schön. Karlsson war vorher schnell zum Gemüsemarkt geflogen und hatte Äpfel eingekauft.

»Und sie allesamt ehrlich bezahlt, mit fünf Öre«, sagte er. »Ich will doch nicht, dass eine Marktfrau durch mich Schaden hat, denn ich bin der Ehrlichste der Welt.«

»Fand die Marktfrau, dass fünf Öre genug waren?«, wollte Lillebror wissen.

»Das konnte ich sie nicht fragen«, sagte Karlsson. »Sie war nämlich gerade weg und trank Kaffee.«

Karlsson zog die Äpfel auf einen Draht und briet sie über dem Feuer.

»Der beste Apfelbrater der Welt, rat mal, wer das ist!«, sagte Karlsson.

»Du, Karlsson«, sagte Lillebror.

Und sie streuten Zucker auf ihre Äpfel und saßen vor dem Feuer und aßen, während die Dämmerung niedersank. So ein Feuer war etwas Schönes, fand Lillebror, denn das Wetter war kühler geworden. Man merkte, dass der Herbst gekommen war.

»Ich werde wohl bald mal aufs Land hinausfliegen und bei irgendeinem Bauern ein bisschen mehr Holz kaufen«, sagte Karlsson. »Die passen allerdings ganz gemein auf und Gott weiß, wann die Kaffee trinken.«

Er schob ein paar große Birkenscheite in die Flammen. »Aber ich will es im Winter warm und schön haben, sonst mach ich nicht mit. Das sollen sie sich gesagt sein lassen, die Bauersleute.«

Als das Feuer heruntergebrannt war, war es dunkel in Karlssons kleinem Haus. Da zündete er die Petroleumlampe an, die über der Hobelbank von der Decke hing. Sie verbreitete ein warmes und behagliches Licht im Raum und über allen Sachen, die Karlsson auf der Hobelbank aufgestapelt hatte.

Lillebror fragte, ob sie nicht irgendetwas mit Karlssons Sachen anstellen sollten, und damit war Karlsson einverstanden.

»Du musst mich aber fragen, ob du sie dir leihen darfst. Manchmal sage ich Ja und manchmal sage ich Nein. Meistens sage ich Nein, denn es sind immerhin meine Sachen und die will ich für mich haben, sonst mach ich nicht mit.«

Und als Lillebror oft genug gefragt hatte, durfte er sich einen alten kaputten Wecker leihen, den er auseinanderschraubte und wieder zusammensetzte. Es machte Spaß, Lillebror konnte sich kein besseres Spielzeug vorstellen.

Dann aber wollte Karlsson, dass sie stattdessen etwas tischlerten. »Es macht doch am meisten Spaß und man kann so viel Schönes machen«, sagte Karlsson. »Ich jedenfalls.«

Er kehrte alle Sachen von der Hobelbank herunter und zerrte Bretter und Holzklötze hervor, die unter dem Sofa lagen. Und dann hobelten sie und hämmerten und nagelten, dass es nur so dröhnte.

Lillebror nagelte zwei Stücke Holz zusammen, das war ein Dampfer. Als Schornstein setzte er einen kleinen Klotz obendrauf. Es war wirklich ein feiner Dampfer.

Karlsson sagte, er wolle sich einen Nistkasten machen und ihn am Hausgiebel anbringen, damit die Vögel darin wohnen könnten. Aber es wurde kein Nistkasten, sondern etwas anderes, man konnte nicht so recht erkennen, was.

»Was soll denn das sein?«, fragte Lillebror.

Karlsson legte den Kopf schief und betrachtete, was er da zusammengetischlert hatte.

»Das ist – ein Ding«, sagte er. »Ein riesig feines Ding. Rat mal, wer der beste Dingemacher der Welt ist!«

»Du, Karlsson«, sagte Lillebror.

Aber jetzt war es Abend. Lillebror musste nach Hause und ins Bett. Er musste Karlsson und sein kleines Zimmer verlassen, das so gemütlich war mit allen seinen Sachen und seiner Hobelbank und seiner blakenden Petroleumlampe und seinem Holzverschlag und seinem Kamin, wo noch die Glut vom Feuer lag und wärmte und leuchtete. Es war schwer, sich loszureißen, aber er wusste ja, dass er wiederkommen durfte. Oh, wie war er froh, dass Karlsson sein Haus gerade auf seinem Dach hatte und nicht auf irgendeinem anderen!

Sie kamen auf den Treppenvorplatz hinaus, Karlsson und Lillebror. Und da war der Sternenhimmel über ihnen. Nie hatte Lillebror die Sterne so groß und so zahlreich und so nahe gesehen. Nein, natürlich nicht nahe, sie waren ja tausend Meilen weit weg, das wusste er, aber trotzdem – oh, ein solches Sternendach hatte Karlsson über seinem Haus, nah und zugleich weit entfernt!

»Was glotzt du so?«, fragte Karlsson. »Ich friere. Willst du fliegen oder willst du nicht?«

»Doch, ja, bitte«, sagte Lillebror.

Und der Tag darauf – welch ein Tag! Zuerst kamen Birger und Betty, dann kam Papa und zuletzt und am allermeisten kam Mama. Lillebror warf sich ihr in die Arme und drückte sie ganz fest. Nie mehr durfte sie von ihm wegreisen. Alle standen um sie herum, Papa und Birger und Betty und Lillebror und Fräulein Bock und Bimbo.

»Bist du jetzt nicht mehr überanstrengt?«, fragte Lillebror. »Wie ist das so schnell weggegangen?«

»Es ging weg, als ich deinen Brief bekam«, sagte Mama. »Als ich hörte, wie ›grank‹ und isoliert ihr alle wart, da merkte ich, dass ich erst richtig ›grank‹ werden würde, wenn ich nicht nach Hause durfte.«

Fräulein Bock schüttelte den Kopf.

»Das war wirklich nicht sehr vernünftig. Aber ich könnte doch hin und wieder kommen und Ihnen helfen, Frau Svantesson, wenn es nötig ist. Jetzt aber«, sagte Fräulein Bock, »jetzt muss ich sofort gehen, ich soll ja heute Abend im Fernsehen sein.«

Da staunten sie alle, Mama und Papa und Birger und Betty.

»Tatsächlich?«, fragte Papa. »Das müssen wir uns ansehen! Unbedingt!«

Fräulein Bock warf stolz den Kopf in den Nacken.

»Ja, das hoffe ich. Ich hoffe, das ganze schwedische Volk sieht es sich an.«

Dann hatte sie es eilig.

»Ich muss vorher zum Frisör und muss ein Bad nehmen und eine Gesichtsbehandlung machen lassen und Maniküre, und dann will ich neue Senkfußeinlagen anprobieren. Man muss ja hübsch aussehen, wenn man im Fernsehen auftritt.«

Betty lachte. »Senkfußeinlagen – die sieht man doch aber im Fernsehen nicht?«

Fräulein Bock warf ihr einen strafenden Blick zu. »Habe ich das behauptet? Ich brauche sowieso neue. Und man fühlt sich sicherer, wenn man weiß, dass man von Kopf bis Fuß in Ordnung ist. Das verstehen aber gewöhnliche Leute wahrscheinlich nicht. Aber wir wissen das, wir im Fernsehen.«

Dann verabschiedete sie sich schnell und sauste los.

»So, der Hausbock ist weg«, sagte Birger, als die Tür hinter ihr ins Schloss fiel.

Lillebror nickte nachdenklich.

»Ich mochte sie ganz gern«, sagte er.

Und die Sahnetorte, die sie gebacken hatte, war gut. Sie war groß und hoch und mit Ananas belegt.

»Wir essen sie heute Abend zum Kaffee, während wir Fräulein Bock im Fernsehen zuschauen«, sagte Mama.

Und so wurde es auch gemacht. Als der spannende Augenblick herankam, klingelte Lillebror nach Karlsson. Er zog an der Schnur hinter der Gardine, ein einziger Ruck, was bedeutete: »Komm sofort her!«

Und Karlsson kam. Da saß die ganze Familie schon vorm Fernsehapparat, das Kaffeetablett war fertig und die Sahnetorte stand auf dem Tisch.

»Hier kommen Karlsson und ich«, sagte Lillebror, als sie ins Wohnzimmer traten.

»Hier komm ich«, sagte Karlsson und warf sich in den besten Sessel. »Aha, endlich gibt es hier im Haus ein bisschen Sahnetorte, es wird auch Zeit. Kann ich gleich etwas kriegen – oder besser: viel!«

»Der Kleinste kommt zuletzt«, sagte Mama. »Im Übrigen ist das

mein Platz. Ihr beide könnt auf dem Fußboden vor dem Apparat sitzen, du und Lillebror, dann gebe ich euch die Torte dorthin.«

Karlsson drehte sich zu Lillebror um.

»Hast du das gehört? Springt sie immer so mit dir um, armes
Kind?« Dann schmunzelte er zufrieden. »Es ist schön, dass sie auch
mit mir so umspringt, denn gerecht muss es zugehen, sonst mach
ich nicht mit.«

Und sie saßen auf dem Fußboden vor dem Fernsehapparat, Karlsson und Lillebror, und aßen viel Torte, während sie auf Fräulein Bock
warteten.

»Jetzt kommt sie«, sagte Papa.

Und wahrhaftig, da kam sie! Herr Peck auch. Er leitete die Sendung.

»Der Hausbock leibhaftig«, sagte Karlsson. »Hoho, jetzt wird's
lustig.«

Fräulein Bock zuckte zusammen. Es wirkte fast, als hätte sie Karlsson gehört. Oder war sie ohnehin nervös, weil sie jetzt vor dem ganzen schwedischen Volk stand und zeigen sollte, wie man »Hildur Bocks gutes Kuddelmuddel« machte?

»Erzählen Sie mir doch mal«, sagte Herr Peck, »wie sind Sie auf die Idee gekommen, gerade dieses Kuddelmuddel zu machen?«

»Das will ich Ihnen erzählen«, sagte Fräulein Bock. »Wenn man eine Schwester hat, die nicht das kleinste bisschen vom Kochen versteht …«

Weiter kam sie nicht. Karlsson streckte eine kleine dicke Hand aus und stellte den Apparat ab.

»Der Hausbock kommt und geht, ganz wie ich will«, sagte er.

Aber da sagte Mama: »Mach sofort wieder an – und tu das nicht noch einmal, sonst fliegst du raus!«

Karlsson knuffte Lillebror in die Seite und flüsterte: »Darf man in diesem Haus gar nichts mehr machen?«

»Still, wir wollen Fräulein Bock sehen«, sagte Lillebror.

»Es muss tüchtig gesalzen und gepfeffert und gecurryt werden, dann wird es gut«, sagte Fräulein Bock.

Und sie salzte und pfefferte und curryte, dass es nur so staubte, und als das Kuddelmuddel fertig war, schaute sie schelmisch aus dem Bildschirm heraus und sagte: »Möchten Sie vielleicht ein wenig kosten?«

»Danke, ich nicht«, sagte Karlsson. »Aber wenn du mir Namen und Adressen gibst, dann hole ich dir einige von diesen Feuerfresserkindern.«

Hinterher dankte Herr Peck Fräulein Bock, dass sie gekommen war und gezeigt hatte, wie sie ihr gutes Kuddelmuddel machte, und dann war die Zeit offenbar um, aber da sagte Fräulein Bock:

»Ach bitte, könnte ich nicht meiner Schwester zu Hause in der Frejgatan einen Gruß senden?«

Herr Peck zögerte. »Nun ja – wenn es schnell geht.«

Und da winkte Fräulein Bock aus dem Bildschirm heraus und sagte:

»Hallo, Frieda, wie geht es dir? Ich hoffe, dass du nicht vom Stuhl gefallen bist.«

»Das hoffe ich auch«, sagte Karlsson. »Denn jetzt reicht es mit den Erdbeben im nördlichen Norrland.«

»Was meinst du damit?«, fragte Lillebror. »Du weißt doch gar nicht, ob Frieda genauso stark ist wie Fräulein Bock.«

»Denk mal, das weiß ich doch«, sagte Karlsson. »Ich war nämlich in der Frejgatan und habe hin und wieder gespukt.«

Dann aßen Karlsson und Lillebror noch mehr Sahnetorte und sahen sich einen Jongleur im Fernsehen an, der fünf Teller auf einmal in die Luft schleudern konnte, ohne einen einzigen fallen zu lassen. Lillebror fand Jongleure eigentlich langweilig, aber Karlsson sah mit funkelnden Augen zu und da war Lillebror glücklich. Alles war jetzt gerade lustig und es war so herrlich, sie alle beisammen zu haben, Mama, Papa, Birger, Betty und Bimbo – und dann Karlsson.

Als die Torte aufgegessen war, ergriff Karlsson die schöne Tortenplatte. Er leckte sie ganz sauber ab. Dann warf er sie in die Luft, so wie es der Jongleur mit seinen Tellern getan hatte.

»Alle Wetter«, sagte er, »dieser Bursche in der Büchse, der war gar nicht so übel. Aber rat mal, wer der beste Tellerwerfer der Welt ist!«

Er schleuderte die Tortenplatte hoch, dass sie fast bis an die Decke flog, und Lillebror bekam Angst.

»Nein, Karlsson, lass das!«

Mama und die anderen sahen sich jetzt eine Tänzerin im Fernsehen an und merkten nicht, was Karlsson trieb. Und es nützte nichts, dass Lillebror »Lass das!« sagte. Karlsson warf unbekümmert weiter.

»Es ist übrigens eine schöne Tortenplatte, die ihr habt«, sagte

Karlsson und schleuderte sie an die Decke. »*Gehabt habt*, sagen wir mal lieber«, sagte er und bückte sich, um die Scherben aufzuheben. »Na ja, das stört ja keinen großen Geist …«

Mama hatte jedoch das Krachen gehört, als die Platte kaputtging. Sie gab Karlsson einen tüchtigen Klaps auf sein Hinterteil.

»Es war meine beste Tortenplatte und es stört durchaus einen großen Geist«, sagte sie.

Lillebror war es nicht recht, dass man mit dem besten Tellerwerfer der Welt so umging, aber er verstand, dass Mama wegen ihrer Platte traurig war, und er beeilte sich, sie zu trösten.

»Ich nehme Geld aus meinem Sparschwein und kaufe dir eine neue.«

Aber da steckte Karlsson stolz die Hand in die Tasche und zog ein Fünförestück heraus, das er Mama übergab.

»Ich bezahle selbst, was ich kaputt schlage. Hier! Bitte sehr! Kauf dir eine Tortenplatte und das Geld, das übrig bleibt, kannst du behalten.«

»Danke, lieber Karlsson«, sagte Mama.

Karlsson nickte zufrieden. »Oder kauf ein paar billige kleine Vasen dafür, mit denen kannst du dann nach mir schmeißen, wenn ich zufällig herkomme und du zufällig böse auf mich wirst.«

Lillebror schmiegte sich an Mama.

»Du bist doch nicht böse auf Karlsson, Mama?«

Da streichelte Mama Karlsson und Lillebror und sagte, sie sei nicht böse.

Dann verabschiedete sich Karlsson. »Heißa hopsa, ich muss jetzt nach Hause, sonst komme ich zu spät zum Abendbrot.«

»Was gibt's bei dir zum Abendbrot?«, fragte Lillebror.

»Karlsson vom Dachs gutes Kuddelmuddel«, sagte Karlsson. »Nicht solch Fuchsgift wie das vom Hausbock, das schwör ich dir. Der beste Kuddelmuddler der Welt – rat mal, wer das ist!«

»Du, Karlsson«, sagte Lillebror.

Eine Weile später lag Lillebror in seinem Bett und Bimbo im Körbchen daneben. Sie waren alle bei ihm gewesen und hatten Gute Nacht gesagt, Mama und Papa und Birger und Betty. Jetzt wurde Lillebror allmählich müde. Aber er lag da und dachte an Karlsson und fragte sich, was Karlsson wohl jetzt gerade mache. Vielleicht war er dabei, irgendetwas zu tischlern, einen Nistkasten oder so etwas.

Morgen, wenn ich aus der Schule komme, dachte Lillebror, dann klingle ich nach Karlsson und frage ihn, ob ich nicht raufkommen und auch wieder ein bisschen tischlern darf. – Es war gut, dass Karlsson diese Klingelleitung gelegt hat, fand Lillebror. Ich kann sogar jetzt gleich klingeln, wenn ich will, dachte er und merkte plötzlich, dass das eine ausgezeichnete Idee war.

Er sprang aus dem Bett und lief auf bloßen Füßen ans Fenster, und dann zog er an der Schnur. Drei Mal. Dieses Zeichen sollte heißen: »Denk nur, dass es einen auf der Welt gibt, der so schön und grundgescheit und gerade richtig dick und mutig und in jeder Weise in Ordnung ist, genau wie du, Karlsson!«

Lillebror blieb am Fenster stehen, nicht weil er auf Antwort wartete, nein, er stand nur einfach da. Aber da kam Karlsson wahrhaftig an.

»Ja, denk nur«, sagte er.

Mehr sagte er nicht. Dann flog er zurück zu seinem kleinen grünen Haus auf dem Dach.

Der beste Karlsson
der Welt

Jedermann hat das Recht,
Karlsson zu sein

E ines Morgens erwachte Lillebror und hörte, wie sich Mama und
Papa in der Küche unterhielten. Es klang fast so, als wären sie
wegen irgendetwas ärgerlich oder traurig.

»Doch, jetzt ist Schluss«, sagte Papa. »Schau, was hier in der Zeitung steht, lies selbst!«

»Aber das ist ja schrecklich«, sagte Mama. »Oh, wie schrecklich!«

Lillebror kletterte schleunigst aus dem Bett. Er wollte auch wissen, was da so schrecklich war.

Und das sollte er erfahren! Auf der ersten Seite in der Zeitung stand in großen Buchstaben zu lesen:

FLIEGENDE TONNE - ODER WAS?

Und da stand weiter:

Was ist das für ein rätselhaftes und seltsames Ding, das hier in Stockholm herumfliegt? Die Leute behaupten, eine ungewöhnlich kleine fliegende Tonne oder etwas Ähnliches komme hin und wieder mit kräftig brummendem Motor über die Hausdächer im Vasaviertel gesaust. Das Luftfahrtamt weiß nichts von diesem merkwürdigen Flugverkehr und daher ist der Verdacht entstanden, dass man es mit einem unheimlichen ausländischen Spion zu tun habe, der hier herumfliegt und schnüffelt. Das muss untersucht werden, und was da herumfliegt, muss eingefangen werden. Ist es so ein kleiner, unheimlicher Spion, so muss er der Polizei übergeben werden, und zwar schnellstens. Wer kann das fliegende Rätsel im Vasaviertel aufklären? Zehntausend Kronen werden hiermit als Belohnung ausgesetzt für denjenigen, dem es gelingt, diesen brummenden Gegenstand einzufangen, was immer es auch sein mag. Man braucht das Ding nur auf der Redaktion dieser Zeitung abzuliefern und kann das Geld in Empfang nehmen.

»Armer Karlsson vom Dach«, sagte Mama. »Die Leute werden ihm das Leben aus dem Leibe jagen.«

Lillebror bekam einen Schrecken und wurde traurig und wütend, alles zugleich.

»Warum kann man Karlsson nicht in Ruhe lassen?«, schrie er. »Er hat ja gar nichts getan. Er wohnt nur oben auf dem Dach in seinem Haus und fliegt ein bisschen herum. Da ist doch nichts Schlimmes dabei?«

»Nein«, sagte Papa. »An Karlsson ist nichts Schlimmes. Er ist nur eben ein bisschen ... hm ... ungewöhnlich.«

Ja, natürlich war etwas Ungewöhnliches an Karlsson, das musste selbst Lillebror zugeben. Es ist ungewöhnlich, wenn kleine, dicke, motorisierte Männer in kleinen, besonderen Häusern oben auf dem Dach wohnen, Männer mit einem Propeller auf dem Rücken und einem Startknopf auf dem Bauch.

So ein kleiner Mann war Karlsson. Und Karlsson war Lillebrors bester Freund. Er war sogar mehr bester Freund als Krister und Gunilla, die Lillebror doch so sehr mochte und mit denen er spielte, wenn Karlsson plötzlich verschwunden war oder keine Zeit für ihn hatte. Karlsson fand, mit Krister und Gunilla sei nichts los. Er schnaubte jedes Mal, wenn Lillebror von ihnen sprach.

»Nenn bloß nicht diese lächerlichen Knirpse in einem Atemzug mit mir«, sagte er. »Ein schöner und grundgescheiter und gerade richtig dicker Mann in seinen besten Jahren – was denkst du, wie viele kleine dumme Jungen so einen besten Freund haben? Was?«

»Keiner außer mir«, sagte Lillebror und jedes Mal wurde ihm glücklich und warm ums Herz. Was für ein Glück, dass sich Karlsson ausgerechnet auf *seinem* Dach niedergelassen hatte! Das ganze Vasaviertel war voller solcher alter hässlicher vierstöckiger Häuser wie das, in dem Familie Svantesson wohnte, was für ein Glück also, dass Karlsson zufällig ausgerechnet auf ihrem Dach und nirgendwo sonst gelandet war.

Mama und Papa allerdings waren zu Anfang nicht sonderlich erbaut von Karlsson gewesen und Lillebrors Geschwister, Birger und Betty, mochten ihn zuerst auch nicht. Die ganze Familie – außer Lillebror natürlich – fand, Karlsson sei der grässlichste, verwöhnteste, unausstehlichste und grapschigste Tunichtgut, den man sich nur vorstellen konnte. Aber in der letzten Zeit hatten sie angefangen, sich alle an ihn zu gewöhnen. Sie mochten Karlsson jetzt beinahe gern und vor allen Dingen sahen sie ein, dass Lillebror ihn brauchte. Zwar hatte er einen eigenen Hund, einen wunderbaren kleinen, der Bimbo hieß, aber nicht einmal das war genug – Lillebror brauchte Karlsson.

»Und ich glaube, Karlsson braucht Lillebror auch«, sagte Mama.

Zuerst hatten Papa und Mama ihn geheim halten wollen. Sie wussten nur zu gut, was es für eine Aufregung geben würde, wenn zum Beispiel das Fernsehen Wind von ihm bekäme oder wenn die illustrierten Zeitungen über »Karlsson bei sich zu Hause« schrieben.

»Haha, das gäbe wirklich einen Riesenspaß«, hatte Birger einmal gesagt, »wenn Karlsson außen auf einer Illustrierten zu sehen wäre, in einem Salon stehend und an einem Strauß rosa Rosen riechend oder so ähnlich.«

»Du bist blöde«, sagte Lillebror darauf. »Karlsson hat keinen Salon, der hat bloß ein kleines, ulkiges Zimmer und keine Rosen.«

Das wusste Birger auch. Er und Betty und Mama und Papa waren einmal – aber nur ein einziges Mal – oben auf dem Dach gewesen und hatten sich Karlssons Haus angesehen. Sie waren vom Hausboden durch die Dachluke geklettert, die der Schornsteinfeger benutzte, und Lillebror hatte ihnen gezeigt, wie pfiffig Karlssons Haus hinter dem Schornstein und dicht an der Brandmauer des Nachbarhauses versteckt lag.

Mama war ganz entsetzt gewesen, als sie aufs Dach kam und die Straße tief dort unter sich liegen sah. Sie wäre beinahe in Ohnmacht gefallen und musste sich am Schornstein festhalten.

»Lillebror, versprichst du mir, dass du niemals allein hier heraufgehst?«, sagte sie.

Lillebror überlegte erst, bevor er es versprach.

»Ja«, sagte er schließlich, »ich gehe niemals allein hier herauf. Aber vielleicht *fliege* ich manchmal mit Karlsson hierher«, sagte er dann ziemlich leise. Wenn Mama es nicht gehört hatte, dann hatte sie wirklich selbst Schuld. Wie konnte sie übrigens verlangen, dass Lillebror Karlsson niemals besuchte? Sie hatte bestimmt keine Ahnung, wie schön es in Karlssons kleinem ulkigen Zimmer sein konnte, wo es so viel Krimskrams gab.

Aber jetzt würde natürlich alles zu Ende sein, dachte Lillebror verbittert, und bloß wegen dieser dummen Zeitungsschreibereien.

»Du musst Karlsson Bescheid sagen, dass er sich vorsieht«, sagte Papa. »Er darf in der nächsten Zeit nicht so oft herumfliegen. Ihr könnt euch ja in deinem Zimmer aufhalten, wo ihn keiner sieht.«

»Aber ich setz ihn an die Luft, wenn er rumtobt«, sagte Mama.

Sie stellte einen Teller Grütze vor Lillebror auf den Küchentisch und Bimbo bekam auch ein bisschen in seinen Fressnapf. Papa sagte Auf Wiedersehen und ging ins Büro. Und jetzt stellte sich heraus, dass Mama auch in die Stadt wollte.

»Ich geh nur schnell mal ins Reisebüro und erkundige mich, ob sie nicht irgendeine hübsche Reise für uns haben, jetzt, wo Papa Urlaub kriegt«, sagte sie und gab Lillebror einen Kuss. »Ich bin bald wieder da.«

Und dann war Lillebror allein. Allein mit Bimbo und mit seiner Grütze und mit seinen Gedanken. Und mit der Zeitung. Die hatte er neben sich gelegt und warf ab und zu einen kurzen Blick darauf. Unter dem, was da über Karlsson stand, war ein wunderschönes Bild von einem großen weißen Dampfer, der zu Besuch nach Stockholm gekommen war und im Hafen vor Anker lag. Lillebror schaute ihn sich an. Oh, wie war der schön! Lillebror hätte so ein Schiff gern einmal in Wirklichkeit gesehen oder wäre damit übers Meer gefahren!

Er versuchte, nur immer den Dampfer anzusehen, aber seine Augen blieben die ganze Zeit an dieser schrecklichen Überschrift hängen:

FLIEGENDE TONNE – ODER WAS?

Lillebror machte sich wirklich Sorgen. Er musste so rasch wie möglich mit Karlsson reden. Andererseits durfte er ihn nicht zu sehr erschrecken, denn wer weiß, ob Karlsson nicht solche Angst bekam, dass er auf und davon flog und nie mehr wiederkam!

Lillebror seufzte. Dann steckte er sich widerwillig einen Löffel Grütze in den Mund. Er schluckte sie nicht herunter, sondern ließ sie auf der Zunge liegen, wie um zu kosten. Lillebror war so ein kleiner dünner Junge mit schlechtem Appetit, wie es so viele gab.

Er stocherte bei Tisch immer in seinem Essen herum und es dauerte eine Ewigkeit, bis er fertig war.

Besonders gut ist die Grütze nicht, dachte Lillebror. Vielleicht würde sie ein bisschen besser werden, wenn er noch mehr Zucker darüberstreute. Er griff nach der Zuckerschale, aber im selben Augenblick hörte er Motorengebrumm vor dem Küchenfenster, und wupps, kam Karlsson hereingeflogen.

»Heißa hopsa, Lillebror«, rief er, »rat mal, wer der beste Beste Freund der Welt ist, und rat mal, weshalb er gerade jetzt kommt?«

Lillebror schluckte hastig herunter, was er im Mund hatte.

»Der beste Beste Freund der Welt, das bist du, Karlsson! Aber weshalb kommst du gerade jetzt?«

»Dreimal darfst du raten«, erwiderte Karlsson. »Weil ich Sehnsucht nach dir hatte, du kleiner dummer Junge, oder weil ich mich bloß verflogen habe und eigentlich mal kurz um den Königsgarten fliegen wollte oder weil ich merkte, dass es nach Grütze roch? Nun rate mal!«

Lillebrors Gesicht leuchtete auf vor Freude.

»Weil du Sehnsucht nach mir gehabt hast«, schlug er schüchtern vor.

»Falsch«, sagte Karlsson. »Und zum Königsgarten wollte ich auch nicht, das brauchst du also gar nicht erst zu raten.«

Zum Königsgarten, dachte Lillebror, oh, dorthin durfte Karlsson auf keinen Fall fliegen und auch sonst nirgendwohin, wo es von Menschen wimmelte, die ihn sehen konnten, das musste man ihm jetzt endlich klarmachen.

»Hör mal, Karlsson«, begann Lillebror, aber dann stockte er, denn er merkte plötzlich, dass Karlsson ein brummiges Gesicht machte. Er schaute Lillebror verdrossen an und schob schmollend die Lippen vor.

»Hier kommt man ausgehungert her«, sagte er, »aber ist da je-

mand, der einem einen Stuhl anbietet und einem einen Teller hin-
stellt, einem ein Lätzchen umbindet und einem einen Haufen Grütze
auftut und der sagt, man solle nun einen Löffel für Mama nehmen
und einen Löffel für Papa und einen Löffel für Tante Augusta ...?«

»Wer ist Tante Augusta?«, fragte Lillebror neugierig.

»Keine Ahnung«, sagte Karlsson.

»Ja, aber dann brauchst du doch für die keinen Löffel zu essen«,
meinte Lillebror und lachte.

Aber Karlsson lachte nicht.

»So, das meinst du? So, man soll also verhungern, nur weil man
nicht alle Tanten der Welt kennt, die vielleicht weit weg in Tumba
oder sonst wo sitzen und maulen.«

Lillebror holte schnell einen Teller und forderte Karlsson auf, sich
etwas aus der Grützeschüssel zu nehmen. Und immer noch leicht
verdrossen häufte Karlsson sich etwas auf den Teller. Er häufte und
häufte und zuletzt nahm er den Zeigefinger zu Hilfe, um den Rand
sauber zu wischen.

»Deine Mama ist goldig«, sagte Karlsson, »es ist nur schade, dass
sie so fürchterlich geizig ist. Viel Grütze habe ich im Laufe meines
Lebens gesehen, aber nie so wenig.«

Er kippte die Zuckerschale über seinem Teller aus und fing an.
In den nächsten Minuten hörte man in der Küche nichts als das
schlürfende Schmatzen, das entsteht, wenn jemand in rasender Eile
Grütze isst.

»Für einen Löffel für Tante Augusta reichte es leider nicht mehr«,
sagte Karlsson und wischte sich den Mund. »Aber wie ich sehe, sind
hier Wecken! Ruhig, ganz ruhig, Tante Augustachen, bleib ganz
ruhig da sitzen in Tumba, ich kann ja stattdessen zwei Wecken ver-
drücken! Oder vielleicht auch drei – oder vier – oder fünf!«

Während Karlsson Zimtwecken aß, grübelte Lillebror darüber
nach, wie er ihn am besten warnen könnte. Vielleicht war es das

Beste, er ließ es ihn selber lesen, dachte Lillebror und schob Karlsson etwas zögernd die Zeitung hin.

»Guck mal auf der ersten Seite«, sagte er finster, und das tat Karlsson. Sehr interessiert guckte er und dann setzte er einen kleinen dicken Zeigefinger auf das Bild mit dem weißen Dampfer.

»Oje, oje, jetzt ist wieder ein Dampfer umgekippt«, sagte er. »Nichts als Unglück und Unglück.«

»Ach, du hältst ja die Zeitung verkehrt rum«, sagte Lillebror.

Er hatte schon lange den Verdacht gehabt, dass Karlsson nicht so besonders gut lesen konnte. Aber Lillebror war ein gutherziger kleiner Kerl, der niemanden betrüben wollte, am allerwenigsten Karlsson. Daher sagte er nicht: »Haha, du kannst ja nicht lesen«, sondern drehte die Zeitung und das Schiff richtig herum, damit Karlsson sah, dass kein Schiffsunglück passiert war.

»Hier steht aber was über ein anderes Unglück«, sagte Lillebror. »Hör mal zu!«

Und dann las er Karlsson laut von der fliegenden Tonne und dem kleinen, unheimlichen Spion vor, der gefangen werden müsse, und von der Belohnung und all das.

»Man braucht das Ding nur auf der Redaktion dieser Zeitung abzuliefern und kann das Geld in Empfang nehmen«, schloss er mit einem Seufzer.

Aber Karlsson seufzte nicht, er jubelte. »Hoho«, schrie er und hopste ein paar Mal eifrig und fröhlich hoch, »hoho, der kleine unheimliche Spion ist schon so gut wie geschnappt. Ruf die Redaktion der Zeitung an und sag ihnen, ich liefere das Ding schon heute Nachmittag ab.«

»Was meinst du damit?«, fragte Lillebror erschrocken.

»Der beste Spionfänger der Welt, rat mal, wer das ist«, sagte Karlsson und zeigte stolz auf sich selbst. »Der Unterzeichnete: Karlsson. Wenn ich erst mit meinem großen Schmetterlingsnetz angerast komme! Sollte dieser kleine, unheimliche Spion wirklich hier im Vasaviertel herumfliegen, dann hab ich ihn noch vor Abend in meinem Kescher, darauf kannst du dich verlassen. Übrigens, hast du irgendeinen Koffer, in dem die Zehntausend Platz haben?«

Lillebror seufzte wieder. Die Sache schien noch verzwickter zu werden, als er gedacht hatte. Karlsson begriff ja nichts.

»Lieber Karlsson, hast du nicht verstanden, dass du die fliegende Tonne bist? Du bist es, den sie fangen wollen, das musst du doch begreifen!«

Karlsson hielt mitten in einem Freudensprung inne. In ihm gurgelte es, als hätte er plötzlich etwas in die falsche Kehle bekommen, und er starrte Lillebror bitterböse an.

»Fliegende Tonne!«, schrie er. »Nennst du *mich* eine fliegende Tonne? Und da soll man dein bester Freund sein, pfui!«

Er reckte sich, um womöglich ein bisschen größer zu wirken, und gleichzeitig zog er den Bauch ein, so weit er konnte.

»Du hast vielleicht noch nicht gemerkt«, sagte er von oben herab, »dass ich ein schöner und grundgescheiter und gerade richtig dicker Mann in meinen besten Jahren bin? Das hast du wohl noch nicht bemerkt, was?«

»Doch, Karlsson, doch, doch, Karlsson«, stammelte Lillebror. »Aber ich kann doch nichts dafür, was sie in der Zeitung schreiben. Du bist gemeint, da kannst du sicher sein.«

Karlsson wurde immer wütender.

»Man braucht das Ding nur auf der Redaktion der Zeitung abzuliefern!«, rief er erbittert. »Das Ding!«, brüllte er. »Wer mich ein Ding nennt, der kriegt eins zwischen die Augen, dass ihm die Nase abfliegt.«

Er machte ein paar kleine, drohende Hopser auf Lillebror zu. Das hätte er nicht tun sollen, denn jetzt wurde Bimbo lebendig. Bimbo wollte es nicht zulassen, dass einer sein Herrchen so anschnauzte.

»Nein, Bimbo, lass Karlsson in Ruhe«, sagte Lillebror und Bimbo zog sich wieder zurück. Er knurrte nur ein bisschen, damit Karlsson verstand, wie er über ihn dachte.

Karlsson setzte sich auf einen Hocker, finster und derart beleidigt, dass es nur so um ihn rauchte.

»Ich mach nicht mit«, sagte er, »ich mach einfach nicht mit, wenn du so gemein bist und mich ein Ding nennst und deine Bluthunde auf mich hetzt.«

Lillebror war verzweifelt. Er wusste nicht, was er sagen oder tun sollte.

»Ich kann doch nichts dafür, was in der Zeitung steht«, murmelte er.

Dann schwieg er. Karlsson schwieg auch. Er saß schmollend auf seinem Hocker. In der Küche herrschte eine beklemmende Stille.

Da lachte Karlsson plötzlich laut heraus. Er schoss von seinem Hocker hoch und knuffte Lillebror aus Spaß in den Bauch.

»Wenn ich aber ein Ding bin«, sagte er, »dann bin ich wenigstens das beste Ding der Welt, zehntausend Kronen wert! Hast du dir das mal überlegt?«

Lillebror fing ebenfalls an zu lachen. Oh, wie war es wunderbar, dass Karlsson wieder vergnügt war!

»Ja, das bist du ja tatsächlich«, sagte Lillebror begeistert. »Du bist zehntausend Kronen wert und das sind bestimmt nicht viele!«

»Niemand auf der ganzen Welt«, versicherte Karlsson. »So ein kleines, mageres Ding wie du zum Beispiel, du bist nicht mehr wert als höchstens eins fünfundzwanzig, das möchte ich wetten!«

Er drehte an seinem Startknopf und stieg jauchzend hoch ins Zimmer hinauf und flog mit fröhlichem Gejohle ein paar Ehrenrunden um die Deckenlampe.

»Hoho«, rief er, »hier kommt der Zehntausend-Kronen-Karlsson, hoho!«

Lillebror beschloss, sich nicht mehr um das alles zu kümmern. Karlsson war ja in Wirklichkeit gar kein Spion und die Polizei konnte ihn doch nicht einfach festnehmen, nur weil er Karlsson war. Das befürchteten Papa und Mama auch sicher nicht, das sah er plötzlich ein. Sie befürchteten natürlich, dass Karlsson sich nicht länger verheimlichen ließ, falls man eine Treibjagd auf ihn machte. Aber etwas wirklich Schlimmes würde ihm trotzdem nicht geschehen, das glaubte Lillebror nicht.

»Keine Angst, Karlsson«, sagte er tröstend. »Man kann dir gar nichts anhaben, nur weil du du bist.«

»Nein, jedermann hat das Recht, Karlsson zu sein«, versicherte Karlsson. »Bis jetzt gibt es allerdings nur ein einziges kleines, feines, gerade richtig dickes Exemplar.«

Sie hatten sich jetzt in Lillebrors Zimmer verzogen und Karlsson schaute sich erwartungsvoll um.

»Hast du nicht irgendeine Dampfmaschine, die wir explodieren können, oder irgendwas anderes, was ordentlich knallt? Knallen muss es tüchtig und lustig will ich's haben, sonst mach ich nicht mit«, sagte er, doch im selben Augenblick sah er die Tüte auf Lillebrors Tisch und er fiel darüber her wie ein Habicht. Mama hatte sie gestern Abend dort hingelegt. Sie enthielt einen großen, schönen Pfirsich und dieser Pfirsich schimmerte jetzt zwischen Karlssons kleinen dicken Fingern.

»Wir können teilen«, schlug Lillebror schnell vor. Er mochte Pfirsiche nämlich auch gern und es war ihm klar, dass er sich beeilen musste, wenn er etwas haben wollte.

»Meinetwegen«, sagte Karlsson. »Wir teilen. Ich nehme den Pfirsich und du die Tüte, dann kriegst du das Beste, denn mit einer Tüte kann man den größten Spaß haben.«

»Ach nein, danke«, sagte Lillebror. »Wir teilen den Pfirsich, du kannst dann ruhig die Tüte nehmen.«

Karlsson schüttelte ungehalten den Kopf.

»Noch nie hab ich einen so gefräßigen kleinen Jungen gesehen«, sagte er. »Na ja, wie du willst!«

Man brauchte ein Messer, um den Pfirsich durchzuschneiden, und Lillebror rannte in die Küche, um eines zu holen. Als er damit zurückkam, war Karlsson nicht zu sehen. Aber dann entdeckte Lillebror ihn unter dem Tisch, von wo ein eifriges Schlürfen zu hören war, so wie wenn jemand in rasender Eile einen saftigen Pfirsich verschlingt.

»Du, hör mal, was machst du da eigentlich?«, fragte Lillebror besorgt.

»Ich teile«, entgegnete Karlsson. Man hörte noch ein letztes Haps und dann kam Karlsson hervorgekrochen. Der Pfirsichsaft lief ihm am Kinn herunter. Er streckte Lillebror eine kleine dicke Hand entgegen und reichte ihm einen schrumpeligen braunen Pfirsichkern.

»Ich möchte immer, dass du das Beste kriegst«, sagte er. »Wenn du diesen Kern einpflanzt, dann kriegst du einen ganzen Pfirsichbaum, proppenvoll mit Pfirsichen. Gib zu, dass ich der Netteste der Welt bin, weil ich keinen Ärger mache, obwohl ich nur einen einzigen kleinen, elenden Pfirsich bekommen habe.«

Bevor Lillebror noch irgendetwas zugeben konnte, war Karlsson ans Fenster gestürzt, wo in einem Blumentopf eine rosa blühende Geranie stand.

»Und nett, wie ich bin, helfe ich dir auch, ihn einzupflanzen«, sagte er.

»Halt!«, schrie Lillebror. Aber es war zu spät. Karlsson hatte die Geranie schon aus dem Blumentopf herausgerissen, und ehe Lillebror ihn daran hindern konnte, hatte er die Pflanze zum Fenster hinausgeworfen.

»Du bist ja nicht bei Trost!«, rief Lillebror, aber Karlsson hörte nicht auf ihn.

»Ein ganzer großer Pfirsichbaum! Stell dir das mal vor! Zu deinem fünfzigsten Geburtstag kannst du so vielen Leuten, wie du willst, Pfirsich zum Nachtisch anbieten. Ist das nicht prima?«

»Doch, aber es ist nicht so prima, wenn Mama sieht, dass du ihre Geranie rausgerissen hast«, sagte Lillebror. »Und denk mal, wenn die nun ein Mann unten auf der Straße auf den Kopf gekriegt hat, was meinst du wohl, was der dann sagt?«

»Danke, lieber Karlsson, sagt der«, versicherte Karlsson. »Danke, lieber Karlsson, dass du die Geranie rausgerissen hast und sie nicht mit dem Blumentopf zusammen runtergeschmissen hast – wie es nach Ansicht von Lillebrors komischer Mama besser gewesen wäre.«

»Das ist wohl kaum ihre Ansicht«, widersprach Lillebror. »Was meinst du damit?«

Karlsson steckte den Kern in den Blumentopf und scharrte energisch Erde darüber.

»Doch, doch, das ist ihre Ansicht«, versicherte er. »Wenn nur die Geranie im Topf fest sitzt, dann ist sie zufrieden, deine Mama. Dass es für kleine Männer unten auf der Straße lebensgefährlich ist, das ist ihr ganz schnuppe. Ein Mann mehr oder weniger, das stört keinen großen Geist, sagt sie, wenn nur keiner meine Geranie rausreißt.«

Er sah Lillebror scharf an. »Aber wenn ich jetzt den Blumentopf auch runtergeschmissen hätte, wo hätten wir dann den Pfirsichbaum einpflanzen sollen? Was hast du gedacht?«

Lillebror hatte überhaupt nichts gedacht und er konnte keine Antwort geben. Es war schwierig, sich mit Karlsson zu einigen, wenn Karlsson in dieser Stimmung war. Aber zum Glück wechselte er ungefähr jede Viertelstunde die Laune; und plötzlich ließ er ein zufriedenes Glucksen hören.

»Die Tüte haben wir noch«, sagte er. »Mit Tüten kann man einen Mordsspaß haben.«

Das war Lillebror neu.

»Wieso denn?«, fragte er erstaunt. »Was kann man denn mit einer Tüte anstellen?«

Karlssons Augen begannen zu funkeln.

»Den kolossalsten Platsch der Welt«, sagte er. »Hoho, und was für einen Platsch! Und genau den werde ich jetzt gleich machen!«

Er nahm die Tüte und verschwand damit im Badezimmer. Lillebror ging neugierig hinterher. Er wollte gern wissen, wie man den kolossalsten Platsch der Welt machte.

Karlsson stand über die Badewanne gebeugt und ließ Wasser aus dem Hahn in die Tüte laufen.

»Du bist nicht bei Trost«, sagte Lillebror. »Man kann doch nicht Wasser in eine Papiertüte gießen! Was denkst du denn!«

»Und was ist das hier?«, fragte Karlsson und hielt Lillebror die Tüte, die gleich platzen musste, unter die Nase. Er hielt sie Lillebror einen kurzen Augenblick so hin, damit er sehen konnte, dass man durchaus Wasser in eine Papiertüte gießen konnte, dann aber sprintete er mit der Tüte in den Fäusten in Lillebrors Zimmer zurück.

Lillebror schoss hinterher, voll böser Ahnungen. Genau – Karlsson hing weit aus dem Fenster, sodass man nichts weiter sah als sein pralles Hinterteil und seine kurzen dicken Beine.

»Hoho«, schrie er, »passt auf, ihr da unten, denn jetzt kommt der kolossalste Platsch der Welt!«

»Halt!«, schrie Lillebror und beugte sich nun ebenfalls schnell aus dem Fenster. »Nein, Karlsson, nein!«, rief er ängstlich. Aber es war zu spät. Die Tüte war bereits unterwegs. Lillebror sah, wie sie gleich einer Bombe einer bedauernswerten Frau genau vor die Füße fiel, die in den Milchladen im Nachbarhaus gehen wollte, und sie hatte für den kolossalsten Platsch der Welt nichts übrig, das war zu sehen.

»Sie heult, als wäre es ein Blumentopf«, sagte Karlsson. »Und dabei ist es bloß ein bisschen gewöhnliches Wasser.«

Lillebror warf das Fenster mit lautem Krach zu. Er wollte nicht, dass Karlsson noch mehr Sachen rauswarf.

»Ich glaube, so was darf man nicht tun«, sagte er ernsthaft. Aber da lachte Karlsson schallend. Er machte einen kleinen Flug um die Deckenlampe herum und schielte kichernd zu Lillebror hinunter.

»Ich glaube, so was darf man nicht tun«, äffte er Lillebror nach. »Was denkst *du* denn, was man tun soll? Faule Eier in der Tüte runterschmeißen, was? Ist das wieder so ein komischer Einfall von deiner Mama?«

Er kam angeflogen und landete mit einem Plumps vor Lillebror.

»Ihr seid die Komischsten der Welt, du und deine Mama«, sagte er und klopfte Lillebror auf die Backe. »Aber ich mag euch trotzdem, so merkwürdig es ist.«

Lillebror wurde rot vor Freude. Es war doch herrlich, dass Karlsson ihn mochte und dass er Mama im Grunde auch mochte, wenn es auch nicht immer so aussah.

»Ja, ich bin selbst erstaunt«, sagte Karlsson. Er klopfte Lillebror immer weiter auf die Backe. Lange und kräftig klopfte er ihn und nach und nach immer heftiger. Zuletzt bekam Lillebror einen Schlag, der fast wie eine kleine Ohrfeige war, und dann sagte Karlsson:

»Oh, wie bin ich nett! Ich bin der Netteste der Welt. Und darum finde ich, wir spielen jetzt irgendwas Nettes, findest du nicht auch?«

Damit war Lillebror einverstanden und er begann sogleich nachzudenken: Was gab es Nettes, was man mit Karlsson spielen konnte?

»Zum Beispiel«, sagte Karlsson, »wir können spielen, dass dieser Tisch hier unser Floß ist, auf das wir uns retten, wenn die große Überschwemmung kommt – und die kommt jetzt gerade!«

Er zeigte auf ein kleines Wasserrinnsal, das langsam unter der Tür hervorquoll. Lillebror stöhnte auf.

»Hast du denn den Hahn im Badezimmer nicht zugedreht?«, fragte er erschrocken.

Karlsson legte den Kopf schief und guckte Lillebror sanft an.

»Dreimal darfst du raten, ob ich es getan habe oder nicht!«

Lillebror öffnete die Tür zur Diele. Doch, es stimmte, was Karlsson gesagt hatte. Die große Überschwemmung *war* gekommen. Das Badezimmer und die Diele standen so sehr unter Wasser, dass man darin planschen konnte, falls man wollte.

Karlsson wollte. Er sprang mit beiden Füßen zugleich in die Nässe hinein. »Hoho«, rief er, »an manchen Tagen geschehen nur lustige Sachen.«

Aber nachdem Lillebror den Hahn im Badezimmer zugedreht hatte und das Wasser aus der übervollen Badewanne hatte ablaufen lassen, sank er auf einen Stuhl in der Diele nieder und besah sich verzweifelt die Verwüstung.

»Auwei«, sagte er, »auwei, was wird Mama sagen?«

Karlsson hörte mitten in seiner Hopserei auf und sah Lillebror ärgerlich an. »Nee, nun hör aber auf«, sagte er, »wie viel darf deine Mutter eigentlich quengeln? Das ist doch bloß ein bisschen gewöhnliches Wasser!«

Er machte abermals einen Sprung, sodass Lillebror nass gespritzt wurde.

»Ganz angenehmes Wasser noch dazu« sagte er. »Man kriegt ja gratis ein Fußbad, sieh mal. Mag sie keine Fußbäder, deine Mama?«

Er hopste von Neuem los, sodass Lillebror noch mehr bespritzt wurde.

»Wäscht sie sich *nie* die Füße? Schmeißt sie *bloß* von morgens bis abends Blumentöpfe runter?«

Lillebror gab keine Antwort. Er hatte andere Sorgen. Endlich kam er in Bewegung. Oh, sie mussten jetzt so viel wie möglich aufwischen, bevor Mama nach Hause kam.

»Karlsson, wir müssen schnell machen ...«, sagte er und schoss vom Stuhl hoch. Er raste in die Küche und war gleich mit zwei Scheuerlappen wieder da.

»Karlsson, hilf mal«, fing er an. Aber dort war kein Karlsson. Kein Karlsson im Badezimmer und keiner in der Diele und auch keiner in Lillebrors Zimmer. Doch von draußen hörte Lillebror Motorengebrumm. Er rannte ans Fenster und da sah er etwas vorübersausen, was einer prallen Wurst ähnlich war.

»Fliegende Tonne – oder was?«, murmelte Lillebror.

Nein, keine fliegende Tonne! Sondern nur einfach Karlsson, unterwegs zu seinem grünen Haus auf dem Dach.

Aber jetzt entdeckte Karlsson Lillebror. Er machte einen Sturzflug und bog ab, am Fenster vorbei, dass es nur so pfiff. Lillebror winkte ihm eifrig mit den Scheuerlappen zu und Karlsson winkte mit seiner kleinen dicken Hand zurück.

»Hoho!«, schrie er. »Hier kommt der Zehntausend-Kronen-Karlsson, hoho!«

Dann war er weg. Und Lillebror ging in die Diele hinaus, in jeder Hand einen Scheuerlappen, und machte sich ans Aufwischen.

Karlsson fällt ein,
dass er Geburtstag hat

E s war wirklich ein Glück für Karlsson, dass er verschwunden war, als Mama vom Reisebüro nach Hause kam. Sie wurde tatsächlich böse, einerseits wegen der Geranie und andererseits wegen der Überschwemmung. Dabei hatte Lillebror den größten Teil schon aufgewischt.

Mama wusste sofort, wer hier seine Hand im Spiel gehabt hatte, und als Papa zum Essen nach Hause kam, erfuhr er alles.

»Ich weiß, es ist schändlich von mir«, sagte Mama, »ich habe mich ja allmählich mehr oder weniger an Karlsson gewöhnt, aber *manchmal* hab ich ein Gefühl, als ob ich gern zehntausend Kronen bezahlen würde, nur um ihn loszuwerden.«

»O pfui!«, sagte Lillebror.

»Na ja, nun wollen wir nicht mehr davon reden«, sagte Mama, »denn beim Essen soll man es gemütlich haben.«

Das sagte Mama dauernd: »Beim Essen soll man es gemütlich haben.« Lillebror fand das auch. Und gemütlich hatten sie es in der Tat, wenn sie alle um den Tisch saßen und sich über alles Mögliche unterhielten. Lillebror redete mehr, als er aß, jedenfalls wenn es gekochten Dorsch gab oder Gemüsesuppe oder Heringsklöße. Heute gab es aber Kalbskoteletts und hinterher Erdbeeren, und zwar nur, weil die Sommerferien gerade angefangen hatten und weil Birger und Betty wegfahren wollten, Birger in eine Segelschule und Betty auf ein Gut, wo es Pferde gab. Da mussten sie doch einen kleinen Abschiedsschmaus halten, Mama gab hin und wieder gern mal einen Festschmaus.

»Du brauchst aber nicht traurig zu sein, Lillebror«, sagte Papa, »wir fahren auch weg, Mama und du und ich.«

Und dann kam er mit der großen Neuigkeit heraus. Mama war im Reisebüro gewesen und hatte Fahrkarten für eine Kreuzfahrt bestellt mit genauso einem Dampfer wie dem, den Lillebror in der Zeitung gesehen hatte. In einer Woche sollte es losgehen und sie würden vierzehn Tage lang mit dem weißen Dampfer in allen möglichen Häfen anlegen und viele Städte besuchen. Würde das nicht Spaß machen, fragte Mama. Und fragte Papa. Und fragten Birger und Betty. »Ist das nicht fantastisch, Lillebror?«

»Doch«, sagte Lillebror und fühlte, dass es sicher Spaß machen würde. Aber er fühlte auch, irgendetwas sei daran nicht schön, und er wusste sofort, was es war: Karlsson! Wie sollte er Karlsson ausgerechnet jetzt allein lassen, wo Karlsson ihn tatsächlich brauchte? Lillebror hatte wirklich gründlich darüber nachgedacht, während er die große Überschwemmung aufwischte. Wenn Karlsson auch kein Spion war, sondern einfach nur Karlsson, so konnten trotzdem unangenehme Sachen passieren, wenn die Leute anfingen, Jagd auf ihn zu machen, um zehntausend Kronen an ihm zu verdienen. Wer weiß, was sie alles anstellen würden! Vielleicht steckten sie Karlsson in einen Käfig im Volkspark oder dachten sich etwas anderes Schreckliches aus. Auf alle Fälle würden sie ihn nicht weiter in dem Häuschen auf dem Dach wohnen lassen, das stand wohl fest.

Lillebror beschloss also, daheim zu bleiben und über Karlsson zu wachen. Und das erklärte er rundheraus, während er dort am Tisch saß und an seinem Kotelett knabberte.

Birger fing an zu lachen. »Karlsson in einem Käfig im Volkspark – oje! Stell dir vor, Lillebror, du kommst mit deiner Klasse dahin und ihr lauft herum und beguckt euch die Tiere und du liest die Schilder. Eisbär, liest du, und Elch und Wolf und Biber und Karlsson.«

»Tsss«, machte Lillebror.

Birger kicherte. »Karlsson, Füttern verboten – stell dir vor, wenn das da steht, Karlsson wäre vielleicht wütend!«

»Du bist blöd«, sagte Lillebror, »und wie!«

»Aber Lillebror«, sagte Mama, »wenn du nicht mitkommen willst, dann können wir ja auch nicht fahren, das muss dir doch klar sein.«

»Natürlich könnt ihr fahren«, sagte Lillebror. »Karlsson und ich können zusammen den Haushalt führen.«

»Hoho«, sagte Betty. »Und das ganze Haus unter Wasser setzen, wie? Und alle Möbel aus dem Fenster schmeißen?«

»Du bist blöd«, sagte Lillebror.

Es wollte ganz und gar nicht so gemütlich am Abendbrottisch werden wie sonst. Obgleich Lillebror so ein lieber und guter kleiner Kerl war, konnte er manchmal unglaublich eigensinnig sein. Jetzt war er hart wie Stein und wollte nichts mehr hören.

»Aber, mein Kerlchen …«, begann Papa. Weiter kam er nicht, denn in diesem Augenblick klappte der Deckel vom Briefschlitz mit einem Knall herunter.

Betty fuhr vom Tisch hoch, ohne erst um Erlaubnis zu fragen. Sie erwartete Post von allen möglichen langhaarigen Jungen. Darum hatte sie es immer so eilig, als Erste in den Flur hinauszukommen. Auf der Fußmatte lag auch ganz richtig ein Brief. Der war aber nicht an Betty von irgendeinem langhaarigen Jungen – im Gegenteil: Er war an Papa von Onkel Julius, der kein bisschen Haar auf dem Kopf hatte.

»Beim Essen soll man es gemütlich haben«, sagte Birger. »Dann dürfen keine Briefe von Onkel Julius kommen.«

Er war um mehrere Ecken herum mit Papa verwandt, Onkel Julius, und einmal im Jahr kam er nach Stockholm, um mit seinem Arzt zu sprechen und die Familie Svantesson zu besuchen. Onkel Julius wollte nicht in einem Hotel wohnen, das sei viel zu teuer, meinte er. Obwohl er Geld hatte wie Heu, aber damit ging er sehr sparsam um.

Keiner in der Familie Svantesson freute sich sonderlich, wenn Onkel Julius kam. Am allerwenigsten Papa. Aber Mama sagte immer:

»Du bist ja in Wirklichkeit der einzige Verwandte, den er hat, und er kann einem leidtun. Wir müssen freundlich zu dem armen Onkel Julius sein.«

Doch wenn Mama den armen Onkel Julius ein paar Tage im Hause hatte und er hatte ständig an ihren Kindern herumgemäkelt und über ihr Essen genörgelt und sich über alles beschwert, dann trat immer eine Falte zwischen Mamas Augenbrauen und sie wurde genauso schweigsam und sonderbar, wie Papa es immer wurde, sobald Onkel Julius nur zur Tür hereinkam. Und Birger und Betty hielten sich fern und waren fast nie zu Hause, solange Onkel Julius da war.

»Lillebror ist der Einzige, der ein bisschen nett zu ihm ist«, sagte Mama immer.

Aber selbst Lillebror konnte es zu viel werden, und als Onkel Julius das letzte Mal bei ihnen zu Besuch war, hatte Lillebror in seinem Block eine Zeichnung von ihm gemacht und unter das Bild geschrieben: Er ist blöd.

Onkel Julius hatte es zufällig gesehen und da hatte er gesagt:

»Dieses Pferd ist nicht besonders gut getroffen!«

Nein, Onkel Julius fand so ungefähr *nichts* besonders gut. Er war kein einfacher Gast, das war mal sicher, und wenn er dann endlich seinen Koffer packte und zurück nach Västergötland reiste, war es Lillebror so, als blühte das ganze Haus plötzlich auf und finge an, eine kleine fröhliche Melodie zu trällern. Alle wurden munter und aufgekratzt, als wäre irgendetwas richtig Lustiges passiert, und da-

bei war es nichts weiter, als dass der arme Onkel Julius abgefahren
war.

Nun aber würde er kommen, wie im Brief stand, und mindestens
vierzehn Tage bleiben. Das würde bestimmt ganz nett werden, schrieb
er, und außerdem hatte der Arzt gesagt, er brauche Behandlung und
Massage, denn er sei morgens immer in allen Gliedern steif.

»Nun ja, aus ist es mit der Kreuzfahrt«, sagte Mama. »Lillebror
will nicht mitkommen und Onkel Julius will herkommen!«

Da aber schlug Papa mit der Faust auf den Tisch und sagte, er
für seine Person gedenke die Kreuzfahrt zu machen und er gedenke
Mama mitzunehmen, und wenn er sie vorher kidnappen müsse, Lillebror könne mitkommen oder zu Hause bleiben, wie es ihm gefalle,
bitte sehr, er könne selbst wählen und Onkel Julius möge kommen
und bei ihnen wohnen und zum Arzt gehen, so viel er wolle, oder in
Västergötland bleiben, wenn er das lieber wolle, er aber gedenke die
Dampferfahrt zu machen, und wenn zehn Onkel Juliusse kämen, so,
und nun wüssten sie Bescheid.

»Na gut«, sagte Mama, »dann müssen wir mal überlegen.«

Und als sie zu Ende überlegt hatte, sagte sie, sie wolle dieses
Fräulein Bock fragen, die bei ihnen ausgeholfen hatte, als Mama im
Herbst krank war, ob sie eine Weile kommen und den Haushalt führen wolle – für zwei dickköpfige alte Junggesellen, nämlich Lillebror
und Onkel Julius.

»Samt einem dritten dickköpfigen alten Junggesellen mit Namen
Karlsson vom Dach«, sagte Papa. »Vergesst Karlsson nicht, denn er
wird die ganze Zeit hier rein- und rausschwirren.«

Birger lachte, dass er fast vom Stuhl gefallen wäre. »Der Hausbock, Onkel Julius und Karlsson vom Dach, das wird die gemütlichste Wirtschaft aller Zeiten!«

»Und mittendrin Lillebror, vergiss den nicht«, sagte Betty. Sie
hielt Lillebror mit beiden Händen fest und guckte ihm nachdenklich

in die Augen. »Man kann's nicht fassen, dass es so was wie meinen Lillebror gibt«, sagte sie. »Der bleibt lieber mit dem Hausbock und Onkel Julius und Karlsson vom Dach zu Hause, als dass er auf eine herrliche Kreuzfahrt mit seinen Eltern geht.«

Lillebror machte sich los. »Wenn man einen besten Freund hat, dann muss man sich schließlich um ihn kümmern«, sagte er brummig.

Man darf aber ja nicht denken, dass er nicht gewusst hätte, wie anstrengend das werden würde! Ganz kolossal anstrengend würde es sein mit Karlsson, der Onkel Julius und Fräulein Bock um die Ohren flatterte. Wahrhaftig, es war einer nötig, der zu Hause blieb und für Ordnung sorgte!

»Und das bin ich, das verstehst du, Bimbo, nicht wahr?«, sagte Lillebror. Das sagte er, als er schon ins Bett gegangen war und Bimbo in seinem Korb neben dem Bett lag und schnaufte.

Lillebror streckte einen Zeigefinger aus und kraulte Bimbo unterm Halsband.

»Es ist das Beste, wir schlafen jetzt«, sagte er, »damit wir auch alles schaffen.«

Da hörte man aber ganz unerwartet einen Motor brummen und Karlsson kam hereingeflogen.

»Ach ja, das ist wirklich allerhand«, sagte er. »Man muss auch an alles selbst denken! Da ist tatsächlich keiner, der einem auch nur ein bisschen denken hilft!«

Lillebror richtete sich im Bett auf. »An was denken?«

»Dass ich heute Geburtstag habe! Ich habe heute den lieben langen Tag Geburtstag gehabt und ich habe nicht dran gedacht, weil keiner mir auch nur mit einer Silbe gratuliert hat.«

»Nanu«, sagte Lillebror, »wie kannst du am achten Juni Geburtstag haben? Du hattest ja erst kurz vor Ostern Geburtstag, soviel ich weiß!«

»Ja, das war damals«, sagte Karlsson. »Aber man braucht doch nicht die ganze Zeit immer denselben alten Geburtstag zu haben, wenn man so eine große Auswahl hat. Achter Juni, das ist ein guter Geburtstag. Was hast du daran auszusetzen?«

Lillebror lachte. »Nee, meinetwegen kannst du Geburtstag haben, wann du willst.«

»Und nun«, sagte Karlsson und legte flehentlich den Kopf schief, »nun möchte ich gern meine Geschenke haben.«

Lillebror kletterte nachdenklich aus dem Bett. Es war nicht leicht, in aller Eile irgendein Geschenk hervorzukratzen, das für Karlsson passte. Er wollte es aber versuchen.

»Ich muss in meinen Schubladen nachgucken«, sagte er.

»Ja, tu das«, sagte Karlsson und stellte sich hin und wartete. Aber da fiel sein Blick auf den Blumentopf, in den er den Pfirsichkern gesteckt hatte, und er machte sich sogleich darüber her. Er fuhr mit dem Zeigefinger hinein und riss den Kern mit einem Ruck heraus.

»Ich muss nachsehen, wie viel er gewachsen ist«, sagte er. »Ho, ich glaube, der ist ganz schön gewachsen.«

Dann steckte er den Kern ebenso schnell wieder in die Erde und wischte seine schmutzigen Finger an Lillebrors Pyjama ab.

»In zehn, zwanzig Jahren, da bekommst du es herrlich«, sagte er.

»Wieso?«, fragte Lillebror.

»Dann kannst du im Schatten unterm Pfirsichbaum liegen und Mittagsschlaf halten. Das ist ein Glück, was? Aber das Bett musst du jedenfalls rausschmeißen. Man kann nicht wer weiß wie viele Möbel mit einem Pfirsichbaum zusammen stehen haben. Na, hast du 'n Geschenk gefunden?«

Lillebror hielt eines seiner kleinen Autos hoch, aber Karlsson schüttelte den Kopf. Das Auto war nicht das Richtige. Der Reihe nach versuchte Lillebror es nun mit einem Puzzlespiel und einem Halma und einem dicken Beutel mit Murmeln, aber Karlsson schüttelte jedes Mal den Kopf. Da begriff Lillebror, was Karlsson haben wollte: die Pistole! Die lag ganz hinten in der rechten Schreibtischschublade in einer Streichholzschachtel. Es war die kleinste Spielzeugpistole der Welt und auch die feinste. Papa hatte sie einmal, als er von einer Auslandsreise nach Hause kam, für Lillebror mitgebracht, und Krister und Gunilla waren tagelang neidisch gewesen, denn eine solche Pistole hatte noch keiner von ihnen gesehen. Sie sah genauso aus wie eine richtige Pistole, obgleich sie so klein war, und wenn man damit schoss, kam ein Knall, genauso heftig wie von einer richtigen Pistole. Es sei unbegreiflich, sagte Papa, wie sie so laut knallen konnte.

»Du musst vorsichtig sein«, hatte er gesagt, als er die Pistole in Lillebrors Hand legte. »Du darfst nicht damit herumlaufen und die Leute zu Tode erschrecken.«

Aus bestimmten Gründen hatte Lillebror es unterlassen, Karlsson die Pistole zu zeigen. Er fand es selbst nicht gerade anständig und es nützte im Übrigen auch gar nichts, denn gerade gestern hatte Karlsson sie doch entdeckt, als er Lillebrors Schreibtischfächer gründlich untersuchte.

Karlsson fand die Pistole auch besonders fein. Vielleicht ist das der Grund, weshalb er heute Geburtstag hat, dachte Lillebror und mit einem kleinen Seufzer holte er die Streichholzschachtel heraus.

»Herzlichen Glückwunsch zum Geburtstag«, sagte er.

Karlsson stieß zuerst ein Geheul aus, dann stürzte er sich auf Lillebror und küsste ihn heftig auf beide Backen und dann öffnete er die Streichholzschachtel und riss mit einem Juchzer die Pistole heraus.

»Der beste Beste Freund der Welt, das bist du, Lillebror«, sagte er und da freute sich Lillebror plötzlich so sehr, als hätte er hundert Pistolen. Er gönnte Karlsson diese eine kleine, an der ihm offenbar so viel lag, von ganzem Herzen.

»Du musst verstehen«, sagte Karlsson, »ich brauche sie wirklich. Ich brauche sie abends.«

»Wozu denn?«, fragte Lillebror besorgt.

»Wenn ich daliege und Schafe zähle«, sagte Karlsson.

Karlsson beklagte sich hin und wieder bei Lillebror über seinen schlechten Schlaf.

»Nachts schlafe ich wie ein Stein«, sagte er immer, »und vormittags auch. Aber nachmittags liege ich nur immer da und wälze mich von einer Seite auf die andere und manchmal kann ich auch abends nicht einschlafen.«

Darum hatte Lillebror ihm einen Trick beigebracht. Wenn man nicht einschlafen konnte, dann sollte man nur einfach die Augen zumachen und sich vorstellen, man sähe eine Menge Schafe über einen Zaun springen. Alle diese Schafe sollte man der Reihe nach zählen, und zwar gerade in dem Augenblick, wenn sie sprangen. Davon wurde man schläfrig und plötzlich war man eingeschlafen.

»Weißt du, ich konnte heute Abend nicht einschlafen«, sagte Karlsson. »Und so lag ich da und zählte Schafe. Und da kam ein kleines, ungezogenes Schaf, das wollte nicht springen, nee, es wollte und wollte nicht springen«, sagte Karlsson.

Lillebror lachte. »Weswegen wollte es denn nicht springen?«

»Es wollte einfach nur Ärger machen und stänkern«, sagte Karlsson. »Es stand am Zaun und bockte und wollte einfach nicht springen. Und da dachte ich, wenn ich eine Bistole hätte, dann wollte ich dir schon beibringen, wie du springen musst, und da fiel mir ein, dass du, Lillebror, eine Bistole in der Schreibtischschublade hast, und dann fiel mir ein, dass ich Geburtstag habe«, sagte Karlsson und streichelte verzückt die Pistole.

Dann wollte Karlsson sein Geburtstagsgeschenk ausprobieren. »Knallen muss es tüchtig und lustig will ich's haben, sonst mach ich nicht mit.«

Aber Lillebror verbot es sehr entschieden. »Kommt nicht infrage! Dann wecken wir das ganze Haus auf.«

Karlsson zuckte mit den Schultern. »Na, wennschon! Das stört doch keinen großen Geist! Die können doch wieder einschlafen! Haben sie keine eigenen Schafe, die sie zählen können, dann leih ich ihnen meine.«

Lillebror wollte trotzdem kein Probeschießen erlauben und da kam Karlsson auf einen Gedanken.

»Wir fliegen zu mir rauf«, sagte er. »Ich muss ja überhaupt einen Geburtstagsschmaus geben. Ist Torte da?«

Lillebror musste gestehen, dass keine Torte da war, und als Karlsson deswegen knurrte, sagte Lillebror, das störe doch nun wirklich keinen großen Geist.

»Torte, das hat nichts mit Geist zu tun«, sagte Karlsson. »Aber dann müssen wir eben sehen, dass wir es mit Wecken schaffen. Geh und hol alle, die da sind.«

Lillebror schlich in die Küche und kam mit einer ansehnlichen Ladung Zimtwecken wieder zurück. Mama hatte ihm ein für alle Mal erlaubt, dass er Karlsson Wecken geben dürfe, wenn es nötig sei. Und jetzt war es wahrhaft nötig.

Dagegen hatte Mama ihm nie erlaubt, mit Karlsson hinauf aufs Dach zu fliegen. Das hatte Lillebror allerdings vergessen und er wäre erstaunt gewesen, wenn jemand ihn daran erinnert hätte. Lillebror war es gewohnt, mit Karlsson zu fliegen; er fühlte sich ruhig und sicher und es kribbelte ihm nicht einmal im Bauch, wenn er wie jetzt mit Karlsson durchs Fenster schwebte und zu Karlssons Häuschen oben auf dem Dach hinaufschnurrte.

Juniabende in Stockholm sind mit nichts anderem in der Welt zu vergleichen. Nirgendwo leuchtet der Himmel in einem so seltsamen Licht, nirgendwo ist die Dämmerung so zauberhaft und so lieblich und so blau. Und in dieser blauen Dämmerung ruht die Stadt auf ihren fahlen Wassern, so als wäre sie aus irgendeiner alten Sage emporgestiegen und wäre überhaupt nicht wirklich.

Solche Abende sind für einen Weckenschmaus auf Karlssons Treppenvorplatz wie geschaffen. Meistens merkte Lillebror weder vom Licht des Himmels etwas noch von einer zauberischen Dämmerung und Karlsson seinerseits scherte sich überhaupt nicht darum. Als sie nun aber hier so beisammensaßen und Saft tranken und Wecken aßen, da empfand zum Mindesten Lillebror, dass dieser Abend mit keinem anderen zu vergleichen war. Und Karlsson merkte, dass Mamas Wecken mit keinen anderen Wecken zu vergleichen waren.

Das kleine Karlssonhaus war wohl auch mit keinem anderen Haus auf der Welt zu vergleichen, dachte Lillebror. Nirgendwo sonst konnte man ein so niedliches Häuschen in so schöner Lage und mit einer solchen Aussicht finden, und nirgendwo gab es wohl so viel Krimskrams an einem Ort beisammen. Karlsson war wie ein Eichhörnchen, er pfropfte seine Wohnung voll. Lillebror wusste nicht, woher er das alles hatte, und ständig kamen neue Dinge hinzu. Das meiste hängte Karlsson an die Wände, um leicht drankommen zu können, wenn er es brauchte.

»Der Krims muss links hängen und der Krams rechts«, hatte Karlsson Lillebror erklärt. Mitten zwischen all dem Krims und Krams hatte Karlsson auch zwei feine Bilder aufgehängt, die Lillebror sich gern anschaute. Karlsson hatte sie selbst gemalt. Das eine Bild stellte einen Hahn dar und hieß »Porträt von einem sehr einsamen kleinen roten Hahn«, das andere stellte einen Fuchs dar und hieß »Porträt von meinen Kaninchen«. Die Kaninchen konnte man allerdings nicht sehen, aber das komme daher, weil sie in dem Fuchs drinnen seien, sagte Karlsson.

»Wenn ich mal Zeit habe, male ich auch ein Porträt von einem ungezogenen kleinen Schaf, das nicht springen will«, erklärte Karlsson, den Mund voller Wecken.

Aber Lillebror hörte kaum hin. Die vielen Geräusche und Düfte der Sommernacht strömten über ihn hinweg, sodass ihm beinahe schwindlig wurde. Er roch den Duft von blühenden Linden auf der Straße und hörte das Klappern von Absätzen auf den Pflastersteinen tief dort unten. Menschen gingen an dem schönen Juniabend spazieren und dies Geklapper klang so sommerlich, fand Lillebror. Aus den Häusern rundherum kamen Stimmen, der Abend war ganz still und alles war sehr deutlich zu hören. Die Menschen unterhielten sich und sangen und schimpften und schrien und lachten und weinten durcheinander und wussten nicht, dass oben auf dem Dach ein Junge saß und lauschte, als hörte er eine Art Musik.

Nein, die wissen nichts davon, dass ich hier mit Karlsson sitze und es so schön habe und Wecken esse, dachte Lillebror zufrieden.

Aus einer Dachkammer etwas weiter weg ertönte ein mächtiges Gebrüll und Gejohle.

»Hör dir meine Diebshalunken an«, sagte Karlsson.

»Welche denn – meinst du Fille und Rulle?«, fragte Lillebror.

»Ja, andere Diebshalunken habe ich nicht, soviel ich weiß«, sagte Karlsson.

Lillebror kannte Fille und Rulle auch. Es waren die schlimmsten Gauner vom ganzen Vasaviertel und diebisch wie Elstern waren sie. Darum nannte Karlsson sie Diebshalunken. Letztes Jahr waren sie bei Familie Svantesson eingebrochen, um zu stehlen. Aber da hatte Karlsson Gespenst gespielt und sie so sehr erschreckt, dass sie sich bestimmt noch daran erinnerten. Und damals haben sie nicht mal einen Silberlöffel mitgekriegt.

Aber als Karlsson Fille und Rulle jetzt drüben in ihrer Dachkammer johlen hörte, stand er auf und klopfte sich die Weckenkrümel ab.

»Ich denke, es ist gut, wenn ich ihnen nach und nach ein bisschen Angst mache«, sagte er. »Sonst gehen sie bloß los und grapschen sich lauter Sachen, die nicht ihre sind.« Und dann flitzte er über die Hausdächer davon, auf die Dachstube zu. Lillebror hatte noch nie jemanden mit so kurzen dicken Beinen so schnell rennen sehen. Es war für jeden schwierig, da Schritt zu halten, und Lillebror war ja nicht daran gewöhnt, auf Dächern herumzulaufen, aber er strampelte hinter Karlsson her, so schnell er konnte.

»Diebshalunken sind was Abscheuliches«, sagte Karlsson, während er lief. »Wenn ich mir was grapsche, dann bezahle ich es sofort mit fünf Öre, denn ich bin der Ehrlichste der Welt. Jetzt sind meine Fünförestücke aber bald zu Ende und ich hab keine Ahnung, wo ich neue herkriegen soll.«

Bei Fille und Rulle stand das Fenster offen, aber die Vorhänge waren zugezogen und dahinter konnte man sie aus vollem Halse lachen und grölen hören.

»Jetzt wollen wir mal sehen, was da so spaßig ist«, sagte Karlsson und schob die Vorhänge einen kleinen Spalt auseinander, sodass er hindurchgucken konnte. Lillebror durfte auch gucken und er sah Fille und Rulle da drinnen in ihrem schmuddeligen Zimmer bäuchlings auf dem Fußboden liegen, eine Zeitung vor sich ausgebreitet, und was sie darin lasen, schien sie zu erheitern.

»Zehntausend Kronen, nee du, das haut mich um!«, schrie Rulle.

»Und er fliegt hier im Vasaviertel rum, nee, so 'n Dusel, was? So 'n Dusel!«, schrie Fille und er gluckste richtig vor Lachen.

»Mensch, Fille«, sagte Rulle, »ich kenn einen, der sich jetzt bald zehntausend Kronen verdient, hahaha!«

»Mensch, Rulle«, sagte Fille, »so einen kenn ich auch, einen, der bald einen kleinen, unheimlichen Spion fängt, hohoho!«

Als Lillebror sie so reden hörte, bekam er einen solchen Schrecken, dass er blass wurde, aber Karlsson kicherte.

»Und ich kenn einen, der jetzt gleich einen kleinen Schabernack macht«, sagte er und dann feuerte er die Pistole ab. Es gab einen Knall, dass es weithin über die Dächer hallte, und Karlsson schrie:

»Aufmachen, Polizei!«

Fille und Rulle in ihrer Dachkammer fuhren hoch, als hätten sie plötzlich Feuer unterm Hosenboden.

»Hulle, rau ab!«, schrie Fille.

Er meinte »Rulle, hau ab«, aber wenn Fille es mit der Angst bekam, dann konnte er nicht richtig sprechen.

»Rasch, rein in den Randschwank«, kreischte er und dann polterten sie beide, Fille und Rulle, in den Wandschrank und knallten die Tür hinter sich zu und waren nicht mehr zu sehen. Man konnte aber hören, wie Fille von drinnen ängstlich rief:

»Rille und Fulle sind nicht zu Hause, soll ich bestellen, nee, die sind *nicht* zu Hause, die sind ausgegangen!«

Später, als Karlsson und Lillebror wieder zu ihrem Treppenvorplatz zurückgekehrt waren, saß Lillebror da und ließ den Kopf hängen und war gar nicht vergnügt. Ihm war klar, was für eine schwierige Zeit er vor sich hatte, wenn er auf Karlsson aufpassen sollte, der so unvorsichtig war. Und dann noch solche Leute wie Rulle und Fille gleich um die Ecke! Und außerdem noch Fräulein Bock und Onkel Julius – oh, er hatte ja vergessen, Karlsson davon zu erzählen.

»Du, hör mal, Karlsson«, begann Lillebror. Aber Karlsson hörte nicht hin. Er hatte seinen Weckenschmaus wieder aufgenommen und eben gerade schlürfte er Saft aus einem kleinen blauen Becher, der einmal Lillebror gehört hatte und den Lillebror ihm zu seinem Geburtstag vor drei Monaten geschenkt hatte. Er hielt den Becher mit beiden Händen fest, so wie kleine Kinder es machen, aber eh er sich's versah, fiel ihm der Becher hin, genauso, wie es kleine Kinder auch machen.

»O weh«, sagte Lillebror, denn es war ein hübscher kleiner blauer Becher, der nicht kaputtgehen sollte. Das tat er auch nicht. Als der Becher gerade bis zu seinen Füßen geflogen war, fing Karlsson ihn geschickt mit den beiden großen Zehen auf. Er war nämlich in Socken und die großen Zehen ragten aus den Löchern seiner rot geringelten Strümpfe hervor wie zwei kleine schwarze Würstchen.

»Die besten großen Zehen der Welt, rat mal, wer die hat«, sagte Karlsson.

Er betrachtete liebevoll die schwarzen Würstchen und vergnügte sich eine ganze Weile damit, sie abwechselnd rausgucken und wieder in den Strümpfen verschwinden zu lassen, indem er die Zehen krümmte und wieder ausstreckte.

»Du, hör mal, Karlsson ...«, begann Lillebror von Neuem, aber Karlsson unterbrach ihn.

»Du kannst doch rechnen«, sagte er. »Wenn ich von oben bis unten zehntausend Kronen wert bin, was meinst du, wie viele Fünförestücke ich dann für meine beiden Zehen kriegen kann?«

Lillebror lachte. »Das weiß ich nicht. Willst du sie verkaufen?«

»Ja«, sagte Karlsson. »Und zwar an dich. Du kriegst sie ziemlich billig, weil sie ja schon etwas gebraucht sind. Und ...«, fuhr er nachdenklich fort, »weil sie immerhin ein bisschen angeschmuddelt sind.«

»Du bist wohl nicht bei Trost«, sagte Lillebror. »Du kommst doch nicht ohne deine großen Zehen aus!«

»Hab ich das denn gesagt?«, fragte Karlsson. »Die bleiben an mir dran, aber deine sind es trotzdem. Ich verleih sie nur.«

Er legte die Füße auf Lillebrors Knie, damit Lillebror begreifen sollte, dass die großen Zehen schon so gut wie seine waren, und sagte überredend:

»Denk bloß, jedes Mal wenn du sie siehst, dann sagst du: ›Diese niedlichen großen Zehen sind meine.‹ Ist das nicht goldig?«

287

Aber Lillebror wollte keine Große-Zehen-Geschäfte machen. Er versprach Karlsson, ihm auch ohnedies Fünförestücke zu schenken, alle, die er in seinem Sparschwein hatte. Und dann wollte er endlich das erzählen, was er zu erzählen hatte.

»Du, hör mal, Karlsson«, sagte er. »Kannst du raten, wer auf mich aufpassen soll, wenn Mama und Papa verreisen?«

»Der beste Kinderaufpasser der Welt, vermute ich«, sagte Karlsson.

»Meinst du dich selbst?«, fragte Lillebror, obwohl ihm ganz klar war, dass Karlsson genau das meinte. Und Karlsson nickte zustimmend.

»Ja, wenn du mir einen besseren Kinderaufpasser zeigen kannst, dann kriegst du fünf Öre.«

»Fräulein Bock«, sagte Lillebror. Er hatte Angst, Karlsson würde böse werden, weil Mama Fräulein Bock gebeten hatte zu kommen, da doch der beste Kinderaufpasser der Welt auf dem Dach wohnte und so schnell bei der Hand war, aber seltsamerweise schien Karlsson stattdessen entzückt und angeregt zu sein.

»Hoho!«, sagte er nur. »Hoho!«

»Was meinst du mit ›Hoho‹?«, fragte Lillebror besorgt.

»Wenn ich ›Hoho‹ sage, dann meine ich ›Hoho‹«, versicherte Karlsson und guckte Lillebror mit blitzenden Augen an.

»Und Onkel Julius kommt auch«, sagte Lillebror. »Er muss zum Doktor in Behandlung, er ist nämlich morgens immer in allen Gliedern steif.«

Und er erzählte Karlsson, wie schwierig Onkel Julius war und dass er die ganze Zeit in ihrer Wohnung wohnen sollte, während Mama und Papa auf diesem weißen Dampfer herumkreuzten und Birger und Betty weg waren.

»Ich möchte wirklich wissen, wie das wird«, sagte Lillebror bekümmert.

»Ho«, sagte Karlsson, »die werden ein paar Wochen erleben, die sie nie vergessen.«

»Meinst du Mama und Papa oder Birger und Betty?«, fragte Lillebror.

»Ich meine den Hausbock und Onkel Julius«, sagte Karlsson.

Da wurde Lillebror noch bekümmerter. Aber Karlsson streichelte ihm tröstend über die Backe.

»Ruhig, ganz ruhig! Wir spielen nette Spiele mit ihnen, denn wir sind die Nettesten der Welt – ich jedenfalls.«

Und dann feuerte er ganz dicht an Lillebrors Ohr einen Schuss ab, sodass Lillebror vor Schrecken in die Höhe schnellte.

»Und der arme Onkel Julius braucht nicht zum Doktor zu gehen und sich behandeln zu lassen«, sagte Karlsson. »Die Sache erledige ich.«

»Wie denn?«, fragte Lillebror. »Du weißt doch schließlich nicht, wie man jemanden behandelt, der steif in allen Gliedern ist?«

»Das soll ich nicht wissen?«, rief Karlsson. »Ich verspreche dir, dass ich Onkel Julius so gesund und beweglich mache wie einen Windhund. Es gibt dreierlei Arten dafür.«

»Was für Arten?«, fragte Lillebror misstrauisch.

»Tirritieren und schabernacken und figurieren«, sagte Karlsson. »Eine andere Behandlung ist nicht nötig.«

Lillebror schaute sich unruhig um, denn überall in den Häusern steckten die Leute die Köpfe heraus, um zu sehen, wer da geschossen hatte, und nun merkte er außerdem, dass Karlsson gerade von Neuem laden wollte. »Nee, Karlsson«, sagte Lillebror, »nee, Karlsson, schieß nicht mehr!«

»Ruhig, ganz ruhig«, sagte Karlsson. »Du«, sagte er dann, »ich denke da gerade über eine Sache nach. Meinst du nicht, es könnte möglich sein, dass der Hausbock auch in allen Gliedern ein bisschen steif ist?«

Bevor Lillebror noch antworten konnte, hob Karlsson jubelnd die Pistole hoch und drückte ab. Und es krachte und es knallte, dass es von den Dächern widerhallte. Aus den Häusern ringsum hörte man Stimmen, erschrockene und ärgerliche, und irgendwo rief jemand »Polizei!«. Da geriet Lillebror völlig außer sich. Karlsson aber saß nur da und kaute ruhig an einem Wecken, dem letzten, der noch übrig war.

»Was regen die sich so auf?«, sagte er. »Wissen die nicht, dass ich Geburtstag hab?«

Er schluckte den Rest Wecken hinunter. Und dann stimmte er ein Lied an, ein zufriedenes Liedchen, das im Sommerabend wunderhübsch klang:

»Knallen muss es tüchtig und lustig will ich's ha'm,
bosse bisse basse bisse bum fallera,
und Wecken zum Geburtstag muss ich ha'm,
bosse bisse basse bisse bum.
Heißa und hopsa und bum soll sein,
und alle soll'n lieb und gut zu mir sein,
ho und ho und ho,
so und so und so,
bosse bisse basse bisse bum.«

Karlsson ist
der Beste in der Klasse

Mama und Papa traten ihre Kreuzfahrt an einem Abend an, als der Regen herniederströmte, sodass es auf den Scheiben prasselte und in den Regenrinnen trommelte. Zehn Minuten bevor sie abfuhren, nicht eher, kam Fräulein Bock zur Tür hereingebraust, nass wie eine ertrunkene Katze und bärbeißig wie ein alter Seeräuber.

»Endlich«, sagte Mama. »Endlich!«

Sie hatte den ganzen Tag gewartet und jetzt war sie nervös, aber das begriff Fräulein Bock nicht. Sie sagte brummig:

»Ich konnte nicht eher kommen. Daran ist Frieda schuld.«

Mama hätte mit Fräulein Bock viel zu besprechen gehabt. Jetzt war dafür keine Zeit mehr, denn das Taxi stand schon auf der Straße und wartete.

»Das Wichtigste ist unser kleiner Junge«, sagte Mama und kriegte Tränen in die Augen. »Oh, wenn ihm nur nichts passiert, während wir weg sind.«

»Wo ich bin, da passiert nichts«, versicherte Fräulein Bock und Papa sagte, das verstehe er. Er sei sicher, dass alles gut gehen werde. Und dann umarmten sie Lillebror zum Abschied, Papa und auch Mama, und stürmten hinaus und verschwanden im Aufzug. Und nun war Lillebror mit Fräulein Bock allein.

Sie saß am Küchentisch, groß und grob und gnatzig, und glättete sich das nasse Haar mit ihren großen, groben Händen. Lillebror schaute sie scheu von der Seite an und lächelte ein bisschen, um sich freundlich zu zeigen. Er erinnerte sich an das letzte Mal, als sie sie im Hause hatten, wie sehr er sich vor ihr gefürchtet und wie wenig er sie zu Anfang gemocht hatte. Jetzt war das aber nicht so, jetzt war es fast ein schönes Gefühl, dass sie dort saß. Und wenn es auch allerlei Verwicklungen geben würde mit ihr und Karlsson im selben Haus, so war Lillebror Fräulein Bock trotzdem dankbar, dass sie gekommen war. Sonst hätte Mama ihn nie im Leben allein zu Hause bleiben und über Karlsson wachen lassen, das war ganz sicher. Darum wollte Lillebror schon gleich von Anfang an freundlich zu Fräulein Bock sein und er fragte höflich:

»Wie geht es Frieda?«

Fräulein Bock gab keine Antwort, sie fauchte nur. Lillebror hatte Fräulein Bocks Schwester Frieda nie gesehen, nur von ihr gehört. Ziemlich viel hatte er von ihr gehört. Durch Fräulein Bock. Fräulein Bock wohnte mit Frieda zusammen in einer Wohnung in der Frejgatan, aber es schien nicht besonders angenehm zu sein. Lillebror hatte verstanden, dass Fräulein Bock nicht gut auf ihre Schwester zu sprechen war und dass sie fand, sie trage die Nase reichlich hoch und spiele sich auf. Daran dachte Lillebror, weil Fräulein Bock nur fauchte, als er fragte: »Wie geht es Frieda?«

»Ach danke, ihr scheint es gut zu gehen«, sagte Fräulein Bock, nachdem sie zu Ende gefaucht hatte. »Sie hat sich einen Verlobten zugelegt, das arme Geschöpf!«

Lillebror wusste nicht recht, was er darauf antworten sollte, aber irgendetwas musste er doch sagen und er wollte auch gerne zeigen, dass er höflich sein konnte. Darum sagte er:

»Haben Sie nicht auch einen Verlobten, Fräulein Bock?«

Anscheinend hätte er das lieber nicht sagen sollen, denn Fräulein Bock stand mit einem Ruck auf und fing an abzuwaschen, dass es nur so klirrte.

»Nein, dem Himmel sei Dank«, sagte sie. »Und ich will auch keinen. Nicht alle müssen so verrückt sein wie Frieda.«

Sie wusch eine Weile schweigend ab, dass der Schaum aufwirbelte. Dann aber fiel ihr offenbar etwas ein und sie wandte sich unruhig zu Lillebror um.

»Hör mal, du, dieser kleine, widerliche dicke Junge, mit dem du damals immer gespielt hast, der kommt doch hoffentlich nicht mehr her, was?«

Fräulein Bock hatte nie gemerkt, dass Karlsson vom Dach ein schöner und grundgescheiter und gerade richtig dicker Mann in seinen besten Jahren war; sie dachte, er sei einer von Lillebrors gleichaltrigen Schulkameraden und ein ganz gewöhnlicher Frechdachs. Dass er ein Frechdachs war, der fliegen konnte, darüber hatte sie nicht näher nachgedacht. Sie dachte, einen solchen Motor könne man in jedem beliebigen Spielzeuggeschäft kaufen, wenn man genügend Geld hatte, und sie regte sich nur darüber auf, wie verwöhnt die Kinder heutzutage mit teuren Spielsachen seien.

»Bald fliegen sie womöglich zum Mond, bevor sie zur Schule kommen«, sagte sie. Und nun nannte sie Karlsson »diesen kleinen, widerlichen dicken Jungen« – das fand Lillebror wirklich nicht sehr freundlich.

»Karlsson ist nicht widerlich …«, begann er, aber in diesem Augenblick klingelte es an der Wohnungstür.

»Oh, kommt Onkel Julius jetzt schon?«, rief Lillebror und rannte hinaus, um aufzumachen.

Aber es war nicht Onkel Julius, es war Karlsson. Ein völlig durchnässter Karlsson stand dort in einer kleinen Pfütze von Regenwasser und machte ein vorwurfsvolles Gesicht.

»Wie lange muss man eigentlich im Regen rumfliegen und fluchen, nur weil du dein Fenster nicht offen stehen lässt?«, fragte Karlsson.

»Wieso, du hattest doch gesagt, du wolltest schlafen gehen«, verteidigte Lillebror sich, denn das hatte Karlsson tatsächlich gesagt. »Ich hab wirklich nicht gedacht, dass du heute Abend kommen würdest.«

»Du hättest ja hoffen können«, sagte Karlsson. »Du hättest ja denken können, vielleicht kommt er trotzdem, der liebe kleine Karlsson, oh, wie schön würde das sein, ja, *vielleicht* kommt er, denn er will doch sicher dem Hausbock Guten Tag sagen, das hättest du ja denken können.«

»Willst du das denn?«, fragte Lillebror ängstlich.

»Hoho«, sagte Karlsson und seine Augen blitzten, »hoho, was glaubst du?«

Lillebror war es ganz klar, dass er die beiden nicht beliebig lange getrennt halten konnte, Karlsson und Fräulein Bock, aber er war nicht darauf vorbereitet, dass sie schon am ersten Abend aufeinanderprallen würden. Er musste also mit Karlsson reden, aber Karlsson war schon auf dem Weg in die Küche, eifrig wie ein Jagdhund. Lillebror raste hinter ihm her und packte ihn am Arm.

»Du, Karlsson«, sagte er beschwörend, »sie denkt, du bist ein Klassenkamerad von mir, und das soll sie ruhig weiter denken, finde ich.«

Karlsson blieb wie angewurzelt stehen. Und dann gluckste es in ihm, wie immer, wenn er von irgendetwas so richtig begeistert war.

»Denkt sie wirklich, ich gehe auch in die Schule?«, sagte er jubelnd.

Und dann lief er in voller Fahrt weiter zur Küche.

Fräulein Bock hörte, wie sich jemand im Galopp näherte. Sie erwartete Onkel Julius und war erstaunt, dass ein alter Mann mit solcher Geschwindigkeit losprinten konnte. Erwartungsvoll schaute sie zur Tür, um den Schnellläufer zu sehen. Als die Tür aber aufging und Karlsson hereinstürmte, da keuchte sie, als hätte sie eine Schlange erblickt. Eine Schlange, die sie unter keinen Umständen in ihrer Küche haben wollte.

Das verstand Karlsson aber nicht. Er war in ein paar Sätzen bei ihr und schaute eifrig zu ihr hinauf in das übellaunige Gesicht.

»Und wer ist wohl der Beste in der Klasse, was meinst du?«, fragte er. »Rat mal, wer am besten im Rechnen ist und im Lesen und Schreiben und allem, allem?«

»Man sagt Guten Tag, wenn man hereinkommt«, sagte Fräulein Bock. »Und es interessiert mich nicht, wer der Beste in der Klasse ist. Du jedenfalls nicht.«

»Doch, denk mal, das bin ich doch«, sagte Karlsson, aber er verlor den Faden, es schien, als dächte er über etwas nach.

»Wenigstens im Rechnen bin ich der Beste«, sagte er finster, nachdem er zu Ende gegrübelt hatte. Aber dann zuckte er mit den Schultern.

»Na ja, das stört keinen großen Geist«, sagte er und begann, fröhlich in der Küche herumzuhopsen. Er umkreiste Fräulein Bock und plötzlich stimmte er ein lustiges und wohlbekanntes Liedchen an:

»Knallen muss es tüchtig und lustig will ich's ha'm …«

»Nein, Karlsson«, sagte Lillebror rasch, »nein, nein!«

Es hatte aber keinen Zweck.

»Bosse bisse basse bisse bum fallera!«, sang Karlsson. Und als er bis zum »fallera« gekommen war, ertönte plötzlich ein Knall und danach ein Schrei. Der Knall kam aus Karlssons Pistole und der Schrei von Fräulein Bock.

Lillebror dachte zuerst, sie würde ohnmächtig, denn sie ließ sich auf einen Stuhl sinken und saß nur stumm da und machte die Augen zu. Als aber Karlsson mit seinem »bosse bisse basse bisse bum fallera« fortfuhr, da schlug sie die Augen wieder auf und sagte zornig:

»Ich werd dich gleich bossen und bassen, dass du ewig dran denkst, wenn du das noch mal machst, du widerlicher Lümmel.«

Darauf gab Karlsson keine Antwort. Er steckte nur einen kleinen dicken Zeigefinger unter Fräulein Bocks Kinn und zeigte auf eine schöne Brosche, die sie dort hatte.

»Die ist aber fein«, sagte er. »Wo hast du die geklaut?«

»Aber Karlsson«, sagte Lillebror erschrocken, denn er sah ja, wie wütend Fräulein Bock wurde.

»So eine ... so eine ... so eine Unverschämtheit«, stotterte sie. Es verschlug ihr fast die Sprache, dann aber schrie sie: »Raus mit dir! Raus, sage ich!«

Karlsson schaute sie verwundert an.

»Na, na, nimm's nicht so schwer«, sagte er. »Ich frag doch bloß, und wenn man höflich fragt, kann man wohl eine höfliche Antwort erwarten, meine ich.«

»Raus!«, schrie Fräulein Bock.

»Übrigens«, sagte Karlsson, »da war noch was, was ich gern wissen wollte. Bist du nicht auch morgens immer ein bisschen steif in allen Gliedern und wie früh soll ich dann kommen und dich figurieren?«

Fräulein Bock sah sich wild nach irgendeiner Waffe um, mit der sie Karlsson hinausjagen konnte, und Karlsson lief hilfsbereit zum Besenschrank und zerrte einen Teppichklopfer heraus, den er ihr in die Hand steckte.

»Hoho«, schrie er und rannte in der Küche im Kreis herum. »Hoho, jetzt fängt's wieder an!«

Aber da schleuderte Fräulein Bock den Teppichklopfer von sich. Ihr war wohl eingefallen, wie sie Karlsson das vorige Mal mit dem Teppichklopfer gejagt hatte, und das wollte sie nicht noch einmal machen.

Lillebror fand, dass es nicht besonders gut anfing, und er fragte sich, wie lange Fräulein Bock es wohl aushalten würde, ohne wahnsinnig zu werden, wenn Karlsson so herumrannte und »Hoho« rief. Nicht mehr allzu lange, dachte Lillebror. Jetzt kam es darauf an, Karlsson so schnell wie möglich aus der Küche zu bugsieren. Und als Karlsson in der elften Runde vorbeipreschte, packte Lillebror ihn am Kragen.

»Karlsson«, sagte er flehentlich, »wir gehen lieber in mein Zimmer.«

Und Karlsson ging mit, wenn auch sehr widerwillig.

»Das ist doch blöd, aufzuhören, wo ich sie grade auf Trab gebracht hab«, sagte er. »Wenn ich noch ein bisschen hätte weitermachen dürfen, dann wäre sie dahergedampft gekommen, fröhlich und verspielt wie ein Seelöwe, da bin ich sicher.«

Er ging zu dem Blumentopf und grub wie gewöhnlich den Pfirsichkern aus, um nachzusehen, wie viel er gewachsen war. Lillebror kam auch und wollte gucken, und als er jetzt ganz dicht neben Karlsson stand, den Arm um dessen Schultern gelegt, da spürte er, wie nass

Karlsson war, der Ärmste. Er musste lange im Regen herumgeflogen sein.

»Frierst du denn nicht, wenn du so nass bist?«, fragte Lillebror.

Es schien, als ob Karlsson bis jetzt nicht daran gedacht hätte, nun aber fühlte er an sich herum.

»Doch, klar friere ich«, sagte er. »Aber wer kümmert sich denn schon darum? Wer wird traurig, wenn sein bester Freund durchnässt ankommt und vor Kälte bibbert, wer sorgt dafür, dass er sich die Sachen auszieht und sie zum Trocknen aufhängt, wer zieht ihm einen weichen, schönen Bademantel an und kocht ihm ein bisschen Kakao und setzt ihm auch einen Berg Wecken vor und steckt ihn ins Bett und singt ihm ein hübsches, trauriges Liedchen vor, damit er sanft einschlummert – wer tut das wohl?«

Er guckte Lillebror anklagend an.

»Nein, das tut keiner«, sagte er und seine Stimme zitterte, als wollte er gleich anfangen zu weinen.

Da hatte Lillebror es eilig, all das zu tun, was man nach Karlssons Meinung für seinen besten Freund tun müsse. Das Schwierigste war, Fräulein Bock dazu zu bringen, dass sie für Karlsson Kakao kochte und ihm Wecken gab, aber sie hatte weder Zeit noch Kraft, sich sonderlich zu sträuben. Sie war gerade dabei, ein Hähnchen für Onkel Julius zu braten, denn er konnte jeden Augenblick eintreffen.

»Bitte, du musst es selber machen, so gut du kannst«, sagte sie. Und das tat Lillebror auch. Und dann saß Karlsson rund und rosig in Lillebrors Bett, er hatte Lillebrors weißen Bademantel an und trank Kakao und aß Wecken und im Badezimmer waren sein Hemd und seine Hose und seine Unterwäsche und seine Schuhe und Strümpfe zum Trocknen aufgehängt.

»Ein trauriges Lied brauchst du nicht zu singen«, sagte Karlsson. »Aber du kannst mir ja in den Ohren liegen, dass ich heute bei dir übernachten soll.«

»Möchtest du das denn?«, fragte Lillebror.

Karlsson stopfte gerade einen ganzen Wecken in den Mund, daher konnte er nicht antworten; er nickte nur sehr nachdrücklich. Bimbo bellte. Er fand nicht, dass Karlsson in Lillebrors Bett liegen durfte. Aber Lillebror nahm Bimbo auf den Arm und flüsterte ihm ins Ohr:

»Ich kann auf dem Sofa schlafen, verstehst du, und dann stellen wir deinen Korb daneben.«

Fräulein Bock klapperte draußen in der Küche mit irgendetwas, und als Karlsson das hörte, sagte er entrüstet:

»Sie wollte es nicht glauben, dass ich der Beste in der Klasse bin.«

»Das ist doch gar nicht komisch«, sagte Lillebror. Er wusste nur zu genau, dass Karlsson im Lesen und Schreiben und Rechnen schlecht war, am allerschlechtesten im Rechnen, obwohl er Fräulein Bock das Gegenteil erzählt hatte.

»Du solltest üben«, sagte Lillebror. »Möchtest du vielleicht, dass ich dir ein bisschen Addition beibringe?«

Da schnaubte Karlsson, dass der Kakao weithin spritzte.

»Und möchtest du vielleicht, dass ich dir ein bisschen Benimm beibringe? Denkst du etwa, ich kann nicht Addi... ja, das, was du eben gesagt hast?«

Es war aber keine Zeit mehr zu irgendwelchen Rechenübungen, denn jetzt klingelte es kräftig an der Wohnungstür. Lillebror wusste, dass das Onkel Julius sein musste, und er flitzte hinaus, um aufzumachen. Er wollte am liebsten allein sein, wenn er mit Onkel Julius zusammentraf, und er dachte, Karlsson werde im Bett bleiben. Das dachte Karlsson aber nicht. Er kam hinter Lillebror hergerannt, wobei ihm der Bademantel um die Beine flatterte.

Lillebror machte die Tür sperrangelweit auf und da stand tatsächlich Onkel Julius mit einem Koffer in jeder Hand.

»Guten Tag, Onkel Jul...«, begann Lillebror. Weiter kam er nicht, denn im selben Augenblick gab es einen fürchterlichen Knall und im nächsten Augenblick fiel Onkel Julius ohnmächtig zu Boden.

»Aber Karlsson«, sagte Lillebror verzweifelt. Oh, wie bereute er es, dass er Karlsson jemals diese Pistole geschenkt hatte! »Was sollen wir jetzt machen, warum hast du das getan?«

»Man muss Salut schießen«, verteidigte sich Karlsson, »doch, Salut *muss* sein, wenn vornehmere Persönlichkeiten und Beamte höheren Grades zu Besuch kommen.«

Lillebror war so unglücklich, dass er hätte heulen können, Bimbo kläffte wie wahnsinnig und Fräulein Bock, die den Knall auch gehört hatte, kam angelaufen und begann mit den Armen zu fuchteln und in Wehklagen auszubrechen über den armen Onkel Julius, der dort auf der Türmatte lag gleich einer gestürzten Kiefer im Wald. Nur Karlsson ließ sich nicht aus der Ruhe bringen.

»Ruhig, ganz ruhig«, sagte er.

Er packte die Gießkanne, mit der Lillebrors Mama ihre Topfpflanzen begoss, und gab Onkel Julius eine gehörige Dusche. Es half tatsächlich. Onkel Julius schlug langsam die Augen auf.

»Es regnet in einem fort«, murmelte er. Als er aber all die besorgten Gesichter um sich herum erblickte, kam er ganz zu sich.

»Wo... worum handelt es sich?«, brüllte er wütend.

»Es handelt sich um einen Salut«, sagte Karlsson. »Bloß bei manchen Leuten ist es rausgeworfene Mühe, wenn sie einfach davon ohnmächtig werden.«

Aber nun kümmerte sich Fräulein Bock um den Onkel. Sie wischte ihn trocken und führte ihn ins Elternschlafzimmer, wo er untergebracht werden sollte, und man hörte, wie sie ihm erklärte, dass dieser kleine, widerliche dicke Bengel ein Klassenkamerad von Lillebror sei, der an die Luft gesetzt werden sollte, sowie er auftauchte.

»Da hörst du's«, sagte Lillebror zu Karlsson. »Versprich mir, dass du nie wieder Salut schießt!«

»Meinetwegen«, sagte Karlsson brummig. »Da kommt man nun her und versucht es den Gästen ein bisschen feierlich und hübsch zu machen! Aber kommt dann etwa einer angerannt, der einen auf beide Backen küsst und ruft, man wäre der größte Bruder Lustig der Welt? Nee, wirklich! Schlafmützen und Faulenzer, das seid ihr alle miteinander, die ganze Bande!«

Lillebror hörte nicht hin. Er horchte auf Onkel Julius' Klagelieder aus dem Schlafzimmer. Die Matratze sei zu hart, sagte Onkel Julius, und das Bett sei zu kurz und die Decken seien zu dünn. Ach ja, es war jetzt zu merken, dass Onkel Julius gekommen war.

»Er ist mit nichts zufrieden«, sagte Lillebror zu Karlsson. »Nur mit sich selbst ist er ganz und gar zufrieden, glaube ich.«

»Das werd ich ihm schnell austreiben, wenn du mich ganz lieb bittest«, sagte Karlsson.

Lillebror aber bat Karlsson ganz lieb, dies unter allen Umständen zu unterlassen.

Karlsson übernachtet
bei Lillebror

E ine Weile später saß Onkel Julius am Esstisch und aß Hähnchen, während Fräulein Bock und Lillebror und Karlsson und Bimbo dabeistanden und zuguckten. Ganz wie ein König, dachte Lillebror. Denn die Lehrerin in der Schule hatte erzählt, dass die Könige in früherer Zeit immer Leute hatten, die neben ihnen standen und zuschauten, wenn sie aßen.

Onkel Julius war fett und hatte ein sehr hochmütiges und selbstgefälliges Aussehen, aber so sahen diese alten Könige wohl manchmal aus, wenn Lillebror sich recht erinnerte.

»Schaff den Hund raus, Lillebror«, sagte Onkel Julius. »Du weißt doch, dass ich Hunde nicht leiden kann.«

»Aber Bimbo tut doch nichts«, wandte Lillebror ein. »Er ist ja ganz still und artig.«

Da setzte Onkel Julius eine scherzhafte Miene auf, wie er es immer tat, wenn er etwas Unangenehmes sagen wollte.

»Aha, so ist das also heutzutage«, sagte er. »Kleine Jungen haben Widerworte, wenn sie gehorchen sollen. Aha, so ist das also ... Ich kann nicht gerade behaupten, dass mir das gefällt.«

Karlsson hatte bis jetzt nicht die Augen von dem Hähnchen gewandt, nun aber schaute er Onkel Julius nachdenklich an. Er stand eine ganze Zeit so da und sah ihn nur an.

»Onkel Julius«, sagte er schließlich, »hat dir mal einer gesagt, dass du ein schöner und grundgescheiter und richtig dicker Mann in deinen besten Jahren bist?«

Ein so großartiges Kompliment hatte Onkel Julius wohl kaum erwartet. Er war richtig entzückt, das konnte man sehen, obwohl er es sich auf keinen Fall anmerken lassen wollte. Er gab ein kleines bescheidenes Lachen von sich und sagte:

»Nein, das hat mir noch keiner gesagt!«

»So, so, nicht?«, sagte Karlsson. »Wie in aller Welt ist dann so eine verrückte Idee in deinem Hirn entstanden?«

»Aber Karlsson ...«, sagte Lillebror vorwurfsvoll, denn jetzt fand er Karlsson wirklich unverschämt. Da wurde Karlsson aber böse.

»Aber Karlsson und aber Karlsson und aber Karlsson«, sagte er. »Warum liegst du einem damit die ganz Zeit in den Ohren, ich hab doch nichts gemacht.«

Onkel Julius schaute Karlsson streng an, doch dann entschloss er sich offenbar, ihn einfach links liegen zu lassen. Er beschäftigte sich wieder mit seinem Hähnchen, und Fräulein Bock ermunterte ihn und nötigte ihn, ein wenig mehr zu nehmen.

»Ich hoffe, es schmeckt«, sagte sie.

Onkel Julius ging einer Hähnchenkeule mit den Zähnen zu Leibe, dass es nur so krachte, und dann sagte er auf seine scherzhafte Art:

»O ja, danke! Wenn auch dieser Hahn sicher vier, fünf Jahre alt ist. Ich merke es an den Zähnen.«

Fräulein Bock schnappte nach Luft und auf ihre Stirn traten sofort ein paar böse Falten.

»Ein Hähnchen hat aber keine Zähne«, sagte sie bissig.

Da sah Onkel Julius sie ganz belustigt an.

»Nein, aber ich«, sagte er.

»Aber nachts nicht, soviel ich gehört habe«, sagte Karlsson und Lillebror wurde über und über rot, denn er war es, der Karlsson erzählt hatte, dass Onkel Julius seine Zähne in ein Glas Wasser tat, das neben dem Bett stand, wenn er schlafen wollte.

Zum Glück fing Fräulein Bock im selben Augenblick an, laut zu heulen, weil Onkel Julius fand, das Hähnchen sei zäh. Nichts knickte sie so sehr, als wenn die Leute an ihrer Kochkunst etwas auszusetzen hatten, und nun weinte sie bitterlich.

Onkel Julius hatte wohl kaum vermutet, dass sie es so schwer nehmen würde. Er bedankte sich eiligst für das Essen und ging beinahe beschämt zum Schaukelstuhl, wo er sich hinter einer Zeitung verstecken konnte.

Karlsson warf ihm einen bösen Blick zu.

»Pfui, wie hässlich doch manche Leute sein können«, sagte er und dann lief er zu Fräulein Bock und streichelte sie überall, wo er hinlangen konnte.

»So, so, na, na, mein Herzchen«, sagte er tröstend. »Zähe Hähnchen, das stört wirklich keinen großen Geist und du kannst doch schließlich nichts dafür, dass du nie ordentlich hast kochen können.«

Da aber stieß Fräulein Bock ein noch wilderes Geheul aus und versetzte Karlsson einen Puff, dass er rückwärts durch den Raum flog und auf dem Schoß von Onkel Julius im Schaukelstuhl landete.

»Hoho«, kreischte Karlsson, und bevor Onkel Julius ihn noch abschütteln konnte, hatte Karlsson es sich auf seinem Schoß gemütlich gemacht. Er zog die Zehen unter den Bademantel und machte sich ganz klein und weich, und dann sagte er mit einem zufriedenen Gurren:

»Wollen wir spielen, dass du mein Großvater bist? Und dann erzählst du mir ein Märchen, das darf aber nicht zu gruselig sein, sonst krieg ich solche Angst.«

Onkel Julius wollte auf gar keinen Fall Karlssons Großvater sein und außerdem hatte er etwas Interessantes in der Zeitung entdeckt.

Er schob Karlsson kurzerhand auf den Fußboden hinunter und dann wandte er sich an Fräulein Bock.

»Was lese ich in der Zeitung?«, sagte er. »Haben Sie Spione, die im Vasaviertel herumfliegen?«

Lillebror wurde ganz steif, als er das hörte. Das konnte ja heiter werden! Weshalb musste Onkel Julius ausgerechnet diese elende Zeitung in die Hände bekommen? Die war ja über eine Woche alt und hätte schon längst weggeworfen werden müssen.

Aber zum Glück konnte Onkel Julius nur höhnisch lachen über alles, was in den Zeitungen stand.

»Die glauben wirklich, sie können den Leuten jeden Quatsch auf die Nase binden«, sagte er. »Und sie schreiben auch jeden Mist, nur damit man die Zeitung kauft. Spion – so ein Blödsinn! Sie haben doch wohl noch keinen Spion oder eine fliegende Tonne in dieser Gegend herumfliegen sehen?«

Lillebror hielt den Atem an. Erzählt sie jetzt, dass dieser kleine, widerliche dicke Bengel manchmal fliegt, dann ist es passiert, dachte er, dann musste zum Mindesten Onkel Julius anfangen, sich Gedanken zu machen.

Fräulein Bock konnte es aber offenbar nicht in ihren Kopf hineinbekommen, dass an Karlsson und seiner Fliegerei etwas nicht geheuer war. Außerdem schluchzte sie immer noch, sodass sie kaum sprechen konnte.

»Spion? Nee, nicht dass ich wüsste«, sagte sie weinend. »Das ist doch alles Blech, was die Zeitungen so schreiben, finde ich.«

Lillebror seufzte erleichtert auf. Wenn er Karlsson jetzt noch dazu bringen konnte, dass er nie, nie, nie flog, wenn Onkel Julius es sah, dann würde alles vielleicht doch noch gut ausgehen.

Lillebror schaute sich nach Karlsson um, aber der war nicht zu sehen. Karlsson war verschwunden. Das machte Lillebror Sorgen und er wollte ihn sofort suchen, doch Onkel Julius hielt ihn zurück.

Er wollte unbedingt wissen, wie es mit Lillebror in der Schule stand, und wollte ihn prüfen, ob er gut kopfrechnen konnte, und dabei hatte man doch Sommerferien mit allem Drum und Dran. Zuletzt jedoch riss Lillebror sich los und rannte in sein Zimmer, um nachzusehen, ob Karlsson dort war.

»Karlsson«, rief er, sowie er zur Tür hineingekommen war, »Karlsson, wo bist du?«

»In deinen Pyjamahosen«, sagte Karlsson. »Wenn man diese jämmerlichen Wurstpellen Pyjamahosen nennen kann!«

Er saß auf dem Bettrand und versuchte sich in die Hosen zu zwängen. Sosehr er aber zerrte und zog, es wollte nicht gelingen.

»Du kriegst einen von Birgers Schlafanzügen«, sagte Lillebror und rannte weg, um einen Anzug aus Birgers Zimmer zu holen, der einem gerade richtig dicken Mann von Karlssons Sorte einigermaßen passte. Die Hosenbeine und die Ärmel waren natürlich viel zu lang, da half sich Karlsson aber im Handumdrehen. Er schnitt sie einfach ab, Lillebror merkte es erst, als es zu spät war, und dann machte er sich nichts daraus, denn Pyjamas störten keinen großen Geist. Nichts durfte den herrlichen Spaß verderben, dass Karlsson bei ihm übernachten wollte.

Lillebror hatte für sich selbst mit Birgers Decken auf dem Sofa ein Bett gemacht und Bimbos Korb dicht danebengestellt. Jetzt lag Bimbo da und versuchte zu schlafen, aber hin und wieder öffnete er ein Auge und guckte misstrauisch zu Karlsson hinüber. Der wühlte in Lillebrors Bett herum und machte sich ein bequemes Lager zurecht.

»Ich möchte ein warmes kleines Nest haben, sozusagen«, sagte er.

Er sah in Birgers Schlafanzug wirklich lieb aus, fand Lillebror, und wenn er nun noch die Decke ordentlich um Karlsson herum feststopfen würde, dann würde er tatsächlich wie in einem warmen kleinen Nest liegen. Aber Karlsson wollte nicht, dass die Decke um ihn festgestopft würde.

»Noch nicht«, sagte er. »Wenn man bei jemand übernachtet, dann muss man lauter lustige Sachen machen. Man muss im Bett Butterbrote mit Salami essen, man muss ein Sackbett* machen und man muss eine Kissenschlacht machen. Wir fangen mit den Wurstbroten an.«

»Aber du hast doch gerade erst einen Haufen Wecken gegessen«, sagte Lillebror.

»Wenn man alles das, was man machen *muss*, nicht macht, dann mach ich nicht mit«, sagte Karlsson. »Hol die Butterbrote.«

Lillebror schlich sich in die Küche und strich Butterbrote. Niemand störte ihn. Fräulein Bock saß im Wohnzimmer und unterhielt sich mit Onkel Julius. Sie hatte ihm wohl jetzt verziehen, was er über das Hähnchen gesagt hatte.

Dann saß Lillebror mit Karlsson auf dem Bettrand und guckte zu, wie Karlsson Butterbrote aß. Er war ganz glücklich. Es war wirklich lustig, dass er seinen besten Freund bei sich hatte, und Karlsson war ausnahmsweise auch einmal zufrieden und vergnügt.

»Butterbrote sind gut und du bist gut und der Hausbock ist auch gut«, sagte er. »Wenn sie auch nicht glauben wollte, dass ich der Beste in der Klasse bin«, fügte er hinzu und nun umwölkte sich seine Miene. Es war deutlich zu sehen, dass er sich immer noch darüber grämte.

»Ach was«, sagte Lillebror, »mach dir doch nichts daraus! On-

---

* Ein Sackbett machen: Man schlägt das Unterbett hoch, sodass es das Kopfkissen bedeckt. Nun legt man Überlaken und Überdecke hin wie üblich, schlägt das Überlaken oben um und dann auch das Unterlaken, das den Umschlag des Überlakens decken muss. Wer jetzt in das Bett steigt, kann die Beine nicht ausstrecken, weil das untere Laken einen Sack bildet.

kel Julius will, *ich* soll der Beste in der Klasse sein, und das bin ich nicht.«

»Nein, das fehlte auch noch«, sagte Karlsson. »Aber ich könnte dir ein bisschen beibringen, zum Beispiel Addi... so was, was du gesagt hast.«

»Addition«, sagte Lillebror. »Du willst *mir* das beibringen?«

»Ja, denn ich bin der beste Additioner der Welt.«

Lillebror lachte.

»Das wollen wir doch mal ausprobieren«, sagte er. »Machst du mit?«

Karlsson nickte. »Los! Fang an!«

Da fing Lillebror an. »Wenn du zum Beispiel von Mama drei Äpfel bekommst ...«

»Ja bitte, her damit«, sagte Karlsson.

»Unterbrich mich nicht«, sagte Lillebror. »Wenn du von Mama drei Äpfel bekommst und zwei von Papa und zwei von Birger und drei von Betty und einen von mir ...«

Weiter kam er nicht, denn Karlsson hielt anklagend einen Zeigefinger hoch.

»Ich wusste es ja«, sagte Karlsson. »Ich wusste, dass du der Geizigste von der ganzen Familie bist, und das will was heißen.«

»Tss, darum geht es jetzt doch gar nicht«, sagte Lillebror.

Aber Karlsson fuhr eigensinnig fort:

»Es wäre schön gewesen, wenn du mir einen kleinen Sack mit ganz vielen Äpfeln geschenkt hättest und mit zwei Birnen und noch einigen von diesen kleinen, guten gelben Pflaumen, du weißt schon, welchen!«

»Mach jetzt keinen Streit, Karlsson«, sagte Lillebror. »Dies ist einfach nur Addition. Du bekommst einen Apfel von Mama ...«

»Halt!«, schrie Karlsson böse. »Da mach ich nicht mit. Wo hat sie die beiden anderen gelassen, die ich eben von ihr gekriegt habe?«

Lillebror seufzte. »Lieber Karlsson, das mit den Äpfeln spielt keine Rolle. Die nehme ich nur, damit du verstehst, um was es hier geht.«

Karlsson fauchte. »Ich versteh ganz gut, um was es hier geht. Es geht darum, dass deine Mama meine Äpfel auffuttert, sobald man ihr den Rücken kehrt.«

»Mach keinen Streit, Karlsson«, sagte Lillebror von Neuem. »Wenn du von Mama drei Äpfel kriegst …«

Karlsson nickte zufrieden. »Da siehst du! Es nützt was, wenn man den Mund aufmacht! Das wusste ich doch. Aber sorg dafür, dass das nicht wieder vorkommt. Ich soll also drei Äpfel von deiner Mama kriegen und zwei von deinem Papa und zwei von Birger und drei von Betty und einen von dir, denn du bist am geizigsten …«

»Ja, wie viele Äpfel hast du dann?«, fragte Lillebror.

»Was denkst du?«

»Ich denke gar nichts, denn ich weiß es«, versicherte Lillebror.

»Dann sag es doch«, sagte Karlsson.

»Nein, du sollst es doch sagen, das ist es ja gerade!«

»O ja, bild du dir das ruhig ein! Sag es jetzt – ich wette, du sagst was Falsches!«

»Denk mal, das tu ich aber nicht«, sagte Lillebror. »Du hast dann elf Äpfel.«

»Denkst du, ja!«, sagte Karlsson. »Aber da bist du schief gewickelt. Ich hab nämlich vorgestern Abend in einem Garten auf Lidingö sechsundzwanzig Äpfel geklaut und davon habe ich nur noch drei und dann einen, den hab ich nur angebissen – was sagst du nun?«

Lillebror schwieg erst mal und wusste nicht, was er dazu sagen sollte. Aber dann fiel es ihm ein.

»Haha, da hast du aber ordentlich geschwindelt«, sagte er. »Im Juni sind keine Äpfel an den Bäumen.«

»Ach nee«, sagte Karlsson. »Wo habt ihr dann eure hergekriegt, du und die anderen Apfeldiebe hier im Haus?«

Da gab Lillebror es auf, Karlsson noch mehr Rechnen beizubringen.

»Aber jetzt weißt du wenigstens, was Addition ist«, sagte er.

»Denkst du, ich weiß nicht, dass es dasselbe ist wie Äpfel klauen?«, sagte Karlsson. »Und das brauchst du mir nicht beizubringen, das kann ich schon. Ich bin der beste Apfel-Additioner der Welt, und wenn ich nur mal Zeit habe, dann nehm ich dich mit raus nach Lidingö und zeig dir, wie man das macht.«

Karlsson stopfte sich den letzten Bissen Brot in den Mund und nun fing er mit der Kissenschlacht an. Aber das ging nicht besonders gut, denn Bimbo bellte wie verrückt, als Karlsson Lillebror das Kissen an den Kopf feuerte.

»Wau«, machte Bimbo und packte das Kissen mit den Zähnen und da standen die beiden voreinander, Bimbo und Karlsson, und zerrten so lange, bis das Kissen platzte. Da schleuderte Karlsson es an die Decke, sodass die Daunen herausflogen und sehr hübsch auf Lillebror niederfielen, der auf dem Sofa lag und sich vor Lachen bog.

»Ich glaube, es schneit«, sagte Karlsson. »Es schneit immer mehr und mehr.« Und er schleuderte das Kissen noch einmal in die Luft.

Aber da sagte Lillebror, jetzt müsse Schluss sein mit der Kissenschlacht und im Übrigen sei es Zeit zum Schlafen. Es war schon spät und sie hörten, wie Onkel Julius draußen in der Diele Fräulein Bock Gute Nacht wünschte.

»Ich leg mich jetzt zur Ruhe in meinem kurzen Bett«, sagte Onkel Julius.

Karlsson sah plötzlich seltsam fröhlich aus.

»Hoho«, sagte er, »mir fällt gerade eine lustige Sache ein.«

»Was für eine lustige Sache?«, wollte Lillebror wissen.

»Das ist so eine lustige Sache, die man immer machen muss, wenn man bei einem anderen übernachtet«, sagte Karlsson.

»Ein Sackbett, meinst du? Dazu ist es ja jetzt zu spät – das willst du doch nicht etwa machen?«

»Nee, dazu ist es jetzt zu spät«, sagte Karlsson.

»Ja, das stimmt«, meinte Lillebror zufrieden.

»Das will ich also nicht machen«, versicherte Karlsson.

»Schön«, sagte Lillebror.

»Das hab ich nämlich schon gemacht«, sagte Karlsson.

Lillebror richtete sich erstaunt auf dem Sofa auf. »Bei wem denn? Doch nicht etwa bei Onkel Julius?«

Karlsson gluckste. »Du Schlauberger, wie hast du das nur raten können?«

Lillebror war bei der Kissenschlacht so ins Lachen gekommen, dass er jetzt wieder kicherte, obgleich er wusste, dass er das nicht durfte.

»Oje, da wird Onkel Julius aber böse«, sagte er.

»Ja, und das wollte ich gerade mal feststellen«, sagte Karlsson. »Deswegen wollte ich einen kleinen Flug machen und durch das Schlafzimmerfenster gucken.«

Da hörte Lillebror auf zu lachen. »Niemals im Leben! Stell dir vor, wenn er dich sieht! Dann denkt er, du bist der Spion, und dann kannst du dir ja selbst ausrechnen, was dann kommt.«

Aber Karlsson war dickköpfig. Hatte man ein Sackbett gemacht, dann musste man auch nachsehen, wie böse der wurde, dem man den Streich gespielt hatte, sonst habe es gar keinen Sinn, erklärte er.

»Und außerdem kann ich mich unter dem Schirm verstecken!«

Er hatte Mamas roten Regenschirm draußen vom Flur geholt, denn es regnete noch immer tüchtig.

»Und ich möchte ja auch nicht, dass Birgers Schlafanzug nass wird«, sagte er.

Er stand im offenen Fenster mit aufgespanntem Regenschirm, bereit loszufliegen. Lillebror fand es unheimlich und er flehte ihn an:

»Pass auf jeden Fall gut auf! Pass bloß auf, dass er dich nicht sieht, dann ist nämlich alles aus!«

»Ruhig, ganz ruhig«, sagte Karlsson und flog hinaus in den Regen.

Lillebror aber blieb am Fenster stehen und war keineswegs ruhig, sondern im Gegenteil so aufgeregt, dass er sich in die Fingerknöchel beißen musste.

Die Minuten vergingen und der Regen fiel und Lillebror wartete. Da hörte er plötzlich, wie Onkel Julius einen herzzerreißenden Schrei ausstieß und aus dem Schlafzimmer um Hilfe rief. Gleich darauf kam Karlsson wieder zum Fenster hereingeflogen. Zufrieden grunzend drehte er den Motor ab und stellte den Schirm zum Abtropfen auf den Teppich.

»Hat er dich gesehen?«, fragte Lillebror ängstlich. »War er schon ins Bett gegangen?«

»Er versucht es wohl gerade«, sagte Karlsson.

Da hörte man Onkel Julius von Neuem laut schreien.

»Ich muss zu ihm gehen und nachsehen, was mit ihm los ist«, sagte Lillebror und flitzte zum Schlafzimmer hinüber.

Da saß Onkel Julius, in seine Betttücher gewickelt, weiß im Gesicht und mit unheimlich weit aufgerissenen Augen. Auf dem Fußboden lagen Kissen und Decken in einem einzigen Durcheinander.

»Mit dir will ich nicht reden«, sagte Onkel Julius, als er Lillebror erblickte. »Hol Fräulein Bock her!«

Fräulein Bock hatte das Schreien wohl auch gehört, denn jetzt kam sie aus der Küche angelaufen und blieb wie versteinert auf der Türschwelle stehen.

»Du guter Moses«, sagte sie. »Wollen Sie Betten machen, Herr Jansson?«

»Nein, das will ich nicht«, sagte Onkel Julius, »wenn mir diese neue Art, die Betten zu machen, die Sie sich hier im Haus angewöhnt haben, auch nicht zusagt. Aber daran vermag ich jetzt nicht zu denken.«

Er verstummte und wimmerte nur ganz leise vor sich hin, und nun stiefelte Fräulein Bock auf ihn zu und legte ihm die Hand auf die Stirn.

»Was ist denn? Sind Sie krank, Herr Jansson?«

»Ja, ich bin krank«, sagte Onkel Julius schwermütig. »Ich *muss* krank sein. Du da, mach, dass du rauskommst«, sagte er zu Lillebror.

Und Lillebror machte, dass er rauskam. Er blieb jedoch draußen an der Tür stehen, er wollte ja zu gern die Fortsetzung hören.

»Ich bin ein gescheiter und nüchterner Mann«, sagte Onkel Julius. »Weder die Zeitungen noch irgendjemand sonst kann mir Dummheiten weismachen – also muss ich krank sein.«

»Inwiefern denn?«, fragte Fräulein Bock.

»Ich sehe Erscheinungen – ich habe Fieberfantasien«, sagte Onkel Julius. Und dann senkte er die Stimme, sodass Lillebror kaum verstehen konnte, was er sagte.

»Ich möchte nicht, dass Sie es irgendjemandem weitererzählen, Fräulein Bock«, flüsterte Onkel Julius. »Aber es ist tatsächlich wahr, ich habe den Sandmann* gesehen.«

* John Blund, der schwedische Sandmann, kommt mit einem Schirm.

Karlsson tirritiert mit Wecken und Pfannkuchen

Als Lillebror am nächsten Morgen aufwachte, war Karlsson verschwunden. Birgers Schlafanzug lag auf einem Haufen auf dem Fußboden und das Fenster stand offen. Daher wusste Lillebror, dass Karlsson zu sich nach Hause geflogen war. Es kam ihm irgendwie leer vor, aber in einer Beziehung war es gut. Jetzt hatte Fräulein Bock nichts, weswegen sie schimpfen konnte. Sie brauchte nicht einmal zu wissen, dass Karlsson bei Lillebror übernachtet hatte. Merkwürdig war es trotzdem, wie still und langweilig und irgendwie trübe alles wurde, sobald Karlsson weg war. Obgleich es so mühsam war, ihn in Schach zu halten, sehnte sich Lillebror trotzdem immer nach ihm, wenn sie nicht zusammen waren, und jetzt hatte er das Gefühl, er müsse Karlsson einen kleinen Gruß schicken. Darum ging er ans Fenster und zog dreimal am Glockenstrang, der schlau hinter der Gardine versteckt war. Das war die Klingelleitung, die Karlsson für Lillebror gemacht hatte, damit er Zeichen geben konnte. Wenn man am Glockenstrang zog, klingelte nämlich eine Glocke oben bei Karlsson und Karlsson hatte selbst bestimmt, was die einzelnen Zeichen bedeuteten. »Wenn du einmal klingelst, heißt das: ›Komm sofort her‹«, hatte Karlsson erklärt. »Zweimal bedeutet: ›Komm unter keinen Umständen her‹, und dreimal: ›Denk nur, dass es einen auf der Welt gibt, der so schön und grundgescheit und gerade richtig dick und mutig und in jeder Weise in Ordnung ist wie du, Karlsson.‹« Das Letzte war es, was Lillebror Karlsson jetzt sagen wollte.

Deshalb zog er dreimal am Glockenstrang und hörte, wie es oben auf dem Dach klingelte.

Und Antwort bekam er auch. Ein Pistolenschuss krachte hoch dort oben und er hörte, wenn auch sehr leise und aus weiter Ferne, wie Karlsson sein »Bosse bisse basse bisse bum fallera« sang.

»Nee, Karlsson, nee, Karlsson«, flüsterte Lillebror. Dieser dumme Karlsson, jetzt lief er da oben herum und schoss und grölte. Wie leicht konnten Fille und Rulle oder irgendein anderer ihn hören und ihn sehen und ihn einfangen und ihn für zehntausend Kronen an die Zeitung verkaufen.

»Dann hat er aber wirklich selbst Schuld«, sagte Lillebror zu Bimbo, der in seinem Korb lag und aussah, als verstünde er alles. Lillebror zog sich Hemd und Hose an und dann spielte er ein Weilchen mit Bimbo, während er darauf wartete, dass das Haus lebendig würde.

Onkel Julius war bestimmt noch nicht aufgewacht, jedenfalls war kein Laut aus dem Schlafzimmer zu hören. Doch aus der Küche kam allmählich der Duft von frisch gebrühtem Kaffee und Lillebror ging hin, um zu sehen, was Fräulein Bock machte.

Sie saß dort in all ihrer Mächtigkeit und gönnte sich die erste Tasse Kaffee des Tages, und sonderbarerweise hatte sie nichts dagegen, dass Lillebror sich zu ihr an den Tisch setzte. Grütze war nirgendwo zu sehen, dagegen war Fräulein Bock augenscheinlich früh aufgestanden und hatte Wecken gebacken. Zwei Bleche mit warmen, duftenden Wecken standen auf der Spüle, und im Brotkorb, den sie auf den Tisch gestellt hatte, lag ebenfalls ein großer Berg.

Lillebror nahm sich einen Wecken und ein Glas Milch und dann saßen sie beisammen, er und Fräulein Bock, und aßen und tranken schweigend. Bis Fräulein Bock sagte:

»Ich möchte mal wissen, wie es Frieda zu Hause geht!«

Lillebror guckte sie über sein Milchglas hinweg nachdenklich an.

Ob Fräulein Bock ihre Frieda wohl ebenso vermisste, wie er selbst Karlsson vermisste, wenn sie nicht beisammen waren?

»Haben Sie Sehnsucht nach Frieda, Fräulein Bock?«, fragte er freundlich.

Da stieß Fräulein Bock ein grimmiges Gelächter aus. »Du kennst die Frieda nicht, mein Junge!«

Lillebror interessierte sich eigentlich nicht für Frieda. Aber Fräulein Bock wollte anscheinend gern von ihr reden und daher fragte er: »Mit wem ist Frieda verlobt?«

»Mit einem Halunken«, sagte Fräulein Bock mit Nachdruck. »Doch, ich weiß, dass er ein Halunke ist, denn er luchst ihr alles Geld ab, das habe ich durchschaut.« Fräulein Bock knirschte mit den Zähnen, wenn sie nur daran dachte, und nun begann sie auszupacken. Die Arme, sicher hatte sie nicht allzu viele Menschen, mit denen sie sich unterhalten konnte, dachte Lillebror, sodass selbst ein Junge wie er ihr genügte, wenn sie von Frieda erzählen wollte. Und erzählen wollte sie. Lillebror musste sitzen bleiben und sich alles über Frieda und ihren Philipp anhören und wie Frieda übergeschnappt war, nachdem Philipp ihr eingeredet hatte, sie habe so schöne Augen und eine so entzückend anheimelnde Nase, so eine, auf die man sich bei jedem Wetter verlassen könnte, hatte Philipp gesagt.

»Entzückende Nase«, sagte Fräulein Bock mit einem Schnauben, »ja, das ist klar, wenn man meint, eine mittelgroße Kartoffel mitten im Gesicht hat was Anheimelndes.«

»Wie sieht denn der Philipp selbst aus?«, fragte Lillebror, um Interesse zu zeigen.

»Davon hab ich zum Glück keine Ahnung«, sagte Fräulein Bock. »Du musst doch nicht denken, dass Frieda ihn mir zeigt!«

Was Philipp für einen Beruf hatte, wusste Fräulein Bock auch nicht. Aber er habe einen Arbeitskollegen, der Rudolf hieß, hatte Frieda erzählt.

»Und der hätte zu mir passen können, sagt Frieda, aber der würde mich natürlich nie haben wollen, denn ich seh ja nach nichts aus, sagt sie – nee, keine anheimelnde Nase oder sonst was«, sagte Fräulein Bock und schnaubte von Neuem. Aber dann erhob sie sich plötzlich und verschwand im Flur, um etwas zu holen.

Kaum hatte sie die Küche verlassen, da kam Karlsson durchs Fenster angeflogen. Lillebror wurde richtig böse.

»Nein, Karlsson, ich habe dich doch gebeten, du solltest nicht fliegen, wenn Fräulein Bock oder Onkel Julius es sehen ...«

»Und deshalb fliege ich auch nicht, wenn Fräulein Bock oder Onkel Julius es sehen«, sagte Karlsson. »Im Grunde bin ich ja auch kein kleinstes bisschen zu sehen«, sagte er und kroch unter den Küchentisch. Und hier saß er dann unter dem herabhängenden Tischtuch wohlverborgen, als Fräulein Bock mit der Wolljacke zurückkam, die sie geholt hatte.

Jetzt schenkte sie sich noch eine Tasse Kaffee ein und nahm sich noch einen Wecken und dann redete sie weiter.

»Wie gesagt, mit einer entzückenden, anheimelnden Kartoffelnase kann ich ja nicht gerade prahlen.«

Da hörte man eine Stimme, eine seltsame Stimme, so wie Bauchredner sie haben und von der man nie weiß, woher sie kommt, und diese Stimme sagte:

»Nee, du hast eher so was wie 'ne Gurke mit Warzen drauf.«

Fräulein Bock zuckte zusammen, sodass der Kaffee in der Tasse schwappte, und sie warf Lillebror einen misstrauischen Blick zu.

»Wirst du etwa unverschämt?«

Lillebror wurde rot und wusste nicht, was er antworten sollte.

»Nee«, stotterte er, »ich glaube, im Radio gibt's ein Programm über Gemüse, über Tomaten und Gurken und so.«

Das hatte er schlau ausgedacht, denn in Svantessons Küche konnte man tatsächlich das Radio von den Nachbarn hören und Fräulein

Bock hatte das selbst gemerkt und sich früher schon darüber beklagt.

Sie brummte ein bisschen, aber dann hatte sie anderes zu tun, denn jetzt kam Onkel Julius in die Küche und wollte ebenfalls Kaffee haben. Er ging mit unsicheren Schritten mehrmals um den Tisch herum und stöhnte bei jeder Bewegung.

»Was für eine Nacht«, sagte er, »heiliger Jeremias, was für eine Nacht! Ich war allerdings ohnehin steif in allen Gliedern, aber dieses Bett und wie es gemacht war, oje, oje!«

Er ließ sich schwerfällig am Tisch nieder und brütete vor sich hin, als ob er über etwas Bestimmtes nachdächte. Er war nicht so wie sonst, stellte Lillebror fest.

»Trotzdem bin ich froh und dankbar für diese Nacht«, sagte Onkel Julius zuletzt. »Sie hat einen neuen Menschen aus mir gemacht.«

»Das ist schön, denn es war nötig, dass der alte endlich ausgewechselt wurde.«

Da war von Neuem diese merkwürdige Stimme und abermals zuckte Fräulein Bock zusammen und guckte Lillebror misstrauisch an.

»Das ist wieder Lindbergs Radio. Die bringen wohl jetzt irgendwas über alte Autos«, stammelte Lillebror.

Onkel Julius hatte nichts gemerkt. Er saß in Gedanken versunken da und sah und hörte nichts. Fräulein Bock schenkte ihm Kaffee ein und er streckte geistesabwesend die Hand nach einem Wecken aus. Kaum aber hatte er einen in der Hand, als eine andere Hand, eine kleine dicke, über die Tischkante langte und sich den Wecken schnappte. Und Onkel Julius merkte nichts. Er dachte und dachte nur nach, und erst als er die Hand in den heißen Kaffee steckte, wachte er auf und merkte, dass da kein Wecken war, den er eintunken konnte. Er pustete auf die Hand und war ein bisschen ärgerlich, dann aber versank er wieder in Nachdenken.

»Es gibt mehr zwischen Himmel und Erde, als man ahnt, das ist mir heute Nacht aufgegangen«, sagte er tiefernst. Gleichzeitig streckte er die Hand aus und nahm sich einen neuen Wecken. Da kroch wieder eine kleine dicke Hand herauf und schnappte sich den Wecken. Onkel Julius aber merkte nichts, er dachte und dachte, und erst als er den Daumen in den Mund gesteckt und tüchtig zugebissen hatte, wachte er auf und merkte, dass da kein Wecken zum Hineinbeißen war. Da wurde er wieder ein bisschen ärgerlich, aber offenbar war der neue Onkel Julius freundlicher als der alte, denn er beruhigte sich bald. Er versuchte nicht einmal, sich noch einen Wecken zu nehmen, sondern trank nur, tief in Gedanken versunken, seinen Kaffee.

Die Wecken wurden trotzdem alle. Sie verschwanden einer nach dem anderen aus dem Brotkorb und nur Lillebror merkte, wo sie blieben. Er kicherte in sich hinein und reichte vorsichtig ein Glas Milch unter den Tisch, damit Karlsson die Wecken nicht allzu trocken wurden.

Dies war es, was Karlsson immer »Wecken-Tirritierung« nannte. Fräulein Bock hatte schon beim ersten Mal, als sie bei ihnen war, erfahren, was das bedeutete.

»Man kann Leute ganz kolossal tirritieren, man braucht nur einfach ihre Wecken aufzuessen«, hatte Karlsson gesagt. O doch, er wusste, dass es eigentlich »irritieren« hieß, aber »tirritieren« klinge teuflischer, behauptete er.

Und nun hatte Karlsson mit einer neuen teuflischen Wecken-Tirritierung angefangen, obgleich Fräulein Bock es nicht begriff. Und Onkel Julius noch weniger. Er merkte nichts von einer Wecken-Tirritierung, so teuflisch sie auch war, er dachte und dachte nur immerfort. Plötzlich aber ergriff er Fräulein Bocks Hand und hielt sie ganz fest, so als wollte er um Hilfe bitten.

»Ich muss mit einem Menschen darüber sprechen«, sagte er. »Ich weiß es jetzt, Fräulein Bock, es *waren* keine Fieberfantasien, ich war nicht verwirrt, ich *habe* den Sandmann gesehen!«

Fräulein Bock sperrte die Augen weit auf. »Ist das wirklich möglich?«

»Ja«, sagte Onkel Julius. »Und deshalb bin ich nun ein neuer Mensch in einer neuen Welt. In der Märchenwelt, wissen Sie. Die hat sich mir heute Nacht sperrangelweit aufgetan, Fräulein Bock. Wenn es nämlich den Sandmann tatsächlich gibt – weshalb sollte es dann nicht ebenso gut Hexen und Trolle und Geister und Elfen und Wichtel und andere solche Mystikusse geben, von denen die Märchenbücher berichten?«

»Und wer weiß, vielleicht auch fliegende Spione«, sagte Fräulein Bock vorsichtig, wie um sich lieb Kind zu machen, aber das gefiel Onkel Julius nicht.

»Dummes Zeug«, sagte er. »Man sollte sich zu gut sein, um so einen Mumpitz zu glauben, den die Zeitungen verzapfen!«

Er beugte sich zu Fräulein Bock vor und sah ihr tief in die Augen.

»Vergessen Sie eines nicht«, sagte er. »Unsere Vorfahren glaubten an Trolle und Wichtel und Hexen und dergleichen mehr. Wie können wir uns da einbilden, dass es solche Mystikusse nicht gibt? Verstehen wir etwa mehr von diesen Dingen als unsere Vorfahren? Nein, bloß verbohrte Leute können so etwas Törichtes behaupten.«

Fräulein Bock wollte nicht verbohrt sein und deshalb sagte sie, sicher gebe es mehr Hexen, als man ahnte, und wahrscheinlich auch eine ganze Menge Trolle und andere Mystikusse, wenn man sich umschaute und gründlich überlegte.

Aber jetzt musste Onkel Julius seine Grübeleien beenden, denn er hatte sich beim Arzt angemeldet und es war für ihn Zeit, sich auf den Weg zu machen. Lillebror geleitete ihn höflich auf den Flur hinaus und das tat Fräulein Bock auch. Lillebror reichte ihm seinen Stock und Fräulein Bock half ihm in den Mantel. Er machte einen richtig erschöpften Eindruck, der arme Onkel Julius, da war es sicherlich ganz gut, wenn er jetzt zum Arzt ging, dachte Lillebror und streichelte scheu Onkel Julius' Hand. Fräulein Bock schien ebenfalls besorgt zu sein, denn sie fragte unruhig:

»Wie fühlen Sie sich, Herr Jansson? Wie geht es Ihnen eigentlich?«

»Wie soll ich das denn wissen, bevor ich beim Arzt gewesen bin«, sagte Onkel Julius grob. Doch, allerdings, ein bisschen war von dem alten Onkel Julius noch übrig, dachte Lillebror, und wenn die Märchenwelt sich ihm auch noch so sehr offenbart hatte.

Als Onkel Julius verschwunden war, gingen Lillebror und Fräulein Bock in die Küche zurück.

»Jetzt möchte ich noch ein bisschen Kaffee haben und Wecken und auch etwas Ruhe und Frieden«, sagte Fräulein Bock. Aber dann schrie sie plötzlich auf. Denn auf den Backblechen war nicht der kleinste Wecken mehr zu sehen. Nur eine große Papiertüte lag da, auf die jemand mit scheußlichen, schiefen Buchstaben geschrieben hatte:

Fräulein Bock las es und runzelte zornig die Augenbrauen. »Keiner kann mich davon überzeugen, dass der Sandmann Wecken stiehlt, falls es ihn wirklich gibt. Der ist viel zu gütig und fein, um so etwas zu tun. Nee, ich weiß schon, wer das gemacht hat!«

»Wer denn?«, fragte Lillebror.

»Dieser widerliche, dicke kleine Bengel natürlich, Karlsson oder wie er heißt. Sieh mal, die Küchentür steht offen! Er hat draußen gestanden und gehorcht und dann ist er reingehuscht, während wir auf dem Flur waren.«

Sie schüttelte zornig den Kopf. »Der Sanntman! O ja, das ist mir einer! Anderen alles in die Schuhe schieben und dann nicht einmal richtig schreiben können!«

Lillebror wollte keine Unterhaltung über Karlsson anfangen, er sagte daher nur: »Ich glaube aber doch, dass es der Sandmann war! Komm, Bimbo!«

Jeden Morgen gingen Lillebror und Bimbo im Vasapark spazieren und Bimbo fand, es sei das Schönste vom ganzen Tag. Da gab es nämlich so viele nette Hunde, an denen man schnuppern und mit denen man sich unterhalten konnte.

Lillebror spielte immer mit Krister und Gunilla, aber heute waren sie nirgends zu sehen. Wahrscheinlich sind sie schon in die Ferien gefahren, dachte Lillebror. Nun ja, das machte eigentlich auch nichts, solange er nur Karlsson hatte … und natürlich Bimbo.

Da kam ein großer Hund und wollte sich mit Bimbo raufen und Bimbo hatte auch Lust dazu. Er wollte diesem dummen Köter gerne zeigen, was er von ihm dachte. Aber Lillebror erlaubte es nicht.

»Lass das, du«, sagte Lillebror. »Du bist viel zu klein, um dich mit so einem großen Hund zu prügeln.«

Er nahm Bimbo auf den Arm und sah sich nach einer freien Bank um, wo er sich hinsetzen konnte, bis Bimbo sich wieder beruhigt hatte. Aber überall saßen Leute und sonnten sich bei dem schönen

Wetter. Erst als Lillebror weit weg in eine abgelegene Ecke des Parks ging, fand er einen freien Platz, auf dem er sich niederlassen konnte. Allerdings saßen schon zwei Leute auf der Bank, es waren zwei Männer, jeder mit einer Flasche Bier in der Faust. Zwei, die er kannte! Wahrhaftig, es waren Fille und Rulle, die dort saßen. Zuerst bekam Lillebror es mit der Angst und wollte weglaufen. Aber gleichzeitig zog diese Bank ihn irgendwie an. Er wollte zu gern wissen, ob Fille und Rulle noch immer hinter Karlsson her waren, und hier konnte er das vielleicht erfahren. Weshalb sollte er im Übrigen Angst haben? Fille und Rulle hatten ihn ja nie gesehen und konnten ihn daher nicht erkennen. Wie schön, wie prächtig! Er konnte dort neben ihnen sitzen, so viel er wollte. So machten es die Leute in den Abenteuerbüchern, wenn sie etwas herauskriegen wollten, saßen nur ganz still da und horchten, was sie konnten.

Lillebror setzte sich also auf die Bank und sperrte die Ohren auf, aber gleichzeitig redete er ununterbrochen mit Bimbo, damit Fille und Rulle nicht merkten, dass er horchte.

Es hatte nicht den Anschein, als ob er gar so viel erfahren würde. Fille und Rulle tranken nur Bier und schwiegen. Lange saßen sie stumm da. Schließlich aber rülpste Fille laut und hörbar und sagte dann:

»Doch, klar können wir ihn erwischen, wir wissen ja, wo er wohnt. Ich hab ihn x-mal dorthin fliegen sehen.«

Lillebror bekam einen solchen Schrecken, dass er kaum atmen konnte, und er war ganz verzweifelt. Jetzt war es mit Karlsson aus und vorbei. Fille und Rulle hatten sein Häuschen auf dem Dach gefunden, ja, nun war alles aus!

Lillebror biss an seinen Fingerknöcheln und versuchte die Tränen zurückzuhalten. Als er das aber fast nicht länger konnte, sagte Rulle:

»Ja, ich hab ihn da auch mehrmals hinfliegen sehen – es ist dieselbe

Wohnung, wo wir mal im Sommer waren. Drei Treppen hoch in Nummer zwölf, an der Tür steht Svantesson, ich hab nachgesehen.«

Lillebrors Augen wurden rund vor Staunen. Hatte er richtig gehört? Dachten Fille und Rulle wirklich, dass Karlsson bei Svantessons wohnte? Was für ein Glück! Das konnte nichts anderes bedeuten, als dass Karlsson sich auf jeden Fall in seinem eigenen Haus verstecken und dort einigermaßen in Sicherheit sein konnte. Fille und Rulle hatten es nicht gefunden, was für ein Glück! Es war übrigens nicht so verwunderlich. Weder Fille noch Rulle noch irgendjemand anders als nur der Schornsteinfeger kletterten jemals oben auf dem Dach herum.

Aber wenn Rulle und Fille auch nichts von dem Haus wussten, so war es natürlich trotzdem schlimm genug. Armer Karlsson, wenn sie ernstlich Jagd auf ihn machten! Dieser verrückte Kerl hatte ja nicht mal Verstand, sich zu verstecken!

Fille und Rulle schwiegen wieder, aber auf einmal sagte Rulle mit so leiser Stimme, dass Lillebror es kaum verstehen konnte:

»Vielleicht heute Nacht?«

Da endlich schien Fille zu bemerken, dass noch jemand auf der Bank saß. Er glotzte Lillebror an und räusperte sich laut.

»Ja, heute Nacht sollte man vielleicht losziehen und Regenwürmer suchen, ja, ja«, sagte er.

Aber so leicht legte man Lillebror nicht herein. Er hatte wohl verstanden, was Fille und Rulle heute Nacht machen wollten. Sie hatten vor, Karlsson einzufangen, wenn er schlief, und sie dachten, er schliefe zu Hause bei den Svantessons.

Ich muss diese Sache mit Karlsson besprechen, dachte Lillebror. So schnell wie möglich muss ich mit ihm sprechen! Aber erst kurz vor dem Mittagessen zeigte sich Karlsson wieder. Er flog diesmal nicht, sondern klingelte an der Wohnungstür, wie es sich gehörte. Lillebror machte auf.

»Oh, wie gut, dass du kommst«, begann Lillebror, aber Karlsson hörte nicht zu. Er stürzte geradewegs zu Fräulein Bock in die Küche. »Was machst du heute für einen Kuddelmuddel?«, fragte er. »Ist es was Zähes wie gewöhnlich oder kann man es mit normalen Hauern essen?«

Fräulein Bock stand am Herd und backte Pfannkuchen, damit Onkel Julius etwas hätte, was leichter zu kauen war als das Hähnchen, und als sie Karlssons Stimme hinter sich hörte, fuhr sie so zusammen, dass sie einen Löffel Pfannkuchenteig auf dem Herd verschüttete. Sie drehte sich wütend zu ihm um.

»Du!«, schrie sie. »Du ... du hast auch keine Scham im Leibe! Traust du dich wirklich, hier anzukommen und mir ins Gesicht zu sehen, du unausstehlicher Weckendieb, du?«

Karlsson schlug die beiden kleinen dicken Hände vors Gesicht und guckte schelmisch durch eine Ritze zwischen den Fingern hindurch.

»Doch, doch, es geht, wenn man ein bisschen vorsichtig ist«, sagte er. »Du bist nicht gerade die Schönste der Welt, aber man gewöhnt sich an alles, es geht also schon. Die Hauptsache ist, dass du nett bist. Gib mir Pfannkuchen!«

Fräulein Bock starrte ihn an, außer sich vor Wut, und dann wandte sie sich zu Lillebror um. »Sag mal, hat deine Mutter gesagt, dass wir diesen gräulichen Bengel in Kost haben sollen? War es wirklich so gemeint, dass er hier essen soll?«

Lillebror stotterte wie gewöhnlich. »Mama meint jedenfalls ... dass Karlsson ...«

»Antworte mir, ja oder nein«, sagte Fräulein Bock. »Hat deine Mutter *gesagt*, dass Karlsson hier essen soll?«

»Sie möchte auf jeden Fall, dass er ...«, setzte Lillebror von Neuem an, aber Fräulein Bock schnitt ihm mit ihrer eisigsten Stimme das Wort ab:

»Antworte mir, ja oder nein, habe ich gesagt! Es kann doch wohl nicht so schwer sein, auf eine einfache Frage mit Ja oder Nein zu antworten!«

»Das denkst du!«, mischte sich Karlsson ein. »Ich werde dir eine einfache Frage stellen, dann wirst du selbst sehen. Hör zu: Hast du aufgehört, vormittags Kognak zu trinken, ja oder nein?«

Fräulein Bock blieb die Luft weg, sie schien beinahe zu ersticken. Sie wollte etwas sagen, konnte aber nicht.

»Na, wie ist es damit?«, sagte Karlsson. »Hast du aufgehört, vormittags Kognak zu trinken?«

»Natürlich hat sie das«, sagte Lillebror eifrig. Er wollte Fräulein Bock wirklich helfen, aber sie wurde völlig wild.

»Natürlich habe ich das *nicht*«, schrie sie wutschnaubend und Lillebror bekam einen Todesschreck.

»Nein, nein, sie hat *nicht* aufgehört«, versicherte er.

»Das ist bedauerlich«, sagte Karlsson. »Von Trunksucht kommt viel Elend.«

Jetzt röchelte Fräulein Bock nur noch und ließ sich auf einen Stuhl fallen. Aber Lillebror hatte endlich die richtige Antwort gefunden.

»Sie hat nicht *aufgehört*, denn sie hat nie *angefangen*, das kannst du dir doch denken«, sagte er vorwurfsvoll zu Karlsson.

»Hab ich das denn behauptet?«, fragte Karlsson und dann wandte er sich zu Fräulein Bock um. »Dummchen, da kannst du mal sehen, dass es nicht so einfach ist, immer mit Ja oder Nein zu antworten! Gib mir Pfannkuchen!«

Aber wenn es irgendetwas auf der Welt gab, was Fräulein Bock nicht zu tun gedachte, dann war es dies: Karlsson Pfannkuchen zu geben. Sie rannte knurrend vor Wut zur Küchentür und riss sie sperrangelweit auf.

»Raus!«, schrie sie. »Raus!«

Und Karlsson ging. Sehr hochmütig ging er auf die Tür zu.

»Ich gehe«, sagte er. »Ich gehe mit Freuden. Es gibt noch andere außer dir, die Pfannkuchen backen können!«

Nachdem Karlsson verschwunden war, saß Fräulein Bock lange Zeit stumm da und ruhte sich aus. Aber dann schaute sie unruhig auf die Tür.

»Dass dein Onkel immer noch nicht zurück ist«, sagte sie. »Hoffentlich hat er sich nicht verlaufen! Er findet sich hier in Stockholm sicher nicht so gut zurecht.«

Lillebror wurde ebenfalls unruhig. »Ja, wenn er nun nicht nach Hause zurückfindet!«

In diesem Augenblick ging das Telefon im Flur.

»Das wird Onkel Julius sein«, sagte Lillebror. »Der ruft an und sagt Bescheid, dass er sich verlaufen hat.«

Fräulein Bock ging hin und nahm den Hörer ab. Lillebror folgte ihr.

Aber es war nicht Onkel Julius, so viel verstand Lillebror, als er Fräulein Bock mit ihrer allerunfreundlichsten Stimme sagen hörte:

»So, so, du bist es, Frieda? Wie geht es dir? Hast du noch deine Nase?«

Lillebror wollte nicht zuhören, wenn andere Leute telefonierten, und so ging er in sein Zimmer und nahm sich ein Buch. Er hörte aber trotzdem das Gemurmel aus dem Flur und dieses Gemurmel dauerte mindestens zehn Minuten.

Lillebror hatte Hunger. Er wünschte, dass dieses Gemurmel aufhöre und dass Onkel Julius nach Hause käme, damit sie endlich essen könnten. Übrigens wollte er jetzt sofort etwas zu essen haben. Und sobald Fräulein Bock den Hörer aufgelegt hatte, lief er in die Diele, um es ihr zu sagen.

»Na ja, du kannst was kriegen«, sagte Fräulein Bock gnädig und ging ihm voraus zur Küche. Aber in der Tür blieb sie jäh stehen. Ihr umfangreicher Körper füllte die ganze Türöffnung aus, deswegen

konnte Lillebror nichts sehen. Er hörte nur ihren wütenden Schrei, und als er neugierig den Kopf hinter ihren Kleidern vorstreckte, um zu erfahren, weshalb sie schrie, da sah er Karlsson.

Karlsson saß am Tisch und aß in aller Seelenruhe Pfannkuchen. Lillebror hatte Angst, dass Fräulein Bock Karlsson totschlagen würde, denn so sah es aus. Sie stürzte aber nur hin und entriss ihm die Platte mit allen Pfannkuchen darauf.

»Du … du … du schrecklicher Junge!«, schrie sie. Da schlug Karlsson ihr leicht auf die Finger.

»Lass meine Pfannkuchen liegen«, sagte er. »Die habe ich bei Lindbergs für fünf Öre ehrlich gekauft.« Er öffnete seinen Rachen und stopfte sich eine ganze Ladung auf einmal hinein. »Wie ich schon sagte, auch andere können Pfannkuchen backen. Man braucht nur dem Duft nachzugehen, dann findet man überall welche.«

Fräulein Bock tat Lillebror fast leid, denn sie konnte sich gar nicht fassen vor Wut.

»Wo … wo … wo sind denn *meine* Pfannkuchen?«, stammelte sie und schaute zum Herd hin. Dort stand ihre eigene Pfannkuchenschüssel, aber die war tatsächlich so leer, wie sie nur sein konnte, und dieser Anblick machte sie von Neuem wild.

»Widerlicher Bengel«, schrie sie, »die hast du auch gegessen!«

»Denk dir, das hab ich nicht getan«, sagte Karlsson entrüstet. »Du schiebst mir auch immer und ewig alles in die Schuhe.«

In diesem Augenblick waren draußen im Treppenhaus Schritte zu hören. Da kam wohl endlich Onkel Julius. Lillebror war froh, einerseits, weil das Geschimpfe jetzt aufhörte, und andererseits, weil Onkel Julius sich nicht im Gewimmel der Großstadt verlaufen hatte.

»Ach, wie gut«, sagte Lillebror, »er hat nun doch den Weg nach Hause gefunden.«

»Er hatte zu seinem Glück auch eine Spur, der er nachgehen konnte«, sagte Karlsson. »Sonst hätte er nie hergefunden.«

»Was für eine Spur denn?«, fragte Lillebror.

»Eine Spur, die ich ausgelegt habe«, sagte Karlsson. »Denn ich bin der Netteste der Welt.«

Jetzt klingelte es an der Wohnungstür, Fräulein Bock ging rasch hinaus, um zu öffnen, und Lillebror lief hinterdrein, um Onkel Julius zu begrüßen.

»Guten Tag, Herr Jansson«, sagte Fräulein Bock.

»Wir dachten schon, du hättest dich verlaufen«, sagte Lillebror.

Doch Onkel Julius gab weder auf das eine noch auf das andere eine Antwort.

»Wie kommt es«, sagte er streng, »dass im ganzen Haus Pfannkuchen an den Türgriffen hängen?«

Er schaute Lillebror vorwurfsvoll an und Lillebror murmelte ängstlich:

»Vielleicht hat der Sandmann ...«

Aber dann machte er kehrt und raste in die Küche zurück, um Karlsson gründlich die Meinung zu sagen.

In der Küche gab es keinen Karlsson. Da gab es lediglich zwei leere Pfannkuchenschüsseln und auf dem Wachstuch, dort, wo Karlsson gesessen hatte, einen kleinen, einsamen Marmeladenklecks.

Onkel Julius und Lillebror und Fräulein Bock aßen zu Mittag Blutwurst. Die schmeckte auch ganz gut.

Lillebror hatte in den Laden hinunterlaufen und in aller Eile diese Blutwurst kaufen müssen. Er widersprach nicht, als Fräulein Bock ihn losschickte, denn er wollte gern sehen, wie die Türgriffe mit Pfannkuchen daran aussahen. Aber da hingen keine Pfannkuchen mehr. Er rannte die Treppe hinunter und prüfte jeden einzelnen Türgriff. Soviel er aber sehen konnte, hing da nirgendwo auch nur ein einziger Pfannkuchen und er vermutete gerade, Onkel Julius habe sich das alles nur ausgedacht.

Bis er in den Hausflur hinunterkam. Auf der letzten Treppenstufe saß Karlsson. Er aß Pfannkuchen.

»Pfannkuchen sind was Gutes«, sagte er. »Und nun braucht er die Spur nicht mehr, der kleine Märchenonkel, er kennt ja jetzt den Weg.«

Dann fauchte er plötzlich. »Die ist aber ungerecht, dieser Hausbock! Sie hat gesagt, ich hätte die Pfannkuchen aufgegessen, und dabei war ich unschuldig wie ein Lamm. Dann kann ich die hier ebenso gut auffuttern!«

Lillebror musste lachen.

»Du bist der beste Pfannkuchenesser der Welt, Karlsson«, sagte er.

Dann aber fiel ihm etwas ein, das ihn ernst werden ließ. Ihm fiel wieder ein, was Fille und Rulle Fürchterliches geredet hatten. Jetzt endlich kam er dazu, es Karlsson zu erzählen.

»Ich glaube, die wollen versuchen, dich heute Nacht zu fangen«, sagte Lillebror kummervoll. »Begreifst du, was das bedeutet?«

Karlsson leckte sich die fettigen Finger ab und ließ ein kleines, zufriedenes Gurren hören.

»Das bedeutet, dass wir einen munteren Abend kriegen«, sagte er. »Hoho! Hoho!«

Karlsson ist der beste
Schnarchforscher der Welt

Und allmählich wurde es Abend. Karlsson hatte sich den ganzen Tag ferngehalten. Er wollte wohl, dass der Hausbock sich von dieser Pfannkuchen-Tirritierung ordentlich erholte.

Lillebror war mit Onkel Julius im Eisenbahnmuseum gewesen. Das war etwas, das Onkel Julius gefiel und Lillebror auch. Und dann waren sie nach Hause gegangen und hatten mit Fräulein Bock zu Abend gegessen, und alles war still und friedlich gewesen. Nirgendwo ein Karlsson. Aber als Lillebror nach dem Essen in sein Zimmer kam, da war Karlsson da.

Lillebror freute sich, wenn er ehrlich sein sollte, nicht sonderlich, ihn zu sehen.

»Oh, du bist zu unvorsichtig«, sagte er. »Weshalb kommst du jetzt?«

»Wie kannst du so blöde fragen?«, sagte Karlsson. »Natürlich weil ich bei dir übernachten will!«

Lillebror seufzte. Den ganzen Tag hatte er sich insgeheim geängstigt und darüber nachgegrübelt, wie er Karlsson vor Fille und Rulle in Sicherheit bringen könnte. Oh, wie hatte er sich den Kopf zerbrochen! Sollte man vielleicht die Polizei anrufen? Nein, dann musste man zuerst erzählen, weswegen Fille und Rulle Karlsson rauben wollten, und das konnte man nicht. Sollte man Onkel Julius um Hilfe bitten? Nein, dann würde *er* nämlich sofort die Polizei rufen und dann musste man ebenfalls erzählen, weswegen Fille und Rulle Karlsson rauben wollten, und das war genauso schlimm.

Karlsson hatte wahrscheinlich weder gegrübelt noch sich den Kopf zerbrochen und auch jetzt hatte er nicht die Spur Angst. Er stand ganz gelassen da und untersuchte den Pfirsichkern, wie viel der gewachsen war. Aber Lillebror war wirklich besorgt.

»Ich weiß tatsächlich nicht, was wir machen sollen«, sagte er.

»Mit Fille und Rulle, meinst du?«, fragte Karlsson. »Das weiß ich. Es gibt dreierlei Arten, hab ich doch gesagt – tirritieren und schabernacken und figurieren und ich habe vor, alle drei Arten anzuwenden.«

Lillebror meinte, es gebe eine vierte Art und die sei die beste, nämlich, dass Karlsson gerade diese Nacht in seinem eigenen Haus bleibe und unter seine Decke krieche, so still wie ein Mäuschen. Karlsson aber sagte, von allen albernen Arten sei diese die albernste, von der er je gehört habe.

Lillebror wollte trotzdem nicht nachgeben. Er hatte eine Tüte Bonbons von Onkel Julius bekommen und nun kam er auf den Gedanken, dass er Karlsson damit bestechen könne. Er ließ die Tüte so verführerisch wie möglich vor Karlssons Nase baumeln und sagte verschmitzt:

»Du kriegst die ganze Tüte, wenn du nach Hause fliegst und ins Bett gehst.«

Karlsson stieß jedoch Lillebrors Hand weg.

»Oh, pfui, wie bist du gemein«, sagte er. »Behalt deine jämmerlichen Bonbons! Bild dir bloß nicht ein, dass ich sie haben will!«

Er schob schmollend die Unterlippe vor und setzte sich auf einen Hocker, der in einer Ecke stand, so weit weg wie nur möglich.

»Ich mach nicht mit, wenn du so gemein bist«, sagte er. »Ich mach einfach nicht mit!«

Da war Lillebror verzweifelt. Das Schlimmste für Lillebror war, wenn Karlsson »nicht mitmachte«. Lillebror bat schnell um Verzeihung und versuchte auf alle mögliche Art und Weise, Karlsson wieder freundlich zu stimmen, aber es war nichts zu machen, Karlsson maulte weiter.

»Ja, dann weiß ich nicht, was ich noch tun soll«, sagte Lillebror schließlich.

»Das weiß *ich* aber«, sagte Karlsson. »Es ist nicht sicher, aber *vielleicht* mach ich mit, wenn du mir irgendeinen kleinen Krims schenkst – tja, übrigens könnte ich vielleicht diese Tüte mit Bonbons nehmen!«

Da schenkte Lillebror ihm die Tüte mit den Bonbons und nun machte Karlsson mit. Das wollte er auch die ganze Nacht tun.

»Hoho!«, sagte er. »Du glaubst gar nicht, wie ich mitmachen werde!«

Da Karlsson unbedingt hier übernachten wollte, blieb wohl nichts weiter übrig, als dass er sich sein Lager wieder auf dem Sofa richtete, dachte Lillebror und wollte gerade damit anfangen. Aber da sagte Karlsson, das lohne sich nicht. Diese Nacht werde keine Schlafnacht sein, sondern das Gegenteil.

»Aber die beiden, der Hausbock und Onkel Julius, schlafen hoffentlich bald ein, weil wir dann anfangen müssen«, sagte Karlsson.

Onkel Julius legte sich tatsächlich früh schlafen. Er war bestimmt müde nach der Unruhe der letzten Nacht und all den Unternehmungen des Tages. Fräulein Bock brauchte sicher auch ihren Schlaf nach der anstrengenden Wecken- und Pfannkuchen-Tirritierung. Sie verschwand bald in ihrem Zimmer, das heißt, es war eigentlich Bettys Zimmer. Hier hatte Mama Fräulein Bock untergebracht für die Zeit, die sie bei ihnen sein sollte.

Sie kamen vorher herein und sagten Lillebror Gute Nacht, Onkel Julius und Fräulein Bock. Aber da hatte Karlsson sich im Wandschrank versteckt. Er hatte selbst eingesehen, dass es das Klügste war.

Onkel Julius gähnte.

»Ich hoffe, der Sandmann kommt bald und lässt uns alle unter seinem roten Schirm einschlafen«, sagte er.

O ja, du, dachte Lillebror, aber laut sagte er nur:

»Gute Nacht, Onkel Julius, schlaf gut! Gute Nacht, Fräulein Bock!«

»Und du gehst jetzt auch sofort ins Bett«, sagte Fräulein Bock. Und dann verschwand sie.

Lillebror zog sich aus und schlüpfte in seinen Schlafanzug. Er meinte, das sei besser, falls Fräulein Bock oder Onkel Julius etwa mitten in der Nacht angewetzt kämen und ihn dann entdeckten.

Lillebror und Karlsson spielten Mogeln, während sie darauf warteten, dass Onkel Julius und Fräulein Bock eingeschlafen waren. Aber dann schummelte Karlsson ganz furchtbar und wollte die ganze Zeit gewinnen, sonst mache er nicht mit. Lillebror ließ ihn auch so oft wie möglich gewinnen; aber zuletzt sah es so aus, als ob er trotzdem eine Runde verlieren würde, und da schob Karlsson schnell alle Karten zu einem Haufen zusammen und sagte:

»Wir haben jetzt keine Zeit mehr, Karten zu spielen, wir müssen alles Mögliche anfangen!«

Um diese Zeit waren Onkel Julius und Fräulein Bock eingeschlafen – ohne Hilfe des Sandmannes und seines Schirms. Karlsson unterhielt sich lange Zeit wunderbar damit, von der einen Schlafzimmertür zur anderen zu laufen und das Geschnarche miteinander zu vergleichen.

»Der beste Schnarchforscher der Welt, rat mal, wer das ist«, sagte er begeistert und dann machte er Lillebror vor, wie Onkel Julius und Fräulein Bock schnarchten.

»Gr-pü-pü-pü, so klingt es beim Märchenonkel. Aber der Hausbock, die schnarcht so: Grr-asch, grrr-asch!«

Dann hatte Karlsson einen anderen Einfall. Er hatte noch immer eine Menge Bonbons übrig, obgleich er Lillebror einen gegeben und selbst zehn gegessen hatte, und nun müsse er die Tüte irgendwo verstecken, um die Hände frei zu haben, sagte er, wenn sie jetzt anfangen sollten, alles Mögliche zu machen. Und zwar müsse es ein unbedingt sicherer Ort sein.

»Hier kommen ja nämlich Diebe her«, sagte er. »Gibt es in diesem Haus keinen Geldschrank?«

Lillebror antwortete, wenn es einen gäbe, so hätte er vor allen Dingen Karlsson darin eingesperrt, aber leider gäbe es keinen.

Karlsson überlegte eine Weile.

»Ich leg die Tüte zum Märchenonkel hinein«, sagte er. »Wenn nämlich die Diebe dieses Grrr-pü-pü-pü hören, dann denken sie, es ist ein Tiger, und trauen sich nicht rein.«

Er machte behutsam die Tür zum Schlafzimmer auf, das Grrr-pü-pü-pü war jetzt noch lauter zu hören. Karlsson kicherte glücklich und verschwand mit der Tüte nach drinnen. Lillebror blieb stehen und wartete.

Nach einer Weile kam Karlsson wieder heraus. Ohne Tüte. Aber mit Onkel Julius' Zähnen in der Faust.

»Aber Karlsson«, sagte Lillebror, »warum hast du die mitgenommen?«

»Du denkst doch nicht etwa, ich gebe meine Bonbons bei jemand in Verwahrung, der Zähne hat«, sagte Karlsson. »Nimm an, der Märchenonkel wacht heute Nacht auf und sieht die Tüte! Wenn er dann die Zähne bei der Hand hat, dann fängt er an, hemmungslos Bonbons zu kauen. Nun aber hat er sie zum Glück nicht.«

»Das würde Onkel Julius nie tun«, versicherte Lillebror. »Er würde nicht einen einzigen Bonbon nehmen, der ihm nicht gehört.«

»Dummchen, er kann ja denken, sie sind von irgendeiner Fee aus dem Märchen, die drin gewesen ist und ihm die Tüte geschenkt hat«, sagte Karlsson.

»Das kann er doch nicht denken, wo er sie selbst gekauft hat«, wandte Lillebror ein, aber Karlsson wollte nichts davon hören.

»Außerdem brauch ich diese Zähne«, sagte er. Er brauche auch eine starke Schnur, erklärte er und Lillebror schlich in die Küche und holte eine Wäscheleine aus dem Besenschrank.

»Wozu soll die sein?«, fragte Lillebror.

»Ich will eine Diebesfalle machen«, sagte Karlsson. »Eine unheimliche, fürchterliche, todbringende Diebesfalle!«

Und er zeigte auch, wo er sie anbringen wollte – dort vor dem schmalen Flur, der unter einem offenen Bogen in die Diele überging.

»Genau hier«, sagte Karlsson.

An jeder Seite von dem Türbogen zwischen Flur und Diele stand ein kräftiger Stuhl, und nun machte Karlsson eine ebenso einfache wie pfiffige Diebesfalle, indem er die Leine ziemlich niedrig – fast unten am Fußboden – quer über die Öffnung spannte und sie ordentlich an den dicken Beinen der beiden Stühle befestigte. Jeder, der im Dunkeln durch den Flur in die Diele ging, musste über die Leine stolpern, so viel war sicher.

Lillebror dachte daran, wie Fille und Rulle im letzten Jahr bei ihnen eingebrochen hatten, um zu stehlen. Sie waren hereingekommen, indem sie einen langen Draht durch den Briefschlitz in der Tür gesteckt hatten, und dann hatten sie es geschafft, das Schloss zu öffnen. So wollten sie es

diesmal wohl auch machen und es geschah ihnen wahrhaftig ganz recht, wenn sie diesmal über die Leine stolperten.

Lillebror lachte leise in sich hinein und dann fiel ihm etwas ein, worüber er sich noch mehr freute.

»Ich bin wahrscheinlich ganz unnötig ängstlich gewesen«, sagte er. »Bimbo bellt ja bestimmt so, dass das ganze Haus aufwacht, und dann verschwinden sie von selbst, Fille und Rulle.«

Karlsson starrte ihn an, als traute er seinen Ohren nicht.

»Und dann«, sagte er streng, »dann hab ich die Diebesfalle ganz umsonst gemacht. Und du denkst, das lass ich mir gefallen, das denkst du? Nee, der Hund muss weg, und zwar auf der Stelle.«

Lillebror wurde richtig böse.

»Was meinst du denn damit? Wo soll ich denn mit ihm hin? Was denkst du dir eigentlich?«

Da sagte Karlsson, Bimbo könne oben bei ihm schlafen. Er könne dort auf dem Holzsofa liegen und ganz wunderbar schlummern, während er, Karlsson, zum Schabernacken unterwegs war. Und wenn Bimbo morgen früh aufstehe, dann solle er bis an die Knie in Hackfleisch stehen, versprach Karlsson, wenn Lillebror nur Vernunft annehmen wolle.

Lillebror wollte aber nicht auf diese Weise Vernunft annehmen. Er fand es schändlich, Bimbo wegzuschicken. Und außerdem wäre es wahrhaftig von Vorteil, dass man einen Hund hatte, der anschlug, wenn Fille und Rulle kamen.

»Ja, ja, mach du nur ruhig alles kaputt«, sagte Karlsson verbittert. »Ich darf nie einen Spaß haben, nee, verdirb mir nur ständig alles, sodass ich nicht tirritieren und schabernacken und figurieren kann, nicht das kleinste bisschen, tu das nur! Die Hauptsache ist ja, dass dein Köter nachts bellen und toben darf.«

»Du musst doch verstehen …«, begann Lillebror, aber Karlsson unterbrach ihn.

»Ich mach nicht mit! Du darfst dir von jetzt an Tirritierer besorgen, wo du welche kriegen kannst! Ich mach einfach nicht mit!«

Bimbo knurrte ungehalten, als Lillebror ihn aus seinem Korb zerrte, wo er gerade eingeschlafen war, und das Letzte, was Lillebror von seinem Hund sah, als Karlsson mit ihm in die Lüfte stieg, waren ein Paar große, erstaunte Augen.

»Hab keine Angst, Bimbo! Ich komm bald und hole dich«, rief Lillebror ihm so tröstend nach, wie er konnte.

Karlsson kam nach wenigen Minuten wieder zurück, fröhlich und munter.

»Schönen Gruß von Bimbo, rat mal, was er gesagt hat! Bei dir oben ist es aber gemütlich, hat er gesagt. Kann ich nicht lieber *dein* Hund werden?«

»Haha, das hat er aber nicht gesagt!«

Lillebror lachte, er wusste wohl, wessen Hund Bimbo war, und das wusste Bimbo auch.

»Na ja, nun ist alles gut«, sagte Karlsson. »Du musst doch verstehen, wenn zwei Freunde sind wie du und ich, dann muss der eine sich schon manchmal nach dem anderen richten und hin und wieder tun, was der andere will.«

»Ja, aber du bist immer der andere«, sagte Lillebror mit einem Kichern und er fragte sich, wie Karlsson das eigentlich anstellte. Jeder Mensch musste doch einsehen, dass es in einer solchen Nacht das Allerbeste wäre, wenn Karlsson oben auf seinem Küchensofa schliefe, die Decke ganz über den Kopf gezogen, während Bimbo hier unten läge und bellte, dass das Haus wackelte, und Fille und Rulle verscheuchte. Nun hatte Karlsson es aber genau umgekehrt geregelt und es war ihm fast geglückt, Lillebror weizumachen, dass es so auch das Beste sei. Lillebror wollte es übrigens nur zu gern glauben, denn insgeheim war er doch auf Abenteuer aus und ziemlich neugierig, welchen Schabernack Karlsson diesmal treiben würde.

Karlsson hatte es jetzt eilig, weil er meinte, Fille und Rulle seien jeden Augenblick zu erwarten.

»Ich werde sie so schabernacken, dass sie schon gleich zu Anfang tot umfallen vor Schreck«, sagte er. »Dazu braucht man keinen dummen kleinen Hund, das kannst du mir glauben.«

Er lief in die Küche und begann im Besenschrank zu rumoren. Lillebror bat ihn ängstlich, etwas leiser zu sein, denn Fräulein Bock schlief ja in Bettys Zimmer, das Wand an Wand mit dem Schrank lag. Daran hatte Karlsson nicht gedacht.

»Du musst an den Türen horchen«, befahl er Lillebror. »Sowie du nicht mehr das Grrr-pü-pü-pü und Grrr-asch hörst, musst du Bescheid sagen, dann droht nämlich Gefahr.«

Er überlegte ein bisschen.

»Weißt du, was du dann machen musst?«, fragte er. »Dann fängst du selbst an und schnarchst, so doll du kannst. So, pass auf: Grrr-aaah, grrr-aaah!«

»Warum soll ich das machen?«, fragte Lillebror.

»Na ja, wenn der Märchenonkel aufwacht, dann denkt er, es ist der Hausbock, den er hört, und wenn der Hausbock aufwacht, dann denkt sie, sie hört den Märchenonkel. Aber ich weiß, Grrr-aaah, das bist du, und dann weiß ich, dass einer aufgewacht ist und dass es gefährlich wird, und dann krieche ich in den Besenschrank und verstecke mich. Hihi, der beste Schabernacker der Welt, rat mal, wer das ist!«

»Wenn Rulle und Fille aber kommen, was mache ich dann?«, fragte Lillebror ziemlich erschrocken, denn es würde ja nicht unbedingt angenehm sein, allein draußen in der Diele zu stehen, wenn die Diebe kamen und Karlsson war hinten in der Küche.

»Dann musst du auch schnarchen«, sagte Karlsson. »Pass auf, so: Grrr-hö-hö-hö, grrr-hö-hö-hö.«

Das ist mindestens ebenso schwierig wie das Einmaleins, dachte

Lillebror, wenn man alle diese Grrr-pü-pü-pü und Grrr-asch und Grrr-aaaah und Grrr-hö-hö-hö auseinanderhalten soll. Er versprach jedoch, sein Bestes zu tun.

Karlsson ging zum Handtuchbrett und zerrte alle Küchenhandtücher herunter.

»Die Handtücher reichen nicht«, sagte er. »Aber im Badezimmer gibt es wohl noch mehr.«

»Was willst du machen?«, fragte Lillebror.

»Eine Mumie«, sagte Karlsson. »Eine unheimliche, fürchterliche, todbringende Mumie!«

Lillebror wusste nicht so ganz genau, was eine Mumie war, ihm war jedoch so, als hätte es mit alten Königsgräbern in Ägypten zu tun. Es waren wohl ganz einfach tote Könige und Königinnen, die dort lagen und aussahen wie steife Pakete mit starren Augen. Papa hatte einmal davon erzählt. Die Könige und Königinnen seien *einbalsamiert* worden, hatte er gesagt, damit man sie erhalten könne, genau wie sie waren, als sie noch lebten, und sie seien mit vielen Schichten alter Leinenlappen umwickelt, hatte Papa erzählt. Aber ein Balsamierer war Karlsson wohl doch nicht, dachte Lillebror und er fragte erstaunt:

»Wie kannst du denn eine Mumie machen?«

»Ich wickele den Teppichklopfer ein, aber da kümmere dich nicht drum«, sagte Karlsson. »Geh hin und steh Wache und tu das deine, dann tue ich schon das meine.«

Lillebror stand Wache. Er horchte an den Türen und hörte das allerberuhigendste Geschnarche, Grrr-pü-pü-pü und Grrr-asch, genau wie es sein sollte. Dann aber musste Onkel Julius irgendeinen Albtraum gehabt haben, denn sein Schnarchen wurde plötzlich so eigenartig und winselnd, Grrr-mmmm, Grrr-mmmm, gar nicht dieses beruhigende, säuselnde Pü-pü-pü. Lillebror überlegte, ob es nicht das Sicherste sei, wenn er das dem besten Schnarchforscher der Welt draußen in der Küche meldete, aber als er gerade beim schönsten Überlegen war, hörte er eifrig rennende Schritte und dann ein entsetzliches Getöse und nun eine ganze Menge Flüche. Das kam von der Diebesfalle drüben, o Hilfe, jetzt waren Fille und Rulle natürlich da! Gleichzeitig hörte er zu seinem Entsetzen, wie das Grrr-asch gänzlich verstummte, o Hilfe, was sollte er machen? Er wiederholte verzweifelt alle Befehle, die er von Karlsson bekommen hatte, und dann stimmte er ein jammervolles Grrr-aaah an, dem ein ebenso jammervolles Grrr-hö-hö-hö folgte, doch das wollte gar nicht wie ein Schnarchen klingen.

Er versuchte es von Neuem. »Grrr …«

»Halt die Klappe«, fauchte jemand drüben an der Diebesfalle und im Halbdunkel sah er etwas kleines Dickes dort zwischen den umgefallenen Stühlen herumkrabbeln und vergebens versuchen, wieder hochzukommen. Es war Karlsson.

Lillebror lief hin und schob die Stühle beiseite, damit Karlsson wieder aufstehen konnte. Aber Karlsson war nicht im Geringsten dankbar dafür. Er war wütend wie eine Wespe.

»Du bist schuld dran«, fauchte er. »Hatte ich nicht gesagt, du solltest im Badezimmer Handtücher für mich holen?«

Das hatte Karlsson nun allerdings nicht gesagt. Der Arme, er hatte natürlich nicht daran gedacht, dass der Weg ins Badezimmer über die Diebesfalle führte, aber dafür konnte schließlich Lillebror nichts.

Es blieb ihnen übrigens keine Zeit, sich darüber zu zanken, wessen Schuld es war, denn jetzt hörten sie Fräulein Bock drinnen in ihrem Zimmer an dem Türgriff hantieren. Hier war nicht eine Sekunde zu verlieren.

»Lauf!«, flüsterte Lillebror.

Karlsson rannte los, hinaus in die Küche, und Lillebror rannte wie ein Irrer in sein Zimmer und schmiss sich aufs Bett.

Es war im allerletzten Augenblick. Er zog sich die Bettdecke bis ans Kinn hoch und versuchte, ein kleines Grrr-aaah zustande zu bringen, doch es klang nicht sonderlich gut. So schwieg er denn und lag nur da und hörte, wie Fräulein Bock hereinkam und an sein Bett trat. Er blinzelte vorsichtig zwischen den Augenwimpern hindurch und sah sie in ihrem Nachthemd da stehen, weiß in all dem grauen Dämmerlicht. Ja, sie stand da und sah forschend auf ihn hinunter und er spürte, wie es ihn am ganzen Körper juckte.

»Tu nicht so, als ob du schläfst«, sagte Fräulein Bock, aber es klang nicht gereizt. »Hat dich der Donner auch geweckt?«, fragte sie und Lillebror stammelte:

»Ja, ich glaube.«

Fräulein Bock nickte bekräftigend.

»Ich habe es schon den ganzen Tag gespürt, dass wir Gewitter bekommen. Es war so stickig und merkwürdig. Aber du brauchst keine Angst zu haben«, sagte sie und streichelte Lillebrors Kopf. »Es donnert nur, aber es schlägt nie ein hier in der Stadt.«

Dann ging sie. Lillebror blieb eine Weile im Bett liegen und wagte nicht, sich zu rühren. Aber schließlich stand er ganz leise auf. Er fragte sich voller Unruhe, wie es wohl Karlsson ergangen war, und so leise, wie er konnte, schlich er in die Küche.

Das Erste, was er sah, war die Mumie. Heiliger Jeremias, wie Onkel Julius immer sagte, er sah die Mumie! Sie saß auf der Spüle und daneben stand Karlsson, stolz wie ein Hahn, und beleuchtete sie mit einer Taschenlampe, die er im Besenschrank gefunden hatte.

»Ist sie nicht schick?«, fragte er.

Sie – dann war es demnach eine Königinnenmumie, dachte Lillebror. Wahrhaftig, es war eine ziemlich runde und behäbige Königin, denn Karlsson hatte alle Küchenhandtücher und Badehandtücher, die er hatte finden können, um den Teppichklopfer gewickelt. Über den »Kopf« des Teppichklopfers hatte er ein Handtuch gespannt und auf das Handtuch hatte er zwei große, glotzende schwarze Augen gezeichnet. Das sah aus wie ein Gesicht. Aber die Mumie hatte auch Zähne. Richtige Zähne. Onkel Julius' Zähne. Sie waren in das Handtuch hineingedrückt und hatten sich vermutlich zwischen den Rohrschlingen des Teppichklopfers festgehakt. Aber damit sie noch fester saßen, hatte Karlsson sie mit Heftpflaster über den Mundwinkeln der Mumie festgeklebt. Eine unheimliche und furchterregende und todbringende Mumie war es in der Tat und trotzdem kicherte Lillebror.

»Warum hat sie diese Pflaster?«, fragte er.

»Sie hat sich wahrscheinlich rasiert«, sagte Karlsson und klopfte der Mumie auf die Backe. »Hoho, sie ist meiner Mutter so ähnlich, ich denke, ich nenne sie ruhig Mummi.«

Er nahm die Mumie in die Arme und trug sie in die Diele.

»Fille und Rulle werden ihre Freude haben, wenn sie Mummi kennenlernen«, sagte er.

Karlsson schabernackt
am besten im Dunkeln

Ein langer Draht tastete sich durch den Briefschlitz nach drinnen. Man konnte ihn nicht sehen, denn im Flur war es pechrabenschwarz, aber man hörte das unheimliche Schaben und Kratzen. Ja, jetzt kamen sie, Fille und Rulle!

Lillebror und Karlsson saßen zusammengekauert unter dem runden Tisch in der Diele und warteten. Mindestens eine Stunde lang hatten sie schon so gesessen. Lillebror war sogar ein Weilchen eingeschlafen. Er wurde aber mit einem Ruck wach, als es am Briefschlitz schabte. Oh, sie kamen also wirklich! Lillebror war jetzt hellwach und hatte solche Angst, dass ihm eine Gänsehaut über den Rücken kroch, doch Karlsson ließ im Dunkeln ein zufriedenes Knurren hören.

»Hoho«, flüsterte er, »hoho!«

Es war nicht zu fassen, dass man das Schloss so leicht, nur mit einem Draht, öffnen konnte! Jetzt ging die Tür leise auf und jemand kam herein, jemand war im Flur – Lillebror hielt den Atem an, es war wirklich unheimlich! Man hörte Geflüster und dann schleichende Schritte, dann aber ein Getöse – oh, was für ein Getöse! – und zwei unterdrückte Schreie. Und dann knipste Karlsson plötzlich unter dem Tisch seine Taschenlampe an und sie ging ebenso plötzlich wieder aus. In dem kurzen Augenblick jedoch, während sie brannte, fiel der Lichtstrahl auf eine grausige und todbringende Mumie, die an die Wand gelehnt stand mit einem grausigen Grinsen von Onkel Julius' Zähnen. Und da schrie wieder jemand drüben an der Diebesfalle auf, diesmal etwas lauter.

Dann geschah alles auf einmal. Lillebror konnte nichts mehr auseinanderhalten. Er hörte, wie Türen geöffnet wurden, es waren Onkel Julius und Fräulein Bock, die angetrabt kamen, und gleichzeitig hörte er schnelle Füße durch den Flur flüchten und er hörte, wie Mummi über den Fußboden schlurrte, als Karlsson sie an Bimbos Leine zu sich heranzog, die um ihren Hals saß. Er hörte auch, wie Fräulein Bock mehrmals versuchte, Licht zu machen, aber Karlsson hatte alle elektrischen Sicherungen am Zähler in der Küche losgeschraubt – man schabernackt am besten im Dunkeln, hatte er gesagt – und darum standen nun Fräulein Bock und Onkel Julius hilflos da und konnten das Licht nicht anknipsen.

»Was für ein furchtbares Gewitter«, sagte Fräulein Bock. »So ein Knall! Ob der Strom ausgefallen ist?«

»War es wirklich das Gewitter?«, fragte Onkel Julius. »Ich dachte, es wäre etwas ganz anderes.«

Doch Fräulein Bock versicherte, dass sie ein Gewitterdonnern erkennen könne, wenn sie es hörte. »Was sollte es sonst sein?«, fragte sie.

»Ich dachte, es waren vielleicht neue Mystikusse aus der Märchenwelt, die sich hier heute Nacht ein Stelldichein gegeben hätten«, sagte Onkel Julius.

Eigentlich sagte er »Myfftikuffe auf der Märffenwelt«. Das kam daher, weil er keine Zähne im Mund hatte, das war Lillebror klar, aber er vergaß es gleich wieder. Er hatte keine Zeit, jetzt an etwas anderes zu denken als an Fille und Rulle. Wo steckten die? Waren sie verschwunden? Er hatte nicht gehört, dass die Wohnungstür hinter ihnen zugeschlagen wäre, daher standen sie wohl noch immer im Dunkel des Flurs, vielleicht unter den Mänteln versteckt. Oh,

wie war das alles unheimlich! Lillebror drückte sich so dicht gegen Karlsson, wie er nur konnte.

»Ruhig, ganz ruhig!«, flüsterte Karlsson. »Sie sind gleich wieder hier!«

»Ja, wenn ef nicht daf eine ift, dann ift ef daf andere«, sagte Onkel Julius. »In diefem Hauff kriegt man jedenfallf niemalf Nachtruhe.«

Dann verschwanden er und Fräulein Bock in ihren Zimmern und alles wurde wieder still. Karlsson und Lillebror aber blieben unter dem Tisch sitzen und warteten. Es verging eine Ewigkeit, fand Lillebror. Grrr-pü-pü-pü und Grrr-asch, jetzt konnte man es wieder hören, leise und weit entfernt natürlich, aber dennoch ein sicheres Zeichen dafür, dass Onkel Julius und Fräulein Bock zur Ruhe gekommen waren.

Und tatsächlich, da kamen Fille und Rulle von Neuem aus der Dunkelheit angetappt. Sehr vorsichtig kamen sie und an der Diebesfalle machten sie halt und horchten. Man konnte ihr Atmen durch das Dunkel hören. Es war schaurig. Und jetzt knipsten sie ihre Taschenlampen an, wahrhaftig, die hatten ebenfalls Taschenlampen und der Lichtschein wanderte suchend durch den Raum. Lillebror machte die Augen zu, so als dächte er, er werde auf diese Weise weniger sichtbar sein. Die Tischdecke hing zum Glück lang herab. Aber trotzdem würden Fille und Rulle sie dort, wo sie saßen, er und Karlsson und Mummi, ganz leicht finden können. Lillebror kniff die Augen zusammen und hielt den Atem an. Und er hörte Fille und Rulle ganz nahe bei ihnen miteinander flüstern.

»Hast du auch das Gespenst gesehen?«, fragte Fille.

»Na, und ob«, sagte Rulle. »Es hat da an der Wand gestanden, aber jetzt ist es weg.«

»Das scheint mir hier die schlimmste Gespensterwohnung in ganz Stockholm zu sein. Na ja, das wissen wir ja schon lange«, sagte Fille.

»Puha ja, wir wollen lieber abhauen«, sagte Rulle.

Aber das wollte Fille nicht. »Nie im Leben! Für zehntausend Kronen nehme ich mehrere Dutzend Gespenster in Kauf, das kannst du schriftlich kriegen!«

Schweigend hob Fille die Stühle von der Diebesfalle wieder auf und stellte sie beiseite. Die sollten wohl nicht im Wege liegen, falls sie ganz plötzlich wegmüssten, und er fragte böse, was für garstige Kinder sie in diesem Haus hätten, die sich einen Spaß daraus machten, Fallstricke zu spannen, sodass Leute, die zu Besuch kamen, hinfielen.

»Ich bin aufs Gesicht gefallen, genau aufs Auge«, sagte er, »sicher krieg ich 'n fürchterliches Veilchen. Diese niederträchtigen Lümmel!«

Dann leuchtete er wieder mit seiner Taschenlampe alle Ecken und Winkel ab.

»Jetzt wollen wir mal sehen, wohin diese Türen führen und wo wir anfangen müssen zu suchen«, sagte er.

Der Lichtstrahl zuckte bald hierhin, bald dorthin und immer, wenn er in die Nähe des Tisches kam, kniff Lillebror die Augen zu und machte sich so klein, wie er konnte. Er zog verzweifelt die Füße ein. Sie kamen ihm so riesenhaft vor und so, als hätten sie unter dem Tischtuch gar nicht genug Platz. Wenn sie sich ausstreckten, würden Fille und Rulle sie ganz leicht entdecken.

Mittendrin merkte er, dass Karlsson sich wieder mit Mummi zu schaffen machte. Der Lichtstrahl war jetzt weitergewandert, unter dem Tisch war es dunkel, aber doch so hell, dass Lillebror erkennen konnte, wie Karlsson die Mumie hinausschob und sie mit dem Rücken gegen die Tischkante aufstellte. Da stand sie, als das Licht von Filles Taschenlampe unversehens zurückkehrte und mitten in ihr grausiges Grinsen strahlte. Und nun hörte man von Neuem zuerst einen zweistimmigen unterdrückten Schrei und dann das Geräusch von flinken Füßen, die auf den Flur hinausflüchteten.

Jetzt wurde Karlsson lebendig.

»Komm«, keuchte er Lillebror ins Ohr und dann kroch er, Mummi an der Leine hinter sich herschleifend, schnell wie ein Igel quer über den Fußboden und verschwand in Lillebrors Zimmer und Lillebror kroch hinterdrein.

»So was von ungebildeten Leuten!«, sagte Karlsson und zog die Tür hinter sich und Lillebror zu. »Dass sie nicht den Unterschied zwischen Gespenstern und Mumien sehen können, das finde ich einfach ungebildet.«

Er machte vorsichtig die Tür wieder einen Spalt weit auf und horchte in die dunkle Diele hinaus. Lillebror horchte ebenfalls und er hoffte, er würde die Flurtür hinter Fille und Rulle klappen hören, aber so glatt lief es nicht ab. Die waren wahrhaftig immer noch da und er hörte, wie sie da draußen leise miteinander redeten.

»Zehntausend Kronen«, sagte Fille, »vergiss das nicht! Ich lass mich von keinem Gespenst kopfscheu machen, merk dir das!«

Eine Weile verging, Karlsson lauschte angestrengt.

»Jetzt sind sie drin beim Märchenonkel«, sagte er. »Hoho, da können wir gleich mal 'n bisschen was unternehmen!«

Er nahm Mummi die Hundeleine ab und legte sie liebevoll in Lillebrors Bett.

»Heißa hopsa, Mummi, jetzt kannst du endlich schlafen«, sagte er und stopfte die Decke sorgfältig um sie fest, so wie eine Mutter es abends bei ihrem Kind tut. Dann winkte er Lillebror zu sich heran.

»Schau, ist sie nicht goldig?«, sagte er und beleuchtete seine Mummi mit der Taschenlampe. Lillebror schauderte es. Wie sie da lag und mit ihren schwarzen, glotzenden Augen und ihrem schaurigen Grinsen an die Decke starrte, konnte Mummi jeden zu Tode erschrecken. Aber Karlsson versetzte ihr einen zufriedenen Klaps und dann zog er die Schlafdecke und das Überlaken bis ganz über die Augen. Er nahm auch die Bettdecke, die Fräulein Bock, als sie

Lillebror Gute Nacht sagte, zusammengefaltet und auf einen Stuhl gelegt hatte, und breitete sie sorgfältig über dem Bett aus, vielleicht damit Mummi nicht fror, dachte Lillebror mit einem Kichern. Jetzt war nichts mehr von ihr zu sehen außer einem rundlichen, buckligen Körper, der sich unter dem Bettzeug wölbte.

»Heißa hopsa, Lillebror«, sagte Karlsson, »jetzt musst du auch ein bisschen schlafen, glaub ich.«

»Wo denn?«, fragte Lillebror unruhig, denn neben Mummi im Bett wollte er auf keinen Fall schlafen. »Ich kann doch nicht ins Bett, wenn Mummi ...«

»Nein, aber *drunter*«, sagte Karlsson und er kroch unters Bett, schnell wie ein Igel, und Lillebror kroch hinterher, so schnell er konnte.

»Jetzt sollst du mal ein typisches Spionschnarchen hören«, sagte Karlsson. »Schnarchen Spione anders als andere Leute?«, fragte Lillebror erstaunt.

»Ja, die schnarchen tückisch und so gefährlich, dass man verrückt werden könnte. Hör zu, so:

Öööööh,
ööh,
ööööh.«

Das Spionschnarchen hörte sich bedrohlich an und stieg und sank und knurrte. Es klang in der Tat tückisch und gefährlich. Und außerdem ziemlich laut. Lillebror bekam Angst. »Sei still! Fille und Rulle können doch kommen!«

»Ja eben, deswegen brauchen wir doch das Spionschnarchen«, sagte Karlsson.

Im selben Augenblick hörte Lillebror, wie jemand die Türklinke fasste. Ein schmaler Spalt öffnete sich. Ein Lichtstrahl drang herein und dann kamen Fille und Rulle hinterhergetappt. Karlsson schnarchte tückisch und gefährlich und Lillebror kniff verzweifelt die Augen zusammen. Das allerdings brauchte er nicht zu tun. Er war schon unsichtbar. Die Bettdecke hing bis auf den Boden herab und verbarg ihn und Karlsson vor jedem zudringlichen Lichtschein und allen suchenden Blicken. So hatte Karlsson es sich wohl auch gedacht.

»Öööööhh«, schnarchte Karlsson.

»Endlich sind wir richtig«, sagte Fille mit leiser Stimme. »So schnarcht kein Kind. Das muss er sein. Guck mal, was da für 'n dicker Klumpen liegt. Doch, das muss er sein.«

»Öööööh«, kam es böse von Karlsson. Er wollte nicht ein dicker Klumpen genannt werden, das konnte man am Schnarchen hören.

»Hast du die Handschellen bereit?«, fragte Rulle. »Es wird das Beste sein, wir legen sie ihm an, bevor er aufwacht.«

Auf der Bettdecke rasselte es ein wenig und dann hörte man, wie Fille und Rulle nach Luft schnappten. Lillebror wusste, jetzt waren sie dem Grinsen der unheimlichen und todbringenden Mumie begegnet, die auf dem Kissen ruhte. Aber nun hatten sie sich an sie gewöhnt und waren vielleicht nicht mehr so leicht zu erschrecken, da sie weder aufschrien noch wegrannten, sondern einfach nur ein wenig keuchten.

»Ach was, das ist ja bloß eine Puppe«, sagte Fille ein bisschen verlegen. »Und was für eine, pfui Spinne!« Er schien sie wieder zuzudecken, denn die Decke raschelte.

»Aber du«, sagte Rulle, »erklär mir mal, wie die Puppe hierhergekommen ist! Sie war doch eben erst in der Diele. Oder etwa nicht?«

»Da hast du recht«, sagte Fille nachdenklich. »Und wer schnarcht denn da übrigens?«

Doch das erfuhr Fille nicht mehr, denn in dem Augenblick hörte man Schritte, die durch die Diele näher kamen. Lillebror erkannte

Fräulein Bocks schwerfälligen Gang und er dachte aufgeregt: Jetzt gibt es bestimmt einen Knall, schlimmer als ein Gewitter.

Aber es kam kein Knall.

»Schnell rein in 'n Schrandwank«, zischte Fille, und bevor Lillebror auch nur blinzeln konnte, verschwanden Fille und Rulle in seinem Wandschrank. Nun kam Leben in Karlsson. Schnell wie ein Igel kroch er los, auf den Wandschrank zu, und schloss die Tür ab. Dann kroch er ebenso rasch wieder an seinen Platz unterm Bett zurück, und in der nächsten Sekunde schritt Fräulein Bock zur Tür herein, fast wie ein Weihnachtsengel anzusehen in ihrem weißen Nachthemd und mit einer brennenden Kerze in der Hand.

Lillebror merkte, dass sie jetzt ans Bett trat, denn er sah, wie ihr großer Zeh unter dem Rand der Decke erschien, und gleichzeitig hörte er ihre strenge Stimme hoch über seinem Kopf.

»Bist du eben in meinem Zimmer gewesen, Lillebror, und hast du mit einer Taschenlampe geleuchtet?«

»Nee, das war ich nicht«, stotterte Lillebror, ohne zu überlegen.

»Weshalb bist du dann wach?«, fragte Fräulein Bock misstrauisch und dann fügte sie hinzu: »Verkriech dich nicht unter der Decke, man kann gar nicht verstehen, was du sagst!«

Es raschelte, als sie die Decke von dort wegzog, wo sie Lillebrors Kopf vermutete. Und dann war ein durchdringendes Geheul zu hören. Armes Fräulein Bock, sie ist nicht ganz so daran gewöhnt wie Fille und Rulle, schaurige und todbringende Mumien zu sehen, dachte Lillebror. Ihm war klar, dass es nun an der Zeit sei, hervorzukriechen. Er würde ohnehin entdeckt werden und außerdem brauchte er Hilfe wegen Fille und Rulle. Die mussten raus aus dem Wandschrank und wenn alle Geheimnisse der Welt zugleich ans Licht kämen. Lillebror kroch also aus seinem Versteck hervor.

»Bekommen Sie keinen Schreck«, sagte er ängstlich. »Mummi ist nicht gefährlich, aber oh, im Wandschrank sind zwei Diebe!«

Fräulein Bock war durch den Anblick von Mummi noch immer erregt. Sie griff sich ans Herz und atmete schwer. Aber als Lillebror das von den Dieben im Wandschrank erwähnte, wurde sie fast wütend.

»Was ist das für dummes Zeug, was du dir da ausgedacht hast! Diebe im Wandschrank, erzähl mir doch nicht solchen Unsinn!«

Sicherheitshalber ging sie aber zum Wandschrank und rief: »Ist da jemand?«

Es kam keine Antwort und da wurde sie noch wütender. »Antworten Sie! Ist da jemand? Wenn Sie nicht da sind, dann können Sie es doch wenigstens sagen!«

Da hörte sie mit einem Mal ein leises Geräusch im Wandschrank und nun erkannte sie, dass Lillebror die Wahrheit gesagt hatte.

»Oh, du mutiger Junge«, rief sie aus, »hast zwei große, starke Diebe da eingeschlossen und bist doch so klein! Oh, wie bist du mutig!«

Da polterte etwas unterm Bett und Karlsson kam hervorgekrochen.

»Denk mal, das ist er gar nicht«, sagte Karlsson. »Denk mal, *ich* hab das nämlich getan!« Er starrte Fräulein Bock und Lillebror abwechselnd böse an. »Ja, stell dir vor, ich bin mutig und in jeder Weise in Ordnung«, sagte er. »Und grundgescheit und übrigens auch sehr hübsch und auch kein dicker Klumpen, basta!«

Fräulein Bock wurde wütend, als sie Karlsson erblickte.

»Du ... du ...«, schrie sie, aber dann wurde ihr wohl bewusst, dass hier nicht die rechte Zeit und nicht der rechte Ort war, Karlsson wegen der Pfannkuchen auszuschimpfen. Es gab wirklich Wichtigeres, woran sie denken musste. Sie drehte sich heftig zu Lillebror um.

»Lauf sofort rüber und weck Onkel Julius, damit wir die Polizei anrufen! Oh, dann muss ich mir aber erst einen Morgenrock anziehen«, sagte sie mit einem erschrockenen Blick auf ihr Nachthemd. Und dann stürzte sie weg.

Lillebror stürzte auch weg. Vorher riss er aber Mummi die Zähne aus dem Gesicht. Er sah ein, dass Onkel Julius sie jetzt eher nötig hatte.

Im Schlafzimmer war das Grr-pü-pü-pü in vollem Gang. Onkel Julius schlief wie ein unschuldiges Kind.

Es fing an, hell zu werden. Im Dämmerlicht sah Lillebror das Wasserglas auf dem Nachttisch stehen, wo es immer stand. Er ließ die Zähne hineinfallen, sodass es leise platschte. Gleich daneben lagen Onkel Julius' Brille und Karlssons Bonbontüte. Lillebror nahm die Tüte und steckte sie in die Tasche seines Schlafanzuges, um sie Karlsson wiederzugeben. Onkel Julius brauchte sie ja nicht zu sehen, wenn er erwachte, und sich darüber zu wundern, wie sie dahingekommen war.

Lillebror hatte das Gefühl, als liege sonst noch mehr auf dem Nachttisch, ach ja, richtig, Onkel Julius' Uhr und die Brieftasche. Die lagen jetzt nicht dort. Aber das brauchte ja Lillebror nicht zu kümmern. Seine Aufgabe war es, Onkel Julius zu wecken, und das tat er.

Onkel Julius fuhr heftig aus dem Schlaf hoch. »Waf ift denn nun wieder lof?«

Er angelte schnell nach seinen Zähnen und setzte sie in den Mund und dann sagte er:

»Weiß der liebe Himmel, ich fahre bald wieder nach Västergötland zurück, so wie's hier nachts zugeht! Und dann schlafe ich aber sechzehn Stunden hintereinander, das kann ich euch sagen!«

Das war wahrhaftig ein Satz, für den er seine Zähne nötig hatte, dachte Lillebror, dann aber setzte er Onkel Julius auseinander, weshalb er kommen müsse, und zwar sofort.

Und Onkel Julius stiefelte los, so schnell er konnte, Lillebror rannte hinterher, Fräulein Bock kam aus ihrer Ecke angelaufen und nun stürmten sie alle auf einmal in Lillebrors Zimmer.

»Ach, lieber Herr Jansson, Diebe! Ist so was möglich!«, schrie Fräulein Bock.

Karlsson war nicht im Zimmer, das war das Erste, was Lillebror feststellte. Das Fenster stand offen. Er musste zu sich nach Hause geflogen sein. Wie gut, wie außerordentlich gut! Dann brauchten Fille und Rulle ihn ja nicht zu sehen und die Polizei auch nicht. Es war fast zu schön, um wahr zu sein.

»Sie sind im Wandschrank«, sagte Fräulein Bock und ihre Stimme klang entsetzt und entzückt zugleich. Aber Onkel Julius zeigte auf den dicken Klumpen in Lillebrors Bett und sagte:

»Ist es nicht besser, wir wecken lieber erst Lillebror?«

Dann schaute er verwundert Lillebror an, der neben ihm stand.

»Nanu, der ist ja schon wach, sehe ich, was aber liegt denn da im Bett?«

Fräulein Bock schauderte es. Sie wusste nur zu gut, was da im Bett lag. Hier gab es etwas viel Schaurigeres als Diebe.

»Etwas Grässliches«, sagte sie. »Es ist etwas ganz Grässliches! Vermutlich aus der Märchenwelt!«

Da begannen Onkel Julius' Augen zu leuchten. Er war wirklich nicht furchtsam, nein, er streichelte den Klumpen, der sich unter der Decke buckelte.

»Etwas Dickes und Grässliches aus der Märchenwelt, das *muss* ich sehen, bevor ich mich mit den Dieben befasse!« Schnell riss er die Bettdecke zurück.

»Hihi«, machte Karlsson und setzte sich begeistert im Bett hoch. »Denk bloß, diesmal war's keiner aus der Märchenwelt, denk bloß, es war nur ich Kleiner! Pech, was?«

Fräulein Bock starrte Karlsson erbost an und Onkel Julius schien auch sehr enttäuscht zu sein.

»Haben Sie diesen Bengel auch nachts hier?«, fragte er.

»Ja, aber ich dreh ihm den Hals um, sowie ich Zeit habe«, sagte Fräulein Bock. Aber dann ergriff sie ängstlich Onkel Julius' Arm. »Guter Herr Jansson, wir müssen die Polizei rufen!«

Da geschah etwas Unerwartetes. Aus dem Wandschrank hörte man eine barsche Stimme erschallen: »Im Namen des Gesetzes, öffnen Sie! Polizei!«

Fräulein Bock und Julius und Lillebror waren wirklich erstaunt, aber Karlsson wurde nur böse. »Polizei! Das könnt ihr anderen auf die Nase binden, ihr dummen Diebshalunken!«

Jetzt aber rief Fille aus dem Wandschrank, es stehe strenge Strafe darauf, wenn man Polizisten einschließe, die gekommen waren, um gefährliche Spione zu ergreifen. O ja, jetzt hatten sie was ganz Schlaues ausgeheckt, dachte Lillebror im Stillen.

»Sofort öffnen!«, brüllte Fille.

Da ging Onkel Julius folgsam hin und schloss auf. Heraus stiegen Fille und Rulle und sie wirkten so zornig und polizistenhaft, dass Onkel Julius und Fräulein Bock richtig Angst bekamen.

»Wieso Polizisten?«, sagte Onkel Julius zweifelnd. »Sie haben ja keine Uniform an!«

»Nee, wir sind nämlich von der Geheimen Sicherheitspolizei«, sagte Rulle.

»Und wir sind gekommen, um den da zu ergreifen«, sagte Fille und zeigte auf Karlsson. »Der ist ein ganz gefährlicher Spion!«

Aber da stieß Fräulein Bock ihr allerschrecklichstes Gelächter aus. »Spion! Der da! Nee, wisst ihr was! Das ist einer von Lillebrors schrecklichen Klassenkameraden!«

Karlsson kam mit einem Sprung aus dem Bett gehüpft.

»Und ich bin obendrein auch noch der Beste in der Klasse«, sagte er eifrig. »O ja, ich kann nämlich mit den Ohren wackeln – ja, und dann natürlich auch Addition!«

Das aber glaubte Fille ihm nicht. Er hielt die Handschellen hoch und ging drohend auf Karlsson zu. Immer näher kam er, aber da trat Karlsson ihm ordentlich gegen das Schienbein. Fille stieß einen langen Fluch aus und hopste auf dem einen Bein herum.

»Da kriegst du bestimmt 'n blauen Fleck«, sagte Karlsson zufrieden und Lillebror dachte, blaue Flecke, die kriegten die Diebe sicher haufenweise. Filles eines Auge war jetzt ganz zugeschwollen und völlig blau. Das geschah ihm ganz recht, dachte Lillebror, wenn er hier ankam und Lillebrors lieben Karlsson rauben und für zehntausend Kronen verkaufen wollte. Gemeine Diebe! Lillebror gönnte ihnen so viele blaue Flecke, wie sie nur kriegen konnten!

»Das sind keine Polizisten! Die lügen«, sagte er. »Das sind Diebe, ich weiß es.«

Onkel Julius kratzte sich nachdenklich im Nacken.

»Das werden wir wohl herauskriegen müssen«, sagte er.

Er schlug vor, sie sollten sich alle miteinander ins Wohnzimmer setzen und dort wollte man untersuchen, ob Fille und Rulle Diebe waren oder nicht.

Draußen war es jetzt fast hell geworden. Die Sterne am Himmel vorm Wohnzimmerfenster waren verblasst, ein neuer Tag kam herauf und Lillebror wünschte sich nichts sehnlicher, als sich endlich schlafen zu legen, anstatt hier zu sitzen und sich Filles und Rulles Lügen anzuhören.

»Haben Sie wirklich nicht gelesen, dass ein Spion hier im Vasaviertel herumfliegt?«, fragte Rulle und holte einen Zeitungsausschnitt aus der Tasche.

Aber da machte Onkel Julius ein sehr überlegenes Gesicht.

»Man darf nicht allen Blödsinn glauben, den die Zeitungen drucken«, sagte er. »Aber meinetwegen kann ich das ja noch einmal durchlesen. Warten Sie, ich hole eben meine Brille!«

Er lief ins Schlafzimmer hinüber, kam aber sofort wieder zurück und jetzt war er zornig.

»O ja, das sind mir schöne Polizisten«, brüllte er. »Sie haben meine Brieftasche gestohlen und meine Uhr! Rücken Sie das gefälligst sofort wieder raus!«

Jetzt aber wurden Fille und Rulle ebenfalls ganz schrecklich zornig.

Es sei gefährlich, Polizisten zu beschuldigen, dass sie Brieftaschen und Uhren stählen, behauptete Rulle.

»Das nennt man Ehrverletzung, wissen Sie das nicht?«, sagte Fille. »Und man kann ins Gefängnis kommen, wenn man Polizisten beleidigt, wissen Sie das nicht?«

Karlsson schien etwas eingefallen zu sein, denn er hatte es plötzlich sehr eilig. Er raste hinaus, genau wie Onkel Julius vorher, und ebenso schnell war er wieder da und so wütend, dass es zischte.

»Und meine Bonbontüte«, kreischte er, »wer hat die genommen?«

Fille ging drohend auf ihn zu. »Gibst du uns etwa die Schuld, was?«

»O nein, ich bin doch nicht verrückt«, sagte Karlsson. »Ehrverletzung, davor werd ich mich schwer hüten. So viel kann ich aber sagen: Wenn der, der die Tüte genommen hat, sie jetzt nicht sofort wieder rausrückt, dann kriegt er noch ein Veilchen auf dem anderen Auge.«

Da holte Lillebror schnell die Tüte hervor.

»Hier ist sie«, sagte er und händigte sie Karlsson aus. »Ich hatte sie für dich in Verwahrung genommen.«

Jetzt grinste Fille ganz hämisch. »Jaja, da sieht man's! Aber uns alles in die Schuhe schieben, das könnt ihr!«

Fräulein Bock hatte stumm dagesessen, aber nun wollte sie sich auch an der Untersuchung beteiligen. »Die Uhr und die Brieftasche –

wer die gestohlen hat, das ist mir allerdings klar. Der tut ja nichts anderes als stehlen. Wecken und Pfannkuchen und was ihm unter die Finger kommt!«

Sie zeigte auf Karlsson und Karlsson geriet außer sich.

»Du, hör mal! Das ist Ehrverletzung und die ist gefährlich! Weißt du das nicht, du dumme Person?«

Aber Fräulein Bock scherte sich nicht um Karlsson. Sie wollte jetzt ein ernstes Wort mit Onkel Julius reden. Es mochte stimmen, meinte sie, dass diese Herren dort von der Geheimpolizei seien, sie wirkten ja durchaus vertrauenerweckend, fein angezogen und so weiter. Fräulein Bock dachte, dass Diebe im Allgemeinen zerlumpte, geflickte Sachen anhätten, sie hatte schließlich noch nie einen Einbrecher zu Gesicht bekommen.

Jetzt aber freuten sich Fille und Rulle ungemein und waren sehr befriedigt. Fille sagte, er habe von Anfang an gesehen, was für ein kluger und wunderbarer Mensch diese Dame sei, und er sei entzückt, sie kennengelernt zu haben. Er wandte sich sogar an Onkel Julius, damit dieser ihm beipflichte.

»Nicht wahr, sie ist wirklich ein guter Mensch, finden Sie nicht auch?«

Es sah nicht so aus, als hätte Onkel Julius sich bis jetzt darüber Gedanken gemacht. Nun aber war er genötigt zuzustimmen und Fräulein Bock schlug die Augen nieder und wurde über und über rot.

»Ja, die ist lieb wie eine Klapperschlange«, brummte Karlsson vor sich hin. Er saß in einer Ecke neben Lillebror und aß Bonbons, dass es knirschte. Als die Tüte leer war, sprang er auf und fing an, im Zimmer herumzuhüpfen. Es hatte den Anschein, als täte er es im Spiel, aber bei der Hüpferei kam er ganz allmählich zu den beiden Stühlen, auf denen Fille und Rulle saßen, und stellte sich dahinter auf.

»Mit so einem Herzchen möchte man gern öfter zusammentreffen«, sagte Fille und nun errötete Fräulein Bock noch mehr und schlug von Neuem die Augen nieder.

»Jaja, das ist ja alles gut und schön mit Herzchen und so was allem«, sagte Onkel Julius ungeduldig, »aber nun will ich wissen, wo meine Uhr und meine Brieftasche geblieben sind!«

Es schien, als ob Fille und Rulle nicht gehört hätten, was er sagte. Fille war übrigens so entzückt von Fräulein Bock, dass er für nichts anderes Augen hatte.

»Sieht auch so einnehmend aus, findest du nicht, Rulle?«, fragte er leise, aber doch so, dass Fräulein Bock es hören sollte. »Schöne Augen – und dann eine so entzückend anheimelnde Nase, richtig so eine, mit der man durch dick und dünn gehen kann, findest du nicht auch, Rulle?«

Da schnellte Fräulein Bock von ihrem Stuhl hoch und sperrte die Augen ganz kolossal weit auf. »Was?«, rief sie aus. »Was haben Sie da eben gesagt?«

Fille verlor fast den Faden.

»Nun ja, ich sagte bloß …«, begann er, aber Fräulein Bock ließ ihn nicht ausreden.

»So, so, das ist ja wohl der Philipp, kann ich mir denken«, sagte sie. Dabei lächelte sie fast ebenso unheimlich wie Mummi, fand Lillebror.

Fille war erstaunt. »Woher wissen Sie denn das? Haben Sie von mir gehört?«

Fräulein Bock nickte grimmig.

»Und ob ich gehört habe! Ja, du guter Moses, ich habe allerdings von Ihnen gehört! Und der da, das ist dann wohl der Rudolf?«, sagte sie und zeigte auf Rulle.

»Ja, aber wieso wissen Sie denn das? Haben wir etwa gemeinsame Bekannte?«, fragte Fille erstaunt und machte ein richtig erwartungsvolles Gesicht.

Fräulein Bock nickte von Neuem und ebenso grimmig wie vorher. »Ja, das will ich meinen! Fräulein Frieda Bock in der Frejgatan, die dürfte wohl bekannt sein? Sie hat ja auch so eine Nase, mit der man durch dick und dünn gehen kann, genau wie ich. Oder nicht?«

»Deine ist allerdings keine anheimelnde Kartoffel, sondern eher wie eine Gurke mit Warzen drauf«, sagte Karlsson.

Filles Interesse für Nasen schien nun doch nicht allzu groß zu sein, denn er sah nicht mehr so erfreut aus. Es hatte eher den Anschein, als wollte er am allerliebsten weglaufen, und es hatte den Anschein, als hätte Rulle das ebenfalls gern getan. Aber Karlsson stand hinter ihnen und plötzlich krachte ein Schuss, sodass Fille und Rulle vor Schreck aufsprangen.

»Nicht schießen!«, brüllte Fille, denn jetzt fühlte er Karlssons Zeigefinger in seinem Rücken und meinte, es sei eine Pistole.

»Her mit der Brieftasche und der Uhr!«, rief Karlsson. »Sonst knallt's!«

Fille und Rulle kramten nervös in den Rocktaschen und tatsächlich landete sowohl die Brieftasche als auch die Uhr genau auf Onkel Julius' Schoß.

»Da hast du deinen Kram, du Dickwanst!«, schrie Fille und dann flitzten Fille und Rulle wie zwei Blitze zur Tür hinaus und niemand war da, der sie aufhalten konnte.

Fräulein Bock raste jedoch hinterher. Sie verfolgte sie den ganzen Weg durch die Diele und den Flur und bis auf den Treppenabsatz hinaus und sie rief ihnen nach, als sie die Treppen hinunterstürmten:

»Das erzähl ich der Frieda! Du guter Moses, *die* wird sich freuen!«

Sie machte noch ein paar Schritte, so als wollte sie die beiden auch die Treppen hinunterverfolgen, und dann rief sie wieder:

»Setzen Sie Ihren Fuß nicht noch einmal in die Frejgatan! Sonst fließt nämlich Blut! Haben Sie verstanden, was ich gesagt habe? Bl-u-u-u-t!«

Karlsson offenbart Onkel Julius die Märchenwelt

Nach der Nacht mit Fille und Rulle trug Karlsson den Kopf noch höher als gewöhnlich.

»Hier kommt der beste Karlsson der Welt!« Dieser Ruf weckte Lillebror jeden Morgen und Karlsson kam hereingeflogen. Jeden Morgen riss er als Erstes den Pfirsichkern heraus, um nachzusehen, wie viel der gewachsen war. Dann aber ging er regelmäßig zu dem alten Spiegel, der über Lillebrors Kommode hing. Es war kein großer Spiegel, aber Karlsson flog lange davor hin und her, um so viel wie möglich von sich selbst sehen zu können. Der ganze Karlsson hatte nicht Platz im Spiegel.

Er summte und sang, während er flog, und man konnte hören, es war ein selbst gemachtes kleines Loblied auf sich selbst.

»Der beste Karlsson der Welt – hm-ti-ti-hm – zehntausend Kronen wert – verscheucht Diebe mit der Pistole – was für 'n elender Spiegel hi-i-ier – man sieht nicht grade viel – vom besten Karlsson der Welt darin – doch was man sieht, ist schön – hm-ti-ti-hm – und gerade richtig dick, jaja – und in jeder Wei-ei-heise in Ordnung.«

Lillebror pflichtete ihm bei. Er fand, Karlsson sei in jeder Weise in Ordnung. Und das Komische war, dass selbst Onkel Julius richtig von ihm angetan war. Tatsächlich war es ja Karlsson, der seine Brieftasche und seine Uhr wieder ans Tageslicht gefördert hatte. So etwas vergaß Onkel Julius nicht so schnell. Fräulein Bock dagegen war nach wie vor sauer auf ihn, aber das störte Karlsson keineswegs, wenn er nur zur festgesetzten Zeit Essen bekam, und das bekam er.

»Krieg ich nichts zu essen, dann mach ich nicht mit«, das hatte er klar und deutlich zu verstehen gegeben.

Nichts anderes in der Welt wünschte Fräulein Bock mehr, als dass Karlsson nicht mitmachen würde. Was nützte das aber, wenn er Lillebror und Onkel Julius auf seiner Seite hatte! Jedes Mal, wenn er angerast kam und sich, gerade wenn sie essen wollten, am Tisch niederließ, knurrte Fräulein Bock. Sie konnte aber gar nichts dagegen tun, und wo Karlsson saß, da saß er.

Er hatte damit nach der Nacht mit Fille und Rulle angefangen, als wäre es die größte Selbstverständlichkeit der Welt. Einem Helden wie ihm sollte nicht einmal der böseste Hausbock etwas abschlagen dürfen, der Meinung war er wohl.

Karlsson war sicherlich von all der Schnarchforschung und allem Geschleiche und Geschieße in dieser Nacht ein bisschen müde geworden, denn am folgenden Tag kam er erst um die Abendbrotzeit in Lillebrors Zimmer geflogen und stellte sich hin und schnupperte, ob er irgendeinen verheißungsvollen Essensgeruch aus der Küche wahrnehmen konnte.

Lillebror hatte ebenfalls lange und mehrere Male geschlafen – mit Bimbo neben sich im Bett. Man wurde wirklich müde, wenn man sich nachts mit Dieben herumschlug, und er war eben wieder wach geworden, als Karlsson kam. Was ihn geweckt hatte, war ein ungewohnter und abscheulicher Lärm aus der Küche. Es war Fräulein Bock, die aus vollem Halse sang. Das hatte Lillebror bisher noch nie bei ihr erlebt und er hoffte sehr, dass sie damit aufhörte, denn es klang wenig schön. Aus irgendeinem Grunde war sie gerade heute ungewöhnlich guter Laune. Sie war vormittags kurz bei Frieda in der Frejgatan gewesen. Vielleicht war es das, was sie aufgemuntert hatte, denn sie sang, dass es dröhnte.

»Ach Frieda, das wäre sicher das Beste für dich …«, sang sie. Was aber für Frieda das Beste wäre, das erfuhr man nicht, denn Karlsson sauste in die Küche und schrie:

»Halt! Halt! Die Leute müssen ja sonst denken, dass ich dich verhaue, wenn du dermaßen grölst.«

Da verstummte Fräulein Bock und stellte mürrisch das Gulasch auf den Tisch, und Onkel Julius kam und alle setzten sich und aßen und unterhielten sich über die schauerlichen Ereignisse der Nacht und es war richtig gemütlich, fand Lillebror. Und Karlsson war zufrieden mit dem Essen und lobte Fräulein Bock.

»Manchmal gelingt es dir tatsächlich ganz aus Versehen, ein gutes Gulasch zu machen«, sagte er anerkennend.

Fräulein Bock gab darauf keine Antwort. Sie schluckte nur ein paar Mal und kniff die Lippen zusammen.

Den Schokoladenpudding in den Schälchen, den sie zum Nachtisch gemacht hatte, mochte Karlsson ebenfalls gern. Er hatte einen Pudding verschlungen, bevor Lillebror auch nur einen Löffel Pudding in den Mund gesteckt hatte, und dann sagte er:

»Ach ja, so ein Pudding, das ist was Gutes, aber ich weiß was, das ist doppelt so gut!«

»Was denn?«, fragte Lillebror.

»*Zwei* solche Puddings«, sagte Karlsson und schnappte sich noch ein Schälchen. Was bedeutete, dass Fräulein Bock keins bekam, denn sie hatte nur vier Schälchen voll gemacht. Karlsson merkte, dass sie ungehalten war, und er streckte einen warnenden Zeigefinger in die Höhe.

»Bedenke, dass es hier am Tisch den einen oder anderen Dickwanst gibt, der abmagern muss. Genau gesagt, zwei Stück. Ich nenne keine Namen, aber ich bin das nicht und dieser kleine spillrige Kerl da auch nicht«, sagte er und zeigte auf Lillebror.

Fräulein Bock kniff den Mund noch fester zusammen und sagte

noch immer nichts. Lillebror schaute ängstlich zu Onkel Julius hinüber, der hatte aber offenbar nichts gehört. Er hielt sich nur polternd darüber auf, wie schlapp die Polizei in dieser Stadt sei. Er hatte sie angerufen und den Einbruch gemeldet, das hätte er sich aber ebenso gut sparen können. Sie hätten dreihundertfünfzehn Diebstähle, die zuerst bearbeitet werden müssten, sagten sie, und wie viel denn übrigens gestohlen worden sei, wollten sie wissen.

»Da habe ich ihnen aber erklärt«, sagte Onkel Julius, »es wäre einem sehr mutigen und erfinderischen kleinen Jungen zu verdanken, dass die Diebe ganz ohne was abziehen mussten.«

Er guckte beifällig zu Karlsson hin. Karlsson spreizte sich wie ein Pfau und er versetzte Fräulein Bock einen triumphierenden Knuff.

»Was sagst du nun? Der beste Karlsson der Welt, verscheucht Diebe mit der Bistole«, sagte er.

Onkel Julius war allerdings auch über die Pistole erschrocken. Zwar hatte er sich gefreut und war dankbar gewesen, dass er seine Brieftasche und seine Uhr zurückbekommen hatte, aber er fand trotzdem, dass kleine Jungen nicht mit Schusswaffen herumlaufen sollten, und als Fille und Rulle mit solcher Geschwindigkeit die Treppen hinuntergerannt waren, brauchte Lillebror lange Zeit, um Onkel Julius endlich davon zu überzeugen, dass es nur eine Spielzeugpistole sei, mit der Karlsson sie erschreckt hatte.

Nach dem Essen ging Onkel Julius ins Wohnzimmer, um seine Zigarre zu rauchen.

Fräulein Bock spülte das Geschirr und offenbar konnte nicht einmal Karlsson ihr auf die Dauer die Laune verderben, denn sie fing von Neuem an: »Ach Frieda, das wäre sicher das Beste für dich …« Da merkte sie plötzlich, dass sie keine Handtücher zum Abtrocknen hatte, und da wurde sie wieder ärgerlich.

»Kann mir einer sagen, wo die Handtücher alle hingekommen sind?«, fragte sie und sah sich anklagend in der Küche um.

»Ja, *einer* kann das, nämlich der beste Handtuchfinder der Welt«, sagte Karlsson. »Wie wäre es denn, wenn du ihn *immer* fragen würdest, wenn du irgendwas nicht weißt, du Dummerchen, du!«

Karlsson lief in Lillebrors Zimmer und kam mit so vielen Handtüchern in den Armen wieder, dass man von Karlsson selbst gar nichts sah. Es waren aber lauter ungewöhnlich schmutzige und staubige Handtücher und Fräulein Bock wurde noch ärgerlicher.

»*Wie* sind die Handtücher so schmutzig geworden?«, rief sie.

»Die Märchenwelt hatte sie sich ausgeliehen«, sagte Karlsson. »Und siehst du, dort fegen sie unter den Betten nie auf!«

Und so vergingen die Tage. Es kamen Karten von Mama und Papa. Sie hatten es herrlich auf ihrer Kreuzfahrt und sie hofften, Lillebror gehe es auch gut und Onkel Julius sei gesund und vertrage sich gut mit Lillebror und Fräulein Bock.

Von Karlsson vom Dach stand nichts auf der Karte und darüber ärgerte Karlsson sich maßlos.

»Ich würde ihnen eine Karte schicken, wenn ich nur fünf Öre für eine Briefmarke hätte«, sagte er. »Und dann würde ich schreiben: So ist es richtig, was kümmert's euch, ob es Karlsson gut geht und ob er sich mit dem Hausbock verträgt, daran kehrt euch bloß nicht, und dabei ist er es, der alles regelt und alle Diebe mit der Bistole verscheucht und alle Handtücher findet, die verschwunden sind, und für euch den Hausbock beaufsichtigt und all so was.«

Lillebror war froh, dass Karlsson die fünf Öre für eine Briefmarke nicht hatte, denn er fand, es sei nicht gerade günstig, wenn Mama und Papa eine solche Karte bekämen. Lillebror hatte sein Sparschwein leer gemacht und Karlsson alles geschenkt, was darin war, aber das hatte Karlsson schon verbraucht und jetzt war er böse.

»Das ist doch wirklich allerhand«, sagte er. »Da geht einer herum und ist zehntausend Kronen wert und hat nicht mal fünf Öre für

eine Briefmarke! Was meinst du, ob Onkel Julius vielleicht meine
großen Zehen kaufen will?«

Das glaubte Lillebror nicht.

»Wenn er nun aber gerade so furchtbar begeistert von mir ist?«,
fragte Karlsson weiter.

Lillebror meinte, dass er es trotzdem nicht tun würde, und da flog
Karlsson beleidigt zu sich hinauf und kam nicht eher zurück, als bis
Lillebror zur nächsten Mahlzeit an der Klingel zog und ihm das Zei-
chen gab: Komm her!

Mama und Papa waren offensichtlich besorgt, dass Onkel Julius
sich nicht wohlfühlen würde mit Fräulein Bock, dachte Lillebror.
Aber da irrten sie sich. Onkel Julius gefiel es wahrhaftig sehr gut
mit Fräulein Bock, wie es schien. Und im Laufe der Zeit merkte Lillebror, dass die beiden immer mehr miteinander zu reden hatten. Sie
saßen oft im Wohnzimmer zusammen und man hörte, wie Onkel
Julius sich über die Märchenwelt und wer weiß was alles verbreitete,
und Fräulein Bock antwortete sehr lieb und sanft. Man konnte kaum
glauben, dass sie das war.

Schließlich wurde Karlsson misstrauisch. Und zwar, als Fräulein
Bock eines Tages die Schiebetür zwischen der Diele und dem Wohnzimmer zuschob. So eine gab es nämlich, obwohl keiner in der Familie
Svantesson sie jemals zumachte. Wahrscheinlich deswegen, weil die
Tür von innen einen Riegel hatte und Lillebror einmal, als er klein war,
sich selbst eingeschlossen hatte, sodass er nicht herauskonnte. Nach
diesem Vorkommnis meinte Mama, ein Vorhang tue es auch. Aber
als jetzt Fräulein Bock und Onkel Julius abends zusammen Kaffee im
Wohnzimmer tranken, wollte Fräulein Bock plötzlich, dass die Tür
geschlossen war, und Onkel Julius wollte es anscheinend auch, denn
als Karlsson trotzdem einmal ins Zimmer hineingestiefelt kam, sagte
Onkel Julius, die Jungen sollten woanders hingehen und spielen,
jetzt wollte er in aller Ruhe seinen Kaffee trinken.

»Das möchte ich schließlich auch«, sagte Karlsson vorwurfsvoll. »Her mit Kaffee, biete mir eine Zigarre an und benimm dich mal, wie sich's gehört.«

Doch Onkel Julius jagte ihn hinaus und da lachte Fräulein Bock höchst befriedigt. Sie meinte wohl, nun habe sie endlich einmal die Oberhand.

»Das dulde ich einfach nicht«, sagte Karlsson. »Ich werd's ihnen schon zeigen!« Und am nächsten Vormittag, als Onkel Julius beim Arzt war und Fräulein Bock auf dem Markt, um Heringe einzukaufen, da kam Karlsson mit einer großen Bohrwinde in der Faust heruntergeflogen. Lillebror hatte sie bei Karlsson oben an der Wand hängen sehen und nun fragte er sich, wozu Karlsson sie wohl gebrauchen wollte. Aber im selben Augenblick plumpste etwas durch den Briefschlitz und Lillebror rannte hin, um nachzusehen. Zwei Karten lagen auf dem Türvorleger, eine von Birger und eine von Betty. Lillebror freute sich sehr, er las seine Karten lange und gründlich durch, und als er damit fertig war, da war Karlsson auch fertig. Er hatte ein großes Guckloch in die Schiebetür gebohrt.

»Nein, Karlsson, nein«, sagte Lillebror erschrocken, »du darfst doch kein Loch bohren! Warum hast du das getan?«

»Damit ich sehen kann, was die da drin vorhaben, natürlich«, sagte Karlsson.

»O pfui, schäm dich«, erwiderte Lillebror. »Mama hat gesagt, man darf nicht durchs Schlüsselloch gucken.«

»Sie ist so klug, deine Mama«, sagte Karlsson. »Sie hat so recht. Schlüssellöcher, die sind für Schlüssel da, das sagt schon das Wort. Nun ist dies hier aber zufällig ein Guckloch. Kannst du, der du so klug bist, hören, wozu so ein Ding da ist? Ja, genau!«, sagte er, bevor Lillebror noch antworten konnte.

Er nahm einen Klumpen alten Kaugummi aus dem Mund und stopfte damit das Loch wieder zu, damit es nicht zu sehen war.

»Hoho«, sagte er. »Es ist lange her, dass wir einen vergnügten Abend gehabt haben, aber heute kann's vielleicht mal wieder einen geben.«

Dann flog Karlsson mit seiner Bohrwinde nach Hause.

»Ich hab noch ein paar Geschäfte zu erledigen«, sagte er. »Aber ich komme wieder, wenn es anfängt nach Heringen zu riechen.«

»Was denn für Geschäfte?«, fragte Lillebror.

»Ein schnelles kleines Geschäft, damit ich wenigstens Geld für Briefmarken kriege«, sagte Karlsson. Und dann flog er davon.

Aber er kam auch richtig zurück, als es anfing nach Heringen zu riechen, und beim Essen war er glänzender Laune. Er holte ein Fünförestück aus der Tasche und steckte es Fräulein Bock in die Faust.

»Das sollst du haben als kleine Anerkennung«, sagte er. »Kauf dir ein Kinkerlitzchen dafür, das du dir um den Hals hängen kannst oder so!«

Fräulein Bock schleuderte den Fünfer von sich.

»Ich werd dich gleich kinkerlitzen, so groß, wie du bist«, sagte sie. Aber da kam gerade Onkel Julius und Fräulein Bock wollte Karlsson sicher nicht kinkerlitzen, wenn er dabei war.

»Nee, sie wird nämlich immer so herzig und sonderbar, sobald der Märchenonkel in der Nähe ist«, sagte Karlsson hinterher zu Lillebror. Da hatten Fräulein Bock und Onkel Julius sich schon ins Wohnzimmer zurückgezogen, um wie üblich zu zweit ihren Kaffee zu trinken.

»Jetzt wollen wir mal sehen, wie abscheulich sie in Wirklichkeit sein können«, sagte Karlsson. »Ich mache einen letzten Versuch in aller Freundschaft, aber dann fange ich an und tirritiere ohne Gnade und Erbarmen.«

Zu Lillebrors Verwunderung zog er eine Zigarre aus seiner Brusttasche. Die zündete er an und dann klopfte er an die Schiebetür. Niemand rief »Herein!«, aber Karlsson trat trotzdem ein, munter seine Zigarre paffend.

»Verzeihung, dies ist sicher das Rauchzimmer«, sagte er. »Also darf man doch bestimmt seine Zigarre hier rauchen?«

Jetzt wurde Onkel Julius aber richtig zornig auf Karlsson. Er entriss ihm die Zigarre und brach sie mittendurch und sagte, wenn er Karlsson noch ein einziges Mal rauchen sehe, dann werde er ihm eine Tracht Prügel verpassen, die er nie vergessen würde, und dann dürfte er auch nie mehr mit Lillebror spielen, dafür werde er, Onkel Julius, sorgen.

Karlssons Unterlippe begann zu zittern, seine Augen füllten sich mit Tränen und er holte zu einem kleinen, wütenden Stoß gegen Onkel Julius aus.

»Und zu dir ist man tagelang nett gewesen, du Dummer«, sagte er dann mit wildem Blick, der zeigte, was er von Onkel Julius dachte.

Aber Onkel Julius warf ihn hinaus, die Schiebetür wurde wieder geschlossen und man konnte hören, wie er obendrein den Riegel vorschob. Das hatte bis jetzt nun doch noch keiner getan.

»Da kannst du selbst sehen«, sagte Karlsson zu Lillebror, »hier muss tirritiert werden, es hilft alles nichts.« Dann bummerte er mit der Faust gegen die Tür und schrie:

»Eine teure Zigarre hast du mir auch kaputt gemacht, du Dummer!«

Aber dann steckte er die Hand in die Hosentasche und klapperte mit irgendetwas. Es klang nach Geld, ja, wahrhaftig, es klang wie ein ganzer Haufen Fünförestücke.

»Ein Glück, dass ich reich bin«, sagte er und Lillebror wurde unruhig.

»Wo hast du das viele Geld her?«, fragte er.

Karlsson zwinkerte geheimnistuerisch mit einem Auge.

»Das erfährst du morgen«, sagte er.

Lillebror aber wurde immer unruhiger. Wenn nun Karlsson etwa losgezogen war und irgendwo Geld geklaut hatte! Dann war er ja nicht besser als Fille und Rulle, ja, und wenn Karlsson nun nicht nur von Apfel-Addition etwas verstand! Lillebror hätte das gar zu gern gewusst. Aber er hatte keine Zeit, noch mehr darüber nachzugrübeln, denn jetzt polkte Karlsson gerade leise und behutsam den Kaugummiklumpen aus dem Guckloch.

»Na also«, sagte er und schaute mit dem einen Auge hindurch. Aber dann fuhr er plötzlich zurück, als hätte er etwas Entsetzliches gesehen.

»So eine Unverschämtheit«, sagte er.

»Was machen sie denn?«, fragte Lillebror neugierig.

»Das möchte ich auch mal wissen«, sagte Karlsson. »Aber die haben sich weggesetzt, diese Schurken!«

Onkel Julius und Fräulein Bock saßen immer auf einem kleinen Sofa, das man ausgezeichnet durch das Guckloch sehen konnte, und da hatten sie noch eben gesessen, als Karlsson mit der Zigarre bei ihnen drinnen war. Aber jetzt saßen sie nicht mehr da. Davon konnte sich Lillebror mit einem Blick durch das Guckloch selbst überzeugen. Sie mussten zu dem Sofa drüben am Fenster umgezogen sein und das war gemein und hinterlistig, sagte Karlsson. Menschen mit nur ein bisschen Scham im Leibe sitzen immer so, dass man sie durch das Schlüsselloch wie auch durch ein Guckloch sehen könne, versicherte er.

Armer Karlsson, er plumpste auf einen Stuhl in der Diele nieder und starrte trostlos vor sich hin. Ihm war ausnahmsweise einmal alle Lust vergangen. Seine ganze schöne Idee mit dem Guckloch gänzlich überflüssig – das war hart!

»Komm«, sagte er schließlich. »Wir gehen zu dir rüber und suchen was, vielleicht hast du irgendwelchen guten Tirritierungs-Krims und -Krams unter all deinem Trödel.«

Lange kramte Karlsson in Lillebrors Schubläden und in seinem Schrank herum, ohne etwas zu finden, mit dem man tirritieren konnte, plötzlich aber pfiff er durch die Zähne und holte eine lange Glasröhre hervor, die Lillebror immer benutzte, wenn er mit Erbsen schoss.

»Hier ist ein typischer Krims«, sagte Karlsson befriedigt. »Wenn ich jetzt bloß noch einen Krams finden könnte!«

Und er fand einen Krams, einen ausgezeichneten. Es war eine Gummiblase, so eine, die man zu einem großen Ballon aufblasen konnte.

»Hoho«, sagte Karlsson und seine kleinen dicken Hände zitterten vor Eifer, als er die Gummiblase über der Mündung der Glasröhre festband. Dann setzte er den Mund an das andere Ende der Röhre und blies den Ballon auf und er juchzte begeistert, als er das hässliche Gesicht sah, das in Schwarz auf dem gelben Ballon aufgedruckt war und das immer mehr anschwoll, je mehr Karlsson pustete.

»Das soll sicher der Mann im Mond sein«, meinte Lillebror.

»Das mag sein, was es will«, sagte Karlsson und ließ die Luft wieder aus dem Ballon heraus. »Die Hauptsache ist, dass man damit tirritieren kann.«

Und das konnte man prächtig, obwohl Lillebror dermaßen kicherte, dass nicht viel fehlte und er hätte alles verdorben.

»Hoho«, sagte Karlsson und führte die Glasröhre mit der kleinen, schlaffen Gummiblase vorsichtig durch das Guckloch. Dann pustete er mit aller Kraft in die Röhre und Lillebror stand daneben und kicherte. Oh, wie sehr wünschte er sich, dass er gerade jetzt dort drinnen auf dem Sofa säße mit Fräulein Bock und Onkel Julius zusammen und zusehen könnte, wie plötzlich ein großes Mondgesicht in all seiner Pracht sich aufblähte, nicht am Himmel, wo ein Mondgesicht zu sitzen *hatte*, sondern irgendwo im Dunkeln drüben an der Tür. Es wurde zwar um diese Jahreszeit nie ganz dunkel, aber im

Wohnzimmer war es doch immerhin dämmerig genug, dass so ein verirrter Mond rätselhaft und unheimlich aussehen musste, da war Lillebror ganz sicher.

»Ich muss Gespenstermurren machen«, sagte Karlsson. »Puste du mal einen Augenblick, damit die Luft nicht rausgeht.«

Lillebror setzte den Mund an die Glasröhre und pustete gehorsam, während Karlsson sein schauerlichstes Gespenstermurren hören ließ. Das war wohl der Grund, weshalb die beiden dort drinnen hochfuhren und endlich das Mondgesicht entdeckten, denn jetzt ertönte der Schrei, auf den Karlsson gewartet hatte.

»Schreit ihr nur«, sagte Karlsson selig, aber dann flüsterte er: »Jetzt müssen wir aber abhauen!«

Er ließ die Luft aus dem Ballon. Ein leiser Schnarchton war zu hören, als der dort drinnen zusammensackte und wieder zu einer schlaffen Gummiblase wurde, die Karlsson eiligst durch das Loch herauszog. Ebenso eilig verklebte er das Guckloch mit einem neuen Klümpchen Kaugummi. Er selbst verschwand schnell wie ein Igel unter dem Dielentisch, in seinem gewöhnlichen Versteck, und Lillebror folgte ihm, so schnell er nur konnte.

In der nächsten Sekunde hörten sie, wie der Riegel zurückgeschoben wurde und die Schiebetür aufging. Fräulein Bock steckte den Kopf heraus.

»Das müssen wohl die Kinder gewesen sein«, sagte sie.

Aber hinter ihr stand Onkel Julius und der widersprach heftig.

»Wie viele Male muss ich dir noch erklären, dass die ganze Märchenwelt voll von Mystikussen ist, und nur Mystikusse kriegen es fertig, durch verschlossene Türen zu schweben. Verstehst du das nicht?«

Da wurde Fräulein Bock kleinlaut und antwortete, sicher verstehe sie das, wenn sie länger nachdenke. Aber offenbar wollte sie nicht, dass irgendwelche Mystikusse aus der Märchenwelt ihre Kaf-

380

feestunde mit Onkel Julius stören sollten, denn es gelang ihr schnell, ihn wieder mit sich aufs Sofa zu ziehen.

Und in der Diele saßen Karlsson und Lillebror und hatten nur eine verschlossene Schiebetür vor sich, die sie angucken konnten. Lustiger könnte es schon sein, dachte Lillebror. Und Karlsson dachte offenbar das Gleiche. Ja, das dachte Karlsson ebenfalls!

Mitten in die ganze Geschichte hinein klingelte das Telefon. Lillebror nahm den Hörer ab. Es war eine Frauenstimme, die mit Fräulein Bock sprechen wollte. Lillebror merkte, es war Frieda aus der Frejgatan, und er freute sich schändlicherweise. Nun hatte er das Recht, Fräulein Bock ordentlich zu stören, und obwohl er ein netter Junge war, hatte er nichts dagegen.

»Fräulein Bock, Telefon für Sie!«, rief er und ballerte an die Schiebetür.

Aber er hatte nicht viel davon.

»Sag, ich bin beschäftigt«, rief Fräulein Bock zurück. Weder Mystikusse noch Frieda konnten sie von ihrer Kaffeetrinkerei mit Onkel Julius abhalten. Lillebror ging wieder ans Telefon und bestellte es Frieda, aber nun wollte Frieda unbedingt wissen, womit ihre Schwester so stark beschäftigt sei und wann sie wieder anrufen könne und wer weiß was alles. Schließlich sagte Lillebror:

»Es ist das Beste, Sie fragen sie morgen selbst!«

Dann legte er den Hörer auf und sah sich nach Karlsson um. Aber Karlsson war verschwunden. Lillebror suchte und fand ihn in der Küche. Genauer gesagt, im offenen Fenster. Auf dem Fensterbrett stand, auf Mamas bestem Besen reitend, bereit zum Abflug, etwas, was Karlsson sein musste, obwohl es aussah wie eine kleine Hexe oder ein Trollweib, ganz schwarz im Gesicht, mit einem Kopftuch um den Kopf und einem geblümten Hexenmantel über den Schultern – es war Großmamas alter Frisiermantel, den sie im Besenschrank vergessen hatte, als sie das letzte Mal hier war.

»Nee, Karlsson«, sagte Lillebror ängstlich, »du darfst nicht fliegen. Denk doch, wenn Onkel Julius dich dann wieder sieht!«

»Dies ist nicht Karlsson«, sagte Karlsson mit dumpfer Stimme. »Dies ist eine Schreckse, wild und grausig!«

»Schreckse«, sagte Lillebror, »was ist das? Ist es eine Hexe?«

»Ja, aber schlimmer«, sagte Karlsson. »Schrecksen sind viel bissiger. Reizt man sie, dann gehen sie ohne Besinnen zum Angriff über.«

»Ja, aber …«, sagte Lillebror.

»Die gefährlichsten, die es in der ganzen Märchenwelt gibt«, versicherte Karlsson. »Und nun kenne ich Leute, die eine Schreckse zu sehen kriegen, dass ihnen die Haare zu Berge stehen!«

Und hinaus in die blaue, zauberische Dämmerung des Juniabends flog die Schreckse. Lillebror stand da und wusste nicht, was er machen sollte, aber dann fiel es ihm ein. Er rannte in Birgers Zimmer. Von dort aus konnte er die Schreckse genauso gut fliegen sehen wie Onkel Julius und Fräulein Bock im Wohnzimmer.

Die Luft war etwas stickig und Lillebror öffnete das Fenster. Er schaute hinaus und sah, dass das Wohnzimmerfenster auch offen stand – der Juninacht und der Märchenwelt geöffnet! Dort drinnen saßen jetzt Onkel Julius und Fräulein Bock und wussten nicht einmal, dass es Schrecksen *gab*, die armen Menschen, dachte Lillebror. Sie waren ihm so nahe, dass er ihre murmelnde Unterhaltung hören konnte – ein Jammer, dass er sie nicht auch sehen konnte.

Aber die Schreckse sah er. Wenn er nicht gewusst hätte, dass es Karlsson war und nicht eine richtige Schreckse, das Blut wäre ihm in den Adern gefroren, dessen war er sicher, o ja, denn es war wirklich schauerlich zu sehen, wie Schrecksen angesegelt kamen. Man war nahe dran, selbst an die Märchenwelt zu glauben, dachte Lillebror.

Die Schreckse strich ein paar Mal am Wohnzimmerfenster vorbei und schaute hinein. Was sie dort sah, erstaunte sie offenbar und

erregte ihr Missfallen, denn sie schüttelte mehrmals den Kopf. Noch hatte sie Lillebror nicht im Fenster nebenan bemerkt und der traute sich nicht zu rufen. Aber er winkte eifrig und da entdeckte ihn die Schreckse. Sie winkte zurück und ihr schwarzes Gesicht erstrahlte in einem breiten Grinsen.

Onkel Julius und Fräulein Bock hatten sie offenbar noch nicht gesehen, denn ihr Murmeln und Reden klang weiterhin ganz friedlich, fand Lillebror. Aber da geschah es: Die Stille und den Frieden der Sommernacht durchschnitt plötzlich ein Schrei. Sie schrie, diese Schreckse, oh, sie schrie wie eine – ja, vermutlich wie eine Schreckse, denn der Schrei glich keinem anderen, den Lillebror je in seinem Leben gehört hatte, und es klang, als käme er geradewegs aus der Märchenwelt.

Dann war kein Gemurmel mehr aus dem Wohnzimmer zu hören, es war völlig still geworden.

Doch die Schreckse flog rasch zu Lillebror hinein und im Handumdrehen hatte sie das Kopftuch und den Frisiermantel heruntergerissen und ihr rußiges Gesicht an Birgers Gardinen abgewischt und nun gab es keine Schreckse mehr, sondern bloß Karlsson, der

383

schnell die Sachen und den Besen und die ganze Schreckserei unter Birgers Bett schleuderte.

»Na, weißt du«, sagte Karlsson und machte ein paar ärgerliche Sätze auf Lillebror zu. »Es sollte gesetzlich verboten werden, dass alte Menschen sich so aufführen.«

»Wieso? Was haben sie denn gemacht?«, fragte Lillebror.

Karlsson schüttelte entrüstet den Kopf. »Er hat ihre Hand gehalten! Er saß da und hielt ihre Hand! Die Hand vom Hausbock! Wie findst du das?«

Karlsson starrte Lillebror an, als ob er dächte, Lillebror würde vor lauter Staunen ohnmächtig umfallen. Und als nichts dergleichen geschah, schnauzte Karlsson:

»Hast du nicht gehört, was ich gesagt habe? Die saßen da und hielten sich bei der Hand! Hat man je so was Albernes erlebt?«

Karlsson wird der
reichste Mann der Welt

Den Tag, der auf diesen folgte, sollte Lillebror niemals vergessen. Er wurde frühzeitig wach, und das ganz von allein, kein Ruf von dem besten Karlsson der Welt hatte ihn geweckt. Seltsam, dachte Lillebror. Dann schlich er rasch in den Flur hinaus, um die Zeitung zu holen. Er wollte jetzt in Ruhe und Frieden die Comics lesen, bevor Onkel Julius kam und die Zeitung forderte.

Doch an diesem Tag wurden keine Comics gelesen. Armer Lillebror, er kam nicht weiter als bis zur ersten Seite der Zeitung. Denn dort sprang ihm gleich eine riesige Überschrift in die Augen, bei der ihm der kalte Schweiß ausbrach.

DAS RÄTSEL GELÖST! ES WAR DOCH KEIN SPION!

stand da zu lesen.

Darunter sah man ein Bild von der Westbrücke und darüber flog – ja, da war kein Irrtum möglich: Über die Brücke flog Karlsson. Sie brachten auch eine Großaufnahme, auf der er grinsend seine zusammenklappbaren Propeller und seinen Startknopf vorzeigte, den er auf dem Bauch hatte.

Lillebror las und er weinte, während er das tat.

Wir hatten gestern einen bemerkenswerten Besuch in der Redaktion. Ein schöner und grundgescheiter und gerade richtig dicker Mann in seinen besten Jahren – nach seiner eigenen Beschreibung – kam und verlangte die Belohnung von zehntausend Kronen. Er selbst und niemand anders sei das fliegende Rätsel im Vasaviertel, versicherte er, aber ein Spion sei er nicht. Und wir glauben es ihm. »Ich spioniere nur solche wie den Hausbock und den Märchenonkel aus«, sagte er. Das klang ja sehr kindlich und harmlos, und soviel wir verstehen, ist dieser »Spion« nur ein ungewöhnlich dicker kleiner Schuljunge – der Beste in der Klasse, wie er selbst behauptet –, aber dieser Junge besitzt etwas, um das jedes Kind ihn beneiden muss, nämlich einen kleinen Motor, mit dem er fliegen kann. Ja, Sie können es hier auf dem Bild sehen. Der Motor sei von dem besten Erfinder der Welt gemacht, behauptete der Junge, weigerte sich aber, noch mehr darüber zu erzählen. Wir wiesen darauf hin, dass dieser Erfinder vielfacher Millionär werden könnte, wenn er den Motor in Massenfabrikation herstellen würde, aber da sagte der Junge: »Besten Dank, wir wollen nicht, dass die Luft voll von fliegenden Kindern ist. Ich und Lillebror, das langt!«

Hier lächelte Lillebror ein wenig – immerhin wollte Karlsson bloß mit ihm fliegen und mit niemand anderem –, aber dann schluchzte er auf und las weiter:

Ganz normal wirkte der Junge nicht, das muss zugegeben werden. Er redete verworren und gab auf unsere Fragen recht merkwürdige Antworten, wollte nicht einmal den Namen seiner Eltern nennen. »Mami ist Mumie und Vati ist Sandmann«, sagte er zuletzt. Mehr war nicht aus ihm herauszubekommen. Sandmann, das ist ja wohl mehr ein Beruf als ein Name, aber die Sache bleibt nach wie vor dunkel. Der Vater scheint jedenfalls ein berühmter Flieger zu sein, wenn wir das Geplapper recht verstanden haben. Und das Interesse für die Fliegerei hat der Sohn offenbar geerbt. Der Junge verlangte, dass die Belohnung sofort ausgezahlt werde. »Ich bin es, dem sie zukommt, und nicht etwa Fille oder Rulle oder irgendeinem anderen Diebshalunken«, sagte er. Und er wollte die ganze Summe in Fünförestücken haben, »denn nur solche sind richtiges Geld«, behauptete er. Als er uns verließ, hatte er die Taschen mit Fünförestücken vollgepfropft. Den Rest wolle er in einer Schubkarre abholen, sowie er dazu komme. »Und verschlampen Sie mein Geld nicht, sonst kommt nämlich die Schrecke und holt euch«, sagte er. Eine kurzweilige Bekanntschaft war er ohne Zweifel, wenn man auch nicht alles verstand, was er sagte. »Bedenken Sie, dass Sie nur ungefähr für einen großen Zeh bezahlt haben« waren seine Abschiedsworte und dann flog er zum Fenster hinaus und verschwand in Richtung Vasaviertel. Der Junge heißt mit Nachnamen merkwürdigerweise nicht Sandmann wie sein Vater – wie das kommt, wollte er auch nicht erzählen – und er wollte unter keinen Umständen, dass sein eigener Vorname in die Zeitung komme. »Das würde Lillebror bestimmt nicht mögen«, sagte er. Er scheint eine ganze Menge von seinem Bruder zu halten. Wie der Junge heißt, können wir also nicht verraten, aber so viel können wir doch erzählen, dass der Name mit »Karl« beginnt und mit »son« aufhört. Wenn nun aber eine Person seinen Namen nicht in der Zeitung genannt haben will, so hat er unserer Ansicht nach ein Recht darauf, dass man seinem Wunsch stattgibt. Das ist der Grund, weshalb wir den Jungen nur »Junge« genannt haben und nicht »Karlsson«, wie er eigentlich heißt.

»Er scheint eine ganze Menge von seinem Bruder zu halten«, murmelte Lillebror und schluchzte von Neuem auf. Aber dann ging er zur Glockenleitung und zog wütend an der Schnur, das Signal, das bedeutete: Komm sofort her!

Und Karlsson kam. Er schnurrte durch das Fenster, ungestüm und fröhlich wie eine Hummel.

»Steht heute was Besonderes in der Zeitung?«, fragte er schelmisch und riss den Pfirsichkern heraus. »Lies es mir vor, wenn wirklich etwas Interessantes drinsteht!«

»Du hast auch kein bisschen Scham im Leibe«, sagte Lillebror. »Begreifst du nicht, dass du jetzt alles verdorben hast? Von jetzt an werden wir nie mehr in Ruhe gelassen, du und ich.«

»Wer möchte denn in Ruhe gelassen werden, wenn ich fragen darf?«, sagte Karlsson und wischte sich seine schmutzigen Finger an Lillebrors Pyjama ab. »Heißa und hopsa und bum soll sein, sonst mach ich nicht mit, dass du's weißt. Na ja, nun lies mir vor.«

Und während Karlsson vor dem Spiegel hin und her flog und sich selbst bewunderte, las Lillebror ihm vor. So etwas wie »ungewöhnlich dick« und anderes, was Karlsson nur hätte betrüben können, ließ er aus, aber alles Übrige las er von Anfang bis zu Ende vor und Karlsson plusterte sich auf vor Entzücken.

»Kurzweilige Bekanntschaft, das bin ich also – ja, in dieser Zeitung stehen nur wahre Worte.«

»Er scheint eine ganze Menge von seinem kleinen Bruder zu halten«, las Lillebror vor und dann schaute er scheu zu Karlsson. »Sind das ebenfalls wahre Worte?«

Karlsson hielt in seinem Flug inne und dachte nach.

»Ja, komischerweise«, gab er ein wenig widerstrebend zu. »Ja, denk mal, dass jemand etwas halten kann von so einem dummen kleinen Jungen, wie du es bist! Das kommt natürlich daher, weil ich so gut bin, denn ich bin der Guteste und Netteste der Welt. Lies jetzt weiter!«

Lillebror konnte jedoch nicht eher weiterlesen, als bis er den Kloß heruntergeschluckt hatte, der ihm im Halse saß. Es stimmte also wirklich, dass Karlsson ihn gern hatte! Dann mochte alles andere gehen, wie es wollte.

»Und es war doch gut, was ich da von dem Namen gesagt habe, dass sie ihn nicht in die Zeitung setzen dürfen«, sagte Karlsson. »Das war *nur* deinetwegen, denn du willst mich ja so geheim – so geheim halten.«

Dann grapschte er sich die Zeitung und betrachtete lange und liebevoll die beiden Fotos.

»Es ist kaum zu glauben, wie schön ich bin«, sagte er. »Und dass ich gerade richtig dick bin, das ist auch kaum zu glauben. Schau her!«

Er hielt Lillebror die Zeitung unter die Nase. Aber dann riss er sie wieder an sich und küsste heftig sein Bild, das, auf dem er den Startknopf vorzeigte.

»Ho, ich hab Lust, Hurra zu rufen, wenn ich mich sehe«, sagte er.

Aber Lillebror riss ihm die Zeitung wieder weg.

»Fräulein Bock und Onkel Julius dürfen das hier auf keinen Fall sehen«, sagte er. »Nie im Leben dürfen sie das sehen!«

Er nahm die Zeitung und stopfte sie so weit nach hinten in seine Schreibtischschublade, wie er nur konnte. Eine Minute später steckte Onkel Julius die Nase herein und fragte: »Hast du die Zeitung, Lillebror?«

Lillebror schüttelte den Kopf. »Nein, die hab ich nicht!«

Er *habe* sie ja auch nicht, wenn sie in der Schreibtischschublade lag, erklärte er Karlsson hinterher.

Onkel Julius schien übrigens nicht allzu viel an der Zeitung gelegen zu sein. Er hatte anscheinend anderes zu bedenken, etwas Angenehmes, wie es schien, denn er wirkte ungewöhnlich fröhlich. Und außerdem musste er jetzt zum Arzt. Zum letzten Mal. In weni-

gen Stunden wollte Onkel Julius wieder nach Västergötland zurückfahren.

Fräulein Bock half ihm in den Mantel und Lillebror und Karlsson hörten, wie sie ihn ermahnte, er solle den Mantel am Hals ordentlich zuknöpfen und er solle sich vor den Autos auf der Straße in Acht nehmen und er solle nicht so früh am Morgen rauchen.

»Was fällt dem Hausbock ein?«, fragte Karlsson. »Denkt sie, sie ist mit ihm verheiratet?«

Wahrlich – dieser Tag war voller Überraschungen! Onkel Julius war kaum verschwunden, als Fräulein Bock auch schon zum Telefon stürzte. Sie hörten, wie sie jemanden anrief. Und da sie so laut redete, hörten Karlsson und Lillebror auch alles, was sie sagte.

»Hallo, bist du es, Frieda?«, fragte sie schnell. »Wie geht's dir? Sitzt deine Nase noch fest? – Tatsächlich, ja, aber siehst du, um meine Nase brauchst du dich nun nicht länger zu kümmern, die gedenke ich mit nach Västergötland zu nehmen, da ziehe ich nämlich hin. – Nee, keineswegs als Wirtschafterin, ich heirate nämlich und dabei bin ich doch so hässlich. Was sagst du dazu? – Doch, natürlich kannst du das erfahren. Ich heirate Herrn Julius Jansson, ihn und keinen anderen, ja, tatsächlich. Die, mit der du hier redest, ist beinahe die Frau Jansson, Friedachen. – Du scheinst ganz gerührt zu sein, du weinst ja, wie ich merke. – Nee, nee, Frieda, heul nicht, du stöberst sicher einen neuen Einbrecher auf, könnte ich mir denken. – Ich hab jetzt keine Zeit mehr, mein Verlobter kann jeden Augenblick nach Hause kommen. – Na, bald mehr, Friedachen!«

Karlsson starrte Lillebror mit aufgerissenen Augen an.

»Gibt es nicht irgendeine gute und bittere Medizin für Leute, die nicht gescheit sind?«, fragte er. »Wenn's nämlich eine gibt, dann müssen wir Onkel Julius jetzt sofort eine ganz, ganz große Dosis einlöffeln!«

Lillebror kannte jedoch keine solche Medizin. Karlsson seufzte mitleidig, und als Onkel Julius vom Arzt wiederkam, ging Karlsson leise hin und steckte ihm ein Fünförestück in die Hand.

»Wofür krieg ich das denn?«, fragte Onkel Julius.

»Kauf dir irgendwas Schönes dafür«, sagte Karlsson mit Nachdruck. »Du hast's nötig.«

Onkel Julius bedankte sich, aber er sei so glücklich und froh, sagte er, dass er keine Fünförestücke brauche, um es schön zu haben.

»Aber ihr Jungen werdet natürlich traurig sein, wenn ihr erfahrt, dass ich euch Tante Hildur entführe.«

»Tante Hildur?«, sagte Karlsson. »Wer um Himmels willen ist denn das?«

Als Lillebror ihn darüber aufklärte, lachte er lange.

Onkel Julius aber redete weiter davon, wie glücklich er sei. Er werde diese Tage nie vergessen, sagte er. Schon deshalb, weil die Märchenwelt sich ihm so wunderbar offenbart habe. Zwar bekomme man mitunter Angst, wenn Hexen vor dem Fenster vorbeiflögen, das wolle er nicht ableugnen, aber …

»Hexen nicht!«, sagte Karlsson. »Schrecksen, wild und entsetzlich, ganz grausig!«

Man merke aber jedenfalls, dass man in derselben Welt lebe wie die Vorfahren, fuhr Onkel Julius fort, und dort fühle er sich wohl. Doch das Allerbeste, was diese Tage ihm beschert hätten, das sei, dass er seine eigene Märchenprinzessin bekommen habe, sie heiße Hildur und nun werde Hochzeit gehalten!

»Eine Märchenprinzessin, die Hildur heißt«, sagte Karlsson mit blitzenden Augen. Er lachte lange, dann schaute er Onkel Julius an und schüttelte den Kopf und dann lachte er wieder.

Fräulein Bock stapfte in der Küche herum und war fröhlicher, als Lillebror sie je erlebt hatte.

»Ich mag Hexen auch gern«, sagte sie. »Wenn nämlich dieses Gräuel gestern Abend nicht vor dem Fenster rumgeflogen wäre und uns erschreckt hätte, dann hättest du dich mir nie an die Brust geworfen, Julius, und dann wäre es nie dazu gekommen.«

Karlsson fuhr hoch.

»Aha, das ist ja prächtig«, begann er böse, aber dann zuckte er mit den Schultern. »Na ja, das stört ja keinen großen Geist«, sagte er. »Aber ich glaube nicht, dass wir noch öfter Schrecksen hier ins Vasaviertel kriegen werden.«

Fräulein Bock jedoch lief herum und wurde immer fröhlicher, je mehr sie an ihre Hochzeit dachte.

»Du, Lillebror, du darfst Brautpage werden«, sagte sie und streichelte Lillebrors Backe. »Ich nähe dir einen schwarzen Samtanzug. Stell dir vor, wie niedlich du darin aussehen wirst!«

Lillebror schauderte es. Schwarzer Samtanzug – dann würden Krister und Gunilla sich kaputtlachen!

Aber Karlsson lachte nicht. Er war zornig.

»Ich mach nicht mit, wenn ich nicht auch Brautpage sein darf«, sagte er. »Und ich will auch einen schwarzen Samtanzug haben und niedlich aussehen, sonst mach ich einfach nicht mit!«

Jetzt war Fräulein Bock an der Reihe zu lachen. »Ach ja, das würde eine muntere Hochzeit werden, wenn wir dich in die Kirche reinließen.«

»Das glaube ich auch«, sagte Karlsson eifrig. »Ich könnte hinter dir stehen in meinem schwarzen Samtanzug und die ganze Zeit mit den Ohren wackeln und ab und zu einen Salut abgeben, denn auf einer Hochzeit muss Salut geschossen werden!«

Onkel Julius, der so glücklich war und wollte, dass alle fröhlich sein sollten, sagte, gewiss dürfe Karlsson mit dabei sein. Aber da sagte Fräulein Bock, wenn Karlsson ihr Brautpage sein solle, dann wollte sie lieber auf das Heiraten verzichten.

Auch an diesem Tag wurde es Abend. Lillebror saß oben auf Karlssons Treppenvorplatz und sah, wie die Dämmerung heraufkam und ringsum im ganzen Vasaviertel und in ganz Stockholm, so weit er sehen konnte, die Lichter angingen.

Ja, jetzt war es Abend und hier saß er mit Karlsson neben sich, das war auf alle Fälle schön. Irgendwo unten in Västergötland dampfte gerade jetzt ein Zug in eine kleine Station ein und Onkel Julius stieg aus. Irgendwo draußen auf der Ostsee steuerte ein weißer Dampfer heim gen Stockholm mit Mama und Papa an Bord. Fräulein Bock war in der Frejgatan und munterte Frieda auf. Bimbo war für die Nacht in seinen Korb gekrochen. Doch hier oben auf dem Dach saß Lillebror mit seinem besten Freund neben sich und sie aßen zusammen aus einer großen Tüte Wecken, Fräulein Bocks gute, frisch gebackene Zimtwecken, das war schön. Dennoch sah Lillebror besorgt aus. Für einen, dessen bester Freund Karlsson war, gab es niemals Ruhe.

»Ich habe, so gut ich konnte, versucht, dich aus allem rauszuhalten«, sagte Lillebror. »Ich habe über dir gewacht, das habe ich tatsächlich getan. Aber nun weiß ich nicht, wie es weitergehen wird.«

Karlsson nahm sich einen neuen Wecken aus der Tüte und verschlang ihn auf einmal.

»Wie bist du doch dumm! Die können mich doch nicht mehr auf der Zeitung abliefern und sich einen Haufen Fünförestücke abholen, das hab ich jetzt verhindert und dann vergeht ihnen die Lust, Fille und Rulle und dem ganzen Gesindel. Das musst du doch begreifen!«

Lillebror nahm sich auch noch einen Wecken und biss nachdenklich hinein.

»Nee, du bist der Dumme«, sagte er. »Das ganze Vasaviertel wird jetzt jedenfalls von Leuten wimmeln, ein Haufen Schafsköpfe, die sehen wollen, wie du fliegst, und versuchen werden, dir deinen Motor wegzunehmen und was nicht noch alles!«

Karlsson schmunzelte. »Meinst du wirklich? Denk mal, wenn du recht hättest, dann könnten wir uns doch jedenfalls manchmal einen vergnügten Abend machen.«

»Vergnügter Abend!«, sagte Lillebror empört. »Wir kriegen nie mehr eine ruhige Minute, hab ich doch gesagt, weder du noch ich.«

Karlsson schmunzelte noch zufriedener.

»Meinst du wirklich? Ja, hoffentlich hast du recht.«

Lillebror wurde ordentlich böse. »Ja, aber wie willst du durchkommen?«, sagte er heftig. »*Wie* willst du da durchkommen, wenn ganze Schwärme von Leuten sich um dich drängen?«

Da legte Karlsson den Kopf schief und guckte Lillebror verschmitzt an.

»Es gibt drei Arten, das weißt du. Tirritieren und schabernacken und figurieren. Und ich habe die Absicht, diese Arten anzuwenden, alle drei.«

Er sah so durchtrieben aus, dass Lillebror lachen musste, obgleich er nicht wollte. Er kicherte plötzlich, zuerst nur ein kleines, lautloses Kichern, dann aber blubberte es nur so aus ihm heraus, und je mehr er kicherte, desto seliger war Karlsson.

»Hoho«, sagte er und versetzte Lillebror einen Knuff, dass der fast die Treppe hinuntergefallen wäre. Und da kicherte Lillebror noch mehr und dachte, wahrscheinlich fängt das Lustige wirklich erst an.

Karlsson aber saß auf seiner Treppe und betrachtete liebevoll ein Paar schwarze Zehen, die aus den Löchern seiner zerrissenen Strümpfe herausragten.

»Nein, die verkauf ich nicht«, sagte er. »Lieg mir nicht mehr damit in den Ohren, Lillebror! Nein, denn diese großen Zehen sitzen an dem reichsten Mann der Welt und sie sind nicht mehr zu verkaufen.«

Er steckte die Hand in die Tasche und klimperte zufrieden mit seinen vielen Fünförestücken.

»Hoho, ein reicher und schöner und grundgescheiter und gerade richtig dicker Mann in seinen besten Jahren, das bin ich. Der beste Karlsson der Welt in jeder Weise. Hast du verstanden, Lillebror?«

»Ja«, sagte Lillebror.

In Karlssons Tasche gab es jedoch mehr als nur Fünförestücke, dort lag auch eine kleine Pistole, und bevor Lillebror Karlsson noch daran hindern konnte, knallte ein Schuss, der über das ganze Vasaviertel hallte.

Doch, jetzt geht's los, dachte Lillebror, denn er sah, wie ringsherum in den Häusern Fenster aufgingen, und hörte erregte Stimmen.

Karlsson aber sang und wackelte mit zwei kleinen schwarzen großen Zehen im Takt dazu.

> »Knallen muss es tüchtig und lustig will ich's ha'm,
> bosse bisse basse bisse bum fallera,
> und schabernacken will ich jeden einz'gen Tag,
> bosse bisse basse bisse bum.
> Heißa und hopsa und bum soll sein,
> und alle soll'n lieb und gut zu mir sein.
> Ho und ho und ho,
> so und so und so,
> bosse bisse basse bisse bum!«

Astrid Lindgren (1907 - 2002) hat neben *Karlsson vom Dach* viele andere liebenswerte Kinderbuchfiguren geschaffen wie *Pippi Langstrumpf, Michel aus Lönneberga, Madita und Lotta* und ihre Bücher zählen längst zu den Klassikern der Kinderliteratur. Astrid Lindgren wurde vielfach ausgezeichnet, u. a. mit dem Friedenspreis des Deutschen Buchhandels, dem Alternativen Nobelpreis und dem Hans-Christian-Andersen-Preis. Ihr zu Gedenken schuf die schwedische Regierung den Astrid Lindgren Gedächtnispreis für Werke, die von dem tief humanistischen Geist geprägt sind, der mit Astrid Lindgren verknüpft ist.

Ilon Wikland, 1930 in Tartu / Estland geboren, kam in den Wirren des Zweiten Weltkriegs als Flüchtling nach Schweden. Sie studierte an Kunstschulen in Stockholm und London und arbeitete als Layouterin in einem Verlag, bevor sie sich als Kinderbuch-Illustratorin selbständig machte. 1954 begann ihre Zusammenarbeit mit Astrid Lindgren, aus der mehr als dreißig Bücher hervorgegangen sind. Ilon Wikland wurde für ihr Gesamtwerk mit dem Elsa-Beskow-Preis ausgezeichnet und bereits mehrfach für den Astrid Lindgren Gedächtnispreis nominiert.

Das große Astrid-Lindgren-Hausbuch

Astrid Lindgren
Von Bullerbü bis Lönneberga.
Die schönsten Geschichten
von Astrid Lindgren
224 Seiten · Ab 6 Jahren
ISBN 978-3-7891-4171-3

Pippi, Michel, Ronja oder die Kinder aus Bullerbü: 18 Märchen, Erzählungen und Ausschnitte aus den berühmten Kinderbüchern führen die Leser in die zauberhafte Welt von Astrid Lindgren. Ein Geschichtenschatz für die ganze Familie – zum Vor- und Selberlesen.

Mit Leinenrücken und vielen farbigen Bildern von Katrin Engelking.

Weitere Informationen unter:
www.oetinger.de

Astrid Lindgren
Ihre schönsten Kinder- und Jugendbücher

Weitere Informationen unter:
www.oetinger.de